KATHRYN TAYLOR
Ein Sommer für zwei

AF186191

Autorin

Kathryn Taylor begann schon als Kind zu schreiben – ihre erste Geschichte veröffentlichte sie bereits mit elf. Von da an wusste sie, dass sie irgendwann als Schriftstellerin ihr Geld verdienen wollte. Nach einigen beruflichen Umwegen und einem privaten Happy End ging ihr Traum in Erfüllung. Mittlerweile wurden ihre Romane in fünfzehn Sprachen übersetzt und haben Stammplätze auf den Bestsellerlisten.

Von Kathryn Taylor ebenfalls lieferbar:
Ein Cottage für zwei
Ein Tanz für zwei

KATHRYN TAYLOR

Ein Sommer für zwei

Roman

blanvalet

Penguin Random House Verlagsgruppe FSC® N001967

1. Auflage
Copyright © der deutschsprachigen Ausgabe 2025
by Blanvalet, in der Penguin Random House Verlagsgruppe GmbH,
Neumarkter Str. 28, 81673 München
produktsicherheit@penguinrandomhouse.de
(Vorstehende Angaben sind zugleich
Pflichtinformationen nach GPSR)

Redaktion: Anne Fröhlich
Umschlaggestaltung und -motiv: www.buerosued.de
LH Herstellung: DiMo
Satz: KCFG – Medienagentur, Neuss
Druck und Bindung: GGP Media GmbH, Pößneck
Printed in Germany
ISBN: 978-3-7341-1443-4

www.blanvalet.de

1

Shauna blickte zu der großen Wanduhr hinüber und seufzte erleichtert. Es war schon halb sechs. Nur noch eine halbe Stunde, dann war die Sprechstunde offiziell zu Ende, und mit etwas Glück musste sie heute nicht länger bleiben, wie sonst so oft.

Es klappte fast nie, dass sie die Praxis pünktlich verlassen konnte, weil immer noch jemand in letzter Minute hereinkam oder weil sich die Behandlungen über den Tag hinweg verzögerten. Aber heute lagen sie gut in der Zeit, und von ihrem Platz hinter dem Empfangstresen aus konnte Shauna in das jenseits des Flurs gelegene Wartezimmer blicken, wo nur noch ein Patient saß. Seamus Bodilly, ein älterer Farmer aus der Gegend, klagte über Schmerzen im Knie. Seine Behandlung würde sicher nicht ewig dauern, und wenn sonst niemand mehr kam, dann würde Shauna nur noch schnell ein bisschen aufräumen und um Punkt sechs Uhr gehen. Es war ein schöner, warmer Juliabend, und sie wollte ihn gerne für einen Ausflug zum Strand nutzen, zusammen mit Emma. Die Kleine liebte es, mit Brave über den Sand um die Wette zu rennen. Und Shauna sehnte sich danach, sich vom Wind den Kopf freipusten zu lassen und die drängenden Sorgen, die sie in letzter Zeit kaum schlafen ließen, mal für eine Weile zu vergessen …

Die Tür zum Behandlungszimmer knallte so laut zu, dass

Shauna erschrocken zusammenzuckte. Einen Augenblick später stürmte Declan Spargo, der Patient, den sie zuletzt zu MacKenzie hineingeführt hatte, an der Anmeldung vorbei in Richtung Ausgang.

Oh nein, bitte nicht schon wieder, dachte sie und erhob sich hastig.

»Mr. Spargo?« Sie lief dem sichtlich aufgebrachten Mann nach und erwischte ihn gerade noch, als er eben zur Praxistür hinauswollte. »Was ist passiert? Haben Sie sich mit dem Doktor gestritten?«

Declan Spargo hatte die Hände zu Fäusten geballt, und seine Lippen bildeten eine schmale Linie, was Shauna noch mehr erschreckte. Denn eigentlich war der Wirt des Fisherman's Inn ein freundlicher Mann, der viel lächelte.

»Ich wollte nur ein Rezept für mein Magenmittel, so wie immer«, beschwerte er sich. »Aber Doktor MacKenzie will es mir nicht geben. Stattdessen soll ich ins Krankenhaus!« Er schüttelte den Kopf. »Macht aus einer Mücke einen Elefanten, dieser Quacksalber, nur damit er mehr Geld an mir verdient!«

»Doktor MacKenzie verdient nichts daran, wenn er Sie ins Krankenhaus schickt«, versicherte Shauna ihm. »Er hat ganz sicher nur Ihre Gesundheit im Blick. Wenn er sagt, dass Sie dorthin müssen, dann …«

»Ich muss da aber nicht hin!«, unterbrach der Mann sie wütend. »Ich habe mal wieder Magenbeschwerden und brauche meine Tropfen, die mir seit Jahren helfen. Doktor Brown hat sie mir immer gegeben, und sie haben immer gewirkt. Aber nein, Doktor Oberschlau aus der Großstadt weiß es ja besser.« Er hielt inne, weil ihm offenbar auffiel, wie laut er geworden war. »Nichts für ungut, Miss Lewis, Sie können nichts dafür. Aber mich sehen Sie hier nicht wieder.«

Er stieß die Tür ganz auf und verließ die Praxis. Shauna folgte ihm ein Stück und sah ihm nach, während er die wenigen Schritte hinüber ins Fisherman's Inn ging, das direkt neben der Praxis lag. Die Hafenkneipe gehörte ihm, und da sie so etwas wie das heimliche Zentrum von Carywith war, wo sich die Dorfbevölkerung gerne auf einen Plausch traf, war Shauna ziemlich sicher, dass sich bald herumgesprochen haben würde, wie stur sich der neue Landarzt verhalten hatte.

Das würde MacKenzies Ruf schaden. Mal wieder. Denn letzte Woche hatte er sich auch schon mit Martin Rodark gestritten, und in der Woche davor mit der alten Harriet Stowe. So ging das schon, seit Shauna Anfang Juni, also vor knapp anderthalb Monaten in der Praxis angefangen hatte. Sie hatte keine Ahnung, was mit ihrem Chef manchmal los war, aber er schaffte es immer wieder, die Leute, die bei ihm Hilfe suchten, gegen sich aufzubringen. Wenn er so weitermachte, kam vielleicht bald niemand mehr. Und dann war Shauna ihren Job wieder los, kaum, dass er richtig angefangen hatte.

Mit einem Anflug von Verzweiflung ließ sie den Blick über die Hafenpromenade schweifen. Bei dem Gedanken, diesen Ort wieder verlassen zu müssen, zog sich ihr Herz zusammen. Sie hatte nicht erwartet, dass es sie ausgerechnet nach Cornwall verschlagen würde. Als sie sich auf die Stelle bei MacKenzie beworben hatte, war ihr nur wichtig gewesen, möglichst schnell aus Exeter wegzukommen, wo sie nicht mehr hatte bleiben können. Doch es gefiel ihr sehr in Carywith. Das kleine Dorf lag idyllisch in einer Bucht – und die Praxis direkt am Hafen.

Wenn man aus der Tür trat, waren es nur noch wenige Meter bis zur Kaimauer, von wo aus man auf zahlreiche Segeljachten und Fischerboote blicken konnte. Bei Ebbe lagen die Schiffe auf dem Sand, doch im Moment schaukelten sie mit der Flut auf den Wellen, Möwen ließen sich an dem heute wunderbar blauen Himmel im Wind treiben, und die hübschen Steinhäuser des kleinen Fischerdorfes mit ihren bunten Fensterrahmen und den Blumenkästen auf den Fensterbänken bildeten eine Kulisse, in die man sich einfach verlieben musste.

Dass es im Südwesten von England wunderschön war, hörte man oft, aber in der Realität hatte Cornwall Shaunas Erwartungen tatsächlich noch übertroffen. Sogar mit ihrer Heimat Irland konnte diese Gegend mithalten, und das sollte schon was heißen. Vielleicht konnten Emma und sie hier wirklich neu anfangen. Doch dafür musste sie ihren Job in der Praxis von MacKenzie behalten. Eine Alternative dazu gab es für sie nicht, er war der einzige Arzt der Gegend. Und wenn er weiter in diesem Tempo Patienten vergraulte …

»Miss Lewis?« MacKenzies Ruf drang aus dem hinteren Teil der Praxis zu ihr und riss sie aus ihren Gedanken. »Kommen Sie bitte mal? Ich habe hier ein Problem!«

Mit einem Seufzen ging Shauna zurück ins Haus und schloss die Tür. Sie wollte nach hinten gehen, doch als sie am Wartezimmer vorbeikam, stieß sie beinahe mit Seamus Bodilly zusammen.

»Oh, tut mir leid«, entschuldigte sich der ältere Farmer. Er drehte seine Mütze in der Hand und blickt unsicher in Richtung der Behandlungszimmer. »Richten Sie dem Doktor bitte aus, dass ich ihn doch nicht mehr sehen muss.«

Überrascht sah Shauna ihn an. »Sie sind jetzt sofort dran«, versicherte sie ihn.

»Ja, ich weiß«, erwiderte er. »Aber mein Knie tut gar nicht mehr weh. Ich melde mich, falls es wieder schlimmer wird.«

Er setzte seine Mütze auf und verließ die Praxis beinahe fluchtartig.

Und der Nächste, dachte Shauna bedrückt, nachdem die Tür hinter Bodilly ins Schloss gefallen war. Der Farmer musste mitangehört haben, was Declan Spargo gesagt hatte, und schien jetzt ebenfalls keinen Wert mehr auf eine Behandlung zu legen.

Sicher ging Bodilly direkt rüber ins Fisherman's Inn, setzte sich an die Theke und hörte sich die Tiraden an, die Declan Spargo über MacKenzie losließ. Und wenn dann dort noch andere saßen, die das mitbekamen …

Ein Schwindelgefühl ergriff Shauna, und sie musste sich kurz an der Wand abstützen. Sie fühlte sich schon den ganzen Tag nicht gut, aber jetzt drehte sich plötzlich alles um sie herum. Mit unsicheren Schritten tastete sie sich durch den Flur bis zu der schmalen Toilette. Wenn es ihr so ging wie jetzt, dann half es ihr meistens, sich kaltes Wasser über die Handgelenke laufen zu lassen.

Sie drehte den Hahn an dem kleinen Waschbecken voll auf und blickte, während das Wasser angenehm kalt über die empfindliche Haut an ihren Handgelenken rann, in den Spiegel. Sie sah blasser aus als sonst, weil sie nachts kaum Ruhe fand, deshalb hatte sie etwas mehr Make-up aufgetragen. Wobei das trotzdem nicht viel war. Ein bisschen Mascara, um ihre blauen Augen zu betonen, etwas Puder, ein Hauch Rouge und ein Lipgloss – mehr verwendete sie fast nie, und mehr war auch eigentlich nicht nötig, schließlich war sie noch jung und gehörte zu den Glücklichen, die mit ebenmäßigen Gesichtszügen und einem relativ glatten Hautbild gesegnet waren. Außerdem war es ihr lieber, wenn sie nicht auffiel. Sie musste nicht im Mittelpunkt stehen und alle Blicke auf sich ziehen. Das hatte sie – unfreiwillig – schon einmal getan, und diese Erfahrung wollte sie nicht wiederholen.

Das Schwindelgefühl hatte nachgelassen, deshalb drehte Shauna den Wasserhahn wieder zu und trocknete sich die Hände ab. Mit geübten Handgriffen richtete sie den Pferdeschwanz, zu dem sie ihr dunkles, schulterlanges Haar gebunden hatte, und schob sich ihre Curtain Bangs hinter die Ohren. Dann zupfte sie den dünnen hellblauen Pullover zurecht, den sie heute zu einer engen Jeans und Sneakern trug, und warf noch einen letzten prüfenden Blick in den Spiegel, bevor sie die Toilettentür öffnete – und beinahe mit Mac-Kenzie zusammenprallte, der direkt davorstand.

»Oh, *go hifreann leat!*«, entfuhr es Shauna auf Gälisch, und sie konnte nur hoffen, dass er nicht wusste, dass sie ihn gerade zur Hölle geschickt hatte. Sie legte sich eine Hand auf die Brust und atmete tief durch. »Sie haben mich erschreckt!«

»Wieso dauert das denn so lange?«, erwiderte MacKenzie ungeduldig und blickte auf sie herunter. Er war weit über eins achtzig groß, und sie reichte ihm mit ihren eins fünfundsechzig gerade bis an die Schulter. »Kommen Sie mit, ich will Ihnen was zeigen.«

Er ging vor in das kleinere der beiden Behandlungszimmer und setzte sich hinter den Schreibtisch. Shauna folgte ihm und betrachtete ihn dabei heimlich.

Er gehörte definitiv zu den attraktivsten Männern, die sie jemals getroffen hatte, und manchmal war sie immer noch ein bisschen schockiert darüber. Sie hatte sich den Landarzt von Carywith als älteren Herrn um die sechzig vorgestellt, mit grauen Schläfen und beginnender Glatze. Doch David Mac-Kenzie war Anfang dreißig, hatte rotbraunes Haar, auffallend grüne Augen und eine durchtrainierte Figur mit breiten Schultern. Er kleidete sich lässig, auch in der Praxis, kam meist, wie heute, in Jeans und Hemd, was er draußen mit einer ziemlich coolen Lederjacke im Bikerstil kombinierte. Den weißen Kittel, den er tatsächlich auch besaß, ließ er an dem Haken hinter der Tür des Behandlungszimmers hängen.

Und dann sein Lächeln! Es erhellte sein sonst so strenges, schönes Gesicht und ließ seine Augen funkeln. Damals beim Vorstellungsgespräch hatte er viel gelächelt, daran erinnerte Shauna sich noch gut. Er hatte ihr erklärt, dass er dringend eine Nachfolgerin für seine vorherige Arzthelferin brauchte, die überraschend und sehr kurzfristig gekündigt hatte, und Shauna war so damit beschäftigt gewesen, ihn anzuschauen, dass sie sich gar nicht gefragt hatte, warum ihre Vorgängerin gegangen war. Sie war einfach nur froh gewesen, als er ihr anschließend mitgeteilt hatte, dass sie die Stelle haben konnte. Inzwischen hätte sie allerdings schon gerne gewusst, ob Sarah Brown, die Enkelin des ehemaligen Praxisinhabers Phineas Brown, vielleicht nicht mit MacKenzies Art klargekommen war. Vorstellen konnte Shauna sich das, denn der Mann war eine Herausforderung, und zwar in jeder Hinsicht.

Er war nämlich nicht nur ungeduldig und hin und wieder aufbrausend, sondern generell so unorganisiert, dass er sie damit in die Verzweiflung trieb. Jetzt zum Beispiel lag sein Schreibtisch schon wieder voll mit übereinandergestapelten Unterlagen, aus denen er einige Blätter herausgezogen hatte. Das würde neu sortiert werden müssen, und vermutlich musste Shauna das für ihn erledigen, so wie immer. Sie räumte ständig hinter ihm her, und oft bedankte er sich nicht einmal dafür. Im Gegenteil – meistens sah er nicht mal, dass er ihr unnötige Arbeit machte, dafür war er viel zu sehr mit sich selbst beschäftigt. Und er lächelte auch nur noch selten, jedenfalls nicht ihr gegenüber. Das sparte er sich für die Patientinnen auf, die Shauna heimlich seine »Groupies« nannte, weil sie ständig wegen Lappalien in die Praxis kamen und ihr Interesse an ihm unverhohlen zeigten, indem sie mit ihm flirteten. Zu denen war er sehr nett, während er Shauna meist eher wie ein Stück Praxisinventar behandelte: Notwendig, aber nicht weiter beachtenswert.

Shauna seufzte innerlich. Nicht dass sie mehr Aufmerksamkeit von ihm wollte. Im Gegenteil, nach der Katastrophe mit Ethan war sie froh um jeden gut aussehenden Mann, der einen Bogen um sie machte. Deshalb war es in Ordnung, dass er sich ihr gegenüber so distanziert verhielt. Aber zu den Patientinnen und Patienten musste er endlich freundlicher werden!

Das Problem schien jedoch tiefer zu gehen. Sie hatte das Gefühl, als würde MacKenzie mit seiner eigenen Praxis fremdeln. Wenn er seine Patienten behandelte, war er bei der Sache. Bei allem, was die Praxisorganisation betraf, schien er jedoch sein Gehirn auszuschalten. Das geht wirklich nicht mehr lange so weiter, dachte Shauna, während sie seiner Aufforderung folgte, um den Schreibtisch herumzukommen. Sie stellte sich neben seinen Stuhl, und er deutete mit dem Kinn auf den Computerbildschirm.

»Da, schauen Sie sich diesen Eintrag mal an. Werden Sie schlau daraus?«, fragte er mit genervtem Unterton.

Shauna sah, dass auf dem Bildschirm das alte Buchhaltungsprogramm geöffnet war, mit dem MacKenzies Vorgänger gearbeitet hatte. Es gab längst viel modernere Systeme, so jedenfalls kannte Shauna es aus den Praxen, in denen sie zuvor angestellt gewesen war, und es hätte sich gelohnt, die veraltete Technik auszutauschen. Doch MacKenzie hatte das bisher nicht getan. Stattdessen ärgerte er sich lieber regelmäßig darüber, dass das alte System Probleme machte, weil viele Patientenakten fehlerhaft waren oder sich nicht richtig aufrufen ließen.

Sie beugte sich noch weiter vor, um besser lesen zu können, was auf dem Bildschirm stand, und kam MacKenzie dabei so nah, dass sie ihn beinahe berührte.

Er riecht gut, schoss es ihr durch den Kopf. Nach einer sehr angenehmen Mischung aus Leder und Sandelholz. Das war ihr schon ein paarmal aufgefallen, wenn sie sich im Praxisalltag nahegekommen waren. Sie atmete tief ein – und richtete sich dann erschrocken wieder auf. Herrgott, was tat sie denn da? MacKenzie war ihr Chef, und das Letzte, was sie interessieren sollte, war, ob sie sein Aftershave mochte.

»Miss Lewis?« Er musterte sie stirnrunzelnd, offenbar irritiert über ihren plötzlichen Rückzug. »Können Sie das klären?«

»Ja. Nein. Doch, natürlich«, stotterte sie und spürte, wie ihre Wangen heiß wurden. »Ich kümmere mich darum.«

Sie wollte sich umdrehen und den Raum verlassen, doch MacKenzie griff nach ihrem Arm und hielt sie zurück.

»Sie sehen blass aus«, sagte er. »Das ist mir schon den ganzen Tag aufgefallen. Ist was mit Ihnen?«

Shauna starrte ihn an. Dass er ihren völlig übermüdeten Zustand bemerkt hatte, konnte sie kaum glauben. Doch da war plötzlich ein sehr aufmerksamer Ausdruck in seinen grünen Augen, und in seinem Gesicht las sie Besorgnis.

»Nein, es ist nichts. Mir geht's gut«, versicherte sie ihm, und als er sie wieder losließ, hatte sie das Gefühl, als würde ihre Haut brennen an der Stelle, an der seine Hand sie eben noch berührt hatte. »Ich gehe dann wieder nach vorn.«

Hastig trat sie hinter dem Schreibtisch hervor. Sie wusste selbst nicht, wieso MacKenzie sie ausgerechnet heute so aus der Ruhe brachte. Wahrscheinlich war sie durch den fehlenden Schlaf dünnhäutiger als sonst.

»Dann schicken Sie den nächsten Patienten rein«, meinte er hinter ihr. Sie blieb stehen und drehte sich wieder zu ihm um.

»Das geht nicht, Mr. Bodilly ist gegangen«, informierte sie ihn. »Er sagt, er hätte keine Schmerzen mehr im Knie. Aber …«

MacKenzie hob den Blick, den er schon wieder auf den Computerbildschirm gerichtet hatte, und runzelte die Stirn. »Aber was?«

Shauna zögerte kurz. »Aber ich glaube, das stimmt nicht«, fuhr sie fort. »Ich denke, er hat das Vertrauen verloren, dass Sie ihm helfen werden.«

»Wie bitte?« MacKenzie war sichtlich irritiert. »Was soll das heißen?«

Shauna ging weiter, bis sie dicht vor dem Schreibtisch stand. »Es soll heißen, dass die Leute nicht zufrieden sind damit, wie sie von Ihnen behandelt werden«, sagte sie. »Menschlich, meine ich. Nicht fachlich.«

»Menschlich?« Er runzelte die Stirn. »Ich verstehe nicht …?«

»Sie stoßen die Leute vor den Kopf«, erklärte sie. »So etwas spricht sich in einem Ort wie Carywith schnell herum.«

»Ich mache … was?« MacKenzie wirkte ehrlich überrascht, doch dann schien ihm zu dämmern, was das Problem war. »Sie meinen, weil ich Declan Spargo sein Magenmittel nicht verschrieben habe?«

Shauna nickte. »Er hat es immer bekommen, das steht in seiner Akte. Wäre es wirklich so schlimm gewesen, es ihm noch einmal zu verordnen?«

»Ja, das wäre es«, erwiderte MacKenzie. »Denn dann würde er vielleicht glauben, dass es ihm helfen wird. Ich bin jedoch davon überzeug, dass seine Magenverstimmung ernstere Ursachen hat. Mit ein paar Kräutertropfen kommt er da nicht weiter.«

»Aber ohne die Tropfen kommt er nicht wieder in die Praxis«, sagte Shauna. »Verstehen Sie denn nicht, dass die Leute hier so ticken? Sie müssen ein bisschen mehr auf sie eingehen.«

MacKenzie hob die Augenbrauen. »Und das beinhaltet, ihnen Medikamente zu verschreiben, die keine Wirkung haben, so wie mein Vorgänger es offenbar gerne gemacht hat?«

»Das sagen Sie besser nicht laut«, warnte sie ihn. »Doktor Brown ist in Carywith immer noch sehr beliebt. Und die Leute sind stur auf dem Land. So schnell gewöhnt man sich hier nicht an etwas Neues. Oder an jemand Neues. Wenn Sie möchten, dass die Praxis läuft …«

»Herrgott noch mal, ich bin doch kein Selbstbedienungsladen!« MacKenzie sprang auf und beugte sich vor, stützte seine Hände zu Fäusten geballt auf den Schreibtisch. Er war so groß, dass er damit auf Augenhöhe mit Shauna war. »Mr. Spargo hat ernste Probleme, ich tippe auf den Blinddarm. Aber ich durfte ihm nicht mal Blut abnehmen, um die Entzündungswerte zu ermitteln, weil er der Meinung war, das sei nicht nötig. Also habe ich ihm gesagt, dass er ins Krankenhaus gehen soll, um sich untersuchen zu lassen. Vielleicht glaubt er den Ärzten dort ja mehr als mir. Was daran falsch ist, kann ich nicht erkennen, schließlich hat er mich daran gehindert, ihm zu helfen.«

»Daran ist falsch, dass Declan jetzt in seiner Kneipe hinter dem Tresen steht und sich bei jedem, der es hören will, über Sie beschwert«, erklärte Shauna und hielt seinem wütenden Blick stand. »Und Seamus Bodilly hat Ihren Streit mitbekommen und ist gleich freiwillig wieder gegangen. Wenn das so weitergeht, dann fahren die Leute bald rüber nach Truro, um dort zum Arzt zu gehen.« Sie sah ihn flehend an. »Können Sie nicht ein bisschen netter sein zu den Patienten?«

»So wie der unfehlbare Doktor Brown?« MacKenzie richtete sich auf und verzog das Gesicht. »Wissen Sie eigentlich, wie satt ich die Vergleiche mit ihm habe? Der Mann war ein Heiliger und hatte keine Freizeit, wie es scheint! Das Wort ›Sprechstunde‹ kannte hier kaum jemand, als ich anfing. Die Leute haben zu jeder Tages- und Nachtzeit angerufen, weil Doktor Brown immer bereit war, sie zu behandeln. Bei Notfällen verstehe ich das, aber dieses Wort ist hier dank Browns Dauereinsatzbereitschaft zu einem dehnbaren Begriff geworden.«

»Er war eben ein echter Landarzt, und daran könnten Sie sich ruhig ein Beispiel nehmen«, beharrte Shauna. »Hier gibt es nicht so viele Alternativen, wenn die Leute medizinische Hilfe brauchen. Deshalb schadet es nicht, ein bisschen flexibler zu sein. Das müssen Sie, wenn Sie hier auf Dauer Fuß fassen wollen. Und wo wir schon dabei sind: Ein bisschen mehr Mühe bei der Praxisorganisation könnten Sie sich auch geben. Ich meine, sehen Sie sich doch nur mal Ihren Schreibtisch an! Da liegt schon wieder alles durcheinander, und ich muss es dann alles wieder auseinandersortieren. Das ist zusätzliche Arbeit für mich, nur weil es Ihnen egal ist und Sie keine Lust haben, die Akten vernünftig zu führen. Wirklich, wenn ich es nicht besser wüsste, dann würde ich denken, dass Sie hier gar nicht bleiben wollen, so wenig, wie Sie sich für die Buchführung interessieren!«

Sie hielt inne, selbst erschrocken über die Worte, die so heftig aus ihr herausgebrochen waren. Ja, sie war enttäuscht von ihm, aber sie hatte ihm das nicht alles so an den Kopf werfen wollen. Abwartend blickte sie zu ihm auf und erwartete eine aufbrausende Antwort, eine Rechtfertigung, die ihr sagte, dass sie mit ihrer These, dass er kein Interesse an seiner Praxis hatte, falsch lag. Doch er starrte sie nur mit versteinerter Miene an, und in seinen Augen lag ein Ausdruck, den sie erst auf den zweiten Blick erkannte. Er sah … schuldbewusst aus.

Shauna griff nach der Lehne des Stuhls, der vor MacKenzies Schreibtisch stand, weil sie spürte, wie der Schwindel sie erneut erfasste. »Stimmt das etwa?«, fragte sie entsetzt. »Wollen Sie wieder weg aus Carywith?«

Genau das unterstellte man ihm im Ort hier, das wusste sie aus den Gesprächen, die sie vorn an der Anmeldung und auch hier und da im Ort aufgeschnappt hatte. Vielen war es merkwürdig vorgekommen, dass ausgerechnet ein Mediziner aus dem fernen Glasgow die Nachfolge des allseits geschätzten Phineas Brown antrat, als dieser sich vor gut einem halben Jahr zur Ruhe setzte. Man hatte mit jemandem aus der Gegend gerechnet, und viele glaubten, dass »der Neue aus der Stadt« das Landleben nicht lange aushalten würde.

»Doktor MacKenzie?«, drängte Shauna, weil er noch nicht geantwortet hatte.

Mein Gott, konnte es sein, dass die Leute recht hatten? Aber warum hätte MacKenzie die Praxis dann überhaupt erst übernehmen sollen? Wenn er sich hier nicht niederlassen wollte, aus welchem Grund war er dann nach Cornwall gekommen? Hatte es etwas mit den Ausflügen in die Umgebung zu tun, die er ständig unternahm?

Er schien sich unter ihrem fragenden Blick zu winden, doch bevor einer von ihnen noch etwas sagen konnte, stürmte plötzlich ein großer Collie ins Sprechzimmer und blieb bellend vor Shauna stehen.

»Brave!«, rief sie überrascht und strich ihrer Hündin über den Kopf, um sie zu beruhigen. »Was machst du denn hier?«

»Ist das Ihrer?« MacKenzie kam hinter dem Schreibtisch hervor. Er wirkte entsetzt, und Shauna hätte geschworen, dass

Hunde nicht zu seinen Lieblingslebewesen zählten. »Bringen Sie den sofort wieder raus. Der hat hier nichts zu suchen!«

»Tut mir leid«, meinte Shauna verwirrt. »Ich weiß auch nicht, wie …«

»Shauna, schnell!« Ein Mädchen, das die gleichen dunklen Haare wie Shauna hatte, erschien im Türrahmen. Sie war groß für eine Sechsjährige, und Angst stand in ihren blauen Augen, als sie zu Shauna lief und nach ihrer Hand griff. »Du musst mitkommen, es ist was passiert!«

»Das ist meine kleine Schwester Emma«, erklärte Shauna dem überraschten MacKenzie und wandte sich dann an das Mädchen. »Wieso bist du denn nicht bei Violet?«, fragte sie. »Hat sie dich etwa alleinge…«

»Tante Violet liegt auf dem Boden vor dem Sofa«, fiel Emma ihr aufgeregt ins Wort. »Sie kann schlecht atmen und stöhnt immerzu, weil ihr das Herz wehtut.« Sie wandte sich an MacKenzie. »Sie müssen ihr helfen, Sie sind doch ein Doktor. Ich glaube, sonst stirbt sie!«

2

Shauna wandte sich zu MacKenzie um und wollte ihm sagen, dass er Emma ernst nehmen musste. Die Kleine war sehr aufgeweckt für ihr Alter und hätte sich mit so etwas keinen Scherz erlaubt.

MacKenzie schien die Wichtigkeit von Emmas Meldung jedoch nicht in Zweifel zu ziehen, denn er holte bereits seine Arzttasche, die hinter der Tür stand.

»Violet?«, fragte er, an Shauna gewandt. »Reden wir von Violet Borrows, der Frau, bei der Sie wohnen?«

Shauna nickte, überrascht, dass er das wusste. Sie hatte es zwar einmal erwähnt, als Violet zu einer Kontrolluntersuchung in die Praxis gekommen war, aber er hatte es damals nicht kommentiert, deshalb war sie nicht sicher gewesen, ob er die Information überhaupt zur Kenntnis genommen hatte.

»Violet leidet an ...«

»Angina pectoris, ich weiß«, beendete MacKenzie ihren Satz. »Hatte sie in den letzten Tagen Beschwerden?«

Shauna schüttelte den Kopf, verblüfft, dass er die richtige Diagnose sofort parat hatte. »Nein, ich glaube nicht. Sie hat nichts erwähnt. Wir sollten den Rettungsdienst informieren, damit wir keine Zeit verlieren. Es dauert eine Weile, bis ...«

»Das habe ich schon gemacht«, unterbrach Emma sie.

»Du?«, fragte MacKenzie, und auch Shauna sah die Kleine überrascht an.

Emma nickte. »War das falsch? Violet hat gesagt, dass ich das tun soll. Als sie noch sprechen konnte. Der Mann am Telefon meinte, dass ich bei ihr warten soll, bis sie kommen. Aber dann hat sie so komisch geatmet und nicht mehr geantwortet. Da bin ich hergelaufen.«

»Das hast du richtig gemacht«, versicherte MacKenzie ihr. »Alles. Dass du angerufen hast und auch, dass du hergekommen bist.« Er wandte sich wieder an Shauna. »Wie weit ist es von hier?«

»Nur ein paar hundert Meter«, erwiderte Shauna.

»Ich zeige euch den Weg«, rief Emma aufgeregt und lief mit Brave voraus. MacKenzie eilte ihr nach, und Shauna auch, doch als sie durch die schmalen Gassen von Carywith liefen, hatte sie Mühe mitzuhalten, weil ihr wieder schwindelig war.

»Nun kommen Sie schon!« MacKenzie blieb stehen und wartete auf sie, dann schob er sie weiter.

Zum Glück dauerte es tatsächlich nicht lange, bis sie das zweistöckige, weißgetünchte Haus erreicht hatten, in dessen Erdgeschoss Violets Wohnung lag. Dort hatte Shauna genau einen Tag, bevor sie ihre Stelle bei MacKenzie angetreten hatte, ein Zimmer bekommen, und damit ihre Suche nach einer Unterkunft gerade noch rechtzeitig beendet.

Zur Miete gab es kaum etwas im Ort, die meisten Menschen besaßen die Häuser, in denen sie wohnten. Und die wenigen Wohnungen, die Shauna sich hatte ansehen können, waren entweder viel zu teuer gewesen, oder die Vermieter erlaubten keine Hunde. Shauna hatte in ihrer Verzweiflung sogar schon überlegt, vorerst in eine Pension zu ziehen, doch auch das war jetzt im Sommer während der Hochsaison nicht so einfach. Doch dann hatte sie durch Zufall erfahren, dass Violet Borrows eine Mitbewohnerin suchte. Die alte Frau war einsam und wollte gerne Gesellschaft, deshalb vermietete sie eines ihrer Zimmer unter. Der Mietpreis war sehr erschwinglich, Brave durfte mit, und Violet hatte sogar angeboten, sich um Emma zu kümmern, bis diese Mitte September in die Schule kam.

Natürlich hatte Shauna gewusst, dass dieses Arrangement wegen Violets Erkrankung nicht ideal war, aber Violet hatte ihr immer wieder versichert, wie gerne sie auf Emma aufpasste. Und es gab auch einfach keine Alternative, weder was die Wohnung noch was die Kinderbetreuung anging. Bisher war Shaunas Suche jedenfalls erfolglos geblieben. Dabei wollte sie gerne weg, auch weil ihr die Sache mit Violets Sohn John immer mehr zusetzte …

»Hier ist es!« Emma erreichte das Haus als Erste und stürmte mit Brave durch die unverschlossene Eingangstür.

Shauna blieb völlig außer Atem davor stehen und musste sich an der Wand festhalten, weil sich alles um sie drehte. Übelkeit stieg in ihr auf, und sie stemmte sich verzweifelt dagegen.

»Was ist los mit Ihnen?« MacKenzie betrachtete sie mit einer Mischung aus Verärgerung und Sorge. »Und jetzt sagen Sie nicht wieder, dass alles in Ordnung ist. Sie sind weiß wie die Wand!«

»Mir ist schwindelig. Ich habe einen zu niedrigen Blutdruck, und das macht mir manchmal Probleme. Es geht gleich wieder«, versicherte sie ihm. »Sehen Sie nach Violet, bitte! Sie braucht Sie dringender!«

Er betrachtete sie noch einen Moment skeptisch, dann ging er ins Haus. Shauna folgte ihm.

Die in die Jahre gekommenen Holzdielen im Flur knarrten unter seinem Gewicht, weil der ausgetretene, fadenscheinige

Teppich, der darüberlag, das Geräusch nicht mehr dämpfen konnte. Überhaupt war das Haus sehr in die Jahre gekommen, und als sie beide kurz darauf in Violets Wohnzimmer standen, fiel Shauna unangenehm auf, wie abgewohnt die Wände und Möbel aussahen. Sie selbst nahm den Zustand der Räume kaum noch wahr, sie hatte sich daran gewöhnt. Aber wie würde MacKenzie ihre Lebensumstände finden? Ihn hier zu sehen, mitten in ihrem Privatleben, nachdem sie bisher nur beruflich miteinander zu tun gehabt hatten, fühlte sich merkwürdig an. Im Moment gab es jedoch Wichtigeres, deshalb konzentrierte sie sich auf Violet, die neben dem Sofa auf dem Boden lag.

Violet trug eine Kittelschürze, wie tagsüber meistens, und ihr graues Haar hatte sich aus ihrem Dutt gelöst und hing ihr wirr um den Kopf. Ihre Stirn glänzte schweißnass.

»Tante Violet!« Emma kniete neben ihr und hatte die Hände auf ihren Arm gelegt. »Ich bin wieder da. Und ich hab Shauna mitgebracht. Und den Doktor. Wie ich es dir versprochen habe!«

»Emma, würdest du mir einen Gefallen tun?«, bat MacKenzie, der jetzt ebenfalls neben Violet in die Hocke ging. »Wenn die Sanitäter kommen, dann muss ihnen jemand zeigen, wo wir sind. Würdest du mit dem Hund nach draußen gehen und auf sie warten? Es wäre wichtig, dass sie uns sofort finden können.« Er sah sie an. »Das ist eine wichtige Aufgabe. Denkst du, dass du das hinbekommst?«

Emma nickte mit ernster Miene und erhob sich. Sie rief nach Brave und ging mit ihr zur Wohnungstür. Kurz darauf hörte man draußen die Haustür zufallen.

»Danke«, sagte Shauna zu MacKenzie, froh, dass er Emma erst mal beschäftigt hatte. Es war schlimm genug, dass die

Kleine mit Violet allein gewesen war, als diese ihren Herzanfall erlitten hatte. Alles, was jetzt noch passierte, sollte sie besser nicht mitbekommen, und dass MacKenzie das genauso sah, erleichterte sie.

Sie kniete sich auf der anderen Seite neben Violet, deren Brustkorb sich schwer hob und senkte. Aber zumindest atmet sie noch, dachte Shauna erleichtert. Als MacKenzie die alte Frau ansprach, dauerte es einen Moment, dann öffnete sie die Augen.

»Ich … kann … nicht … atmen«, brachte sie mühsam hervor. Ihre Augen waren schreckgeweitet, und sie legte eine Hand auf ihre Brust. »Mein Herz …«

»Ganz ruhig, Mrs. Borrows, wir helfen Ihnen.« MacKenzie war schon dabei, seiner Arzttasche alles Notwendige zu entnehmen, und während der nächsten Minuten widmeten sie sich beide ganz Violet. MacKenzie untersuchte sie mit sicheren Handgriffen und redete dabei beruhigend auf sie ein, während er ihr einen Zugang legte und ihr eine Spritze gab, um den Kreislauf zu stabilisieren.

Shauna reichte ihm, was er brauchte. Ihre Hände zitterten noch leicht, aber tatsächlich fühlte sie sich besser, was auch daran lag, dass MacKenzie so souverän wirkte. Die Sicherheit, die er ausstrahlte, übertrug sich nicht nur auf Violet, die schon viel ruhiger atmete, sondern auch auf sie.

Ich habe ihn noch nie so arbeiten sehen, dachte Shauna, selbst ein bisschen überrascht. Die Fälle, die sie in den vergangenen Wochen in der Praxis gehabt hatten, waren alle nicht so dramatisch gewesen. Jetzt erlebte sie MacKenzie zum ersten Mal unter Stress – und leistete innerlich Abbitte. Denn ganz egal, wie unorganisiert er in der Praxis sein mochte, er war ein guter Arzt, das stellte er gerade sehr eindrucksvoll unter Beweis.

»Da kommt der Heli!«, meinte MacKenzie, als wenig später von draußen das Geräusch von Rotoren zu ihnen drang, das schnell lauter wurde. »Ich hoffe, sie finden einen Landeplatz in der Nähe.«

Das schien so zu sein, denn nachdem es wieder still geworden war, dauerte es nur wenige Minuten, bis zwei Sanitäter und eine Notärztin der Cornwall Air Ambulance bei ihnen eintrafen.

MacKenzie setzte die Ärztin in Kenntnis über Violets medizinische Vorgeschichte und die Maßnahmen, die er schon ergriffen hatte, und die beiden kräftigen Männer schnallten die alte Dame auf der mitgebrachten Trage fest. Dann machten sie sich auf den Weg, und wenig später hörte man den Hubschrauber wieder aufsteigen.

Emma, die mit Brave auf dem Boden vor dem Sofa saß, kaute auf ihrer Unterlippe. »Und jetzt?«, fragte sie. »Was passiert jetzt mit Tante Violet?«

»Ich fürchte, sie wird erst mal im Krankenhaus bleiben müssen«, antwortete MacKenzie. »Ihr Herz ist krank, und es kann sein, dass sie operiert werden muss. Aber das werden die Ärzte dort entscheiden.«

»Geht es ihr dann wieder besser?«, erkundigte sich Emma hoffnungsvoll.

MacKenzie nickte. »Ich denke ja. Und das verdankt sie dir. Du hast genau das Richtige getan, obwohl du bestimmt Angst hattest. Das war sehr mutig von dir. Ich glaube, damit hast du ihr das Leben gerettet.«

»Wirklich?« Emma strahlte vor Stolz.

»Ja, wirklich«, bestätigte MacKenzie lächelnd. Doch als er sich an Shauna wandte, wurde er wieder ernst. »Und jetzt zu Ihnen«, sagte er und deutete auf das Sofa. »Setzen Sie sich da hin und machen Sie einen Arm frei, ich möchte Ihren Blutdruck messen.«

»Das ist nicht nötig«, protestierte Shauna. »Mir geht es …«

Weiter kam sie nicht, denn ein Mann stürmte plötzlich ins Wohnzimmer. Er war um die dreißig, mittelgroß und schlank, hatte hellbraunes, kurzes Haar und weit auseinanderliegende Augen, in denen, wie Shauna fand, immer ein leicht verschlagener Ausdruck lag.

»Was ist hier los?«, blaffte er Shauna an und deutete auf MacKenzie. »Was macht der Kerl hier? Und wo ist Granny?«

»Das ist mein Chef, Doktor David MacKenzie«, stellte Shauna vor. »Und das ist John Borrows. Er ist Violets Enkel und wohnt oben im ersten Stock.«

»Wieso haben Sie den Doktor mitgebracht?«, wollte Borrows wissen. Auf einen Schlag wirkte er nervös. »Ist mit Granny alles in Ordnung? Ich habe auf dem Rückweg den Hubschrauber gesehen. Sie ist doch nicht …?«

»Ihre Großmutter hatte einen Herzanfall«, erklärte MacKenzie. »Sie wird gerade von der Air Ambulance nach Truro ins Krankenhaus gebracht.«

»Was?« Die Nachricht brachte Borrows einen Moment lang sichtlich aus der Fassung. Dann fing er sich wieder und richtete den Blick voller Hass auf Shauna.

»Das ist Ihre Schuld!«, sagte er. »Ich habe es ja immer gesagt! Seit Sie hier wohnen, hat Granny überhaupt keine Ruhe mehr. Es war nur eine Frage der Zeit, bis sie wieder einen Anfall hat!«

Shauna war plötzlich kalt, und sie schwankte leicht. Sie hatte geahnt, dass er ihr Vorwürfe machen würde. Schließlich ergriff er schon seit einer Weile jede sich bietende Gelegenheit, um sie fertigzumachen. Aber seine Worte trafen sie dennoch, weil es einfach nicht stimmte.

»Violet hat angeboten, auf Emma aufzupassen«, rechtfertigte sie sich. »Sie tut das gern. Und wenn sie in letzter Zeit etwas aufgeregt hat, dann nur die Tatsache, dass Sie so viel Unfrieden stiften, Mr. Borrows. Sie sind es doch, der Violet ständig drangsaliert, dass sie uns das Zimmer wieder kündigen soll. Also lassen Sie uns bitte …«

Sie brach ab, weil er noch näher auf sie zutrat.

»Wenn Granny stirbt, dann ziehe ich Sie zur Verantwortung!«, brüllte er und zeigte mit dem Finger auf sie. »Ich werde Sie verklagen. Ich werde …«

»Schluss jetzt!« MacKenzie schob sich zwischen Borrows und Shauna, drängte den aufgebrachten Mann zurück, der überrascht verstummt war. »Statt haltlose Drohungen auszustoßen, sollten Sie sich lieber bei Miss Lewis und ihrer Schwester bedanken. Würde Ihre Großmutter allein wohnen, dann wäre sie jetzt vermutlich tot. Oder wären Sie hier gewesen und hätten die Rettung rufen können?«

In Borrows Wange zuckte ein Muskel. Offenbar versuchte er, MacKenzie als Gegner einzuschätzen. Und ihm schien klar zu werden, dass er eine körperliche Auseinandersetzung gegen ihn verlieren würde, denn er machte noch einen weiteren Schritt zurück. Doch er war nicht besänftigt.

»Okay, vielleicht kann ich Sie nicht verklagen«, zischte er und sah Shauna an. »Aber ich kann Sie rauswerfen. Und das tue ich hiermit. Bis Montag haben Sie Zeit, Ihre Sachen zu packen, danach will ich Sie, Ihre Schwester und diesen verdammten Köter hier nicht mehr sehen!«

»Das können Sie nicht machen!« Shauna spürte, wie der Schwindel sie erneut erfasste. Hilflos tastete sie nach Halt, fand MacKenzies Arm und vergrub die Finger in dem Stoff seines Ärmels. »Ihre Großmutter ist unsere Vermieterin, nicht Sie!«

»Gut, dann zeigen Sie mir Ihren Mietvertrag!«, entgegnete Borrows und grinste zufrieden, als Shauna nicht antwortete. »Sie haben keinen, stimmt's? Granny macht nie welche. Und solange sie im Krankenhaus ist, bin ich hier für alles verantwortlich. Ich entscheide, wer hier wohnt. Und Sie tun das ab Montag nicht mehr!«

»Das sind nur noch vier Tage!« Shauna spürte, wie ihre Kehle eng wurde. »So schnell finde ich nichts Neues. Sie müssen uns Zeit geben, etwas zu finden!«

»Ich muss gar nichts!«, erwiderte Borrows kühl. »Bis Montag sind Sie raus, sonst lernen Sie mich kennen!«

Er wandte sich abrupt um und verließ das Wohnzimmer.

Shauna sah ihn nur noch verschwommen. Alles um sie herum drehte sich jetzt im Tempo eines Kettenkarussells.

»Miss Lewis?« MacKenzies Gesicht tauchte vor ihr auf, aber nur kurz, dann wurde ihr schwarz vor Augen, und sie sackte gegen seine Brust. Sie spürte noch, wie er seine Arme um sie schloss, dann verlor sie das Bewusstsein.

3

»Das ist mir schrecklich unangenehm.« Shauna ließ den Kopf zurück auf das Kissen sinken und blickte zu MacKenzie, der auf der Kante des Sofas saß und gerade dabei war, ihr eine Manschette um den Oberarm zu legen, um ihren Blutdruck noch einmal zu kontrollieren.

Unangenehm war das falsche Wort, sie wäre eigentlich gerne im Erdboden versunken, so peinlich war es ihr, dass sie ausgerechnet in MacKenzies Armen zusammengebrochen war. Dass er sie danach zum Sofa getragen hatte, konnte sie nur annehmen, sie hatte schon hier gelegen, als sie wieder aufgewacht war. MacKenzie hatte ihren Blutdruck gemessen, der viel zu niedrig gewesen war, und ihr direkt etwas dagegen gegeben. Das Mittel schien auch schon zu wirken, denn der Schwindel hatte nachgelassen. Sie fühlte sich allerdings immer noch schwach und matt.

»Seit wann haben Sie diese Schwindelanfälle?«, wollte er wissen, während er sich das Stethoskop in die Ohren setzte und die Messsonde in Shaunas Armbeuge presste.

»Seit ein paar Tagen«, gestand sie. »Aber so schlimm wie heute war es bis jetzt nicht.«

Sie sah zu, wie er die Manschette aufpumpte und die Luft dann langsam wieder abließ, während er gleichzeitig ihren Puls nahm.

»Immer noch niedrig, aber es stabilisiert sich«, verkündete

er, als er fertig war, und legte die Blutdruckmanschette und das Stethoskop zurück in seine Arzttasche. Dann wandte er sich an Emma.

»Könntest du deiner Schwester ein Glas Saft holen, falls ihr so etwas habt?«, bat er sie. »Das würde ihr guttun.«

Emma rutschte sofort von ihrem Sessel. »Ich glaube, es ist noch Orangensaft im Kühlschrank«, sagte sie und lief in Richtung Küche. Brave, die neben ihr auf dem Boden gelegen hatte, sprang ebenfalls auf und folgte ihr.

Sobald sie allein waren, verfinsterte sich MacKenzies Miene.

»Als Arzthelferin sollten Sie die Symptome für zu niedrigen Blutdruck eigentlich erkennen können«, rügte er Shauna. »Sie hatten verdammtes Glück, dass ich neben Ihnen stand und Sie auffangen konnte. Sonst hätten Sie sich verletzen können. Von dem Schreck, den Sie Ihrer Schwester und mir eingejagt haben, reden wir besser gar nicht.«

Shauna schluckte schwer. Sie wusste, dass er recht hatte. Sie hätte wissen müssen, dass ihr Zustand sich nicht von allein wieder bessern würde. Doch sie hatte sich in letzter Zeit um so vieles Gedanken machen müssen, dass sie gar nicht dazu gekommen war, auf sich selbst zu achten.

»Tut mir leid«, sagte sie. »Das mit Violet war ein Schock für mich. Und dann noch dieser schreckliche John Borrows. Er setzt mir schon seit Wochen zu, weil er uns loswerden will. Und jetzt …« Sie zuckte mit den Schultern und kämpfte mühsam gegen die Tränen an, die in ihren Augen brannten. »Ich schätze, jetzt hat er es geschafft.«

MacKenzie runzelte die Stirn. »Das hat er doch nicht ernst gemeint, oder?«, fragte er. »Dass er Sie rauswerfen will?«

»Doch, ich fürchte, er meint das todernst«, erwiderte Shauna und drängte die Panik zurück, die sie bei dem Gedanken erneut überkam. »Violet hat immer die Hand über uns gehalten. Sie wollte, dass wir bleiben. Aber nun ist sie krank und muss sich erst mal um sich selbst kümmern. Und er hat leider recht, es existiert kein Mietvertrag. Violet meinte, dass wir keinen brauchen. Also kann ich ihn nicht aufhalten, wenn er uns vor die Tür setzen will.«

»Warum will er das denn so dringend?«, fragte MacKenzie. »Was hat er gegen Sie?«

»Er wollte, dass Shauna seine Freundin wird«, sagte Emma, die gerade mit einem Glas Orangensaft in der Hand wieder hereinkam. »Aber Shauna mag ihn nicht, und darüber ist er wütend. Deswegen ist er immer so gemein zu uns.«

Überrascht nahm Shauna der Kleinen das Glas ab und stellte es auf den Couchtisch. Dass Emma so viel mitbekommen hatte von John Borrows Verhalten, war ihr gar nicht bewusst gewesen. Als sie den Blick wieder auf MacKenzie richtete, lag ein entsetzter Ausdruck in seinen Augen.

»Emma, würdest du mir vielleicht auch noch etwas zu trinken holen?«, bat er und wandte sich an Shauna, als die Kleine wieder in die Küche verschwunden war.

»Ist das wahr?«, fragte er mit gesenkter Stimme. »Hat der Kerl Sie belästigt?«

Shauna nickte beklommen. »Am Anfang hat er mich oft abgepasst, wenn ich aus der Praxis nach Hause kam. Er hat nicht lockergelassen, wollte unbedingt mit mir ausgehen, obwohl ich ihm gesagt habe, dass ich so etwas grundsätzlich nicht tue. Und dann eines Abends …« Sie hielt kurz inne. »Eines Abends stand er plötzlich hier unten bei mir in der Küche«, fuhr sie dann fort. »Violet war mit Emma und Brave spazieren, und ich war allein. Er hat einen Wohnungsschlüssel und ist einfach reingekommen.«

MacKenzie presste die Lippen zusammen. »Hat er Ihnen was getan?«, fragte er.

»Er wollte, doch ich konnte ihn abwehren.« Sie lächelte leicht, als sie seinen ungläubigen Gesichtsausdruck sah. »Ich weiß, ich sehe nicht so aus, als ob ich das könnte. Aber ich habe den braunen Gürtel im Judo. Mein Vater war mal im irischen Olympiateam und hat mich schon sehr früh mit zum Training genommen.«

»Kampfsport?« MacKenzie wirkte sichtlich beeindruckt. »Da war Ihr Vater sehr vorausschauend. Ich hoffe, Sie haben Ihre Kenntnisse genutzt, um diesen Mistkerl fertigzumachen?«

»Eigentlich habe ich ihn wirklich nur abgewehrt«, erwiderte Shauna und sah Borrows in Gedanken wieder stöhnend vor sich auf dem Küchenboden liegen. Sie hatte ihn ausgehebelt, als er versucht hatte, nach ihr zu greifen und sie an sich zu ziehen. Das war schmerzhaft für ihn ausgegangen und hatte dazu geführt, dass sein vorheriges Interesse in blanken Hass umgeschlagen war. »Als er ging, hat er mich wüst beschimpft. Angeblich hätte ich die Situation völlig missverstanden. Aber ich schwöre, dass er mich bedrängt hat. Ich habe mich nur gewehrt, als er mich …«

»Sie brauchen sich nicht zu rechtfertigen«, unterbrach MacKenzie sie. »Der Kerl hatte kein Recht, einfach in Ihre Wohnung zu kommen. Das war übergriffig, und er hatte es nicht besser verdient. Außerdem war es reines Glück, dass Sie sich wehren konnten. Wer weiß, was sonst passiert wäre.«

Sein Zuspruch löste ein warmes Gefühl in Shauna aus. Sie hatte bisher mit niemandem über diesen Vorfall geredet. Mit wem auch? Außer Violet, die sie damit nicht belasten wollte, kannte sie die meisten Menschen in Carywith noch nicht gut genug, um ihnen so etwas anzuvertrauen. Es tat gut, es endlich teilen zu können, auch wenn sie niemals gedacht hätte, dass ausgerechnet MacKenzie derjenige sein würde, der es hörte.

Er schüttelte den Kopf. »Warum haben Sie mir denn nicht gesagt, dass Sie solche Schwierigkeiten haben?«

»Ihnen?« Shauna hätte beinahe gelacht. »Doktor MacKenzie, Sie interessieren sich nicht mal für das, was ich bei Ihnen in der Praxis tue. Wieso sollte ich davon ausgehen, dass Sie etwas über mein Privatleben wissen wollen?«

Sein betroffenes Gesicht machte ihr bewusst, dass sie zu weit gegangen war.

»Tut mir leid, ich wollte Sie nicht …«, setzte sie an, doch in diesem Moment kam Emma mit dem zweiten Glas Saft zurück. Sie reichte es MacKenzie und ging dann zu Shauna.

»Geht es dir besser?«, fragte sie.

Shauna nickte. »Ja, viel besser«, antwortete sie, und um es zu beweisen, richtete sie sich auf und wollte die Beine vom Sofa schwingen. Doch schon beim Hochkommen merkte sie, wie unsicher sie sich noch fühlte. Und MacKenzie ließ das auch nicht zu, sondern drückte sie sanft zurück auf das Sofa.

»Denken Sie nicht mal dran«, meinte er. »Sie bleiben liegen, bis ich sage, dass Sie aufstehen dürfen.«

»Aber die Praxis«, protestierte Shauna, den Kopf wieder auf dem Kissen. »Wir müssen doch …«

»Wir müssen gar nichts mehr. Es ist nach sechs, wir haben für heute geschlossen«, erklärte er, und als sie auf ihre Armbanduhr sah, erkannte sie überrascht, dass er recht hatte.

»Ich kann trotzdem nicht liegen bleiben«, sagte sie und richtete sich erneut auf. »Emma braucht ihr Abendessen, und dann muss ich noch mit Brave raus, und …«

»Das mache ich«, fiel er ihr ins Wort. »Ich werde mich um alles kümmern, und Sie bleiben liegen und ruhen sich aus.«

Entgeistert schüttelte Shauna den Kopf. »Nein, das müssen Sie nicht. Bitte fühlen Sie sich nicht verpflichtet, nur weil ich gerade …«

»Keine Widerrede«, fiel er ihr ins Wort. »Emma und ich gehen mit dem Hund raus.« Er blickte zu Brave, die neben Emma saß. »Na ja, also ich gehe mit, den Rest muss Ihre Schwester machen. Mit Hunden kenne ich mich nicht besonders gut aus. Und wenn wir zurück sind, schauen wir in der Küche nach, was wir zum Abendbrot essen könnten. Da wird uns bestimmt was einfallen. Nicht wahr, Emma?«

Die Kleine nickte begeistert. »Können wir Spaghetti machen? Ich mag Nudeln am liebsten.«

Er nickte und wandte sich wieder an Shauna. »Und Sie bleiben hier liegen und machen sich mal eine Weile keine Sorgen. Okay?«

Shauna nickte. Sie merkte erst jetzt, dass sie wirklich nicht mehr konnte. Nichts wünschte sie sich sehnlicher, als einfach liegen zu bleiben und einmal nicht verantwortlich zu sein für alles. Aber sie konnte sich doch nicht ausgerechnet von MacKenzie helfen lassen! Er hielt sie ohnehin schon für unfähig, weil sie ihren Zustand falsch eingeschätzt hatte. Nein, sie musste ihm beweisen, dass sie allein zurechtkam, sonst …

»Das ist eine ärztliche Anweisung, Miss Lewis«, meinte MacKenzie, als hätte er ihr angesehen, was ihr durch den Kopf ging. »Ich bin im Moment nicht nur Ihr Chef, sondern auch Ihr behandelnder Arzt, und ich möchte, dass Sie auf mich hören. Sie wissen ja, wie ungeduldig ich werden kann mit denen, die das nicht tun.« Er lächelte. »Haben wir uns verstanden?«

Shauna nickte, zu schwach, um weiter zu protestieren.

»Danke«, sagte sie mit belegter Stimme. »Vielen Dank, dass Sie das für mich tun.«

»Meine Motive sind durchaus eigennützig«, versicherte er ihr. »Ich brauche Sie fit und ausgeruht in der Praxis. Wie Sie vorhin richtig bemerkt haben, komme ich ohne Ihre Hilfe nicht zurecht. Also tun Sie mir den Gefallen und lassen sich helfen.«

Er stand auf und ging zu Emma, die Brave schon angeleint hatte. Shauna schaffte es, den beiden noch kurz lächelnd zu winken, damit Emma sich keine Sorgen machte. Dann sank sie erschöpft zurück.

Sie wusste selbst nicht, wieso MacKenzies Bemerkung ihr einen Stich versetzt hatte. Für einen kurzen Moment hatte sie tatsächlich geglaubt, dass er ihr vielleicht um ihrer selbst willen half. Aber er brauchte sie nur in der Praxis und wollte sie als Arbeitskraft nicht entbehren müssen. Deshalb unterstützte er sie. Was für einen Grund sollte er auch sonst haben?

Mit einem Seufzen schloss sie die Augen. Doch sie war noch zu aufgewühlt, um sich zu entspannen. Herrgott, wieso hatte sie das mit Violets Herzanfall nicht kommen sehen? Es war fahrlässig gewesen, Emma überhaupt mit der kranken alten Dame allein zu lassen. Und meinen eigenen Zustand hätte ich auch besser einschätzen müssen, dachte sie, von Gewissensbissen gequält.

Es war nur leichter gesagt als getan, wenn man immer auf sich allein gestellt war. Wenn man, so wie Shauna, mit nur dreiundzwanzig schon seit Jahren niemanden mehr hatte, der einem die Verantwortung auch mal abnahm. Manchmal entglitten ihr die Dinge, das war einfach so, und da half es nichts, in Selbstmitleid zu versinken. Deshalb atmete sie noch einmal tief durch und riss sich zusammen. Ich finde eine Lösung wegen der Wohnung, dachte sie. Es war schließlich nicht das erste Problem, mit dem sie konfrontiert war, und bisher hatte sie es immer geschafft, irgendwie durchzukommen. Das würde ihr auch diesmal gelingen!

Der Gedanke ließ sie zur Ruhe kommen, und ohne es bewusst zu merken, glitt sie tatsächlich in den Schlaf.

Als sie die Augen wieder aufschlug, brannte das Licht über dem Sofa nicht mehr, dafür aber die Lampe über dem Esstisch, den Shauna von ihrem Platz aus sehen konnte. MacKenzie und Emma saßen daran und spielten ein Brettspiel. Und sie verstanden sich gut, denn sie unterhielten sich, und MacKenzie lachte gerade über etwas, das Emma gesagt hatte. Brave lag zu Emmas Füßen auf dem Boden und schlief ganz entspannt.

Das friedvolle Bild rührte etwas in Shauna, und für einen Moment wagte sie nicht, sich bemerkbar zu machen. Doch dann fiel ihr Blick auf die Standuhr in der Ecke, die anzeigte, dass es schon kurz nach neun war. Mein Gott, sie hatte stundenlang geschlafen!

Erschrocken schwang sie die Beine vom Sofa, und als sie sich aufsetzte, stellte sie erleichtert fest, dass ihr nicht mehr schwindelig war. Tatsächlich fühlte sie sich zum ersten Mal seit Tagen einigermaßen erholt.

»Deine Schwester ist wieder wach«, sagte MacKenzie, der ihre Bewegung registriert hatte.

Ihre Blicke trafen sich über den Raum hinweg, und Shauna spürte ein Flattern im Magen. Das Gefühl irritierte sie, und sie konzentrierte sich ganz auf Emma, die auf sie zugelaufen kam und ihr die Ärmchen um den Hals schlang.

»Wie geht es dir? Bist du noch schwindelig?«

Shauna lächelte über die kindliche Formulierung. »Es geht mir schon viel besser«, versicherte sie der Kleinen und strich ihr liebevoll über das Haar. »Es tut mir leid, dass ich dich so erschreckt habe. Das war bestimmt unheimlich für dich, als ich einfach umgefallen bin, oder?«

Emma schüttelte den Kopf. »Es war nicht schlimm. David war ja da. Er hat mir erklärt, dass du nur kurz schläfst und gleich wieder aufwachst. Deswegen hatte ich keine Angst.«

Shauna blickte zu MacKenzie, der auch zum Sofa gekommen war und sich wieder auf die Kante setzte. Sie war immer noch überrascht davon, wie einfühlsam er sich Emma gegenüber verhielt. Wenn die Kleine die Ereignisse des heutigen Nachmittags gut überstand, dann war das vor allem ihm zu verdanken.

»Ich würde gerne noch mal Ihren Blutdruck messen«, sagte er zu Shauna und legte ihr die Manschette an. Der Wert hatte sich gebessert, deshalb nickte er zufrieden und half ihr beim Aufstehen.

»Es geht schon«, versicherte sie ihm, aber er folgte ihr dennoch auf dem Weg zum Tisch, ging neben ihr her, als hätte er Angst, dass sie wieder ohnmächtig werden könnte.

»Ich hole Ihnen einen Teller Nudeln«, meinte er. »Sie sollten etwas essen.«

»David und ich haben gekocht«, berichtete Emma aufgeregt, als MacKenzie in Richtung Küche verschwunden war, und setzte sich neben Shauna. Ihre Augen leuchteten vor Begeisterung. »Ich durfte ganz viel helfen. Er sagt, ich kann das gut. Ich habe alle Zutaten in die Soße getan und sie dann allein umgerührt, weil David telefoniert hat. Er musste noch was organisieren für unseren Umzug.«

Shauna stutzte. »Umzug? Was meinst du?«

»David will nicht, dass wir bei diesem schrecklichen John bleiben«, erklärte Emma. »Er sagt, du darfst nicht so viel Stress haben, das ist nicht gut für dich.«

»Was?« Shaunas Herz schlug schneller, und sie blickte hoffnungsvoll zu MacKenzie, der in diesem Moment mit einem Teller Nudeln aus der Küche kam. »Heißt das, Sie haben eine andere Wohnung für uns gefunden?«

Er nickte und wollte etwas sagen, doch die aufgeregte Emma kam ihm zuvor.

»Wir ziehen zu David!«, verkündete sie. »Wir können bei ihm in seinem Haus wohnen.«

4

»Bei Ihnen?« Shauna schüttelte den Kopf. »Nein, das geht nicht.«

MacKenzie stellte den Teller mit den Nudeln vor ihr ab und setzte sich ihr gegenüber an den Tisch. Dann wandte er sich an Emma.

»Wie wär's, wenn du schon mal anfängst, deine Sachen zu packen?«, schlug er vor. »Ich muss noch etwas mit deiner Schwester besprechen. Danach kommen wir rüber und helfen dir.«

Emma sah zwischen ihnen hin und her, offenbar nicht ganz sicher, wie sie Shaunas entsetzte Miene deuten sollte. Dann nickte sie und verließ das Wohnzimmer. Sobald sie außer Hörweite war, beugte Shauna sich vor.

»Ich weiß es zu schätzen, dass Sie uns helfen wollen«, sagte sie mit gesenkter Stimme. »Aber wir können wirklich nicht bei Ihnen wohnen. Ich finde eine andere Lösung.«

»Und welche?«, entgegnete MacKenzie. »Wo wollen Sie unterkommen, wenn dieser John Borrows Ernst macht und Sie am Montag rauswirft? Sie haben mir doch eben noch gesagt, dass Sie bis jetzt keine Wohnung finden konnten.«

»Wir werden erst mal in eine Pension ziehen«, erklärte Shauna, doch MacKenzie hob nur skeptisch die Augenbrauen.

»In der Hochsaison? Ich fürchte, da werden Sie kein Glück haben.«

»Trotzdem«, beharrte sie. »Wir können nicht bei Ihnen wohnen. Wir würden Sie stören.«

Er lehnte sich auf seinem Stuhl zurück. »Es ist ja nicht für ewig. Wir werden Ihnen so schnell wie möglich eine andere Unterkunft suchen. Und bis dahin ist es die beste Lösung. Ich habe genug Platz, und wir werden uns schon arrangieren.«

»Ich kann doch erst mal hierbleiben und abwarten, ob Borrows seine Drohung wahrmacht«, sagte sie. »Vielleicht …«

»Nein!« MacKenzie beugte sich wieder vor und schüttelte den Kopf. »Ich lasse Sie nicht bei diesem Verrückten, der einen Schlüssel zu Ihrer Wohnung hat. Das kommt nicht infrage«, erklärte er mit so viel Nachdruck, dass Shauna ihren Widerstand aufgab.

Wenn sie ehrlich war, dann wollte sie die Wohnung auch so schnell wie möglich verlassen und den Ärger vergessen, den sie hier während der letzten Wochen hatte durchstehen müssen. Und für Emma war nach diesem traumatischen Abend ein Tapetenwechsel sicher auch besser. Doch ihr wollte einfach nicht in den Kopf, dass ausgerechnet MacKenzie, der Mann, über den sie sich erst heute noch so geärgert hatte, ihr Retter sein sollte.

»Sie hätten mich fragen müssen, bevor Sie das Emma sagen«, beschwerte sie sich.

Er zuckte mit den Schultern. »Ich bin nicht davon ausgegangen, dass es eine Alternative gibt.«

Leider hatte er auch in diesem Punkt recht, wie Shauna sich eingestand. »Brave muss aber mitkommen«, sagte sie. »Ist Ihnen das bewusst?«

MacKenzies Blick glitt zu der Colliehündin, die immer noch vor dem Tisch auf dem Boden lag und schlief. »Es wird schon gehen«, meinte er, wenig begeistert.

»Sie mögen keine Hunde, oder?«, erkundigte Shauna sich.

Er schüttelte den Kopf. »Ich hatte als Kind mal eine unangenehme Begegnung mit einem Hofhund. Seitdem bin ich kein großer Fan.«

»Brave ist wirklich sehr lieb«, versicherte Shauna ihm.

»Ja, das hat Emma auch schon gesagt.« Er blickte sie wieder an und lächelte leicht. »Sie hat mir überhaupt viel erzählt. Sie ist ein tolles Mädchen, sehr aufgeweckt. Sie wirkt gar nicht wie … Wie alt ist sie noch mal? Sieben?«

»Sie ist sechs«, korrigierte Shauna. »Und tatsächlich weit für ihr Alter, das höre ich öfter. Wir sind schon lange allein, und ich musste immer arbeiten, deshalb war ich gezwungen, sie früh in die Kinderbetreuung zu geben.« Sie seufzte. »Anfangs hatte ich Angst, dass ihr das schaden könnte. Aber das hat es nicht, im Gegenteil, man sagt mir oft, dass sie sich sehr sozial verhält und schnell Freunde findet. Darüber bin ich sehr froh.«

»Sie sind also wirklich allein mit Emma?« MacKenzie sah sie erschrocken an. »Ihre Eltern sind … nicht mehr da?«, fragte er vorsichtig.

Shauna schüttelte den Kopf. »Es gibt nur noch Emma und mich«, sagte sie, so wie immer, wenn jemand ihr diese Frage stellte, und machte ein Gesicht, das MacKenzie hoffentlich davon abhielt, weiter in sie zu dringen.

Er schien zu verstehen und hakte nicht nach. Shauna war bewusst, dass er jetzt – so wie die meisten anderen – glauben würde, dass ihre Eltern gestorben waren. Und das war genau das, was sie mit ihrer Aussage beabsichtigte. Die Wahrheit kannte niemand außer ihr selbst, und das sollte auch so bleiben, deshalb wechselte sie hastig das Thema.

»Sie waren übrigens auch toll heute.« Sie lächelte, als ihr

wieder einfiel, wie MacKenzie sich mit Emma am Tisch unterhalten hatte. »Das hätte ich nicht gedacht, dass Sie so gut mit Kindern umgehen können.«

»Warum nicht?«, erkundigte er sich schmunzelnd. »Ist der Gedanke so abwegig?«

»Na ja, Sie sind immer so ernst«, erwiderte sie. »Und auch nicht sehr geduldig. Ich dachte, Sie wären von Kindern genervt, schließlich können sie sehr anstrengend sein.«

MacKenzies Lächeln erlosch. »So wirke ich auf Sie? Ernst und genervt?«

Shauna stöhnte innerlich, als ihr klar wurde, dass sie sich bei ihm gerade – schon zum zweiten Mal an diesem Tag – um Kopf und Kragen redete. Doch es war zu spät, sie konnte es nicht zurücknehmen. Deshalb zuckte sie mit den Schultern. »Wie würden Sie sich denn beschreiben?«

Er sah sie entgeistert an, dann schüttelte er grinsend den Kopf. »Ja, okay, Sie haben recht. Meine Geduld reicht nicht weit, zumindest in letzter Zeit nicht. Und unvernünftige Erwachsene wie Declan Spargo bringen mich tatsächlich schnell in Rage. Aber Kinder sind etwas anderes. Ich mag ihre Ehrlichkeit, und dass man bei ihnen immer weiß, woran man ist.« Er verzog den Mund zu einem schiefen Lächeln. »Wahrscheinlich hätte ich Kinderarzt werden sollen und nicht Allgemeinmediziner.«

Shauna lächelte, ehrlich überrascht. Sie mochte Menschen, die Fehler zugeben konnten, doch tatsächlich hatte sie MacKenzie bisher nicht zu denen gezählt, die das taten. Wir sehen uns jeden Tag, aber im Grunde kenne ich ihn gar nicht, dachte sie und spürte wieder dieses Flattern im Magen, als ihre Blicke sich trafen.

»Haben Sie eigentlich Geschwister?«, erkundigte sie sich,

um ihre Unsicherheit zu überspielen, und auch, weil es sie wirklich interessierte.

»Eigentlich nicht«, erwiderte er. »Aber da ich in der Familie meines Onkels aufgewachsen bin, ist mein Cousin wie ein Bruder für mich. Auch wenn wir …« Er hielt kurz inne. »Wir sind sehr verschieden.«

Shauna fragte sich sofort, was wohl mit seinen Eltern passiert war, und wartete darauf, dass er das noch ein bisschen ausführte. Doch er schwieg, und sie hütete selbst genug Geheimnisse, um weiter nachzufragen.

Für einen Moment betrachtete MacKenzie sie mit einem Ausdruck in den Augen, den sie nicht deuten konnte.

»Ich habe mit dem Krankenhaus in Truro telefoniert, während Sie geschlafen haben«, sagte er. »Sie konnten Violet stabilisieren und wollen sie operieren, sobald es geht. Mit ein bisschen Glück geht es ihr danach wieder besser.«

»Oh, das ist gut.« Shauna war ehrlich erleichtert. »Violet war meine Rettung, als ich herkam. Ich hätte nicht gewusst, was ich ohne sie gemacht hätte.« Bei diesem Gedanken wurde ihr plötzlich etwas klar, und sie sog erschrocken die Luft ein. »Oh nein, was mache ich denn jetzt mit Emma? Violet hat immer auf sie aufgepasst, während ich in der Praxis war. Jetzt habe ich niemanden mehr, und im Kindergarten ist kein Platz frei. Emma kommt erst nach dem Sommer in die Schule, und so lange brauche ich jemanden, der …«

»Emma kann bei meiner Zugehfrau bleiben«, erklärte MacKenzie. »Mrs. Harrison ist sehr nett, sie hat selbst drei erwachsene Kinder und auch schon Enkelkinder. Sie kennt sich aus. Morgen früh kommt sie vorbei und stellt sich vor. Und wenn Sie einverstanden sind, würde sie sich um Emma und den Hund kümmern, während wir in der Praxis sind. Sie lebt auf dem Hof von einem ihrer erwachsenen Söhne, der eine Tochter in Emmas Alter hat. Die Kinder könnten zusammen spielen, und der Hund wäre auch versorgt.«

Shauna starrte ihn an. Das hatte er alles schon organisiert?

»Danke, das klingt … perfekt«, sagte sie, ziemlich überwältigt.

»Dann sind wir uns einig?«, wollte er wissen. »Sie kommen mit zu mir?«

Shauna schluckte. Sie hätte gerne aus vollem Herzen Ja gesagt zu seinem unerwarteten Angebot, das sie aus einer Situation retten würde, mit der sie seit Wochen kämpfte. Doch sie zögerte, weil der Gedanke, mit MacKenzie zusammenzuleben, sie nervöser machte, als sie sich eingestehen wollte. Dass er chaotisch war und immer ein bisschen grummelig, damit konnte sie umgehen. Der souveräne, nette MacKenzie, den sie jetzt erst kennenlernte, brachte sie dagegen ganz schön durcheinander …

»Miss Lewis?«, fragte er, und Shauna wurde bewusst, dass sie noch nicht geantwortet hatte.

»Ja«, sagte sie und erwiderte sein Lächeln zaghaft. »Ich … tut mir leid. Ich bin heute nicht ganz ich selbst. Wir kommen mit. Wenn es Ihnen wirklich nichts ausmacht?«

»Dann hätte ich es nicht angeboten«, erklärte er und deutete auf den Teller mit Nudeln, den Shauna immer noch nicht angerührt hatte. »Essen Sie in Ruhe, dann packen wir und fahren rüber zu mir.«

Das Essen schmeckte besser, als Shauna erwartet hatte, und sie merkte, wie ihre Lebensgeister endgültig zurückkehrten. Plötzlich sah sie nur noch das Positive. Sie würde John Borrows ein Schnippchen schlagen und bedauerte es fast, dass sie nicht da sein würde, um sein Gesicht zu sehen, wenn er feststellte, dass sie bereits ausgezogen war. Sie würde einen Garten haben für Brave, was den Alltag mit Hund sehr erleichterte. Und wenn alles so klappte, wie MacKenzie es ihr geschildert hatte, dann würde Emma bald wieder mit einer Gleichaltrigen spielen können. Das klang alles sehr vielversprechend, deshalb fühlte sie sich erleichtert, als sie nach dem Essen zusammen mit MacKenzie und Emma anfing, ihre Sachen zu packen.

Es dauerte nicht lange, denn so viel besaßen sie gar nicht. Sie hatten in Exeter auch möbliert gewohnt, und das Geld war immer knapp gewesen, deshalb belief sich ihre Habe auf Kleidung und einige ausgesuchte Dinge, die recht schnell in zwei Kisten, zwei Koffern und zwei Reisetaschen verschwanden.

Falls MacKenzie sich darüber wunderte, dass sie nur so wenig besaß, sagte er es nicht, sondern verstaute alles so in Shaunas altem Toyota Camry, dass sie zu dritt mit Brave gerade noch darin Platz fanden.

»Moment, der Schlüssel«, meinte Shauna, als sie losfahren wollten. Sie löste den Hausschlüssel von ihrem Bund, stieg wieder aus, ging noch einmal zurück zum Haus und warf ihn bei John Borrows ein. Scheppernd fiel er auf den Boden des Briefkastens. Auf dem Rückweg zum Wagen fühlte sie sich viel leichter.

Sie setzte sich auf den Beifahrersitz, und MacKenzie startete das Auto. Sie hatte ihn gebeten zu fahren, weil sie sich noch ein bisschen wackelig fühlte, und er lenkte den Wagen sicher durch die engen Gassen von Carywith, hinaus in das Wohnviertel am östlichen Rand des Ortes. Im Gegensatz zu den Häusern am Hafen und im Stadtkern, die meist im Reihenhausstil gebaut waren oder zumindest Wand an Wand, standen hier freistehende Einfamilienhäuser mit Hecken und Zäunen, die große Gärten einfassten.

MacKenzies Haus gehörte nicht zu den größten, aber, wie Shauna fand, zu den schönsten. Es war weiß getüncht und einstöckig, mit Sprossenfenstern im Erdgeschoss und einem ausgebauten Walmdach, in das über der Haustür eine große Gaube eingelassen war.

Das Grundstück war von einem niedrigen Zaun eingefasst, der vorne offen war, sodass MacKenzie mit dem Camry problemlos auf die große Teerfläche vor dem Haus einbiegen konnte. Neben dem Haus wuchsen Büsche, die so hoch waren, dass man den Garten hinter dem Haus nur erahnen konnte.

»Das ist aber groß«, staunte Emma, als sie zur Haustür gingen. Sie wirkte immer noch fröhlich und auch überraschend ausgeglichen, wie Shauna erleichtert bemerkte. Sie schien sich über ihr neues Zuhause zu freuen, und auch Shauna sah sich neugierig um, als MacKenzie die Haustür öffnete und sie alle in den Eingangsbereich traten.

Das Erste, was ihr auffiel, war, dass es nach ihm roch. Die Mischung aus Leder und Sandelholz, die sie schon zuvor an ihm wahrgenommen hatte, lag in der Luft, und der eindeutig männliche Duft gab ihr das Gefühl, in sein Reich zu treten. Dann fiel ihr Blick durch die geöffnete Tür in das angrenzende Wohnzimmer und das Chaos, das dort herrschte. Auf der Lehne des Sofas, das zusammen mit zwei Sesseln vor dem Kamin stand, lagen ein achtlos hingeworfenes, auf links gedrehtes Shirt und eine Jogginghose. Und den gesamten Couchtisch bedeckten eine große Anzahl von Fotos, von denen einige schwarz-weiß waren.

MacKenzie ging mit schnellen Schritten hin und schob die Fotos zurück in die Mappe, die ebenfalls auf dem Couchtisch lag.

»Tut mir leid, ich hatte nicht mit Besuch gerechnet«, sagte er. »Mrs. Harrison kommt nur einmal die Woche, und sie war jetzt länger nicht da.« Er nahm auch noch Shirt und Hose vom Sofa und ging in das Zimmer links vom Eingang, in dem sich, wie Shauna durch die geöffnete Tür sah, ein kleines Arbeitszimmer befand. Dort legte er die Mappe in eine der Schreibtischschubladen, warf die Klamotten auf den Schreibtischstuhl und kehrte dann zu ihnen zurück. Die Tür schloss er dabei fest hinter sich, was Shauna als Zeichen dafür wertete, dass er nicht wollte, dass dort außer ihm jemand hineinging.

Was das wohl für Fotos sind?, fragte Shauna sich, während MacKenzie sie herumführte und ihnen die modern eingerichtete Küche und das in Beigetönen gehaltene Wohnzimmer zeigte. Der Raum wirkte unpersönlich, denn abgesehen von den Sachen, die MacKenzie weggeräumt hatte, gab es nirgends Gegenstände, die Shauna ihm hätte zuordnen können. Dabei lebte er hier schon fast ein halbes Jahr. Hatte er kein Bedürfnis, aus diesem Haus sein Heim zu machen und ein paar Bilder aufzuhängen und persönliche Dinge hinzustellen? Oder war er dazu einfach nur noch nicht gekommen?

Der Garten, in den sie Brave ließen, weil MacKenzie ihnen versicherte, dass er umzäunt war, lag zum größten Teil schon im Dunkeln, aber im Licht, das vom Haus hineinfiel, erkannte Shauna, dass er weitläufig war.

Unten gab es noch ein kleines, frisch renoviertes Gästebad mit Dusche und ein hübsch ausgestattetes Gästezimmer, das nach vorne hinaus lag. Im ersten Stock befanden sich außerdem zwei weitere Schlafzimmer, von denen das größere MacKenzie gehörte, was man an den Pullovern und Shirts sah, die auch dort unordentlich auf dem Bett und einem Stuhl am Fenster lagen. Das andere Schlafzimmer war kleiner und wirkte wie das unten völlig unbenutzt, so als hätte MacKenzie seit seinem Einzug keinen Fuß hineingesetzt. Außerdem gab es noch ein großes Bad.

»Ich kann mein Zimmer räumen, dann haben Sie eine Etage für sich«, bot MacKenzie an, als sie wieder unten im Eingangsbereich standen.

Shauna schüttelte den Kopf. »Das geht nicht«, sagte sie. »Die Treppe ist zu steil für Brave. Sie würde es nach oben schaffen, aber runter ist ein Problem. Ich hätte Angst, dass sie sich etwas bricht, wenn sie zu schnell läuft.«

»Ich hatte sowieso gedacht, dass der Hund vielleicht unten bleiben könnte?« Shauna sah ihm an, dass er Brave nicht so gerne oben in den Schlafzimmern haben wollte. »Wäre das möglich?«

»Nicht, wenn wir beide oben sind«, gab Shauna zu. »Brave würde uns nachkommen. Sie schläft immer bei Emma.«

»Dann wohne ich in dem Zimmer hier unten.« Emma ging zu dem Gästezimmer, dessen Tür aufstand, und blickte hinein. »Das gefällt mir.«

»Bist du sicher?«, fragte Shauna. Emmas Initiative erstaunte sie.

Die Kleine nickte und blickte zu MacKenzie, so als wollte sie sich vergewissern, dass er einverstanden war mit ihrer Lösung. Es ist ihr wichtig, hier zu sein, deshalb versucht sie, es ihm recht zu machen, schoss es Shauna durch den Kopf.

»Wir können es ausprobieren«, sagte sie. »Und später noch tauschen, wenn du willst.«

»Dann hätten wir das ja geklärt«, stellte MacKenzie fest, und als Shauna zu ihm aufsah, wurde ihr plötzlich klar, was Emmas Entscheidung noch bedeutete, nämlich dass sie sich mit ihm die obere Etage teilen würde.

»Dann packen wir am besten unsere Sachen aus«, schlug sie vor, um die Nervosität zu vertreiben, die ihr plötzlich Hitze in die Wangen trieb.

Sie brauchte etwas zu tun, deshalb konzentrierte sie sich darauf, es Emma so gemütlich wie möglich zu machen in ihrem neuen Zimmer. Sie packte ihre Lieblingsspielsachen aus und verteilte alles so, wie die Kleine es gewohnt war, während MacKenzie ihre eigenen Sachen nach oben brachte. Als Emma schließlich im Schlafanzug im Bett lag, war es schon beinahe Mitternacht.

»Soll ich dir noch eine ganz kurze Geschichte vorlesen?«, fragte Shauna, doch Emma hatte sich schon zur Seite gerollt und die Augen geschlossen. Deshalb gab sie ihr nur noch einen schnellen Gutenachtkuss, strich Brave, die vor dem Bett lag, über das Fell, und verließ das Zimmer.

»Sie ist schon eingeschlafen«, sagte sie zu MacKenzie, der vor der Tür auf sie wartete.

»Sie sollten sich auch hinlegen.« Er deutete auf die beiden geöffneten, halb ausgepackten Kisten, die noch im Eingangsbereich standen. »Den Rest können wir auch morgen erledigen.«

»Ja, das mache ich wohl besser«, stimmte Shauna ihm zu und setzte einen Fuß auf die Treppe. »Gute Nacht, Doktor MacKenzie. Und vielen Dank für alles.«

»Wir sollten damit aufhören, oder?«

Seine Bemerkung ließ sie innehalten. »Womit?«, fragte sie irritiert.

»Mit ›Miss Lewis‹ und ›Doktor MacKenzie‹«, erwiderte er. »Wir wohnen ab jetzt zusammen, also müssen wir vielleicht nicht mehr ganz so förmlich sein.« Er lächelte kurz. »Ich bin David.«

»Und ich Shauna«, erwiderte sie, plötzlich atemlos.

»Dann schlaf gut, Shauna.« Sein Lächeln sorgte dafür, dass ihr ohnehin schon erhöhter Herzschlag noch ein bisschen schneller wurde. »Wir sehen uns morgen.«

»Gute Nacht«, erwiderte sie, lief eilig nach oben in ihr Zimmer und ließ sich erschöpft aufs Bett sinken.

David, dachte sie und wusste plötzlich, warum sie ihn in Gedanken immer nur MacKenzie genannt hatte. Es fühlte sich viel zu intim an, ihn mit dem Vornamen anzusprechen, und sie bereute schon, dass sie ihm zugestimmt hatte.

Aber dann rief sie sich in Erinnerung, was er über seine Motivation gesagt hatte, sie bei sich aufzunehmen. Er wollte ihr lediglich Stress ersparen, damit sie weiter für ihn arbeiten konnte. Mehr nicht. Nur weil sie jetzt bei ihm wohnte und ihn David nannte, bedeutete das nicht, dass sich etwas an ihrem Verhältnis änderte. Oder an ihren Gefühlen für ihn. Ganz egal, wie umwerfend sein Lächeln war.

Shauna seufzte tief. Sie war schon einmal auf so ein Lächeln hereingefallen. Ethan war charmant gewesen und hatte ihr die Welt versprochen, nur um sie dann einfach so sitzen zu lassen. Das hatte schrecklich wehgetan, und sie hatte sich geschworen, dass sie so etwas nicht noch einmal zulassen würde. Das nächste Mal würde sie sich in jemanden verlieben, der solide war und es ernst meinte mit ihr. Wenn sie es überhaupt jemals wieder wagen würde.

David MacKenzie war jedenfalls kein Mann, der für sie infrage kam. Und er wollte sie auch gar nicht, er hatte ihr nur angeboten, ihn beim Vornamen zu nennen, weil er es praktischer fand. Sie durfte da nichts hineinlesen, was es nicht gab.

Mit einem unsicheren Seufzen erhob sie sich wieder, um ihre Sachen auszupacken und sich für die Nacht fertig zu machen.

David wartete, bis er die Tür zu Shaunas Zimmer zugehen hörte. Dann wandte er sich ab und ging in sein Arbeitszimmer, wo er sich schwer in den Schreibtischstuhl fallen ließ.

Was für ein Tag, dachte er und stöhnte innerlich, weil er immer noch nicht fassen konnte, was er sich da selbst aufgebürdet hatte. Aber wie er es auch drehte und wendete, er hatte keine andere Wahl gehabt, als Shauna Lewis anzubieten, zu ihm zu ziehen.

Shauna, dachte er. Die Frau, mit der er jetzt seit sechs Wochen täglich zusammenarbeitete und über die er trotzdem erschreckend wenig gewusst hatte. Dass sie allein für ihre kleine Schwester sorgte, war ihm völlig neu gewesen. Oder dass sie einen Hund besaß. Dafür hatte er sich nicht interessiert, deshalb hatte ihn alles, was er heute erfahren hatte, unerwartet getroffen. Was vielleicht der Grund war, warum er sich plötzlich so für sie verantwortlich fühlte. Nein, eigentlich musste er sogar Sorge tragen für sie, schließlich arbeitete sie für ihn. Und deshalb würde sie jetzt auf unbestimmte Zeit bei ihm wohnen. Mit ihrer kleinen Schwester. Und diesem riesigen Collie, vor dem er ziemlich viel Respekt hatte.

David stöhnte leise, als ihm das ganze Ausmaß der Veränderungen noch einmal bewusst wurde, die ihm jetzt bevorstanden. Er konnte Hunde nicht leiden und sah schon vor sich, wie sich Braves lange Haare überall im Haus verteilten. Von dem Gekläffe, den zerkauten Teppichen und aufgerissenen Sofakissen ganz zu schweigen. Okay, mit ein bisschen Glück würde es vielleicht nicht so schlimm werden, der Hund wirkte recht gut erzogen. Aber David graute trotzdem davor, das Tier im Haus zu haben. Und das war vermutlich noch nichts gegen das Chaos, das Emma anrichten würde. Verteilten Kinder nicht überall Spielzeug und Malstifte? Und stellten

andauernd Fragen? Vorhin hatte es ihm zwar nichts ausgemacht, auf Emma aufzupassen, tatsächlich war die Zeit mit
ihr sogar überraschend schnell vergangen. Aber wie würde es
sein, die Kleine immer um sich zu haben? Verdammt, er hatte
einfach keine Erfahrungen, was das Zusammenleben mit Kindern oder Hunden anging.

Mit einer Frau hatte er es dagegen schon versucht, damals
mit Sally, seiner ersten Freundin an der Uni. Und die Sache
war grandios gescheitert. Keine zwei Monate hatte es gedauert, dann war nicht nur ihr Wohnverhältnis, sondern auch
ihre Beziehung beendet gewesen. *Du bist kalt wie ein Fisch*,
hatte Sally ihm an den Kopf geworfen, als sie gegangen war.
*Du lässt niemanden an dich ran. Mit dir kann man es nicht aus-
halten.*

David wusste noch, wie froh er gewesen war, als Sally ihn
verlassen hatte. Er hatte eigentlich immer gewusst, dass sie
sich wieder trennen würden. Denn sie hatte recht, Beziehungen waren nichts für ihn. Dafür musste man sich jemandem
öffnen, und dann war man schutzlos. Dann konnte man verletzt werden, so wie es ihm als Kind schon zweimal passiert
war. Zweimal hintereinander hatte er die Person verloren, die
am wichtigsten für ihn gewesen war. Beim ersten Mal hatte es
ihn erschüttert, beim zweiten Mal fast zerstört. Seitdem hatte
er einen Panzer um sein Herz gelegt. So fühlte er sich sicherer,
und das war sein Weg geworden. Er umging alles, was nach
Verantwortung und Bindung aussah, damit er einen solchen
Schmerz niemals mehr erleben musste. Deswegen lebte er
allein und hatte nicht vor, daran etwas zu ändern, jedenfalls
nicht auf Dauer.

Und das mit Shauna ist ja auch etwas anderes, erinnerte er
sich. Sie waren kein Paar, also konnte man das nicht verglei-

chen. Mit ihr würde er lediglich das Haus teilen, sonst nichts. Das würde schon gehen, denn eine Alternative gab es nicht.

Voller Entsetzen erinnerte sich David an den Moment, als Shauna plötzlich zusammengesackt war. Er hatte sie zum Glück gerade noch packen können, und ihren leblosen Körper in seinen Armen zu halten, hatte etwas in ihm geweckt, einen Beschützerinstinkt, den er so nicht kannte.

Noch heute Morgen war Shauna für ihn nicht mehr als eine sehr fähige Sprechstundenhilfe gewesen, deren Arbeit er schätzte. Er hatte sich nicht viele Gedanken darüber gemacht, was sie in ihrer Freizeit tat oder wie sie lebte. Jetzt wusste er es, und es rührte etwas in ihm an. Vielleicht war es die Art, wie sie ihn ansah. Da war so viel Einsamkeit in ihrem Blick und so viel Abwehr. Es erinnerte ihn an sich selbst. Shauna war auch allein, ohne Eltern, genau wie er. Und sie trug schon so viel Verantwortung. Das war sicher nicht leicht, vor allem, wenn man neu an einem Ort war und noch niemanden kannte.

Wo kam sie noch mal her?, überlegte er. Richtig, aus Irland. Das merkte man auch daran, dass sie gerne Gälisch sprach, wenn sie erschrak oder sich ärgerte. Aber sie war aus Exeter zu ihm gekommen. Sie hatte dort in einer großen Arztpraxis gearbeitet, und eigentlich war ein kleiner Ort in Cornwall nicht unbedingt der nächste Karriereschritt, den man in ihrem Fall erwartete. Sie hatte sich mit ihrem Wechsel zu ihm eher verschlechtert, wie er fand, und das hatte ihn gewundert, denn sie schien keine Verbindungen nach Carywith zu haben. Oder war vielleicht genau das der Reiz gewesen? Wollte sie weg von dem, was sie in Exeter zurückgelassen hatte?

Ihre Gründe gehen dich nichts an, erinnerte er sich. Er mochte jetzt mehr über sie wissen als vorher, doch das bedeutete nicht, dass er sich in ihr Leben einmischen sollte. Er würde nur dafür sorgen, dass sie einen Ort hatte, an dem sie sich erholen konnte. Er wollte ihr eine Lösung bieten – auch wenn sie davon nicht besonders begeistert gewesen war.

Entsetzt trifft es eher, dachte er und verzog den Mund zu einem schiefen Grinsen. Nicht dass er erwartet hätte, dass sie ihm vor Dankbarkeit um den Hals fiel. Sie hatte jedoch ausgesehen, als wäre es eine Strafe für sie, zu ihm zu ziehen, und das kränkte seine Eitelkeit schon ein bisschen.

Er mochte für Beziehungen nicht geeignet sein, aber das bedeutete nicht, dass er wie ein Mönch lebte. Er hatte Affären, und Flirten fiel ihm leicht, wenn er das wollte. Auf Shauna schien er, wie er sich eingestehen musste, in dieser Hinsicht jedoch noch nie Eindruck gemacht zu haben. Das hatte er schon beim Vorstellungsgespräch gemerkt.

Sie war die Erste gewesen, die sich auf die frei gewordene Stelle beworben hatte, und da David dringend Ersatz für Shaunas Vorgängerin Sarah brauchte, hatte er alles gegeben, um einen guten Eindruck zu machen. Er hatte seinen Charme spielen lassen, doch das war an Shauna abgeprallt.

Da war etwas Ernsthaftes und auch Zurückhaltendes in ihrer Art. Sie war eine Schönheit mit ihren dunklen langen Haaren und den ausdrucksstarken blauen Augen, doch sie betonte das nicht, schminkte sich kaum und trug keine auffällige Mode. Und so arbeitete sie auch: unauffällig, aber exzellent. Ruhig und konzentriert kümmerte sie sich um alles, was zu tun war, und bewahrte ihn vor dem Chaos, das sonst ganz sicher in der Praxis geherrscht hätte. Hatte er das geahnt, als er sie spontan eingestellt hatte, ohne noch weitere Kandidatinnen zu interviewen? David konnte nicht mehr wirklich sagen, was ihn dazu bewogen hatte, ein Bauchgefühl vielleicht. Das bereute er auch nicht, Shauna war ein Schatz, und er hatte nicht übertrieben, als er ihr gesagt hatte, dass er sie brauchte.

Was sie über ihn oder seine Art des Praktizierens dachte, darauf hatte David bisher ebenfalls keinen Gedanken verschwendet – bis Shauna heute Nachmittag vor seinem Schreibtisch gestanden und ihm ganz unerwartet und recht deutlich die Meinung gesagt hatte. Wie hatte sie es formuliert? Er würde die Leute menschlich nicht gut genug behandeln. Und sie vor den Kopf stoßen. Und dass er netter sein musste zu ihnen, wenn er hier Fuß fassen wollte.

David stöhnte, als er daran dachte, dass er sich beinahe verraten hätte. Denn tatsächlich wollte er in Carywith nicht Fuß fassen. Für ihn war die Praxis nur ein Mittel zum Zweck, eine Zwischenstation, die ihm helfen sollte, etwas zu klären, das ihm seit einer Ewigkeit auf der Seele brannte. Danach würde er wieder gehen, zurück in sein altes Leben.

Aber davon ahnte Shauna nichts. Niemand wusste das außer seinem Vorgänger, der ihm die Praxis nur aus diesem Grund überlassen hatte. Phineas Brown dachte nämlich noch darüber nach, ob er überhaupt schon bereit war für die Rente. Deshalb war ihm die Übernahme auf Zeit, die David ihm angeboten hatte, sehr willkommen gewesen. Er nutzte sie für eine Auszeit und eine längere Reise mit seiner Frau. Danach wollte er endgültig entscheiden, was mit der Praxis passieren sollte, ob er noch ein paar Jahre weitermachen oder endgültig nach einer Nachfolgerin oder einem Nachfolger suchen wollte.

David würde dieser Nachfolger nicht sein. Ihm lagen weder die Kleinstadt noch die Leute. Herrgott, die Patienten trieben ihn in den Wahnsinn mit ihrer Sturheit, und ja, das führte hin und wieder zu Streit. Er hatte sich nichts weiter dabei gedacht, er hatte ja kein Interesse daran, sie an die Praxis zu binden. Alles, was er wollte, war, dass sein Name sich herumsprach und dadurch eines Tages die Person, die er unbedingt finden musste, bei ihm auftauchte.

Doch das würde vielleicht nie passieren. Und auch seine Suche in den umliegenden Dörfern, die er nebenbei mit Hochdruck betrieb, blieb möglicherweise erfolglos. Was er tun würde, wenn die Frist verstrich, die er sich für seine Mission gesetzt hatte, wusste David nicht. Aber noch gab er nicht auf. Und er würde auch irgendwie damit klarkommen, dass er jetzt mit der attraktiven Shauna zusammenwohnte.

Er dachte an den Moment, als er ihr gesagt hatte, dass sie ihn David nennen sollte. Da war etwas in ihren Augen gewesen, ein Flackern, das ihm verriet, dass sie nicht völlig immun gegen ihn war. Und er sah ihre Reize auch, denn er hatte sich ganz kurz bei dem Wunsch ertappt, sie in die Arme zu schließen und zu …

David schüttelte den Kopf. Nun hör schon auf, dachte er und biss die Zähne zusammen. Das Allerletzte, woran er in seiner aktuellen Situation denken sollte, war, wie es wohl wäre, Shauna zu küssen. Er hatte wahrscheinlich etwas in ihren Blick hineininterpretiert, was es nicht gab. Und seine Situation war gerade weiß Gott schon kompliziert genug. Deshalb widmete er sich lieber den Papieren auf seinem Schreibtisch, die er noch ordnen und wegräumen musste, damit Shauna nicht irgendwann zufällig hier hereinkam und sein Geheimnis entdeckte.

Wir werden uns schon irgendwie arrangieren, versicherte er sich selbst und ignorierte das Gefühl, dass er sich auf etwas eingelassen hatte, das er nicht kontrollieren konnte.

5

Shauna legte gerade das Handy weg, als sie Davids Schritte im Flur hörte. Einen Moment später erschien er im Türrahmen und trat vor ihren Empfangstresen.

»Alles okay?«, erkundigte er sich lächelnd, und Shauna war kurz versucht, ihm zu sagen, dass es das nicht war.

Es irritierte sie, dass er nun schon zum dritten Mal zu ihr nach vorne kam und sie fragte, ob es ihr gut ging. Und dass er sie viel öfter anlächelte als sonst. Sie nahm an, dass er nur nett sein wollte, weil sie jetzt zusammenwohnten, aber es richtete schlimme Dinge mit ihrem seelischen Gleichgewicht an, dass sie plötzlich seine volle Aufmerksamkeit hatte. Und heute war erst Tag eins nach dem Umzug!

»Ja, alles bestens.« Sie lächelte unsicher. »Mrs. Harrison hat mir geschrieben, dass Emma sich wohlfühlt auf dem Hof. Sie spielt mit Kelsey im Garten, hier, sieh mal.« Sie griff nach ihrem Handy und zeigte ihm das Foto, das Davids Haushaltshilfe ihr geschickt hatte.

Mary Harrison, die etwa Mitte sechzig sein musste, war Shauna sofort sympathisch gewesen, als sie sich heute Morgen vorgestellt hatte, und auch Emma hatte positiv auf sie reagiert. Bei Marys Enkelin Kelsey war es sogar Liebe auf den ersten Blick gewesen, die Mädchen hatten sich auf Anhieb verstanden. Die Bestätigung, dass tatsächlich alles in Ordnung war, erleichterte Shauna trotzdem sehr.

»Das freut mich, dass es klappt mit den beiden.« David legte die Unterarme auf den Empfangstresen. Er hatte die Ärmel seines Hemdes aufgekrempelt, das er wie immer zu Jeans und Sneakern trug, und Shauna konnte die kräftigen Muskeln unter der Haut spielen sehen.

Hastig löste sie den Blick und sah wieder zu ihm auf. *Ó diabhal!*, fluchte sie innerlich. War ihr früher nie aufgefallen, wie sexy seine Unterarme waren? Sie hatte das Gefühl, plötzlich jede Einzelheit an ihm stärker wahrzunehmen. *Das ist ja auch kein Wunder, wenn er dir jetzt schon morgens beim Frühstück gegenübersitzt,* dachte sie mit einem Anflug von Verzweiflung.

Er war schon unten gewesen, als sie aufgewacht und ins Bad gegangen war, das hatte sie an seiner geöffneten Zimmertür erkannt. Tatsächlich war das auch nicht verwunderlich gewesen, denn sie hatte viel länger geschlafen als sonst. Und viel entspannter. Eigentlich war sie davon ausgegangen, dass sie in dem fremden Bett und wegen der ganzen Situation kein Auge zumachen würde. Doch tatsächlich war sie fast sofort eingeschlafen, sobald sie im Bett lag, und erst richtig aufgewacht, als ihr Wecker zum dritten Mal geklingelt hatte. Es war ihr peinlich gewesen, so spät dran zu sein, und während sie rasch unter die Dusche gesprungen war und sich angezogen hatte, war sie voller Sorge gewesen, ob es wohl klappen würde zwischen David und Emma oder ob die Kleine nach der Nacht nicht vielleicht anders auf ihn reagieren würde. Doch als sie kurz darauf in die Küche gekommen war, hatten die beiden genauso entspannt zusammen beim Frühstück gesessen wie am Abend zuvor bei Violet. Sie verstanden sich richtig gut. Shaunas Verhältnis zu David schien sich dagegen ganz neu aufbauen zu müssen …

»Wo bleibt denn Mr. Sullivan?«, erkundigte sich David und riss Shauna aus ihren Gedanken. »War der nicht für vier Uhr eingetragen?«

»Schon«, bestätigte sie. »Aber er hat eben angerufen und den Termin abgesagt.« Sie hoffte auf eine Reaktion, denn George Sullivan war schon der Dritte, der heute nicht zum vereinbarten Zeitpunkt erschienen war. Neben ihm hatten auch Hank Turner und Heather Blowfield ihre Termine nicht wahrgenommen. Sullivan hatte wenigstens angerufen und es ihnen mitgeteilt, die anderen beiden waren einfach nicht gekommen.

David schien das jedoch keine Sorgen zu bereiten, denn er wandte sich zum Gehen. »Na gut, dann erledige ich noch den restlichen Papierkram, bis der Nächste kommt.«

»Und wenn niemand mehr kommt?«, fragte Shauna, was ihn in der Bewegung innehalten ließ. »Wir haben keine weiteren Termine vergeben für heute Nachmittag. Und es haben auch weniger Leute angerufen als sonst. Was, wenn die Geschichte mit Declan Spargo sich herumgesprochen hat und wir boykottiert werden?«

Er kam zurück zum Tresen. »So ein Unsinn«, meinte er und machte eine abwehrende Handbewegung. »Es passiert schon mal, dass die Leute ihre Termine versäumen. Und es gibt ruhige Tage. Außerdem war es heute Morgen doch voll.«

Das stimmte zwar, aber tatsächlich hatte es sich bei den Patienten um Leute aus dem Umland gehandelt. Aus Carywith selbst waren nicht viele dabei gewesen. Und diejenigen, die ihre Termine abgesagt hatten, stammten alle aus dem Ort.

»Ich mache mir trotzdem Sorgen.« Es irritierte Shauna, dass er so entspannt wirkte. Plötzlich fiel ihr wieder ein, dass er gestern Nachmittag ihre Frage nicht beantwortet hatte, ob er hier in Carywith bleiben wollte. »Würde es dir denn nichts ausmachen?«, fragte sie. »Wenn niemand mehr käme und du die Praxis schließen müsstest, meine ich?«

David zögerte, wenn auch nur einen kurzen Moment. »Ich bin ganz sicher, dass gleich noch Patienten kommen«, wiegelte er ab. »Du wirst schon sehen.«

Damit ging er wieder, und Shauna hatte fast den Eindruck, dass er vor diesem Gespräch floh. Außerdem war er ihr erneut ausgewichen. Oder sah sie Gespenster? Warum sollte ihm seine eigene Praxis egal sein? Nein, das war absurd. Er machte sich einfach nicht so viele Gedanken wie sie, und vielleicht sollte sie sich daran ein Beispiel nehmen.

Die Praxistür öffnete sich, genau wie David es prophezeit hatte, und zwei junge Frauen kamen herein, die Shauna als Lucy Evans und Julia Shaw erkannte. Letztere war schwanger, und ihr Babybauch wölbte sich deutlich unter dem geblümten Sommerkleid. Sie kam regelmäßig zum Ultraschall in die Praxis, weil David ein geeignetes Gerät besaß, und bekundete jedes Mal, wie froh sie darüber war, nicht extra zu ihrer Frauenärztin nach Truro fahren zu müssen. Doch heute hatte sie, soweit Shauna wusste, keinen Termin.

»Oh, hallo«, begrüßte sie die beiden und wandte sich dann mit einem Stirnrunzeln an Julia Shaw. »Tut mir leid, ich habe Sie heute gar nicht in meinem Plan stehen.«

»Wir sind auch nicht wegen mir gekommen, sondern wegen Lucy«, erwiderte die zierliche Frau mit den mittelblonden Haaren und der goldumrandeten Brille und deutete besorgt auf ihre rothaarige Freundin, um deren Hand ein Verband gewickelt war, den Shauna jetzt erst bemerkte. »Sie hat sich auf der Baustelle in Penrose House verletzt, und da ich gerade da war, habe ich sie schnell hergefahren.«

»Ich wollte Julia zeigen, wie weit wir schon mit der Renovierung sind«, erklärte Lucy Evans. »Dabei habe ich leider in einen Nagel gefasst.« Mit einem unglücklichen Gesichtsausdruck hob sie die verletzte Hand. »Das war so dumm von mir. James hat mich schon tausendmal gewarnt, dass ich vorsichtig sein muss, und nun ist es trotzdem passiert. Ich wollte deswegen auch eigentlich gar nicht kommen, aber Julia meinte …«

»Ich möchte, dass Doktor MacKenzie sich das mal ansieht«, fiel Julia ihr ins Wort. »Die Wunde ist tief, und der Nagel sah rostig aus. James ist da außerdem ganz meiner Meinung. Du hast ihn gehört.«

Lucy seufzte und sah Shauna entschuldigend an. »Mein Freund ist im Moment geschäftlich in Truro und hat mich just in dem Moment angerufen, als es passiert war. Er hat Julia bestärkt, dass wir herkommen sollen, deshalb hatte ich keine Chance, Nein zu sagen. Ich hoffe, es macht Ihnen keine Umstände, dass wir ohne Termin da sind?«

»Nein, gar nicht. Der Doktor hat Zeit für Sie, Miss Evans«, versicherte Shauna ihr.

»Oh, bitte, können wir das Miss nicht weglassen?« Lucy Evans streckte ihr lächelnd die Hand entgegen. »Nenn mich Lucy.«

»Und mich Julia«, stimmte ihre Freundin ein und nickte. »Wir sind doch fast gleich alt, da müssen wir doch nicht so förmlich sein, oder?«

»Nein«, bestätigte Shauna nur zu gern und schüttelte beiden jungen Frauen, die ihr schon immer sehr sympathisch gewesen waren, die Hand. Dann bat sie Julia, im Wartezimmer Platz zu nehmen, und brachte Lucy zu David, der an seinem Schreibtisch saß. Neben ihm lag ein ordentlicher Stapel Patientenakten, die er offenbar tatsächlich schon fertig hatte, und er beugte sich gerade über einen aufgeschlagenen schwarzen Ordner. Als er Shauna hereinkommen hörte, schloss er diesen jedoch hastig.

»Ein Notfall.« Shauna trat zur Seite, um Lucy hereinzulassen, die er freundlich begrüßte. Zumindest freundlicher als sonst, wie Shauna zufrieden feststellte, als sie die Tür schloss und wieder nach vorne ging. Und auch der Schreibtisch hatte nur halb so chaotisch ausgesehen als üblich. Vielleicht hatte David sich ihre Ermahnung von gestern ja doch zu Herzen genommen?

Als Shauna zum Empfang zurückkehrte, saß Julia bereits im Wartezimmer und hatte die Hände über ihrem Bauch gefaltet.

»Möchtest du etwas trinken?«, erkundigte sich Shauna. »Ich kann dir ein Wasser bringen oder einen Tee, wenn du möchtest.«

»Das ist sehr nett, aber nein«, erwiderte Julia. »Ich war zum Tee in Penrose House, als das mit Lucy passiert ist. Du weißt doch bestimmt, dass sie zusammen mit ihrem Lebensgefährten gerade das alte Herrenhaus renoviert?«

Shauna nickte lächelnd. »Oh, ja. Mir wurde quasi schon an meinem ersten Tag hier erzählt, dass dort ein Jane-Austen-Zentrum entstehen soll. Stimmt das?«

»Ja, genau! Man kann das Haus für Hochzeiten oder Feiern buchen, und dann bekommt man alles im Regency-Stil, von den Kostümen bis hin zum Essen«, erzählte Julia. »Und Lesungen und Festivals sollen dort stattfinden. Das war Lucys Idee, und die setzt James jetzt mit ihr um. Die beiden sind Feuer und Flamme für das Projekt, und die Renovierungen gehen zügig voran. Nur der Sommerball, den sie eigentlich wieder geplant hatten, muss dieses Jahr noch ausfallen. Aber im nächsten Jahr wollen sie die Tradition weiterführen, und dann vielleicht wirklich schon im Jane-Austen-Stil, stell dir vor!«

»Das klingt großartig.« Shauna hatte von dem berüchtigten Sommerball in Penrose House gehört. Es war lange Tradition in Carywith gewesen, dass einmal im Jahr das gesamte Dorf in Penrose House zusammenkam und gemeinsam bei einem Ball feierte. Damit begonnen hatte der frühere Besitzer Lord Ashbury, und die Familie Rowe, denen das Herrenhaus jetzt gehörte, hatte das Fest im letzten Jahr zum ersten Mal seit langer Zeit wieder aufleben lassen. Dass die Leute auf eine Neuauflage in diesem Jahr hofften, war oft Thema bei den Gesprächen im Wartezimmer, die Shauna teilweise mitbekam.

»Na ja, eine andere Feier wird es aber demnächst geben. Allerdings in einem viel kleineren Rahmen.« Julia lächelte vielsagend. »Henry und ich werden nämlich sehr bald in Penrose House heiraten.«

»Wirklich? Wie schön!«, rief Shauna überrascht. »Geht das denn schon, wenn noch nicht alles renoviert ist?«

Julias Lächeln verschwand, und sie seufzte tief. »Wir müssen ein paar Kompromisse eingehen«, erwiderte sie. »Die Trauung ist kein Problem, die wird in der Kapelle stattfinden. Allerdings ist der Ballsaal noch nicht fertig, deshalb feiern wir in einem der großen Salons. Für unsere Zwecke wird es reichen.« Sie lächelte nun doch wieder. »Eigentlich wollten wir erst heiraten, wenn das Baby da ist, aber Henry will nicht warten. Er hat gesagt, dass ich mich überraschen lassen soll und dass er auch spontan eine tolle Hochzeitsfeier auf die Beine stellen kann. Und ich schätze, das wird er. Was Henry sich vornimmt, das schafft er auch.«

Shauna sah das Leuchten in Julias Augen. Sie liebte ihren

zukünftigen Mann wirklich, das spürte man, und Shauna hoffte, dass die beiden eine wunderschöne Hochzeit haben würden.

»Jetzt hoffe ich nur, dass Lucys Verletzung nicht so schlimm ist«, meinte Julia und wirkte wieder besorgt. »Ich glaube, sie würde es nicht aushalten, wenn sie länger ausfällt und sich nicht hundertprozentig für die Renovierungen einsetzen kann.«

»Dann war es richtig, dass ihr sofort gekommen seid«, beruhigte Shauna sie. »Je eher eine solche Wunde versorgt wird, desto weniger Komplikationen gibt es.«

»Sind wir eigentlich die einzigen Patienten?« Julia Shaw deutete mit dem Kinn auf die leeren Stühle im Wartezimmer. »Sonst ist es doch nachmittags immer ziemlich voll, oder nicht?«

»Ja, das stimmt«, erwiderte Shauna und konnte nun ihrerseits ein Seufzen nicht unterdrücken. »Ich weiß auch nicht, was heute los ist.«

»Es macht einem Angst, wenn die Praxis leer bleibt, nicht wahr?«, meinte Julia und lächelte verständnisvoll. »Ich kenne das noch aus meiner Anfangszeit hier. Henry und ich hatten damals so eine Art Wettstreit darüber, wer die Tierarztpraxis übernehmen darf, und er war mir lange überlegen, was die Anzahl seiner Patienten anging. Es hat mich ganz schön fertig gemacht, dass die Leute lieber zu ihm wollten als zu mir.«

»Und wie ist es ausgegangen?«, fragte Shauna, gleichzeitig neugierig und angespannt. »Konntest du die Leute am Ende überzeugen?«

»Irgendwann schon«, erwiderte Julia. »Da muss Doktor MacKenzie einfach ein bisschen Geduld haben. Es dauert, bis man sich das Vertrauen der Leute erarbeitet hat.«

»Das sage ich ihm auch immer«, meinte Shauna, froh über Julias aufmunternde Worte.

»So, schon fertig.« Lucy Evans stand plötzlich im Türrahmen und hielt ihre verbundene Hand hoch. »Doktor MacKenzie hat mit eine Tetanusspritze gegeben und die Wunde versorgt. Er sagt, es wird wieder.«

»Nein, Sie müssen mich schon genau zitieren.« David erschien hinter Lucy im Türrahmen. »Ich habe gesagt, es wird wieder, wenn Sie die Hand ein paar Tage schonen.«

»Keine Sorge, Doc, wir sorgen schon dafür, dass Lucy sich nicht übernimmt«, versprach Julia und erhob sich.

Die beiden Frauen verabschiedeten sich, und Shauna blickte ihnen sehnsüchtig nach.

Sie vermisste es, eine Freundin zu haben, der sie alles anvertrauen konnte. In Exeter hatte sie so viel zu tun gehabt mit ihrem Job und Emma, dass sie keine neuen Kontakte hatte knüpfen können. Und ja, vielleicht hatte sie es auch nicht mehr versucht, aus Angst, wieder enttäuscht zu werden, so wie damals, als …

Nein, kein Selbstmitleid, sagte sie sich und schüttelte den Gedanken an die Vergangenheit ab. Allerdings konnte sie nicht verhindern, dass ihr ein Seufzen entschlüpfte, das David hörte, der immer noch neben ihr stand.

»Was ist los?«, fragte er, halb besorgt, halb amüsiert, doch als Shauna schwieg, blieb nur die Sorge übrig. Er setzte an, noch etwas zu sagen, doch die Tür öffnete sich erneut und eine Patientin betrat die Praxis.

»Oh, Doktor MacKenzie, wie schön!«, sagte Ruby Albright, sichtlich erfreut, dass sie gar nicht erst um einen Termin bitten musste, sondern den Arzt direkt vor sich hatte. »Ich muss Sie unbedingt sprechen. Es ist sehr dringend!«

Shauna stöhnte innerlich, denn dringend war es bei der dreißigjährigen Blondine tatsächlich immer. Sie kam mindestens einmal pro Woche mit wechselnden Beschwerden in die Praxis, aber Shauna war ziemlich sicher, dass ihr eigentlich nichts fehlte. Ihr ging es nur darum, David zu treffen, der ihr sichtlich gefiel und mit dem sie stets sehr offensichtlich flirtete. Sie war, wenn man so wollte, die Anführerin seiner »Groupies«, wie Shauna die Handvoll Frauen getauft hatte, die ihr Interesse an ihm offen bekundeten.

Es hatte Shauna bisher nichts ausgemacht, im Grunde hatte sie nur zur Kenntnis genommen, dass David bei diesen Frauen gut ankam. Und dass er die Aufmerksamkeit durchaus zu genießen schien. Tatsächlich hatte Shauna das in ihrer Überzeugung bestärkt, dass David war wie alle gut aussehenden Männer: oberflächlich und nur auf Affären aus, genau wie Ethan.

Doch jetzt ertappte sie sich bei dem Wunsch, er möge nicht zurückflirten. Sie wollte, dass er Ruby Albright einfach ins Behandlungszimmer führte, so wie er es bei anderen Patientinnen und Patienten auch tat, und ihr nicht vorher charmant versicherte, dass er natürlich Zeit für sie habe.

Gespannt beobachtete Shauna ihn, selbst verwundert darüber, wie wichtig ihr seine Reaktion auf einmal war.

»Miss Albright«, sagte er. »Das ist ... oh, Moment.« Er holte sein Handy aus seiner Tasche, das angefangen hatte zu klingeln, und blickte auf das Display. Seine Miene wurde ernst. »Entschuldigung, da muss ich drangehen«, erklärte er und ging mit schnellen Schritten in den hinteren Teil der Praxis.

Shauna ahnte, was jetzt passieren würde, denn sie hatte den Namen auf dem Display aufleuchten sehen. P.E., hatte da gestanden. Sie hatte keine Ahnung, wer hinter den Initialen steckte, aber David hatte in ihrem Beisein schon mehrmals Anrufe von dieser Person bekommen. Und jedes Mal war er danach …

Er kam schon wieder zurück und nahm seine Lederjacke von der Garderobe.

»Ich muss noch mal weg«, sagte er und blickte in das leere Wartezimmer und dann zu Ruby Albright, die ihn ziemlich entgeistert ansah. »Es tut mir leid, die Sprechstunde ist für heute beendet. Kommen Sie morgen wieder, ja?«

»Aber es ist dringend«, beharrte sie. »Ich habe …«

»Falls es schlimmer wird, wenden Sie sich an das Krankenhaus in Truro. Ansonsten sehen wir uns morgen«, unterbrach er sie und zog seine Lederjacke über, dann war er zur Tür hinaus.

»Also, das ist doch …!« Ruby Albright war sichtlich fassungslos. »Er kann mich doch nicht einfach so stehen lassen.«

Doch, dachte Shauna, das kann er. Das passierte immer, wenn P.E. anrief. Dann ließ David alles stehen und liegen und verschwand für ein paar Stunden. Manchmal nicht sofort, die Sprechstunde beendete er in der Regel noch. Doch Shauna merkte ihm dann an, dass er in Gedanken woanders war. Und sobald er konnte, verschwand er. Einmal hatte er die Praxis nach einem solchen Anruf um die Mittagszeit sogar für den Rest des Tages geschlossen. Und jetzt schien ihm nicht einmal mehr wichtig zu sein, die Sprechstunde zu beenden, was Shauna ärgerte. Begriff er denn wirklich nicht, dass er mit so einem Verhalten der Praxis schadete?

Wohin er dann immer so dringend fahren musste, wusste Shauna nicht, er hatte ihr bisher nur gesagt, dass er »etwas erledigen« müsse. Seine Ausflüge schienen ihn aber nicht zufriedenzustellen, denn wenn er zurückkam, wirkte er meistens frustriert und niedergeschlagen.

Wahrscheinlich traf er sich mit einer Frau, das jedenfalls

nahm Shauna an. Warum sonst diese Heimlichtuerei? Bei ihrem Ex-Freund Ethan war es damals genauso gewesen, auch er hatte ständig mit einer unbekannten Nummer telefoniert, die – wie Shauna schließlich erfahren hatte – seiner anderen Freundin gehörte. Der, mit der er es ernst gemeint hatte. Im Gegensatz zu der Sache mit mir, dachte Shauna und schluckte gegen den Kloß an, der ihr plötzlich in der Kehle saß.

»Er kann doch nicht einfach wegfahren!«, beschwerte sich Ruby Albright weiter. »Ich hätte ihn wirklich dringend sprechen müssen.«

Shauna war wie David der Meinung, dass es so dringend nicht sein konnte, denn die Frau wirkte auch bei näherer Betrachtung in keiner Weise kränklich. Tatsächlich sah sie in ihrem engen Kleid, den hohen Schuhen und mit ihrem perfekten Make-up aus, als wollte sie sich ins Nachtleben stürzen, vorzugsweise mit David, der ihr nun leider durch die Lappen gegangen war. Shauna wollte Ruby Albright als Patientin jedoch nicht vergraulen, deshalb lächelte sie freundlich.

»Doktor MacKenzie musste zu einem Notfall«, log sie. »Aber ich kann Ihnen einen Termin für morgen geben.«

Ruby Albright nickte zögernd, offenbar immer noch verärgert. »Gut, dann komme ich um …«

Sie hielt inne, weil die Praxistür sich öffnete, und David noch einmal zurückkam.

»Hier, den hatte ich ganz vergessen«, sagte er und reichte Shauna einen Schlüssel über die Theke. »Damit du ins Haus kommst. Ich weiß nicht, wann ich zurück bin. Bis später.«

Er lächelte kurz, dann war er wieder fort. In der Stille, die folgte, musterte Ruby Albright Shauna irritiert.

»Ins Haus?«, erkundigte sie sich. »Von welchem Haus spricht er?«

Shauna stöhnte innerlich. Sie hätte die Tatsache, dass sie bei David eingezogen war, gerne noch eine Weile für sich behalten. Andererseits kannte sie das Dorfleben von früher und wusste, dass sich so etwas nicht geheim halten ließ. Irgendjemand merkte immer, was passiert war, und wenn die Leute die Gründe nicht kannten, dann fingen sie an zu spekulieren. So etwas hatte Shauna schon erlebt und durchlitten, damals, als sie selbst Thema des Dorfklatsches gewesen war. Vielleicht war es deshalb besser, die Sache gleich offen anzusprechen.

»Es ist der Schlüssel zu Doktor MacKenzies Haus«, erklärte sie. »Ich musste sehr kurzfristig raus aus meiner Wohnung, und ich habe noch nichts Neues gefunden. Deshalb hat Doktor MacKenzie mir angeboten, für eine Weile zu ihm zu ziehen. Es ist nur für den Übergang.« Sie lächelte. »Ich werde noch annoncieren, aber falls Sie eine Alternative für mich wüssten, wäre ich froh, wenn Sie mir Bescheid geben.«

»Sie wohnen bei Doktor MacKenzie?« Ruby Albright starrte sie an, dann stieß sie einen Laut aus, der irgendwo zwischen Entrüstung und Bestürzung lag. »Wissen Sie was, vergessen Sie das mit dem Termin«, sagte sie, drehte sich auf dem Absatz um und verließ die Praxis. Als die Tür hinter ihr zufiel, schloss Shauna unglücklich die Augen.

Vielleicht war es doch keine so gute Idee, ehrlich zu sein, dachte sie und hoffte, dass mit Ruby Albright jetzt nicht die Fantasie durchgehen würde. Doch am Ende würde Shauna es auch nicht ändern können, wenn es doch so war, deshalb erhob sie sich seufzend und ging hinüber in das Behandlungszimmer, in dem Davids Schreibtisch stand, um die Patientenakten zu holen, die sie darauf eben hatte liegen sehen.

Als sie das Behandlungszimmer betrat, fiel ihr Blick jedoch zuerst auf die schwarze Mappe, die ebenfalls noch auf dem

Schreibtisch lag, und sie erinnerte sich, wie hektisch David sie geschlossen hatte, als sie vorhin hereingekommen war. Was er darin wohl aufhebt?, überlegte sie, während sie sich den Aktenstapel nahm.

Kurz wollte sie wieder gehen, doch dann siegte ihre Neugier, und sie umrundete den Schreibtisch, den Stapel mit den Patientenakten gegen die Brust gepresst. Mit der freien Hand öffnete sie die Mappe vorsichtig und sah sofort, dass dort nichts enthalten war, was die Praxis betraf, sondern handgeschriebene Zettel und Fotos.

Erschrocken ließ Shauna den Deckel wieder los, weil sie nicht in Davids Privatsachen schnüffeln wollte. Doch dadurch bewegte sie die Mappe ein Stück, und ein Foto rutschte heraus.

Es war das Porträtbild einer Teenagerin mit rehbraunen Locken, die nach einer altmodischen Dauerwelle aussahen. Überhaupt war das Foto älter, das erkannte man an den Farben, am Schnitt des Pullovers, den die Frau trug, und an der Art, wie sie ihre Haare mit bunten Spangen aus dem Gesicht zurückgesteckt hatte. Es musste in den 1990ern aufgenommen worden sein, zumindest vermutete Shauna das. Wer mochte diese Frau sein? Und warum bewahrte David ihr Foto in einer Mappe auf?

Man hörte, wie die Praxistür vorne aufging und wieder zufiel. Erschrocken schob Shauna das Foto zurück an seinen Platz, rückte die Mappe wieder in die Mitte der Schreibtischplatte und verließ das Behandlungszimmer. Als sie nach vorne ging, kam David ihr entgegen.

»Oh, du bist schon zurück?«, fragte sie, doch er schüttelte den Kopf.

»Nein, ich habe nur etwas vergessen«, sagte er, sichtlich verärgert über seine Nachlässigkeit, und verschwand in dem Behandlungszimmer, das Shauna eben erst verlassen hatte. Kurz darauf kam er mit der schwarzen Mappe unter dem Arm wieder heraus. Er sah auf die Akten, die Shauna immer noch gegen ihre Brust gepresst hielt, und runzelte die Stirn.

»Bis nachher dann«, murmelte er und verließ die Praxis wieder, während Shauna an ihren Schreibtisch hinter dem Empfangstresen zurückkehrte. Sie legte die Patientenakten ab, doch anstatt sie ins Register einzusortieren, starrte sie blicklos ins Leere.

Die schwarze Mappe musste etwas mit Davids ständigen Ausflügen zu tun haben, das war ihr jetzt klar. Und das Foto dann natürlich auch. Doch was konnte so wichtig daran sein, dass David am liebsten sofort alles andere stehen und liegen ließ? Und wieso erwähnte er nie, was es damit auf sich hatte?

Die Tatsache, dass er offensichtlich ein Geheimnis hütete, konnte sie ihm nicht vorwerfen. Schließlich war sie selbst auch nicht ehrlich zu ihm gewesen. Aber es beschäftigte sie dennoch. Eigentlich war sie niemand, der sich in die Angelegenheiten anderer Leute einmischte. Dafür war sie selbst viel zu froh, wenn niemand in ihrer Vergangenheit herumschnüffelte. Die Sache mit David ließ sie dennoch nicht los.

Ich werde herausfinden, was dahintersteckt, nahm sie sich vor und wandte sich dann mit einem Seufzen dem Aktenstapel zu.

6

»Der Hund bellt gar nicht so viel, wie ich dachte.«

Shauna blickte bei Davids Bemerkung von den Wohnungs-annoncen in der Zeitung auf und sah zu ihm hinüber. Er stand am Herd und war gerade dabei, Rührei und Speck zu braten. Sein Blick war auf Brave gerichtet, die auf dem Küchenboden lag und schlief.

»Wieso dachtest du das?«, wollte Emma wissen, die neben Shauna am Tisch saß. Shauna hatte Emmas dunkle Haare, die in der Farbe so sehr an ihre eigenen erinnerten, heute zu einem Zopf geflochten. Die Kleine legte den Kopf schief und mus-terte ihn halb ungläubig, halb belustigt. »Wusstest du nicht, wie Hunde sind?«

»Ich habe noch nie mit einem zusammengewohnt.« David deutete mit dem Pfannenwender auf den schlafenden Collie. »Deshalb hatte ich es mir schlimmer vorgestellt. Aber tatsäch-lich kann man sich über Brave nicht beklagen. Eigentlich merkt man kaum, dass sie da ist, so ruhig, wie sie ist.« Er kam mit der Pfanne zum Tisch. »Okay, wer möchte Rührei mit Speck?«

Emma hielt ihm ihren Teller hin, und Shauna ebenso. Sie hatte sich schon fast daran gewöhnt, nicht für das Frühstück zuständig zu sein, denn das hatte David von Anfang an über-nommen. Sie hatte nicht erwartet, dass er das tun würde, und musste innerlich Abbitte leisten. Tatsächlich hatte sie David eher als jemanden gesehen, der sich bedienen ließ. Doch das Gegenteil war der Fall. Während der guten Woche, die sie nun schon bei ihm wohnten, war er jeden Morgen vor Shauna aufgestanden, auch am Wochenende, und hatte in der Küche alles für sie und Emma vorbereitet, sodass sie sich an einen gedeckten Tisch setzen konnten. Was immer noch ein so ungewohnter Luxus für sie war, dass sie es manchmal gar nicht glauben konnte.

Auch sonst funktionierte ihr Zusammenleben besser als gedacht. Vielleicht sogar ein bisschen zu gut, denn Shauna hatte sich gerade dabei ertappt, dass sie die Wohnungsannoncen in der Zeitung nur widerwillig überflogen hatte und erleichtert gewesen war, als sie nichts Geeignetes hatte entdecken können.

»Wie alt ist Brave eigentlich?«, wollte David wissen, der sich auch einen Teller gefüllt hatte und Shauna gegenüber Platz nahm. So saßen sie meistens, Emma und Shauna auf der einen, David auf der anderen Seite.

»Sie wird bald acht«, antwortete Emma. »Sie ist ein Jahr älter als ich. Das stimmt doch, oder, Shauna?«

Shauna nickte und schluckte, weil sie plötzlich wieder an den Tag denken musste, an dem sie Brave bekommen hatte. Sie hatte sich immer einen Hund gewünscht, aber ihr Vater war dagegen gewesen, aus Angst, dass Shauna dann zu wenig Zeit für die Schule haben würde. Darauf, dass sie einen besonders guten Abschluss machen würde, war ihre gesamte Jugend ausgerichtet gewesen, sie sollte die Beste in ihrer Klasse sein und alle übertreffen. Und Shauna hatte getan, was sie konnte, um die in sie gesetzten Erwartungen zu erfüllen. Sie hatte die zehnte Klasse als Jahrgangsbeste abgeschlossen, und am Tag der Zeugnisausgabe war ihr Vater mit ihr zu einem Colliezüchter gefahren, und sie hatte sich einen Welpen aussuchen dürfen. Er sei stolz auf sie, hatte ihr Vater gesagt.

Es war vor dem Tod ihrer Mutter gewesen. Vor diesen ganzen schrecklichen Ereignissen, vor denen Shauna am Ende nur noch mit Emma hatte fliehen können …

»Dann ist sie so ruhig, weil sie schon älter ist?«, fragte David in ihre Gedanken hinein. »Oder ist sie einfach gut erzogen? Ich meine, manchmal hört sie ja sogar auf mich.«

Shauna lächelte und dachte daran, wie begeistert er gewesen war, als Brave das erste Mal auf sein Kommando hin Sitz und Platz gemacht hatte. Er fasste sie immer noch nicht an, doch seitdem ging er ein bisschen entspannter mit ihr um.

»Ich habe mir viel Mühe mit ihrer Ausbildung gegeben«, erklärte Shauna und ließ unerwähnt, dass sie damals auch sehr viel Zeit dafür gehabt hatte. Tatsächlich war Brave lange ihre einzige Freundin gewesen. »Und heute bin ich froh, dass ich es gemacht habe. Einen Hund, der ständig wegläuft oder irgendwelchen Unsinn anstellt, könnte ich mir nicht leisten, jetzt, wo ich allein bin mit Emma. Da ist es gut, dass Brave macht, was ich sage.«

»Ja, das tut sie. Und sie ist auch sonst wirklich … nett.« David verzog die Lippen zu einem schiefen Lächeln. »Ich hätte nicht gedacht, dass ich das mal sage, aber ich mag sie sogar. Zumindest ein bisschen.«

»Ich werd's ihr ausrichten, wenn sie aufwacht«, meinte Shauna und spürte ein Ziehen im Magen, als ihre Blicke sich trafen und sie sich anlächelten.

Sein Haar war noch nass von der Dusche, er war frisch rasiert, und das weiße T-Shirt, das er heute zu Jeans und Sneakern trug, brachte seine gebräunten, muskulösen Arme und seine breiten Schultern besonders gut zur Geltung.

Warum muss er nur so gut aussehen?, dachte sie, fast ein bisschen verzweifelt. Seit sie bei ihm wohnte, stellte sie quasi rund um die Uhr fest, dass sie ihn wirklich attraktiv fand, und es verlangte ihr einiges ab, nicht zu vergessen, dass er trotzdem tabu für sie war. Super tabu sogar.

Zum Glück machte David es ihr wenigstens leicht, denn obwohl heute Samstag war und damit schon ihr zweites Wochenende in seinem Haus begonnen hatte, behandelte er sie nicht anders als zuvor in der Praxis. Er war auf eine distanzierte Art freundlich zu ihr und schien sehr genau darauf zu achten, dass er sie nie berührte, wenn er mal an ihr vorbeiging oder ihr etwas reichte. So, als würde er bewusst Abstand zu ihr halten. Und anstatt froh darüber zu sein, spürte Shauna jedes Mal einen Anflug von Eifersucht, wenn sie sah, wie unbefangen er auf der anderen Seite mit Emma umging. Natürlich freute es sie, dass die beiden so gut miteinander auskamen, doch gleichzeitig fragte sie sich, wieso er zu ihr anders war. Und was passieren würde, wenn er das eines Tages änderte …

»Ist Brave eigentlich schon eine Hunde-Oma?«, erkundigte sich Emma und riss Shauna aus ihren Gedanken.

»Was? Nein!« Sie schüttelte den Kopf. »Collies können vierzehn und älter werden.«

»Dann muss sie krank sein«, meinte Emma. »Gestern Abend, als wir am Strand waren, wollte sie gar nicht mit mir rennen. Und immer schläft sie. Deswegen denkt David auch, dass sie so brav ist. Mit ihr stimmt was nicht. Sie ist nicht mehr so wie früher.«

Überrascht blickte Shauna auf die schlafende Brave hinunter. »Du hast recht«, sagte sie zu Emma, ein bisschen erschrocken darüber, dass ihr das, was die Kleine beobachtet hatte, nicht selbst aufgefallen war. Brave hatte sich verändert und war ruhiger als sonst. »Ich glaube, wir sollten mal mit ihr zum Tierarzt fahren.« Sie blickte auf die Uhr und sah, dass es kurz nach neun war. »Wenn wir uns beeilen, dann schaffen wir es noch in die Praxis. Ich glaube, die ist samstags bis mittags geöffnet.«

Emma starrte sie erschrocken an. »Du wolltest mit mir die Blumen pressen«, beschwerte sie sich. »Du hast gestern Abend versprochen, dass wir das nach dem Frühstück machen.«

Shauna stöhnte innerlich, weil sie sich jetzt erst an ihr Versprechen erinnerte. »Das machen wir heute Nachmittag«, erwiderte sie. »Das mit dem Tierarzt ist wichtig, Emma. Wir wollen doch wissen, ob mit Brave alles in Ordnung ist, oder?«

»Ja, schon, aber ...« Emma zögerte. »Muss ich denn mitkommen? Ich kann doch bei David bleiben, und er kann mir helfen.«

»Nein, das geht nicht, das können wir nicht von ihm verlangen«, erklärte Shauna sofort und blickte zu David.

Am vergangenen Wochenende war er zwar zu Hause gewesen und hatte die meiste Zeit mit Emma im Garten gespielt, während Shauna den Rest ihrer Sachen verstaut und sich noch ein bisschen eingerichtet hatte. Doch das war sicher eine Ausnahme gewesen. Unwillkürlich musste Shauna an die geheimnisvollen Anrufe von P.E. denken. »Er hat bestimmt etwas vor«, vermutete sie, doch David schüttelte den Kopf.

»Nein, habe ich nicht«, erklärte er und lächelte Emma an. »Ich kann dir helfen, wenn du willst.«

»Juhu!« Emma riss die Arme hoch und sprang von ihrem Stuhl. »Ich hole schon mal meine Blumenpresse«, rief sie und verschwand in ihr Zimmer.

»Du musst das nicht tun!«, sagte Shauna zu David, sobald sie allein waren. »Emma kann mit mir fahren.«

»Ich habe noch keine anderen Pläne fürs Wochenende«, versicherte er ihr. »Es macht mir nichts aus, wirklich nicht.«

Shauna versuchte, in seinem Gesicht zu lesen. Sein Lächeln wirke entspannt, aber was meinte er mit »noch« keine anderen Pläne? Konnte es sein, dass gleich das Telefon klingeln und er verschwinden würde zu einer Verabredung mit der geheimnisvollen P.E.?

Der Gedanke versetzte Shauna einen unerwartet schmerzhaften Stich. Hastig erhob sie sich und räumte die Teller in die Spüle. David stand ebenfalls auf, um ihr zu helfen. Als er nach der Zeitung griff, fielen Shauna die Wohnungsannoncen wieder ein, und sie erwartete, dass er sie darauf ansprach. Doch er legte die Zeitung nur auf den Stapel mit dem Altpapier, und sie atmete erleichtert auf. Ob sie es als gutes Zeichen werten durfte, wenn er es nicht eilig hatte, ihnen etwas Neues zu suchen?

Sie wünschte, sie hätte sagen können, wie er über ihr Zusammenwohnen dachte. Aber außer der Tatsache, dass er sich nicht beklagte, wusste sie nicht, wie es ihm damit ging. Wie fand er es, keinen entspannten Feierabend mehr zu haben, sondern sich stattdessen beim Abendessen Emmas Berichte über ihre Spielabenteuer mit Kelsey anzuhören? Die Abendspaziergänge am Strand, die sie manchmal zusammen unternahmen, schien er durchaus zu genießen. Danach, wenn Emma im Bett lag, zog er sich jedoch meistens zurück in sein Arbeitszimmer oder ging früh schlafen. Fast so, als wollte er keine Zeit mit mir allein verbringen, dachte Shauna und versuchte, nicht enttäuscht zu sein.

»Du musst keine Blumen pressen, nur weil Emma nicht warten möchte«, beharrte sie. »Dein freies Wochenende hast du dir sicher anders vorgestellt.«

Er grinste. »An Blumen pressen hatte ich tatsächlich nicht gedacht«, erwiderte er. »Aber es stört mich auch nicht.«

Als Shauna kurz darauf mit Brave im Auto saß und durch den Ort in Richtung Tierarztpraxis fuhr, fragte sie sich, wieso es ihr so schwerfiel, Emma bei David zu lassen. Vielleicht, weil es sich anfühlte, als wäre er ihr Partner, wenn er auf die Kleine aufpasste. So, als läge Emmas Wohl in ihrer beider Verantwortung und nicht nur in Shaunas. Und diese Vorstellung war verführerisch, weil Shauna das so lange nicht mehr erlebt hatte.

Es ist nur ein Gefallen, den er mir tut, weil er gerade Zeit hat, mehr nicht, erinnerte sie sich und fuhr schneller, um die Gedanken an David loszuwerden. Bald schon erreichte sie die Landstraße außerhalb des Ortes, an der Cove Cottage lag, das Haus, in dem die Tierarztpraxis untergebracht war.

Einige Leute im Ort hatten Shauna schon erzählt, dass das Haus idyllisch gelegen war, darunter Julia selbst, und als Shauna auf den Parkplatz fuhr, konnte sie die Begeisterung absolut verstehen. Wohnhaus und Praxis waren eingebettet in die hügelige raue Landschaft, mit Blick auf den Atlantik, dessen Wellen man an die Küste donnern hörte, und umgeben von einem weitläufigen, sehr gepflegten Garten, in dem Blumen, Obst und Gemüse gediehen. Das Einzige, was den wunderschönen Anblick störte, war die Baustelle auf der einen Seite des Wohnhauses, an das offenbar gerade angebaut wurde.

Immer noch staunend stieg Shauna aus, ließ Brave aus dem Auto und betrat die Praxis, bei der es sich offensichtlich um einen umgebauten Stall handelte.

»Shauna, wie schön!« Julia saß selbst an der Anmeldung, und ihr zukünftiger Mann Henry, groß und blond, stand hinter ihrem Stuhl und blickte ihr über die Schulter. Offenbar hatten die beiden eben etwas auf dem Computerbildschirm betrachtet. »Und so ein Zufall, wir sprachen gerade von dir. Und von Doktor MacKenzie.«

»Tatsächlich?« Shauna sah sie erschrocken an. Während der ganzen Woche war es weiterhin leerer in der Praxis gewesen als sonst, und sie befürchtete, von Julia zu hören, dass im Dorf Gerüchte über David umgingen. Doch die Tierärztin lächelte glücklich und entspannt.

»Henry und ich möchten euch beide zu unserer Hochzeit einladen«, erklärte sie.

»Oh.« Shauna wusste nicht, was sie sagen sollte. Es war so lange her, dass jemand sie zu irgendetwas eingeladen hatte, dass der Gedanke sie beinahe überwältigte. »Das ist … Ich freue mich, vielen Dank. Wann findet die Feier denn statt?«

»Schon übernächsten Samstag«, erwiderte Julia. »Ich weiß, das ist sehr kurzfristig, aber wir hoffen, dass ihr trotzdem kommt.«

»Ich weiß, dass man eine Hochzeit hier in England eigentlich mit viel mehr Vorlauf plant«, ergänzte Henry Campbell. »Es gibt allerdings auch Kulturen, da geht es schneller. In Vietnam zum Beispiel.«

»Das sagt er immer, um mir die Angst zu nehmen, dass die Vorbereitungszeit nicht reicht.« Julia seufzte und warf einen Blick über ihre Schulter zu ihrem Verlobten. »Aber ich vertraue ihm da einfach mal.«

»Das kannst du auch.« Er küsste sie aufs Haar und verschwand im hinteren Teil der Praxis.

»Was führt dich denn her?«, erkundigte sich Julia. »Ist etwas mit deiner Hündin?«

Shauna, die in Gedanken noch bei der Hochzeitseinladung gewesen war, nickte und schilderte in kurzen Worten Braves verändertes Verhalten.

»Dann schauen wir mal, ob wir eine Ursache dafür finden«, meinte Julia und führte Shauna in eines der Behandlungszimmer. Sie fuhr den Behandlungstisch elektrisch herunter, damit Brave einfacher hinaufsteigen konnte, und hob ihn anschließend wieder an. Dann begann sie mit der Untersuchung, hielt jedoch einen Moment später wieder inne.

»Würdest du Brave festhalten?«, bat sie, und Shauna griff erschrocken nach dem Halsband der Hündin. Eigentlich wusste sie, dass das während der Untersuchung ihre Aufgabe war. Doch ihr war ein Gedanke gekommen, der sie schon die ganze Zeit beschäftigte.

»Hast du mich zusammen mit David eingeladen, weil du denkst, dass wir ein Paar sind?«, fragte sie vorsichtig.

Julia sah überrascht auf. »Ja, ehrlich gesagt dachte ich das tatsächlich. Es hieß, dass du jetzt bei ihm wohnst. Deshalb war ich davon ausgegangen …« Sie beendete den Satz nicht. »Dann ist das gar nicht so?«

Shauna schüttelte den Kopf. »Nein. Ich hatte Probleme mit meiner vorherigen Wohnung. Meine kleine Schwester und ich mussten dort quasi über Nacht ausziehen, und Doktor MacKenzie war so nett, uns vorläufig bei sich unterzubringen, bis wir etwas Neues gefunden haben.«

»Über Nacht?« Julia wirkte erschrocken. »Mein Gott, das klingt, als hätte man dich rausgeworfen.«

»Ja, so in etwa war es auch«, bestätigte Shauna. Und plötzlich sprudelten die Worte nur so aus ihr heraus, und sie berichtete von ihrer vergeblichen Wohnungssuche, von John Borrows und davon, wie David ihr geholfen hatte.

»Oh, das tut mir leid«, meinte Julia, als Shauna geendet hatte. »Auch, dass ich so vorschnelle Schlüsse gezogen habe, als ich von deinem Umzug hörte. Du bist allerdings nicht nur als Anhang von MacKenzie eingeladen, ich möchte dich wirklich gerne dabeihaben. Du kommst doch?«

»Ja, sehr gerne«, bestätigte Shauna ihr, und als sie sich anlächelten, wurde ihr ganz warm ums Herz. Sie mochte Julia, und es fühlte sich an, als hätte sie gerade eine Verbündete und vielleicht sogar eine Freundin gewonnen.

»Übrigens hat es bei Henry und mir auch so angefangen.« Julia setzte sich ihr Stethoskop auf und hörte die hechelnde Brave ab. »Damals, als ich in Carywith ankam, musste ich mir das kleine Gartenhaus hinten auf dem Grundstück mit ihm teilen. Wir haben also auch zusammengewohnt, obwohl wir uns da noch gar nicht kannten.« Sie lächelte breit. »Und jetzt heiraten wir.«

»Ich glaube nicht, dass man das vergleichen kann«, erwiderte Shauna. »Da ist nichts zwischen mir und David, und ich wünschte, die Leute würden da nicht so viel hineininterpretieren.«

»So ist das bei uns in Carywith«, meinte Julia. »Jeder kümmert sich um jeden, was gut ist, aber leider kümmern sich auch alle um die Dinge, die sie gar nichts angehen. Und wenn Informationen fehlen, werden sie durch wilde Spekulationen ersetzt.« Sie seufzte. »Das sind die zwei Seiten derselben Medaille.«

»Ja, ich kenne das aus meinem Heimatort.« Shauna dachte mit Schrecken an die Zeit zurück, in der sie selbst im Mittelpunkt des Dorfklatsches gestanden hatte. Sie konnte nur hoffen, dass die Leute diesmal gnädiger waren. »Sagt man denn sonst noch etwas über die Praxis? Ich meine, hast du noch was gehört?«

Julia hatte das Stethoskop weggelegt und tastete Brave ab, die das willig über sich ergehen ließ.

»Na ja«, sagte sie. »Da gibt es schon etwas. Ich weiß nur nicht, ob ich das weitergeben sollte, weil es sicher genauso unwahr ist wie der Rest.«

»Lass mich raten«, erwiderte Shauna beklommen. »Die Leute sagen, dass David ein schlechter Arzt ist.«

Julia nickte. »Dann weißt du es schon?«

Shauna erzählte ihr kurz von der Sache mit Declan Spargo und auch von den anderen Vorfällen.

»Das erklärt einiges«, meinte Julia. »Declan Spargo ist eigentlich kein Klatschmaul, aber wenn er wirklich so wütend war, dann hat er als Kneipenwirt natürlich die perfekte Möglichkeit, sich bei sehr vielen Leuten zu beschweren. Das Fisherman's Inn ist so etwas wie das Zentrum von Carywith. Wenn man etwas bekannt machen will, dann muss man eigentlich nur dorthin gehen und den Leuten an der Bar davon erzählen. Dann spricht es sich in Windeseile herum. Ich habe das sogar selbst schon einmal machen müssen, um etwas richtigzustellen.«

Shauna schluckte. Genau wie ich befürchtet habe, dachte sie.

»Es heißt, dass Doktor MacKenzie arrogant ist und sich nicht wirklich für das Wohlergehen seiner Patienten interessiert«, berichtete Julia. »Und dass es sein kann, dass man ins Krankenhaus gehen muss, weil er sich weigert, einen zu behandeln.«

»So war das gar nicht«, widersprach Shauna unglücklich. »David hat Declan Spargo behandelt, er wollte ihm nur nicht …«

Julia winkte ab. »Du brauchst dich nicht zu rechtfertigen«, sagte sie. »Ich schätze Doktor MacKenzie sehr, er hat meine Schwangerschaft bisher sehr gut begleitet, und ich hoffe, dass er noch lange in Carywith bleibt. Auch wenn man ihm im Dorf nur noch ein paar Monate gibt. Die Leute sind fest davon überzeugt, dass er nicht bleiben will.« Sie ließ Brave los und richtete sich wieder auf. »Auch deshalb möchte ich, dass er zu unserer Hochzeit kommt. Dann können alle sehen, dass er dazugehört.«

Shauna hätte Julia am liebsten umarmt für diese Geste. »Er kommt sicher gern«, sagte sie. »Und ich auch!«

»Wie schön, das freut mich«, versicherte Julia ihr, und sie lächelten sich verschwörerisch an.

»Und Brave?«, fragte Shauna dann. »Weißt du schon, was ihr fehlt?«

»Ihr fehlt gar nichts«, meinte Julia. »Im Gegenteil. Ihr geht es wie mir – sie hat eher noch etwas dazugewonnen.« Sie grinste, als Shauna sie verständnislos ansah. »Ich mache gleich noch einen Ultraschall, aber eins kann ich dir auch jetzt schon sagen: Deine Hündin ist trächtig. Sie bekommt in ein paar Wochen Welpen.«

7

»Welpen?«, riefen Emma und David wie aus einem Mund, die Kleine jubelnd, er dagegen sichtlich entsetzt.

Unglücklich nickte Shauna, den Blick auf David gerichtet, der mit vor der Brust verschränkten Armen in der Küche am Herd lehnte. Während der gesamten Rückfahrt zu seinem Haus hatte sie sich Gedanken darüber gemacht, wie er auf die Nachricht wohl reagieren würde.

»Brave ist schon seit ein paar Wochen trächtig«, berichtete sie weiter und zuckte mit den Schultern. »Die Welpen kommen voraussichtlich Ende August.«

David betrachtete die Colliehündin, die hechelnd neben Shauna stand, mit einem Stirnrunzeln. Dann schüttelte er den Kopf und richtete den Blick wieder auf Shauna. »Und das wusstest du wirklich nicht?«

»Nein, ich hatte keine Ahnung«, versicherte sie ihm. »Sie ist mir einmal weggelaufen, unten am Strand. Das war völlig untypisch für sie, aber ich habe mir nichts weiter dabei gedacht. Sie war auch gar nicht lange weg, höchstens eine halbe Stunde.«

»Das wird wohl gereicht haben«, meinte David lakonisch, und Shauna konnte ihm ansehen, dass ihm die Vorstellung, demnächst mehr als nur einen Hund beherbergen zu müssen, nicht behagte.

Emma hingegen wirkte überglücklich. Sie lief zu Shauna,

lehnte sich an sie und blickte mit voller Begeisterung zu ihr auf.

»Wie viele Hundebabys sind es denn?«, wollte sie wissen. »Werden sie hier zur Welt kommen? Und darf ich Namen für sie aussuchen?«

»Es sind wahrscheinlich fünf Welpen, das haben wir auf dem Ultraschall gesehen«, antwortete Shauna und hörte David leise stöhnen. »Und du kannst Namen für sie aussuchen, wenn sie da sind. Vergiss nur nicht, dass wir sie nicht behalten können.«

Emmas Lächeln erlosch. »Warum nicht?«, fragte sie enttäuscht. »Es sind doch Braves Kinder. Die können wir doch nicht einfach weggeben!«

Shauna schluckte und riss den Blick nur mühsam von Davids immer noch versteinerter Miene los.

»Erst mal dürfen sie ja bei ihr bleiben«, sagte sie zu Emma. »Und dann freuen sich andere Familien über sie. Wir haben Brave ja damals auch bekommen, als sie noch klein war. So ist das bei Hunden, weißt du?«

Es schien Emma nicht einzuleuchten, doch ihre Freude über die Neuigkeit überwog wieder. »Darf ich Kelsey anrufen und ihr erzählen, dass Brave Junge bekommt?«

Shauna zog ihr Handy hervor und rief Mrs. Harrisons Nummer auf, dann reichte sie der aufgeregten Emma das Telefon, die damit in ihr Zimmer verschwand.

»Es tut mir leid«, sagte Shauna, sobald sie mit David allein war. »Aber du musst dir keine Sorgen machen, Brave muss nicht hierbleiben. Wir können sie kurz vor der Geburt in die Tierarztpraxis bringen. Und dort würde man sich auch erst mal um die Welpen kümmern, wenn du sie nicht hierhaben möchtest. Das habe ich mit Julia, ähm, mit Doktor Shaw besprochen. Sie sagt, das ist kein Problem.«

84

Angespannt wartete sie auf eine Reaktion von ihm, voller Angst, dass sie den Bogen überspannt hatte. Es war eine Sache, dass er erlaubt hatte, dass Brave mit ihnen hier einzog. Aber ein ganzer Wurf Hunde? Das war vermutlich zu viel verlangt.

»David?«, fragte sie, weil er sich immer noch nicht gerührt hatte.

Er löste die Arme, die er immer noch vor der Brust verschränkt gehalten hatte, und stieß die Luft aus. »Hältst du mich eigentlich für herzlos?«

Überrascht starrte sie ihn an. »Was? Nein, natürlich nicht!«, versicherte sie ihm hastig.

»Und wie kommst du dann darauf, dass ich nicht will, dass Brave hierbleibt mit ihren Welpen?«, wollte er wissen.

Shauna fehlten für einen Moment die Worte. »Na ja, weil … ich dachte, dass du …« Hilflos hob sie die Schultern. »Welpen sind eine Menge Arbeit. Und sie machen Dreck und verursachen Chaos. Der Deal war, dass Brave mitkommen darf, nicht, dass du gleich ein ganzes Haus voll Hunde bekommst.«

»Das stimmt.« Sein Mundwinkel zuckte. »Und ich kann auch nicht sagen, dass ich mich freue. Aber ihr müsst euch nicht meinetwegen von Brave trennen. Wir kriegen das schon hin. Und Emma macht es sicher Spaß, sich um die Welpen zu kümmern.«

Shauna schluckte schwer. Sie hatte damit gerechnet, dass er böse auf sie sein und sie bitten würde, möglichst schnell auszuziehen.

»Danke«, sagte sie und spürte, wie die Anspannung endgültig von ihr abfiel. Spontan machte sie ein paar Schritte auf ihn zu, doch als sie vor ihm stand, hielt sie erschrocken inne.

Mein Gott, sie konnte ihn doch nicht einfach umarmen, so wie sie es vor lauter Erleichterung hatte tun wollen. Seine

Nähe brachte sie jetzt schon aus dem Konzept, und sie berührte ihn noch gar nicht. Nein, das war keine gute Idee!

Hastig bückte sie sich zu Braves Wassernapf hinunter, um ihr Gesicht zu verbergen. Bestimmt waren ihre Wangen flammend rot. Sie trug den Napf zur Spüle, um ihn zu füllen, und wandte David den Rücken zu. Doch sie hatte das Gefühl, dass seine Blicke ihr folgten.

Als sie sich wieder umwandte, war er gerade dabei, sein Handy aus der Hosentasche zu ziehen, das angefangen hatte zu klingeln. Er warf einen Blick auf das Display, dann nahm er das Gespräch an. Eine Weile hörte er dem Anrufer zu und stieß nur hin und wieder ein zustimmendes Brummen aus.

»Ich weiß nicht«, meinte er irgendwann. Seine Stimme klang angespannt. »Das ist ein weiter Weg. Und bisher hat es sich nie gelohnt.«

Shauna wusste zwar nicht, mit wem er telefonierte, aber falls es P.E. war, verhielt er sich anders. Sonst war er aufgeregt gewesen bei diesen Anrufen, jetzt wirkte er frustriert, und als er auflegte, seufzte er tief.

»Ich muss nach Penbarren«, teilte er ihr mit und verließ die Küche, ohne auf eine Reaktion von ihr zu warten. Kurz darauf hörte Shauna die Tür des Arbeitszimmers zufallen und kämpfte gegen die Enttäuschung, die in ihr aufstieg.

Sie wusste, dass sie kein Recht hatte, so zu empfinden. Doch nachdem David nicht so verärgert auf ihre Neuigkeit mit den Welpen reagiert hatte wie befürchtet, hatte sie sich darauf gefreut, den Rest des Wochenendes mit ihm zu verbringen. Und nun würde er nach Penbarren fahren. Sie war noch nie in dem kleinen Ort im Südwesten von Cornwall gewesen, aber die Fahrt dorthin dauerte sicher gut anderthalb Stunden. Was bedeutete, dass David erst heute Abend zurück sein würde. Wieso nahm er diese Fahrt auf sich, wenn er dazu offensichtlich keine Lust hatte? Was wollte er dort überhaupt?

Die Fragen brannten ihr auf der Zunge, und sie war kurz davor, David nachzugehen und sie ihm zu stellen. Doch Emma kehrte in die Küche zurück und gab ihr das Handy wieder. Sie strahlte immer noch.

»Kelsey sagt, früher hatte ihre Familie immer Hunde«, erzählte sie. »Sie will ihre Eltern fragen, ob sie einen von unseren Welpen bekommen kann. Das wäre doch toll, oder? Dann könnte Brave ihr Kind immer besuchen.«

»Ja, das wäre toll«, bestätigte Shauna mit wenig Enthusiasmus.

David kehrte in die Küche zurück. Er trug seine Lederjacke über dem Arm und hielt die schwarze Mappe in der Hand, die Shauna in der Praxis schon gesehen hatte. »Ich bin dann weg«, verkündete er. »Bis später.«

»Wo gehst du hin?«, wollte Emma wissen, und als er es ihr sagte, schob sie enttäuscht die Unterlippe vor. »Du wolltest doch mit uns an den Strand fahren, wenn Shauna wieder zurück ist. Du hast es versprochen.«

Einen Moment lang schien David mit sich zu ringen, dann zuckte er mit den Schultern. »Tut mir leid, mir ist etwas dazwischengekommen«, sagte er. »Wir holen das nach, okay?«

Emmas Unterlippe zitterte jetzt. »Aber du hast es …«

»Ich fahre mit dir zum Strand«, mischte Shauna sich ein, weil sie nicht wollte, dass Emma ihm eine Szene machte. »David kommt dann beim nächsten Mal wieder mit. Okay?«

Emma sah immer noch sehr unglücklich aus, doch sie gab nach und nickte traurig, was David sichtlich aus der Ruhe brachte. Er kämpfte mit sich, das sah Shauna ihm an.

»Es geht nicht anders, Emma«, rechtfertigte er sich. »Tut mir wirklich leid.«

Emma nickte und wandte sich ab, kehrte an den Küchentisch zurück, wo die nun gefüllte Blumenpresse stand und wo auch ihr Zeichenblock und ihre Stifte lagen. Sie nahm sich einen der dicken Wachsmalstifte und arbeitete weiter an dem Bild, das sie angefangen hatte.

»Dann bis später.« David schien darauf zu warten, dass sie noch einmal aufsah. Das tat sie jedoch nicht.

Er wandte sich ab und ging. Shauna zögerte kurz, dann folgte sie ihm in den Eingangsbereich.

»Bis später«, sagte sie, sah jedoch nur noch, wie die Haustür zufiel. Offenbar hatte David es jetzt eilig.

Sie wollte in die Küche zurückkehren, doch ihr Blick fiel durch die geöffnete Tür in Davids Arbeitszimmer und auf das schwarze Mobiltelefon, das dort auf dem Schreibtisch lag.

»Warte! Du hast dein Handy vergessen«, rief sie und lief ins Arbeitszimmer, griff nach dem Smartphone, um es ihm schnell noch zu bringen. Doch David hatte den Motor bereits gestartet, und als sie die Haustür erreichte und aufriss, sah sie den Wagen gerade noch vom Hof fahren und über die Straße davonbrausen.

Zu spät, dachte sie und kehrte mit dem Telefon ins Arbeitszimmer zurück. Sie wollte es wieder auf den Schreibtisch legen, doch es vibrierte plötzlich in ihrer Hand. Aus einem Reflex heraus warf sie einen Blick auf den Bildschirm und sah, dass eine Nachricht von »P.E.« eingegangen war.

Hier die Adresse, wie eben besprochen. Carol Stevenson, 16 Cod Lane in Penbarren. Alter passt. Hoffe, es ist diesmal die Richtige.

Shauna starrte auf die Nachricht, die trotz des gesperrten Bildschirms sichtbar war, und dachte an das Foto von der jungen Frau, das in der Praxis aus der schwarzen Mappe gefallen war. David suchte jemanden, das wurde ihr plötzlich klar. Wahrscheinlich die Frau von dem Foto. Und jetzt ahnte sie auch, wofür P.E. stand. Das waren keine Initialen, wie sie geglaubt hatte, sondern die Abkürzung für »Privatermittler«. David beschäftigte offenbar eine Detektei, die ihm bei seiner Suche helfen sollte. Mein Gott, das ergab plötzlich alles Sinn!

Aber warum suchte David diese Frau? Wer war sie, und wieso betrieb er so viel Aufwand, um sie zu finden?

Das Motorengeräusch registrierte Shauna erst, als Brave zu bellen begann und zur Haustür lief. Eine Autotür schlug, und einen Moment später schloss David die Tür wieder auf und stand im Eingangsbereich.

»Ich hab's mir anders überlegt«, sagte er zu Emma, die ihm aus der Küche entgegengelaufen kam. »Wir fahren doch zum Strand ...« Er hielt inne, weil Shauna mit dem Handy in der Hand aus dem Arbeitszimmer getreten war.

»Oh, ja!«, jubelte Emma. »Ich male nur noch ganz schnell mein Bild zu Ende, dann können wir fahren!« Mit einem strahlenden Lächeln kehrte sie in die Küche zurück.

David achtete jedoch gar nicht mehr auf sie, sondern starrte Shauna an.

»Was machst du da?«, wollte er wissen und blickte in das Arbeitszimmer hinter ihr. In seinem Blick lag eine Mischung aus Verwirrung und Irritation. »Warst du an meinen Sachen?«

Shauna schüttelte den Kopf. »Die Tür stand auf, und dein Handy lag auf dem Schreibtisch«, sagte sie. »Ich wollte es dir bringen, aber du warst schon losgefahren.«

Er ging zu ihr, nahm ihr das Smartphone ab und las die

neue Nachricht. Dann blickte er wieder auf, und in dieser Sekunde wusste Shauna, dass sie nicht mehr schweigen konnte.

»Wer ist Carol Stevenson?«, fragte sie und schluckte, weil sie wusste, dass sie sich damit weit vorwagte. Zögernd machte sie noch einen Schritt auf ihn zu und legte eine Hand auf seinen Arm. »Willst du mir nicht sagen, was es damit auf sich hat?«

8

David fühlte Shaunas Hand warm an seinem Arm und sah in ihre blauen Augen, überrascht, dass er nicht wütender war. Sie hatte sich sein Handy genommen und eine Nachricht gelesen, die für ihn bestimmt gewesen war. Das war ein Vertrauensbruch. Jeder und jedem anderen hätte er gesagt, dass es seine Sache war und er niemandem Rechenschaft schuldete. So wie immer, wenn die Leute etwas von ihm wissen wollten, was nur ihn anging.

In Shaunas Augen lag jedoch keine Neugier, jedenfalls nicht nur. Er sah auch Sorge und echtes Interesse darin, und das ließ seine Wut verschwinden. Er fühlte sich müde und ausgelaugt, deshalb war er auch noch vor der Ortsgrenze von Carywith wieder umgekehrt und hatte nicht den langen Weg nach Penbarren angetreten. Es war ihm plötzlich nicht mehr so wichtig gewesen, jedenfalls nicht wichtiger, als mit Emma und Shauna und dem Hund an den Strand zu fahren, so wie er es der Kleinen versprochen hatte.

Gott, er hatte sich kaum je so schlecht gefühlt wie in dem Moment, als er der Kleinen eben hatte absagen müssen und sie so enttäuscht und unglücklich ausgesehen hatte. Er wollte, dass Emma wieder lächelte, und er wollte sich vom Wind den Kopf freipusten lassen, wollte über den Sand gehen, mit Shauna an seiner Seite. Er wollte vergessen, weshalb er eigentlich nach Cornwall gekommen war.

Doch nun hatte Shauna sein Geheimnis entdeckt, und er kannte sie inzwischen gut genug, um zu wissen, dass sie jetzt nicht mehr lockerlassen würde. Das tat sie in der Praxis auch nicht, wenn sie einmal auf etwas gestoßen war, das nicht stimmte. Sie drängte ihn auf ihre freundliche, aber unnachgiebige Art so lange, bis er eine fehlende Angabe ergänzt hatte und die Patientenakten in Ordnung waren. Das war es, was ihm schon immer an ihr gefallen hatte: ihre Hartnäckigkeit. Jetzt jedoch war es ein Nachteil, denn sie würde das Thema nur ruhen lassen, wenn er sie heftig genug von sich wegstieß.

Wollte er das? Konnte er das?

Seit er Shauna in sein Haus und damit auch in sein Leben gelassen hatte, schien sie alles auf den Kopf zu stellen, was sonst für ihn galt. Es machte ihm nichts mehr aus, dass ein Hund bei ihm wohnte, er presste geduldig Blumen, würde demnächst Welpen hüten, und in der Praxis hatte er sogar angefangen, diese verdammten Patientenakten, die ihm eigentlich herzlich egal gewesen waren, vernünftig zu führen. Alles wegen Shauna. Alles *für* Shauna. Vielleicht, dachte er, wäre es anders gekommen, wenn sie nur einfach weiter zusammengearbeitet hätten. Möglicherweise wäre sie dann weiterhin unter seinem Radar geflogen.

Doch seit sie bei ihm wohnte, sah er sie. Seitdem nahm er ständig Dinge an ihr wahr, die ihm gefielen. Er mochte den Duft ihres Parfums und die Art, wie sie den Kopf schief legte, wenn er etwas sagte, was sie ihm nicht glaubte. Er mochte die Art, wie sie sich die dunklen, fast schwarzen Haare hinter die Ohren strich, wenn sie ihr ins Gesicht gefallen waren, und wie ihre blauen Augen funkelten, wenn sie etwas ärgerte. Und er liebte es, wenn sie lachte. Das tat sie selten, aber wenn, dann war es so herzerfrischend, dass er immer wieder nach Möglichkeiten suchte, sie dazu zu bringen. Ja, verdammt, er mochte sie. Und er wollte sie nicht anschreien oder eine kalte Bemerkung machen, die sie in ihre Schranken wies. Er wollte ihr nicht wehtun. Tatsächlich hatte er sogar das überwältigende Bedürfnis, sich ihr anzuvertrauen. Natürlich konnte er ihr nicht alles sagen. Doch der Gedanke, mit ihr zu teilen, was ihn gerade quälte, tat überraschend gut.

»Komm mit.« Er schob sie sanft zurück ins Arbeitszimmer und schloss die Tür, damit Emma ihr Gespräch nicht mitbekam.

Shauna blickte zu ihm auf, und der Ausdruck in ihren Augen war so intensiv und konzentriert, dass er kurz den Faden verlor. Er brauchte Abstand, damit er wieder klar denken konnte, deshalb ging er zum Schreibtisch, umrundete ihn und ließ sich schwer auf den Stuhl fallen.

»Carol Stevenson könnte meine Mutter sein«, sagte er dann und spürte eine seltsame Erleichterung darüber, es ausgesprochen zu haben.

»Deine Mutter?« Shauna folgte ihm, ging ebenfalls um den Schreibtisch herum und lehnte sich an die Kante. »Dann lebt sie noch? Als du sagtest, du wärst bei deinem Onkel und deiner Tante aufgewachsen, da dachte ich …«

»Ich weiß nicht, ob sie noch lebt«, stellte er richtig. »Im Grunde weiß ich gar nichts über sie, außer, dass sie Carol heißt und mich mit sechzehn bekommen hat. Als ich vier war, brachte sie mich zu meinem Onkel Paddy und kam nie wieder zurück.«

Shauna war schlagartig blass geworden. Sie räusperte sich, doch ihre Stimme klang trotzdem rau. »Oh nein, David, das tut mir leid.«

»Das muss es nicht«, sagte er. »Ich hatte es gut bei meinem

Onkel und meiner Tante. Trotzdem hat mich die Frage nie losgelassen, was aus meiner Mutter geworden ist. Paddy spricht nicht über sie. Nie. Bei ihm bin ich immer gegen eine Wand geprallt, wenn ich mehr über sie herausfinden wollte.«

»Was ist mit deinem Vater?«, erkundigte sich Shauna. »Weißt du etwas über ihn?«

David schüttelte den Kopf. »Noch weniger als über meine Mutter. Ich kenne nicht mal seinen Namen.«

Aus irgendeinem Grund schämte er sich immer noch, wenn er das zugeben musste. Es war kein schönes Gefühl, so wenig über die eigene Geschichte zu wissen, und er erinnerte sich noch gut daran, wie sehr ihn diese hilflose Ungewissheit als Jugendlicher gequält hatte.

»Jedenfalls habe ich irgendwann, als ich älter war, angefangen, Nachforschungen anzustellen«, fuhr er fort. »Ich wollte wissen, wo meine Mutter sich aufhält und was aus ihr geworden ist.«

»Und das hat ergeben, dass sie hier in Cornwall ist?«, mutmaßte Shauna.

Er seufzte. »Nein, es ist mehr eine Hoffnung. Ich habe auf dem Dachboden bei meinem Onkel ein altes Tagebuch meiner Mutter gefunden. Als sie es schrieb, war sie dreizehn, und darin schreibt sie mehrfach, dass sie eines Tages in Cornwall leben will. Außerdem konnte ich noch herausfinden, dass sie damals, als sie ging, wohl tatsächlich auf dem Weg hierher war. Eine alte Freundin von ihr, die sie kurz vor ihrer Abreise noch gesehen hat, konnte mir das bestätigen. Ob sie ihren Plan in die Tat umgesetzt hat, weiß ich nicht. Aber es ist zumindest ein Anhaltspunkt.«

»Hierher?« Shauna runzelte die Stirn. »Du meinst nach Cornwall? Oder nach Carywith?«

»Sie hatte damals wohl konkret diese Gegend erwähnt«, bestätigte er. »Eine Carol MacKenzie gibt es allerdings in ganz Cornwall nicht, jedenfalls konnte ich bei meinen Recherchen keine finden. Deshalb habe ich eine Privatdetektei beauftragt, hier in der Gegend nach ihr zu suchen. Immer, wenn sie eine Frau gefunden haben, die infrage kommt, schicken sie mir die Adresse, und ich fahre hin. Die Richtige war allerdings noch nicht dabei.«

Shauna schwieg einen Moment, und David befürchtete, dass sie ihn jetzt fragen würde, ob er nur deshalb in Cornwall war. Dass es so war, wollte er nur ungern zugeben, denn dann fragte sie ihn vielleicht, wie es für ihn weiterging, wenn er mit seiner Suche erfolgreich war. Und die Antwort darauf wollte er ihr lieber nicht geben.

Aber er hatte Glück, denn Shauna schien immer noch mit der Geschichte seiner Mutter beschäftigt.

»Und sie hat dich einfach im Stich gelassen?«, fragte sie. Das Mitgefühl in ihrem Blick brachte den Schmerz zurück, mit dem er viele Jahre gekämpft hatte.

»Sie hat mich bei meinem Onkel abgegeben, von dem sie wusste, dass er sich um mich kümmern würde«, stellte er richtig. »Aber ja, danach ist sie einfach weggegangen und hat sich nie wieder gemeldet, und die Gründe dafür würde ich gerne kennen.«

Shauna runzelte die Stirn. »Und wieso bist du nicht hingefahren? Nach Penbarren, meine ich. Willst du nicht wissen, ob dieses Carol Stevenson die richtige Carol ist?«

David senkte den Kopf. »Es kommt mir so sinnlos vor«, sagte er. »Wahrscheinlich handelt es sich bei ihr wieder um eine fremde Frau, die mich nur irritiert ansieht, wenn ich ihr meine Fragen stelle.«

Er blickte auf, als er Shaunas Hand auf seiner Schulter fühlte.

»Wir könnten zusammen hinfahren, wenn du willst«, sagte sie. »Liegt Penbarren nicht an der Küste? Dann könnte Emma doch dort zum Strand.«

Wie aufs Stichwort öffnete sich die Tür, und Emma erschien, ein selbst gemaltes Bild in der Hand.

»Hier, für dich«, sagte sie und gab es David.

Das Bild zeigte eine Frau und einen Mann mit einem Kind in der Mitte, alle auf sehr einfache Weise gezeichnet. Neben der Frau saß ein Hund, der Ähnlichkeit mit Brave hatte. Im Hintergrund waren Bäume und ein Haus zu sehen, das aus einem Quadrat und einem Dreieck bestand, mit Fenstern und einer Tür und einem überlangen Schornstein, aus dem Rauch aufstieg.

»Das sind wir«, verkündete Emma stolz, und David schluckte beklommen, als er merkte, dass die drei Figuren auf dem Bild sich an den Händen hielten. So als gehörten sie zusammen. Er hoffte, dass Emma es so gemalt hatte, ohne sich viel dabei zu denken.

Denn so gut er sich mit der Kleinen verstand – ihre Beziehung war temporär. Er hatte nicht vor, eine Konstante in ihrem Leben zu werden – oder in dem von Shauna. Für so etwas eignete er sich nicht, das musste er den beiden vielleicht noch einmal deutlich machen. Aber nicht jetzt, denn die Aussicht, nicht allein nach Penbarren fahren zu müssen, gefiel ihm. Er war froh, dass er Shauna ins Vertrauen gezogen hatte, und auch froh über ihr Angebot.

Er atmete tief durch, dann wandte er sich an Emma. »Danke, das werde ich gut aufbewahren«, sagte er und legte das Bild auf den Schreibtisch. »Sag mal, wäre es okay, wenn wir heute mal an einen anderen Strand fahren?«

9

Shauna hatte das Gefühl, als würde alles wie ein Film an ihr vorbeilaufen. Sie registrierte zwar, dass Emma freudig auf Davids Frage reagierte. Doch sie war nicht richtig bei der Sache, als sie kurz darauf alles für ihren Ausflug nach Penbarren zusammenpackte. Und auch später, als sie sich schon längst auf den Weg gemacht hatten und in Davids BMW-Coupé saßen, konnte sie nur an das denken, was er ihr gerade erzählt hatte.

Sie war davon ausgegangen, dass er abweisend reagieren oder sogar wütend sein würde, weil sie sein Handy genommen und eine Nachricht darauf gelesen hatte. Er hätte jedes Recht dazu gehabt, und sie hätte sich nicht gewundert, wenn er sie angeschrien hätte.

Doch das hatte er nicht getan. Stattdessen wusste sie jetzt endlich, was hinter der Sache mit den Anrufen steckte. Beklommen dachte sie an den verlorenen Ausdruck, der eben in Davids Augen gestanden hatte. Wie musste er sich gefühlt haben, als seine Mutter nicht zurückgekehrt war? Als er begreifen musste, dass sie ihn nicht holen würde, so wie er gehofft hatte? Und selbst wenn er später glücklich gewesen war in der Familie seines Onkels – das hatte das Bedürfnis in ihm nicht ausgelöscht, mehr über seine Mutter zu erfahren. Er brauchte Antworten und hoffte, sie hier in Cornwall zu finden.

Eigentlich, dachte Shauna, hätte sie froh sein müssen, nun

endlich Bescheid zu wissen über das, was David umtrieb. Doch es erinnerte sie daran, dass sie selbst auch ein Geheimnis hütete, von dem niemand etwas ahnte. Ein Geheimnis, das alles infrage stellen würde, wenn es herauskam. Sie fürchtete sich vor dem Tag, an dem es passieren würde, und er war nicht mehr fern. Spätestens nach diesem Sommer musste sie nämlich endlich zu dem stehen, was sie getan hatte …

»Emma ist eingeschlafen.« Davids Stimme riss Shauna aus ihren Gedanken. Überrascht drehte sie sich zu der Kleinen um, die auf der Rückbank auf einer Sitzerhöhung saß. Sie hatte die Augen geschlossen, und ihr Kopf war zur Seite gefallen. Im Arm hielt sie ihr Lieblingsstofftier, einen schon ziemlich ramponierten Bären namens Otis, und bei dem friedlichen Anblick musste Shauna unwillkürlich lächeln. Sie drehte sich wieder zu David um und zuckte mit den Schultern.

»Autos haben diese Wirkung auf Emma«, sagte sie. »Sie schläft ein, wenn wir länger unterwegs sind, ganz egal, zu welcher Tageszeit. Das war schon immer so, und auf langen Fahrten kann es sehr hilfreich sein. Zumindest fragt sie dann nicht ständig, wie weit es noch ist.«

David erwiderte ihr Lächeln nicht. »Und du?«, fragte er. »Warum bist du so still? Bist du auch müde?«

Shauna wurde bewusst, dass sie bis jetzt geschwiegen hatte.

»Nein, ich denke nach«, erwiderte sie. »Mir geht die Sache mit deiner Mutter nicht aus dem Kopf.« Sie wollte ihm nicht sagen, wie sehr die Geschichte sie persönlich aufwühlte, deshalb konzentrierte sie sich auf die Schwierigkeiten, die seiner Suche im Weg standen. »Es ist so schade, dass du nicht mehr Informationen über sie hast.«

David sah sie kurz an, dann richtete er den Blick wieder nach vorn auf die Straße. »Das ist leider so. Jedenfalls, solange mein Onkel mir nicht mehr erzählen will. Er weiß vielleicht mehr, aber er verrät es mir nicht.«

»Warum nicht?«, hakte Shauna nach, weil das genau der Punkt war, den sie nicht verstand. »Es ist doch dein Recht, etwas über deine Mutter zu erfahren.«

David lachte auf, doch es klang nicht fröhlich. »Du kennst meinen Onkel nicht. Paddy redet ohnehin nicht viel, doch wenn er beschlossen hat, etwas für sich zu behalten, dann beißt man bei ihm auf Granit. Er will nicht, dass ich nach meiner Mutter suche. Tatsächlich glaube ich, es wäre ihm am liebsten, wenn ich sie vergesse.«

»Und deine Tante?«, erkundigte sich Shauna. »Kannst du sie nicht fragen? Oder ist sie auch so schweigsam wie dein Onkel?«

David schüttelte den Kopf. »Jane war die liebevollste, warmherzigste Frau, die man sich vorstellen kann. Und wenn sie noch da wäre, dann hätte sie Paddy überredet, mit mir zu sprechen, da bin ich ganz sicher.«

»War?«, fragte Shauna vorsichtig, als er nicht weitersprach. Er umfasste das Steuer fester, und sie sah, dass seine Fingerknöchel weiß unter der Haut hervortraten. »Dann ist sie …?«

Er nickte, ohne sie anzusehen.

»Oh, David, das tut mir leid!«, sagte sie und legte spontan eine Hand auf seinen Arm, zog sie jedoch schnell wieder zurück. Ihn zu berühren, ist keine gute Idee, dachte sie, denn ihr Herzschlag hatte sich sofort beschleunigt. »Wann ist sie gestorben?«

»Als ich elf war«, erwiderte er. »Sie hatte Krebs, und es ging alles unglaublich schnell. Die Krankheit wurde zu spät entdeckt, weil Janes Hausarzt ihre Beschwerden nicht ernst genommen hat.« Er zuckte mit den Schultern. »Vielleicht habe ich deshalb beschlossen, Medizin zu studieren. Um es besser zu machen.«

Für einen Moment schwiegen sie, dann wandte David sich wieder zu Shauna. »Wie alt warst du, als deine Eltern starben?«, wollte er wissen.

Shauna zögerte. Normalerweise blockte sie diese Frage immer ab. Aber er war offen zu ihr gewesen, deshalb fand sie, dass sie ihm die Wahrheit schuldete.

»Meine Mutter starb kurz nach Emmas Geburt«, sagte sie und dachte an den Tag, an dem sie den Polizisten die Tür aufgemacht hatte. Bis heute konnte sie sich an den Schock erinnern, der ihr beim Anblick der ernsten Mienen der beiden Männer in die Glieder gefahren war. Sie hatte sofort gewusst, dass sie nichts Gutes bedeuteten. »Sie hatte einen Autounfall. Ein Geisterfahrer ist frontal auf ihren Wagen geprallt. Sie hatte keine Chance.« Shauna kämpfte gegen den Kloß an, der ihr in die Kehle stieg, und versuchte, sich nicht von dem Schmerz überwältigen zu lassen, der sie jedes Mal überkam, wenn ihr bewusst wurde, was für ein Wendepunkt der Verlust ihrer Mutter für sie gewesen war. Wenn Mum noch da wäre, dann wäre vielleicht alles anders gekommen, dachte sie voller Bitterkeit.

Sie blickte zu David, und als ihre Blicke sich trafen, sah sie ihren Schmerz in seinen Augen gespiegelt. Er weiß, wie sich das anfühlt, dachte sie. Doch dann wurde ihr plötzlich klar, dass es für ihn noch viel schlimmer gewesen war. Er war viel jünger gewesen, als er seine Tante verloren hatte. Und seine Mutter davor. Also hatte er gleich zweimal den Verlust seiner wichtigsten Bezugsperson verkraften müssen. Wie tief ihn das beim zweiten Mal getroffen haben musste, konnte Shauna nur erahnen.

»Und dein Vater?«, wollte David wissen. »Saß er auch in dem Wagen?«

Wieder zögerte Shauna. Diesen Teil der Geschichte hatte sie inzwischen so lange verschwiegen, dass es ihr schwerfiel, auszusprechen, wie es tatsächlich war.

»Mein Vater ist nicht tot«, gestand sie. »Er ist es nur für Emma und mich. Wir haben keinen Kontakt mehr zu ihm.«

David hob erst überrascht die Augenbrauen, dann schob er sie zusammen. »Warum nicht?«, fragte er und runzelte plötzlich die Stirn. »Ist etwas ... vorgefallen?«

Shauna wusste, dass er wissen wollte, ob es zu irgendeiner Form von Gewalt gegen sie gekommen war. Doch das war nicht das Problem gewesen, deshalb schüttelte sie entschieden den Kopf.

»Nein, nichts dergleichen. Dad hat nach Mums Tod nur sehr schnell wieder geheiratet, und meine Stiefmutter wollte uns nicht. Sie hat mir das Leben zur Hölle gemacht, und Emma sollte nicht das Gleiche erleben müssen. Sie war damals noch so klein, und ich wollte sie schützen. Deshalb sind wir gegangen, und mein Vater hat uns nicht aufgehalten. Er steht auf der Seite meiner Stiefmutter und will nichts mehr mit uns zu tun haben. Deshalb haben wir keinen Kontakt zu ihm.«

Es war eine sehr verkürzte Version dessen, was damals passiert war, aber Shauna konnte David nicht mehr verraten. Inständig hoffte sie, dass er nicht weiter nachbohren würde, und das tat er auch nicht.

»Das muss schwer für dich sein«, sagte er, und in seinem Blick lag das Mitgefühl von jemandem, der wusste, wie weh das Leben tun konnte. Shauna nickte, und als sie wieder nach vorn auf die Straße blickte, fühlte sie sich irgendwie erleichtert. David kannte jetzt zwar nicht die Wahrheit, aber einen

Teil davon, was mehr war, als sie sonst anderen gegenüber zugab. Und das tat einfach gut.

Eine Weile saßen sie schweigend nebeneinander, doch es fühlte sich entspannt an. Als sie sich bald darauf dem Ortsrand von Penbarren näherten, konzentrierte Shauna sich erneut auf den Grund, aus dem sie gekommen waren.

»Was ist, wenn es diesmal wieder nicht deine Mutter ist?«, fragte sie.

David zuckte mit den Schultern. »Ich weiß es nicht«, erklärte er mit angespannter Miene. Offenbar ging er in Gedanken ebenfalls schon durch, was gleich auf ihn zukam.

Er suchte und fand einen Parkplatz ganz in der Nähe des Hafens, und sie gingen mit Brave in ein hübsch gelegenes Café, wo sie draußen einen Tisch fanden. Shauna und Emma sollten hier auf David warten, was der Kleinen gar nicht gefiel. Sie protestierte, aber nur kurz, weil Shauna versprach, ihr die Zeit mit einem Eis zu versüßen.

»Wie lange dauert Davids Besuch denn?«, erkundigte Emma sich, als der Kellner einen großen Eisbecher vor sie stellte.

Shauna, die nur einen Tee trank, konnte das nicht beantworten. Sie hoffte insgeheim, dass er lange weg sein würde, denn das hätte bedeutet, dass er erfolgreich war. Tatsächlich kehrte er jedoch schon zwanzig Minuten später wieder zurück, und Shauna sah an seiner Miene, wie die Sache ausgegangen war.

»Nein?«, fragte sie und hob die Augenbrauen, weil sie das Thema vor Emma nicht ansprechen wollte.

Er schüttelte den Kopf und wirkte wieder so niedergeschlagen, wie sie ihn in der Praxis schon oft nach seinen Ausflügen erlebt hatte. Das löste erneut den Reflex in ihr aus, ihm tröstend über den Arm zu streichen. Doch sie ließ es lieber.

»Gehen wir zum Strand?«, fragte er und erhob sich fast abrupt wieder, so als könnte er es nicht aushalten still zu sitzen. Emma war sofort dafür, und auch Brave sprang auf, offenbar froh darüber, sich endlich wieder bewegen zu können. Gemeinsam gingen sie zurück zum Auto.

Der Strand von Penbarren lag nur eine Bucht weiter, doch wie in Carywith mussten sie dorthin noch ein Stück fahren. Es lohnte sich allerdings, denn die Ebbe hatte eingesetzt und einen breiten Streifen Sand freigegeben, unterbrochen nur von einigen mächtigen Felsen, die aus dem Boden ragten und wirkten, als hätte ein Riese sie wahllos auf den Strand geworfen. Die schroffe Küstenlinie hinter ihnen bot eine majestätische Kulisse, die nicht nur Shauna, David und Emma gefiel, sondern auch den vielen anderen Besucherinnen und Besuchern, die den Strand bevölkerten. Die meisten gingen ebenfalls nur am Wasser spazieren, einige schwammen jedoch auch im Meer oder ließen sich auf Bodyboards über die Wellen treiben.

»Darf ich zu dem Felsen und dort ein bisschen klettern?«, fragte Emma.

Shauna nickte und sah der Kleinen erleichtert nach, die mit Brave über den Strand rannte. Sie wollte allein mit David reden und blickte zu ihm auf, als Emma außer Hörweite war.

»Wie ist der Besuch gelaufen?«, fragte sie, begierig darauf, mehr Einzelheiten zu hören.

»Wie immer.« Er seufzte tief. »Manchmal macht mir nicht die Frau selbst die Tür auf, dann muss ich mich erst durchfragen oder warten. Diesmal war sie tatsächlich selbst an der Tür, und ich konnte sofort erkennen, dass sie die Falsche ist. Sie hatte weit auseinander liegende braune Augen und auch sonst keine Ähnlichkeit mit meiner Mutter. Ich habe ihr mein Anliegen trotzdem kurz erklärt, aber sie hatte kein Interesse, mehr darüber zu erfahren. Im Prinzip hat sie mir die Tür vor der Nase zugemacht.« Er hob einen Mundwinkel zu einem schiefen Lächeln. »Es kann auch mal vorkommen, dass man mich reinbittet. So ist es mir allerdings lieber. Es gab ja nichts zu besprechen.«

»Das tut mir leid«, meinte Shauna. Sie wollte noch mehr sagen, aber in diesem Moment klingelte sein Telefon, und er nahm das Gespräch entgegen.

»Hallo Liam«, grüßte er den Anrufer und ging ein Stück weg.

Shauna blieb stehen und beobachtete ihn beim Telefonieren, sah ihn lachen und immer wieder grinsen. Nach ein paar Minuten steckte er das Smartphone weg und kehrte zu ihr zurück. »Das war mein Cousin«, informierte er sie, ohne dass sie fragen musste.

»Weiß er von deiner Suche?«, erkundigte sie sich.

David nickte. »Er ist der Einzige, abgesehen von dir.« Er lächelte leicht. »Wieso siehst du so verwundert aus?«

»Ach nichts.« Shauna zuckte mit den Schultern. »Du sagtest nur mal, dass ihr sehr verschieden seid. Deswegen dachte ich wohl, dass ihr nicht viel miteinander zu tun habt.«

»Im Gegenteil«, versicherte David ihr, während sie langsam weitergingen. »Wir waren früher unzertrennlich. Und wir stehen uns auch heute sehr nah. Daran ändert auch die Tatsache nichts, dass wir tatsächlich sehr verschieden sind.« Er grinste. »Liam würde dir gefallen, er ist viel ordentlicher als ich und viel freundlicher. In der Hinsicht kommt er nach Jane.«

Shauna lächelte ebenfalls, obwohl sie tief in ihrem Innern sicher war, dass es keinen Mann gab, der ihr besser gefallen könnte als David. Rein äußerlich sowieso, sie hatte ihn schon immer sehr attraktiv gefunden. Aber jetzt, wo sie ihn besser kannte, mochte sie noch viel mehr an ihm, und dass sein Cousin ihn übertreffen konnte, hielt sie für unwahrscheinlich. Das durfte David jedoch nicht wissen. Tatsächlich traute sie sich kaum, es sich selbst einzugestehen. Dann hätte sie nämlich auch darüber nachdenken müssen, was das für sie bedeutete, und das war gefährliches Terrain, auf das sie sich lieber nicht wagte.

»Was macht dein Cousin denn beruflich?«, fragte sie. »Ist er auch Arzt?«

David lachte. »Nein, er ist Schauspieler«, antwortete er. »Es war gar nicht so einfach für Onkel Paddy, diese Entscheidung zu akzeptieren. Für ihn ist das eigentlich kein richtiger Beruf. Aber Liam hat sich durchgesetzt. Er lebt jetzt in London und tritt in Shows im Westend auf. Er fühlt sich sehr wohl in der Großstadt, weil er dort seine Homosexualität offen ausleben kann. Das war in dem Dorf in der Nähe von Glasgow, in dem wir aufgewachsen sind, nicht so einfach.«

Shauna nickte. »Das kann ich mir vorstellen.« Ganz kurz war sie in Versuchung, ihm anzuvertrauen, wie gut sie sich mit verletzendem Dorftratsch auskannte. Doch sie wusste, dass sie es für sich behalten musste. Denn David würde wissen wollen, weshalb die Leute über sie geredet hatten, und das konnte sie ihm nicht erzählen. Noch nicht. Eines Tages würde sie vielleicht stark genug sein, zu ihrer Vergangenheit zu stehen, aber im Moment war ihr das noch nicht möglich, und deshalb musste sie schweigen. »Dann steht ihr euch nah?«, fragte sie, um ihre Unsicherheit zu überspielen.

David nickte. »Liam ist der wichtigste Mensch in meinem Leben und der einzige, dem ich vertraue«, sagte er.

Das klingt einsam, dachte Shauna, doch schon einen Moment später wurde ihr klar, dass er damit mehr vorweisen konnte als sie selbst. Sie hatte niemanden außer Emma, doch das war etwas anderes, denn Emma war ein Kind. Mit ihr konnte sie nicht auf Augenhöhe reden. Tat es ihr deshalb so gut, es jetzt mit David zu tun?

»Dann vertraust du deinem Onkel nicht?«, erkundigte sie sich.

»Unser Verhältnis ist schwierig«, erwiderte David. »Wir sind beide sehr stur. Er möchte, dass ich tue, was er für richtig hält. Zum Glück weiß er nicht, dass ich …«

Er hielt inne und sah Shauna erschrocken an, so als hätte er fast etwas verraten, das sie nicht wissen durfte.

»Was weiß er nicht?«, hakte sie nach, doch er schüttelte den Kopf.

»Nichts«, wehrte er ab und wich ihrem Blick aus. »Du hast keine anderen Geschwister, oder?«

Die Frage war so eindeutig ein Ablenkungsmanöver, dass Shauna ihn fast darauf angesprochen hätte. Doch sie respektierte, dass er über diesen Punkt offenbar nicht reden wollte.

»Nein«, bestätigte sie. »Ich habe allerdings noch zwei Stiefschwestern. Cassandra, meine Stiefmutter, hat sie mit in die Ehe mit meinem Vater gebracht. Wir haben uns allerdings nie sonderlich gut verstanden.«

Das war die Untertreibung des Jahres. Die Zwillinge Chloe und Daisy hassten Shauna regelrecht. Sie waren etwas jünger als sie selbst, und als sie im Dorf ankamen, hatte Shauna kurz gehofft, dass sie sich gut mit ihnen verstehen würde. Sie hätte Freundinnen gebrauchen können. Doch Chloe und Daisy waren ihre Feindinnen gewesen, von Anfang an, was sicher auch daran lag, dass ihre Stiefmutter sie immer nur bekämpft hatte. Und die Zwillinge hatten es ihr nachgemacht. Doch erst, als auch ihr Vater sich gegen sie gewandt hatte, war die Situation für Shauna unerträglich geworden …

»Eine Stiefmutter mit zwei Töchtern, die gemein zu dir

sind?« David hob grinsend die Augenbrauen. »Klingt nach Cinderella.«

Shauna lächelte schief, als ihr die Parallele auffiel. »Ja, nur dass meine Geschichte kein Happy End hat«, sagte sie. »Jedenfalls ist mir noch kein Prinz begegnet. Und einen Ball gibt es auch nicht, auf dem ich mit ihm tanzen könnte.«

»Ich tanze mit dir«, schlug er vor. »Auf der Hochzeit von Henry Campbell und Julia Shaw.«

Shauna blieb stehen und blickte zu ihm auf, versuchte, in seinem Gesicht zu lesen, ob er sie mit seiner Bemerkung nur trösten wollte, weil er Mitleid mit ihr hatte. Denn dass er sich in der Rolle ihres Prinzen sah, konnte nicht sein. Oder?

Sie versank regelrecht in seinen grünen Augen, die ihren Blick so intensiv festhielten, dass ihr Herz schneller schlug. Hastig senkte sie den Kopf.

»Tanzen kann ich nur, wenn ich was zum Anziehen finde. In der Hinsicht geht es mir tatsächlich wie Cinderella, die hatte auch kein Kleid für den Ball«, sagte sie, möglichst leichthin, und zuckte mit den Schultern, um zu überspielen, wie traurig es war, dass ihr die passende Garderobe für so einen Anlass fehlte. Wozu hätte sie schicke Sachen auch brauchen sollen? In den vergangenen vier Jahren war sie zu keiner Veranstaltung eingeladen gewesen, keinem Geburtstag, keiner Hochzeit und erst recht keinem Ball. Und das war sogar gut so gewesen, denn damit waren Kosten verbunden, und das Geld hatte sie immer für andere Dinge gebraucht. Ein feines Kleid war teuer, und auch jetzt wusste sie nicht, wie sie eins bezahlen sollte, das dem Anlass gerecht wurde. Sie seufzte. »Und eine gute Fee, die mir ein Outfit zaubert, habe ich leider auch nicht. Ich werde mal in den Internetshops suchen und hoffen, dass was Günstiges in meiner Größe dabei ist.«

David wollte etwas erwidern, doch Emma kam aufgeregt zu ihnen gelaufen, gefolgt von Brave.

»David, Shauna! Können wir das auch machen?«, rief sie und deutete auf eine Familie, die vor ihnen über den Strand ging. Die Eltern hatten ihren kleinen Sohn in die Mitte genommen, hielten ihn an den Händen und ließen ihn immer wieder an seinen Armen hochschwingen. »Das möchte ich mal probieren.«

»Engelchen, flieg«, flüsterte Shauna und fühlte sich plötzlich schrecklich. Denn dieses Spiel kannte Emma tatsächlich nicht. Es war etwas für Leute, die zu zweit ein Kind großzogen. Und da sie nun mal mit Emma allein war, hatte sie nie jemanden gehabt, der die andere Seite hätte einnehmen können.

David blickte zu der Familie und dann zu Emma. Er lächelte. »Klar können wir das machen«, sagte er und streckte der Kleinen die Hand hin.

Shauna trat an Emmas andere Seite, und einen Augenblick später ließen sie die Kleine zwischen sich hochfliegen.

»Das macht Spaß!«, jubelte Emma, die gar nicht genug davon bekommen konnte. Doch je länger sie so gingen, desto bewusster wurde Shauna, dass sie auf jeden, der ihnen begegnete, wie eine Familie wirken mussten. Der Gedanke erschreckte sie.

Es ist eine Illusion, erinnerte sie sich. David gehörte nicht zu ihnen, und sie gehörten nicht zu ihm. Zwischen ihnen gab es nichts, was dieses Bild irgendwie gerechtfertigt hätte, und Shauna kam sich plötzlich vor wie eine Betrügerin.

»Jetzt ist es genug«, ermahnte sie die Kleine deshalb und blieb stehen, genau in dem Moment, in dem das auch eine ältere Frau mit weißen kurzen Haaren tat, die ihnen über den

Strand entgegengekommen war. Die Frau starrte sie an, dann breitete sich ein Lächeln auf ihrem Gesicht aus.

»David?«, rief sie und kam eilig auf sie zu. »Das ist ja eine Überraschung! Was machst du denn in Cornwall?«

»Bethany Beaufort«, murmelte David, deutlich weniger erfreut als die ältere Frau, die jetzt bei ihnen angelangt war.

Sie musterte Emma und Shauna neugierig, dann sah sie mit strenger Miene zu David auf. »Und wieso weiß ich nicht, dass du Frau und Kind hast?«

10

»Du irrst dich, Bethany.« David stöhnte innerlich. Warum musste ihnen ausgerechnet hier die schlimmste Klatschtante von ganz Glasgow begegnen? Er verfluchte die Tatsache, dass Cornwall ein so beliebtes Urlaubsziel war. Wenn Bethany seinem Onkel von diesem Treffen erzählte, dann flog er nämlich sehr viel schneller auf, als ihm lieb war.

»Das sind Shauna Lewis und ihre kleine Schwester Emma«, stellte er die beiden vor und wollte hinzufügen, dass Shauna für ihn arbeitete. Doch dann fiel ihm ein, dass Bethany nicht wissen durfte, dass er in Carywith eine Praxis führte. Denn Paddy hatte davon keine Ahnung, und so sollte es auch bleiben. »Die beiden wohnen gerade übergangsweise bei mir«, erklärte er und betete, dass Bethany davon ausging, dass er nach wie vor in Glasgow lebte. »Und was bringt dich hierher?«, erkundigte er sich, um das Thema zu wechseln und weitere Nachfragen der neugierigen Frau zu unterbinden. »Urlaub, nehme ich an?«

Bethany schluckte den Köder sofort, genau wie David gehofft hatte. Sie tratschte nicht nur viel, sie redete generell gerne, vor allem über sich selbst, deshalb berichtete sie ausführlich von der Ferienwohnung, die sie sich mit ihrem Mann ganz in der Nähe gemietet hatte. »Wir fahren sonst immer nach Südfrankreich«, erklärte sie. »In diesem Jahr wollten wir mal etwas anderes machen, da habe ich Cornwall vorgeschlagen. Es heißt ja immer, dass es hier so schön ist.«

David brummte zustimmend und ärgerte sich im Stillen über diese unnötige Wendung des Schicksals.

»Aber sag mal«, begann Bethany nachdenklich. »Was sagt denn deine Freundin dazu, dass du jetzt mit einer anderen Frau zusammenwohnst? Wie hieß sie doch gleich? Gwyneth, richtig! Was sagt Gwyneth dazu?«

Shauna hatte neben David scharf die Luft eingesogen. Als er sie ansah, wirkte ihre Miene versteinert.

»Gwyneth und ich sind getrennt«, stellte er an Bethany gewandt richtig. »Und zwar schon seit einer ganzen Weile.«

Bethany schüttelte den Kopf, fast so, als sei sie ungehalten darüber, dass sie nicht früher informiert worden war, und David fragte sich, was es sie eigentlich anging, mit wem er zusammen war. Er kannte sie kaum und war ihr nach Janes Tod nur noch selten begegnet. Sie hielt Kontakt zu seinem Onkel, das wusste er, doch mit ihm selbst hatte sie nichts zu tun.

»Und was machst du in Cornwall?«, fragte sie weiter. »Ich dachte, Paddy hätte gesagt, du wolltest nach New …«

»Ich habe dich ja noch gar nicht vorgestellt«, unterbrach David sie hastig, bevor sie zu viel sagte. »Shauna, das ist Bethany Beaufort, eine alte Freundin der Familie. Sie ist mit meiner Tante zur Schule gegangen.«

»Freut mich.« Shaunas Lächeln war verhalten, und als sie zu ihm aufsah, lag ein verletzter Ausdruck in ihren Augen, der ihn überraschte. Was war los mit ihr? Hatten er oder Bethany etwas gesagt, was sie gekränkt hatte?

»Wir müssen dann auch weiter«, sagte er mit Nachdruck. »War nett, dich zu treffen, Bethany.«

»Aber David, ich …«, setzte diese noch einmal an, doch er legte Shauna eine Hand auf den Rücken und schob sie weiter.

»Bis dann!«, rief er über die Schulter und winkte der verdutzten Bethany zum Abschied.

Erst nach einigen Metern wagte er es, sich noch einmal umzudrehen, und stellte erleichtert fest, dass Bethany inzwischen in die andere Richtung weitergegangen war.

Ein Glück, dachte er, während sie weiter zu dritt über den Strand liefen. Möwen schrien, und man hörte Gesprächsfetzen, die der Wind herantrug. David wollte etwas sagen, doch die Begegnung mit Bethany hatte ihn aus dem Konzept gebracht. Beklommen fragte er sich, welche Konsequenzen sie für ihn haben würde. Was würde Paddy tun, wenn Bethany ihm von ihrer Begegnung erzählte? Kam dann alles raus?

»Ich glaube, die Frau wollte dir noch mehr erzählen«, sagte Emma und riss ihn aus seinen Gedanken. Verwirrt blickte sie zu ihm auf. »Wolltest du nicht wissen, was sie dir noch sagen wollte?«

Schlaues Mädchen, dachte er und lächelte sie an. »Ich glaube nicht, dass es wichtig war. Deshalb wollte ich lieber mit euch noch ein bisschen den Strand genießen.« Er sah auf die Uhr. »Es ist nämlich schon spät, und wir müssen gleich zurück. Aber ein paar Minuten hättest du noch zum Spielen. Willst du noch mal mit Brave ans Wasser laufen?«

»Ja!«, jubelte Emma und rannte los. Sobald sie außer Hörweite war, legte David eine Hand auf Shaunas Arm.

»Was hast du?«, wollte er wissen.

»Nichts«, erklärte sie und trat einen Schritt zur Seite. Sie wich ihm aus, so als wäre seine Berührung ihr unangenehm. Betroffen und auch ein bisschen hilflos sah er sie an. Was war denn nur los mit ihr?

Eine Weile gingen sie schweigend weiter, dann hob Shauna beinahe abrupt den Kopf und sah ihn an.

»Diese Gwyneth hast du nie erwähnt.« In ihrem Blick lag etwas, das er nicht richtig deuten konnte. War sie etwa eifersüchtig?

»Weil sie nicht wichtig war«, erklärte er und spürte, wie die Hilflosigkeit, die er angesichts ihres merkwürdigen Verhaltens empfunden hatte, einem Gefühl der Zufriedenheit wich. Es gefiel ihm, dass sie vielleicht doch Interesse an ihm hatte. »Gwyneth und ich waren nicht lange zusammen, gerade mal ein halbes Jahr«, fügte er hinzu. »Wir haben uns getrennt, bevor ich nach Cornwall kam.«

»Warum? Wollte sie nicht mitkommen?« Kaum hatte Shauna die Fragen ausgesprochen, hielt sie sichtlich erschrocken inne. »Tut mir leid, das geht mich nichts an.«

»Es ist kein Geheimnis.« Er zuckte mit den Schultern. »Gwyneth wäre gerne mitgekommen, aber das wollte ich nicht. Mir war klar, dass es Erwartungen in ihr geweckt hätte. Sie hätte es als nächsten Schritt in unserer Beziehung gesehen. Ich dagegen wusste, dass ich nicht mit ihr zusammenbleiben werde. Deshalb habe ich die Sache beendet.«

David schluckte beklommen. Diese Umschreibung klang wesentlich besser als: Es war nur eine Affäre für mich, und Gwyneth wollte mehr, deshalb haben wir uns nur noch gestritten.

Mit Schrecken erinnerte er sich an die Szene, die seine Ex ihm damals gemacht hatte. Die Enttäuschung in ihrem Gesicht, als ihr klargeworden war, dass er es ernst meinte mit der Trennung, war schwer zu ertragen gewesen, und David hatte sich geschworen, es nie wieder so weit kommen zu lassen. Er wollte niemandem wehtun. Aber er war eben auch nicht bereit, sich zu binden. Das hatte schon damals bei seiner ersten Freundin nicht funktioniert, und mit Gwyneth genauso wenig. Das hatte er ihr auch immer wieder gesagt, und es war nicht seine Schuld, dass Gwyneth es ihm offenbar nicht geglaubt hatte.

Er blickte zu Shauna, die weiter schweigend neben ihm herlief. Erst nach einer ganzen Weile hob sie schließlich den Kopf und sah ihn an.

»Das ist mir auch schon mal passiert«, sagte sie leise.

»Du hast mit jemandem Schluss gemacht, bevor du hergekommen bist?«, fragte er verwirrt. Der Gedanke, dass es einen Mann in ihrem Leben gegeben hatte, irritierte ihn ziemlich.

»Nein, aber ich bin schon mal von jemandem verlassen worden, von dem ich dachte, dass er es ernst mit mir meint«, stellte sie richtig, und in ihrem Blick lag so viel Schmerz, dass es David kurz den Atem nahm.

»Ich hatte Gwyneth nichts versprochen«, rechtfertigte er sich. »Nur, falls du das glaubst. Sie wusste, dass das zwischen ihr und mir nichts Festes war.«

Shauna schüttelte den Kopf. »Schon gut, ich …« Sie holte tief Luft, dann atmete sie so heftig aus, als wollte sie die Erinnerungen damit wegscheuchen. »Ich hätte das gar nicht erwähnen sollen. Es ist lange her.«

»Du wirst den Richtigen noch finden«, sagte er und hätte sich im nächsten Augenblick am liebsten auf die Zunge gebissen. Gott, er hörte sich an wie ein verdammter Kalenderspruch! Und er fühlte sich plötzlich so hundsmiserabel, als wäre er derjenige, der Shauna verlassen hatte. »Sollen wir zurückfahren?«, schlug er vor.

Sie nickte, und er rief erleichtert nach Emma.

Das monotone Dröhnen des Motors erfüllte den Innenraum des Wagens, aber Shauna fand, dass die Stille zwischen ihr und

David trotz des lauten Geräuschs überdeutlich war. Doch sie konnte nichts daran ändern. Seit sie vorhin losgefahren waren, starrte sie aus dem Fenster und schaffte es einfach nicht, das Wort an ihn zu richten. Sie sah ihn nicht einmal an, weil sein Anblick ihr wehgetan hätte.

»Emma ist schon wieder eingeschlafen«, sagte David irgendwann.

»Es war ein langer Tag.« Shauna sah sich kurz um, dann lehnte sie sich in ihrem Sitz zurück und blickte weiter auf die vorbeihuschende Landschaft.

Du wirst den Richtigen noch finden, hörte sie David wieder sagen und kämpfte erneut gegen das Gefühl der Enttäuschung, das seine Worte in ihr geweckt hatten. Denn offensichtlich fand er nicht, dass er das war. Und er war es auch nicht, im Gegenteil, er war gefährlich für sie, das hatte sie erneut feststellen müssen, als diese Bethany Beaufort seine Exfreundin erwähnt hatte.

Ich hätte das auf sich beruhen lassen sollen, dachte sie und erinnerte sich beschämt daran, wie neugierig sie nach den Gründen für die Trennung gefragt hatte. Aber sie hatte es wissen wollen, und Davids Antwort war ein Schock für sie gewesen. Denn sie hatte die fast identischen Worte von ihrem Exfreund Ethan auch schon einmal zu hören bekommen, und die Erkenntnis, dass David sich in Beziehungen ähnlich verhielt wie der Mann, der ihr damals so schrecklich wehgetan hatte, machte ihr Angst.

David wollte nach eigenem Bekunden nichts Festes. Keine Verantwortung, keine Bindung. Deshalb musste sie gut aufpassen, dass ihre Gefühle für ihn nicht außer Kontrolle gerieten, sonst würde er sie genauso verletzen, wie Ethan es getan hatte …

Der Wagen bremste scharf, und Shauna wurde in den Gurt gedrückt. Mit rasendem Puls sah sie dem Sportwagen nach, der Davids Coupé beim Überholen geschnitten hatte und jetzt mit viel zu hohem Tempo davonraste.

»Idiot!«, fluchte David mit zusammengebissenen Zähnen, nachdem er das Auto wieder unter Kontrolle hatte, und wandte sich an Shauna. »Tut mir leid, ich wollte dich nicht erschrecken.«

Shauna blickte sich zu Emma um. Die Kleine schlug kurz die Augen auf und sah sich um, dann glitt sie zurück in den Schlaf. Erleichtert wandte Shauna sich wieder nach vorn und fing Davids besorgten Blick auf. Er fragte sich wahrscheinlich, wieso sie so still war, deshalb zwang sie sich zu einem Lächeln.

»Hast du es eigentlich schon mal mit einer Annonce versucht?«, fragte sie und sah an seinem verwirrten Gesichtsausdruck, dass er ihr nicht folgen konnte. »Damit könntest du die Suche nach deiner Mutter voranbringen. Wenn sie hier irgendwo lebt, dann liest sie vielleicht die Zeitung, schließlich ist das in ländlichen Gegenden oft die einzige Möglichkeit, an lokale Nachrichten zu kommen. Und auch der Anzeigenteil findet oft Beachtung.«

David verzog das Gesicht. »Eigentlich will ich nicht, dass alle meine Geschichte kennen.«

»Du musst es ja nicht so offensichtlich machen.« Sie überlegte einen Moment. »Vielleicht kann man die Anzeige irgendwie verschlüsseln, sodass nur deine Mutter die Nachricht versteht.« Ihr Herz schlug schneller, als ihr plötzlich eine Idee kam. »Wir könnten die Leute von der Zeitung fragen, ob sie über dich berichten. Du bist neu in der Gegend, das wäre doch ein Anlass, dich vorzustellen, mit Foto und allem. So ein Artikel fällt ins Auge, den würde deine Mutter bestimmt sehen, selbst wenn sie die Zeitung nur überfliegt. Und in die Kleinanzeigen setzt du zusätzlich einen Hinweis, dass du dich freuen würdest, wenn sie Kontakt aufnimmt.« Sie lächelte zufrieden. »So schlägst du zwei Fliegen mit einer Klappe, denn ein bisschen Werbung kann die Praxis tatsächlich gebrauchen.«

David starrte sie an, bis er den Blick wieder auf die Straße richten musste. Dann schüttelte er den Kopf.

»Du bist brillant, Shauna«, sagte er. »Dass ich darauf nicht selbst gekommen bin.«

Sein Lob tat ihr gut, und sie beschloss, dass es besser war, über die Anzeige nachzudenken als darüber, wie sie zu David stand. Oder er zu ihr.

»Okay, dann überlegen wir uns am besten schon mal was«, sagte sie, froh darüber, etwas tun zu können. Sie kramte ihr Handy aus ihrer Handtasche und öffnete die App für Notizen. »Wie könnte man den Text, der an deine Mutter gerichtet ist, am besten formulieren?« Sie überlegte kurz. »Ihr Name muss auf jeden Fall auftauchen, damit sie weiß, dass sie gemeint ist.«

»Ja, aber nicht der Nachname, der wäre sonst zu schnell mit mir zu verknüpfen, vor allem, falls wirklich gleichzeitig ein Porträt über mich erscheint«, gab David zu bedenken.

»Dann muss der Text etwas enthalten, das nur sie weiß«, erklärte Shauna. »Vielleicht einen Ort, den sie kennt, oder etwas, das ihr beide erlebt habt.«

»Ich war noch sehr klein, als sie wegging«, meinte David. »Sehr viele Erinnerungen habe ich nicht an sie.«

Sie überlegten hin und her und einigten sich schließlich auf einen kurzen Zweizeiler.

»»An Carol aus der Ennisfree Road: David möchte dich

kennenlernen. Bitte melde dich unter …«‹«, las Shauna vor. »Und dann die Chiffrenummer der Zeitung, über die die Leute Kontakt aufnehmen können. Das klingt doch gut, oder?« Sie lächelte zufrieden. »Wenn es jetzt auch noch klappt mit dem Bericht über dich, dann hat deine Mutter gleich zwei Möglichkeiten, dich zu finden.«

David nickte und sah kurz zu ihr herüber. »Danke«, sagte er. Der Ausdruck in seinen Augen war weich.

»Ich hoffe, es hilft«, erwiderte Shauna und richtete den Blick hastig wieder nach vorn.

Sie schwiegen erneut, auch, weil ein heftiger Sommerregen eingesetzt hatte. Shauna erkannte, dass David sich aufs Fahren konzentrieren musste. Die schlechte Sicht forderte ihn, und sie wollte ihn nicht ablenken.

Bei Shauna hatte der Regen den gegenteiligen Effekt. Das stetige Trommeln auf das Autodach lullte sie ein, und ihr fielen immer wieder die Augen zu. Wann sie eingeschlafen war, hätte sie nachher nicht mehr sagen können, aber als sie die Augen wieder aufschlug, stand das Auto zu ihrer Überraschung auf dem Vorplatz vor Davids Haus.

»Wir sind da.« David beugte sich über sie. Seine Hand lag auf ihrem Arm, wahrscheinlich hatte die Berührung sie geweckt, und in ihrem schläfrigen Zustand lächelte Shauna zu ihm auf.

Er hat schöne Augen, dachte sie verträumt. Grün wie die irischen Wiesen. Sein Haar war ihm in die Stirn gefallen, und Shauna verspürte den Impuls, die Hand zu heben und es ihm aus der Stirn zu streichen. Dann sah sie auf seine Lippen, die ihren ganz nah waren. Wie sie sich wohl auf ihren anfühlen würden? Ihr Blick wanderte wieder zu Davids Augen, und der dunkle Ausdruck, der darin lag, nahm ihr den Atem. Die Luft zwischen ihnen schien plötzlich aufgeladen zu sein mit etwas, das Shauna nicht greifen konnte. Sie wünschte sich, dass er sie küsste, glaubte, in seinen Augen zu sehen, dass er das auch wollte …

Abrupt richtete David sich auf und trat einen Schritt vom Auto zurück. »Kommst du?«, hörte sie ihn draußen sagen. Seine Stimme klang rau, aber vielleicht bildete sie sich das auch ein.

Sie spürte, dass Röte in ihre Wangen schoss. So viel zum Thema Gefühle unter Kontrolle halten, dachte sie unglücklich und stieg aus dem Wagen. Sie wollte sich um Emma kümmern, doch David war ihr zuvorgekommen und hatte das schlafende Mädchen schon von der Rückbank gehoben. Shauna schloss ihm die Haustür auf, und er trug die Kleine herein, blieb dann jedoch unsicher im Eingangsbereich stehen.

»Soll ich sie ins Bett legen?«, fragte er. »Oder willst du sie noch umziehen?«

Bevor Shauna antworten konnte, hob Emma den Kopf von Davids Schulter.

»Ich schlafe gar nicht mehr«, erklärte sie, rieb sich jedoch so müde die Augen, dass sie ihre Worte Lügen strafte.

»Na, umso besser«, meinte Shauna, während David die Kleine vorsichtig absetzte. »Dann kannst du dir schnell deinen Schlafanzug anziehen und dir die Zähne putzen.«

Sie half Emma im Bad und beim Umziehen und setzte sich zu ihr auf die Bettkante, um ihr wie immer noch etwas vorzulesen.

»Gute Nacht, Emma.« David war im Türrahmen erschienen und lächelte der Kleinen zu. »Schlaf gut.«

»Kann David mir nicht etwas vorlesen?«, bat Emma und sah Shauna halb entschuldigend, halb flehend an.

Shauna zögerte. »Ich weiß nicht«, sagte sie und blickte sich zu David um, der jetzt ins Zimmer trat.

»Das mache ich gern«, sagte er und blickte fragend zu Shauna. »Wenn ich darf?«

Sie war nicht sicher, ob es gut war, dass er eines ihrer Abendrituale übernahm. Aber sie wollte keine Spielverderberin sein, deshalb räumte sie den Platz auf der Bettkante und überließ ihn David. Bevor er sich setzte, warf er Brave, die wie immer vor dem Bett lag, einen skeptischen Blick zu.

Shauna ging in die Küche, lauschte, während sie Tee kochte, Davids dunkler Stimme und Emmas hellem Lachen. Nach einer halben Stunde kam er zu ihr in die Küche.

»Emma möchte dir noch Gute Nacht sagen«, meinte er.

Shauna nickte und ging hastig an ihm vorbei. Im Kinderzimmer blickte Emma ihr strahlend entgegen.

»David ist lustig«, sagte sie. »Er hat alle Stimmen nachgemacht. Und er hat viel länger gelesen als du.«

»Ja, das habe ich gemerkt.« Shauna schob die Decke um Emma zusammen, so wie sie es immer machte. »Schlaf gut, mein Schatz«, sagte sie und gab der Kleinen einen Gutenachtkuss aufs Haar.

»Shauna?«, fragte Emma mit schläfriger Stimme, als sie schon an der Tür war und gerade das Licht ausknipsen wollte. »Die Frau am Strand hat gedacht, dass ich Davids Tochter bin, oder? Sie dachte, wir sind seine Familie.«

Shauna schluckte. »Ja, das hat sie«, bestätigte sie. »Aber das sind wir nicht, Emma. Wir sind hier nur für eine Weile zu Gast.«

Emma nickte und drehte sich zur Seite, wandte Shauna den Rücken zu. »Ich mag David«, murmelte sie leise, kurz bevor Shauna das Licht ausschaltete und die Tür zumachte.

Ich mag ihn auch, dachte Shauna und rief sich den Moment eben auf dem Vorplatz wieder in Erinnerung. Sie war kurz davor gewesen, David zu küssen. Vielleicht hätte sie es getan, wenn er sich nicht abgewandt hätte, und diese Erkenntnis schockierte sie. Es war schlimm genug, dass sie etwas für David empfand, was sie nicht empfinden wollte. Doch noch viel schlimmer war, dass sie gar nicht gemerkt hatte, dass auch Emma dabei war, David ihr Herz zu öffnen.

Es wäre besser, wenn wir bald eine neue Bleibe finden, dachte Shauna und nahm sich vor, wieder intensiver nach einer Wohnung zu suchen.

David saß am Küchentisch und ging die Post durch, als Shauna in die Küche zurückkehrte. Offenbar war er in der Zwischenzeit am Briefkasten gewesen.

»Emma kann schon ein bisschen lesen«, meinte er, ehrlich verblüfft. »Dabei ist sie doch noch gar nicht in der Schule, oder?«

»Sie kann den Text ›lesen‹, weil sie ihn auswendig kennt«, erklärte Shauna lächelnd. »Ein paar Buchstaben und einige einfache Wörter erkennt sie tatsächlich schon. Ich will es ihr aber noch nicht beibringen, sonst langweilt sie sich in der Schule.«

»Sie wird es da leicht haben.« David klang überzeugt. »Hast du sie schon angemeldet?«

Shauna schluckte. »Nein, noch nicht.«

Diese Aufgabe schob sie seit ihrer Ankunft in Carywith vor sich her. Ihr graute vor dem Gespräch mit der Schulleiterin, von der so viel abhing. Amira Shanali hieß sie und blickte auf dem Porträtbild auf der Schulwebseite sehr freundlich, was Shauna hoffen ließ, dass sie ähnlich zugänglich sein würde wie die Kindergartenleiterin in Exeter, wenn es um die Papiere für die Anmeldung ging. Wenn nicht … darüber wollte Shauna lieber nicht nachdenken.

»Hab ich was Falsches gesagt? Du bist plötzlich so blass.« David war aufgestanden und kam zu ihr. In seinem Blick lag so viel Sorge, dass es Shauna das Herz schwer machte.

Alles, wirklich alles zog sie zu ihm hin, und sie wünschte sich nichts sehnlicher, als sich an ihn zu lehnen und ihm anzuvertrauen, was sie schon so lange quälte. Sie hätte eine Schulter gebrauchen können, an der sie sich hätte ausweinen können über diese ganze verfahrene Situation, in die sie sich hineinmanövriert hatte. Aber sie spürte, dass sie nicht nachgeben durfte. Wenn sie es tat, brach der Damm in ihrem Innern, der ihre Gefühle für David zurückhielt, da war sie ganz sicher.

»Es ist alles gut.« Sie lächelte kurz, um ihn zu beruhigen. »Ich denke, ich gehe jetzt auch ins Bett. Gute Nacht, David.«

Sie drehte sich um und floh nach oben in ihr Zimmer. Mit wild klopfendem Herzen lehnte sie sich von innen gegen die Tür. Sie konnte nur hoffen, dass er ihr nicht angemerkt hatte, wie es tatsächlich um sie stand. Und dass weder er noch sonst jemand herausfinden würde, was damals in Irland passiert war, bevor sie eine Chance hatte, die Sache selbst wieder in Ordnung zu bringen.

David sah Shauna einen Moment lang nach, dann kehrte er zögernd an den Küchentisch zurück.

Er war inzwischen sicher, dass etwas nicht stimmte. Shauna quälte irgendetwas, und das hatte nichts mehr mit diesem merkwürdigen John Borrows zu tun. Es gab noch etwas anderes, das ihr zu schaffen machte, doch sie wollte es ihm offenbar nicht sagen. Das hätte er akzeptieren müssen, schließlich war es ihr gutes Recht. Und das tat er sonst auch. Er mischte sich so gut wie nie ein in anderer Leute Angelegenheiten.

Aber bei Shauna konnte er sich nicht raushalten. Bei ihr *wollte* er es wissen. Er wollte teilhaben an dem, was sie beschäftigte, was sie dachte, was sie plante, und dass sie ihn auf Abstand hielt, störte ihn. Genauso wie die Tatsache, dass er sie nicht einfach in die Arme nehmen und küssen kon…

David hielt inne und schüttelte den Kopf, erstaunt darüber, wie dringend der Wunsch immer noch in ihm brannte. Es hatte nicht viel gefehlt, eben vor dem Haus, als er Shauna geweckt und sie ihn mit diesem verträumten Blick angesehen hatte. Sie hatte ausgesehen, als wollte sie ihn berühren, und David war nicht sicher, was passiert wäre, wenn sie es getan hätte.

Es war besser, wenn er sich erst mal wieder von ihr zurückzog. Bei Emma würde das nicht mehr funktionieren, die Kleine hatte sich in sein Herz geschlichen mit ihrer süßen Stupsnase, ihrem strahlenden Lächeln, ihrer Klugheit und ihren großen blauen Augen, die ihn an Shaunas erinnerten. Er konnte ihr keinen Wunsch abschlagen, und wenn er es versuchte, so wie heute bei der Sache mit dem Strand, dann fühlte er sich schlecht. Und wenn er nicht aufpasste, ging es ihm mit Shauna bald genauso.

Mit einem Seufzen griff David nach den Briefen, die noch auf dem Tisch lagen. Als er sie eben hatte lesen wollen, war Shauna reingekommen, deshalb sah er sie noch einmal durch. Das meiste war Werbung, doch ein Brief ließ ihn innehalten.

Mit einem flauen Gefühl im Magen öffnete er den Umschlag, holte das offiziell aussehende Schreiben heraus und überflog die Seiten.

Verdammt, das hat mir gerade noch gefehlt, dachte er und lehnte sich stöhnend auf seinem Stuhl zurück.

11

»Ihre Post, Miss Lewis!« Die Briefträgerin Chris Barley grinste breit, als sie die Praxis betrat, doch wie immer in den letzten Tagen musste Shauna sich zwingen, ebenfalls zu lächeln.

»Danke«, sagte sie und spürte, wie ihr Magen sich zusammenzog, als sie den Stapel mit Umschlägen in unterschiedlichen Größen von der blonden Mittvierzigerin entgegennahm. Hastig sah sie die Briefe durch und hörte kaum, was die andere Frau sagte, die sich gegen den Empfangstresen gelehnt hatte.

Wieder nichts, dachte sie, nicht sicher, ob sie darüber erleichtert oder enttäuscht war.

»… kein Regen mehr, nur noch Sonne! Gut für die Tierarzthochzeit, würde ich sagen. Da haben die beiden Glück gehabt.« Chris hatte weitergeplaudert und lächelte jetzt, wartete offenbar auf eine Antwort.

»Ja, das stimmt«, pflichtete Shauna ihr bei.

Es überraschte sie nicht, dass die Hochzeit von Julia und Henry Thema im Dorf war, zumal sie schon am kommenden Samstag stattfinden würde. Und ich werde nicht hingehen können, wenn ich nicht langsam mein Kleiderproblem löse, dachte sie mit einem Seufzen, als ihr klar wurde, dass es bis dahin nur noch drei Tage waren.

»Ah, und da ist ja auch der Doktor!« Chris grinste David an, der sich zu ihnen stellte. Davids Blick glitt sofort zu den Briefen, die vor Shauna auf dem Schreibtisch lagen.

»Na, ich muss dann auch mal weiter«, verkündete die Briefträgerin und tippte sich mit dem Zeigefinger an die Stirn. »Bis morgen!« Sie ging zur Tür, hielt da jedoch noch einmal inne. »Ach, Miss Lewis, bevor ich es vergesse: Ich bringe Ihre private Post dann ab jetzt zum Haus des Docs. Bleibt ja noch eine Weile so, dass Sie da wohnen, nicht wahr?« Sie blinzelte Shauna vertraulich zu, dann ging sie, und die Tür klappte hinter ihr zu, bevor Shauna etwas erwidern konnte.

Noch eine, die glaubt, dass wir ein Paar sind, dachte Shauna mit einem inneren Stöhnen.

David, der Chris Barleys Blinzeln nicht bemerkt zu haben schien, deutete auf den Stapel Briefe, die vor Shauna lagen. »Und?«

Sie schüttelte den Kopf. »Nichts«, sagte sie und seufzte tief. »Ich wünschte, die würden sich nicht so viel Zeit lassen mit ihrer Entscheidung.«

Sie dachte wieder an den Abend nach ihrem Ausflug nach Penbarren, als David ihr den Brief von der British Medical Association gezeigt hatte. Dass Declan Spargo sich tatsächlich mit einer Beschwerde über ihn an die Ärztekammer wenden würde, hatte sie beide überrascht. David war sehr verärgert darüber gewesen, vor allem, weil er daraufhin eine lange Stellungnahme zu dem Sachverhalt hatte schreiben müssen. Aber besorgt war er nicht, für ihn stand fest, dass man ihn von den Vorwürfen freisprechen würde. Shauna dagegen fürchtete die Konsequenzen. Denn selbst wenn die Behörde den Fall nicht verfolgen würde, war sie ziemlich sicher, dass Declan Spargo überall mit der Tatsache prahlte, dass er David an offizieller Stelle angeschwärzt hatte. Bestimmt wusste es schon das ganze Dorf, was auch erklären würde, warum die Patientenzahlen immer weiter zurückgingen.

Shauna blickte in das leere Wartezimmer hinüber. Innerhalb der anderthalb Wochen, die seit dem Eingang des Schreibens vergangen waren, hatte sich die Situation tatsächlich noch mal verschlimmert. Es kamen zwar Patienten, doch immer öfter gab es tagsüber Leerlauf, so wie jetzt. Und Termine wurden auch nicht mehr so oft nachgefragt. Nicht mal Davids »Groupies« kamen so regelmäßig wie sonst, was Shauna besonders beunruhigte.

Ob es besser werden würde, wenn die Leute von der British Medical Association endlich antworteten und David von dem Vorwurf freisprachen, wusste sie nicht, aber sie wollte die Sache trotzdem gerne offiziell geklärt wissen.

»Ich meinte nicht die BMA«, sagte David mitten in ihre Gedanken hinein. »Ich wollte wissen, ob eine Nachricht von meiner Mutter dabei war.«

Shauna schüttelte bedauernd den Kopf.

Eigentlich hatte alles genauso geklappt, wie sie es sich auf dem Rückweg von Penbarren im Auto ausgemalt hatten. Die Redakteurin von der Lokalzeitung war sofort begeistert gewesen von der Idee, ein Porträt über David zu bringen, offenbar gab es im Sommer immer zu wenig zu berichten. Deshalb war der Artikel letzte Woche schon erschienen und hatte eine ganze halbe Seite Platz bekommen. Außerdem hatte David die Anzeige geschaltet, die Shauna mit ihm entworfen hatte, und den Auftrag diese Woche noch mal erneuert. Doch bisher hatten sie keine Reaktion darauf erhalten.

»Tut mir leid«, sagte sie. »Ich hatte mir mehr davon versprochen.«

David löste sich von dem Empfangstresen, an dem er gelehnt hatte. »Das ist nicht deine Schuld«, sagte er und wollte wieder nach hinten gehen. Doch Shauna rief ihn zurück.

»Und die Beschwerde von Declan Spargo? Macht dir das denn gar keine Sorgen?«, fragte sie irritiert.

David zuckte mit den Schultern. »Nein, eigentlich nicht. Der Vorwurf ist unhaltbar. Ich muss keine Mittel verschreiben, von deren Wirkung ich nicht überzeugt bin. Schon gar nicht, wenn es sich dabei um irgendwelche Kräutertropfen handelt. Ich schätze, deswegen dauert es auch so lange mit der Antwort, die Leute von der Ärztekammer haben Wichtigeres zu tun.«

»Aber ...«, setzte Shauna an, doch David sprach schon weiter.

»Es ist nur ärgerlich, dass ich mich rechtfertigen musste. Statt diesen Beschwerdebrief zu schreiben, hätte Declan Spargo sich lieber noch mal gründlich untersuchen lassen sollen. Das wäre sehr viel sinnvoller gewesen.«

»Es geht doch gar nicht nur um den Brief, sondern vor allem um die Außenwirkung, die das alles hat«, wandte Shauna ein. »Ich habe wirklich Angst, dass bald nicht mehr genug Patienten kommen. Was ist, wenn du die Praxis deswegen aufgeben musst?«

Etwas flackerte in Davids Blick auf, verschwand jedoch fast sofort wieder.

»Du machst dir zu viele Sorgen«, meinte er.

»Aber die Leute bleiben schon weg, David.« Shauna schüttelte den Kopf. »Ich wünschte, ich hätte damals länger mit Spargo geredet, als du dich mit ihm gestritten hattest. Vielleicht hätte ich ihn beruhigen können. Dann wäre er vielleicht nicht ...« Sie hielt abrupt inne, als er den Arm über die Theke streckte und ihre Hand ergriff, mit der sie wild gestikuliert hatte.

»Dich trifft keine Schuld, Shauna«, sagte er. »Das hier ist

meine Praxis. Wenn sich hier also einer verantwortlich fühlen muss, dann ich. Also tu mir den Gefallen und entspann dich, ja? Ich möchte nicht, dass es dir meinetwegen schlecht geht.«

Atemlos starrte sie ihn an, völlig gefangen von seiner Berührung. Das Herz schlug wild, und Hitze schoss in ihre Wangen. Wenn er ihr so nah war wie jetzt, geriet alles in ihr in Aufruhr, dann schienen weder ihr Körper noch ihr Geist richtig zu funktionieren. Aber zumindest muss er sich keine Sorgen mehr machen, dass mein Blutdruck zu niedrig sein könnte, dachte sie und entzog ihm ihre Hand hastig wieder. »So einfach ist das nicht«, sagte sie. »Ich bin da nicht wie du, ich kann das nicht vergessen.«

»Dann sorge ich dafür, dass du es kannst«, erklärte er. »Und ich weiß auch schon wie: mit ein bisschen Ablenkung. Wir schließen die Praxis und fahren nach Truro! Ich muss mir noch ein neues Hemd für die Hochzeit kaufen. Und wenn mich nicht alles täuscht, dann brauchst du für Samstag noch ein Kleid. Das aus dem Paket, das vor zwei Tagen gekommen ist, willst du ja hoffentlich nicht anziehen, oder?«

Entsetzt dachte Shauna an das schlecht geschnittene Modell, das sie bei einem Internetshop bestellt hatte. Auf den Fotos hatte es gut ausgesehen, aber an ihr hing es wie ein Sack.

»Ich werde es nehmen müssen«, sagte sie unglücklich. »Für ein zweites habe ich kein Geld. Außerdem können wir die Praxis nicht einfach schließen, nur weil gerade niemand hier ist.«

»Oh, doch, das können wir«, erklärte David, plötzlich sehr entschlossen. »Es ist meine Praxis, und auch Ärzte haben hin und wieder das Recht auf einen freien Tag. Oder Nachmittag«, fügte er mit einem Blick auf die Uhr hinzu, die kurz nach zwölf anzeigte. Er beugte sich über den Tresen und lächelte. »Ach, komm schon, Shauna! Du möchtest doch auf die Feier gehen, oder nicht? Und es wird uns beiden guttun, wenn wir hier mal rauskommen.«

Es klang sehr verführerisch, und Shauna erwischte sich bei einem sehnsuchtsvollen Seufzen. Sie konnte sich gar nicht mehr erinnern, wann sie zuletzt Zeit für einen Einkaufsbummel gehabt hatte. Und die Aussicht, den Nachmittag allein mit David zu verbringen, war verlockend. Emma und Brave waren bei Mary Harrison und Kelsey gut aufgehoben, und da das Wartezimmer leer war, wurde sie im Moment tatsächlich nicht gebraucht …

»Also gut, wenn du meinst«, sagte sie und wurde mit einem Lächeln von David belohnt, das ihr die Knie ganz weich werden ließ. So hatte er seit Tagen nicht mehr gelächelt, und sie stellte fest, dass es ihr gefehlt hatte.

Als sie kurz darauf die Praxis verließen, in seinen BMW stiegen und sich auf den Weg nach Truro machten, hatte Shauna immer noch das Gefühl, etwas Verbotenes zu tun.

»Das ist nichts für mich«, meinte sie. »Ich komme mir vor, als würde ich die Schule schwänzen.«

»Hast du das früher getan?«, erkundigte er sich und warf ihr einen Seitenblick zu. Ein amüsiertes Lächeln spielte um seine Lippen.

Shauna schüttelte den Kopf. »Nur einmal, und auch nur, weil meine Freundinnen mich dazu überredet hatten. Aber ich habe es vor lauter schlechtem Gewissen nur zwei Schulstunden ausgehalten, dann bin ich wieder hingegangen.« Sie zuckte lächelnd mit den Schultern. »Ich war eine sehr brave Schülerin.«

»Und du warst sicher auch gut«, vermutete David.

Sie nickte. »Ich konnte mir gar nichts anderes leisten. Mein Vater hat immer viel Wert auf Leistung gelegt, nicht nur im Sport.«

»Der Judoverein, richtig«, erinnerte sich David. Er grinste. »Ich hatte schon ganz vergessen, dass ich mich mit dir lieber nicht anlegen sollte.«

»Ich bin eigentlich sehr harmlos«, erklärte Shauna. »John Borrows habe ich auch nur auf die Matte gelegt, weil er mir keine Wahl gelassen hat.«

»Hast du das damals eigentlich ernst gemeint?«, fragte er unvermittelt. »Als du mir in Violets Wohnung von der Sache mit Borrows erzählt hast, meintest du, dass du ihm gesagt hättest, du würdest ›grundsätzlich nicht ausgehen‹. Hast du das nur gesagt, damit er dich in Ruhe lässt? Oder stimmt das?«

Shauna blickte wieder nach vorn. »Es stimmt«, sagte sie. »Seit ich mich um Emma kümmern muss, verabrede ich mich nicht mehr. Ein kleines Kind zu versorgen kostet Zeit und Arbeit. Das beansprucht mich und lässt keinen Raum für etwas anderes.«

Das zumindest hatte sie sich lange eingeredet. Doch wenn sie ehrlich war, dann war sie nach Ethan auch viel zu feige gewesen, sich wieder auf jemanden einzulassen. Sich noch mal das Herz brechen zu lassen, wollte sie lieber nicht riskieren, und am Anfang war es auch okay gewesen. Emma und ihre Arbeit in der Praxis in Exeter hatten sie in Atem gehalten, und sie war zufrieden gewesen. In letzter Zeit merkte sie jedoch, dass in ihrem Leben etwas fehlte. Oder jemand. Aber das braucht David nicht zu wissen, dachte sie und blickte zu ihm hinüber.

»Klingt alles sehr vernünftig«, meinte er schmunzelnd. »Und, wenn ich es recht bedenke, schon wieder nach Cinderella.«

Shauna schnaubte ungläubig. »Den Zusammenhang musst du mir erklären.«

»Ist das nicht offensichtlich?«, meinte er. »Du hast wie

Cinderella lange unter deiner Stiefmutter und deinen Stief-schwestern gelitten – das hatten wir ja schon festgestellt. Und außerdem warst du seit einer Ewigkeit nicht mehr aus, genau wie Cinderella, die am gesellschaftlichen Leben nicht teilneh-men durfte. Die Hochzeit ist deshalb für dich so etwas wie Cinderellas Ball, und dafür hast du kein Kleid, genau wie …«

»Cinderella«, beendete Shauna den Satz für ihn und er-widerte amüsiert sein Lächeln. »Ach, nun hör schon auf mit diesem Märchenquatsch. Als Nächstes erzählst du mir noch, dass dein Auto ein verzauberter Kürbis ist, mit verzauberten Mäusen unter der Motorhaube.«

»So ist es«, erklärte er. »Und ich bin die gute Fee, die dafür sorgt, dass du ein passendes Ballkleid bekommst.«

Shauna dachte an die kleine mollige Frau mit dem Zauber-stab dem spitzen Hut aus dem Disney-Zeichentrickfilm.

»Die Ähnlichkeit ist verblüffend«, befand sie, und sie muss-ten beide lachen.

Es ist schön, wieder ganz entspannt mit ihm zu reden, stell-te sie fest und betrachtete ihn von der Seite. Zum ersten Mal seit einer kleinen Ewigkeit fühlte sie sich tatsächlich so: ent-spannt.

Die Fahrt nach Truro zog sich ein bisschen wegen einiger Baustellen auf der Strecke. Als sie die Innenstadt schließlich erreichten, staunte Shauna über die beeindruckend große Kathedrale, die über dem kleinen Ort thronte. Sie war noch nie hier gewesen, hatte jedoch in dem Reiseführer, den sie vor ihrer Bewerbung bei David studiert hatte, darüber gelesen.

»Truro ist mit etwas über 20 000 Einwohnern die einzige Stadt in Cornwall«, erinnerte sie sich. »Und die südlichste Stadt Englands. Wusstest du das?«

David zuckte amüsiert mit den Schultern. »Nein, sorry, so

genau habe ich mich damit nicht befasst«, meinte er, und sie wunderte sich ein bisschen. Hatte er sich denn gar nicht für die Gegend interessiert, bevor er sich hier niedergelassen hatte?

Sie schob den Gedanken beiseite und genoss lieber die Stadt, die nicht nur für ihre Kathedrale, sondern auch für ihre gotische Architektur und die Kopfsteinpflasterstraßen berühmt war.

David hatte den Wagen in der Nähe der Kathedrale geparkt, und sie erreichten schnell die Innenstadt mit ihren Läden. Der Himmel war strahlend blau und wolkenlos. Der perfekte Tag für einen Einkaufsbummel.

Ob sie selbst etwas anprobieren würde, wusste Shauna noch nicht, doch sie war sofort bereit, David beim Kauf des Hemdes zu beraten. Wie sich herausstellte, hatte er es damit gar nicht eilig, sondern lud Shauna erst einmal in ein Restaurant zum Essen ein. Danach machten sie sich auf die Suche nach einem Herrenausstatter, der die Marke führte, die David bevorzugte. Shauna war nicht sicher, ob die kleine Stadt das bieten konnte, doch tatsächlich entdeckten sie bald einen Laden, in dem David fündig wurde.

»Und jetzt zu dir«, sagte er, als sie an der Kasse standen. »Ein Kleid für dich werden wir bestimmt auch noch finden.«

»Entschuldigen Sie, wenn ich mich einmische«, meinte der Verkäufer, der gerade das Hemd faltete, das David kaufen wollte. »Aber wenn Sie ein Kleid suchen, dann gehen Sie doch einfach nach nebenan. Das Geschäft gehört auch noch zu uns, und dort führen wir Abendmode für Damen.«

»Perfekt«, befand David und lächelte Shauna an, was das beinahe schon vertraute Kribbeln in ihrem Bauch auslöste. Herrgott, ich muss meine Gefühle für ihn wirklich in den

Griff bekommen, dachte sie, als sie gemeinsam den Laden verließen. Sonst …

Abrupt blieb sie stehen und starrte in das Schaufenster der angrenzenden Damenboutique. Oder besser gesagt auf das in Blautönen changierende Taftkleid mit tiefem Ausschnitt und einem in sanften Falten fallenden langen Rock, das eine der Schaufensterpuppen trug. Es war traumhaft schön, und für eine Sekunde sah Shauna sich damit unter den Hochzeitsgästen in Penrose House. Doch dann entdeckte sie das Preisschild, das vor der Puppe auf dem Boden stand, und ihr entfuhr ein entsetzter Laut.

»Das blaue Kleid ist wirklich schön. Ich glaube, das würde dir stehen«, bemerkte David, der neben ihr stehen geblieben war. »Willst du das mal anziehen?«

Shauna schüttelte den Kopf und deutete auf den Preis. »Das übersteigt mein Budget«, sagte sie. »So eine Summe kann ich nicht ausgeben.«

»Zieh es trotzdem mal an«, beharrte David. »Du musst es ja nicht nehmen, wenn du nicht willst.«

Shauna wusste, dass es so nicht funktionierte. Wenn es ihr stand, würde sie sich in dieses Modell verlieben, und kein anderes würde mehr an es heranreichen. Dann war das Kleid in ihrem Kopf, und es würde sinnlos sein, nach Ersatz zu suchen, der nur hinter den Erwartungen zurückbleiben konnte. Und dann hatte sie ein Problem. Doch sie folgte David trotzdem, der bereits die Ladentür öffnete.

Drinnen herrschte, ähnlich wie bei dem Herrenausstatter nebenan, eine gediegene Atmosphäre. Glänzender Parkettboden, edle Holzmöbel und luftig angeordnete Auslagen schienen zu betonen, dass es hier nur hochwertige Dinge zu kaufen gab. Und sosehr Shauna sich innerlich sträubte, konnte sie sich der

Faszination des Luxus, den der Laden ausstrahlte, nicht ganz entziehen.

»Wir interessieren uns für das blaue Kleid im Schaufenster«, teilte David der Verkäuferin mit, die sofort herbeieilte, und schenkte ihr ein sehr charmantes Lächeln. »Könnten Sie es uns zeigen?«

»Selbstverständlich«, versicherte die Frau, die mit ihrem schicken Etuikleid und den perfekt gestylten Haaren wie ihre eigene beste Kundin aussah, und ließ den Blick über Shauna wandern, die in Jeans und T-Shirt sicher nicht ihrem modischen Idealbild entsprach. Doch sie ließ sich nichts anmerken, sondern deutete in den hinteren Teil des Ladens. »Wenn Sie mir bitte folgen würden?«

Sie führte Shauna und David zu drei großen Umkleidekabinen mit schweren beigefarbenen Vorhängen, vor denen bequem aussehende Sessel standen.

»Nehmen Sie doch bitte Platz«, lud sie David ein und führte Shauna in eine der Umkleidekabinen. »Ich bin gleich wieder da«, versprach sie und kehrte tatsächlich nach ein paar Minuten mit dem blauen Kleid in Shaunas Größe zurück, die sie richtig eingeschätzt hatte.

»Soll ich Ihnen beim Anziehen helfen?«, bot sie an, doch Shauna lehnte ab. Es war ihr unangenehm, der Frau Umstände zu machen, schließlich war sie sicher, dass sie das Kleid nicht kaufen würde.

»Gut, dann werde ich mal nachsehen, ob wir noch passende Accessoires haben«, erklärte die Verkäuferin und schloss den Vorhang wieder.

Das Kleid sah auf dem Bügel noch genauso atemberaubend schön aus wie an der Puppe. Ehrfürchtig strich Shauna über den Stoff. Sie hatte so ein teures Kleid noch nie im Leben getragen. Vorsichtig schlüpfte sie hinein und staunte, wie gut es saß. Es schmiegte sich wie eine zweite Haut an ihren Körper, und Shauna sah erst jetzt, wie atemberaubend tief der schmale, spitz zulaufende Ausschnitt tatsächlich war. Außerdem hatte das Kleid Cutouts an den Seiten, die es luftig, aber auch sehr sexy machten. Zwischen den Rockfalten war seitlich ein Schlitz, der fast bis zum Oberschenkel reichte.

Mein Gott, dachte Shauna und konnte kaum glauben, wie sehr das Kleid sie im Spiegel veränderte. Es war, als betrachte sie eine ganz andere Frau, eine, die sich in ihrem Körper wohlfühlte und kein Problem damit hatte, ihn zu zeigen.

Sie schluckte schwer, als sie merkte, dass der Anblick ihr wehtat. Denn das alles war sie in den vergangenen Jahren nicht gewesen, sondern eine graue Maus, die sich versteckt hatte in weiten Shirts und langweiligen Jeans. Die sich nicht getraut hatte aufzufallen aus lauter Angst, was die Leute dann über sie sagen würden. Aber hatte sie das nicht viel zu wichtig genommen? Musste sie nicht endlich lernen, sich wohlzufühlen mit sich und ihren Entscheidungen?

Wenn es doch nur so einfach wäre, dachte sie und lächelte ihrem Spiegelbild traurig zu.

»Shauna?«, hörte sie David draußen fragen, der sich vermutlich wunderte, was sie so lange in der Kabine tat. Schnell versuchte sie, den Reißverschluss des Kleides in ihrem Rücken zu schließen, damit sie es ihm vorführen konnte. Doch sie scheiterte, schaffte das letzte Stück nicht.

»Könntest du mir kurz helfen?«, bat sie und trat aus der Kabine. »Ich bekomme das Kleid nicht zu.«

David erhob sich aus dem Sessel und trat hinter sie. Seine Fingerkuppen streiften ihre nackte Haut, als er den Reißverschluss zuzog, und die Berührung nahm Shauna sehr effektiv den Atem. Hitze strömte durch ihren Körper, und sie hatte Mühe, wieder Luft in die Lunge zu bekommen.

»Danke«, hauchte sie und suchte Davids Blick in dem hohen Spiegel, der neben den Kabinen an der Wand hing. Sie sah ihn hinter sich stehen, so dicht, dass sie sich nur ganz leicht hätte zurücklehnen müssen, um ihn zu berühren. Und der verlangende Ausdruck, der in seinen Augen lag, machte ihre Knie ganz weich.

»Du siehst fantastisch aus.« Seine Stimme klang rau, und für einen kurzen, wilden Moment wünschte Shauna sich seine Hände auf ihrem Körper. Wünschte sich, dass er über ihre Schultern strich und an ihren Seiten hinab bis zu den Hüften. Wünschte sich, dass er sie zu sich umdrehen würde. Wünschte sich, dass er …

»Wunderschön, aber zu lang!«, rief die Verkäuferin, die mit zwei Kartons in der Hand zurückgekehrt war, und schreckte sie auf. David trat einen Schritt zurück, und Shauna schwankte leicht, musste sich erst wieder fangen.

Die Verkäuferin war zum Glück auf den Rock des Kleides konzentriert. »Der Saum muss noch ein gutes Stück gekürzt werden«, befand sie. »Wir bieten einen Änderungsservice, den Sie gerne in Anspruch nehmen können, wenn Sie möchten.«

»Nein, danke«, erklärte Shauna. »Ich …«

»Ich hätte noch eine passende Clutch zu diesem Modell«, fiel die Verkäuferin ihr ins Wort. »Und diese Schuhe. Durch die hohen Absätze wirkt der Rock noch mal ganz anders.« Während sie sprach, hatte sie die beiden Kartons auf einem der Sessel abgestellt und ein Paar hochhackige, silbern schimmernde Slingpumps aus dem einen herausgeholt. »Hier, probieren Sie es gerne mal aus.« Sie hielt Shauna die Schuhe hin.

»Danke, aber ich nehme das Kleid nicht.« Shauna wollte

zurück in die Kabine gehen, doch David griff nach ihrer Hand und hielt sie auf.

»Zieh die Schuhe mal dazu an«, bat er. »Ich würde es gerne sehen.« Sein Blick war bittend, und auch die Verkäuferin sah Shauna erwartungsvoll an, deshalb gab sie nach und nahm die Schuhe entgegen. Als sie hineinschlüpfte, stellte sie fest, dass auch die Pumps ihr auf Anhieb passten.

»Sie haben Größe sechs, nicht wahr?« Die Verkäuferin nickte zufrieden. »Genau, wie ich dachte.«

In den Pumps war Shauna deutlich größer als sonst, und auch wenn sie damit noch nicht auf Augenhöhe mit David war, reichte sie ihm doch jetzt über die Schulter. Früher hatte sie oft hochhackige Schuhe getragen, deshalb fiel es ihr nicht schwer, darin zu gehen. Ein Blick in den Spiegel verriet ihr, dass die Verkäuferin recht gehabt hatte. Durch die hohen Schuhe schleifte der Saum nicht mehr so stark über den Boden, und man konnte erahnen, wie das Kleid geändert aussehen würde. Die Verkäuferin drückte ihr auch noch eine silberne Clutch in die Hand, die ihr Outfit vervollständigte.

Aus einem Impuls heraus löste Shauna das Band, das ihren Pferdschwanz hielt, und schüttelte ihre dunklen Haare frei, die ihr bis auf die Schultern fielen. Perfekt, dachte sie und lächelte sich im Spiegel zu. Dann wurde sie wieder ernst.

»Es ist wirklich sehr schön«, sagte sie und strich noch einmal wehmütig über den Stoff des Rocks. »Aber ...«

»Kein Aber«, fiel David ihr ins Wort. Er stand neben der Verkäuferin, und als Shauna seinen Blick im Spiegel suchte, lag ein entschlossener Ausdruck in seinen Augen. »Wir nehmen das Kleid. Und auch die Schuhe und die Tasche. Wir nehmen alles.«

12

David hatte das Gefühl zu träumen oder in einem Film gelandet zu sein, in dem gerade jemand einen Zauberstab geschwungen hatte. Denn vor ihm stand eine Shauna, die er kaum wiedererkannte. Dieses Kleid ...

Er schluckte und ließ den Blick an ihr herabwandern. Herrgott, wie hatte er so lange übersehen können, was für eine umwerfende Figur sie hatte? Wobei das kein Wunder war, wenn man bedachte, dass sie sonst nur Jeans und T-Shirts trug. Sie war schlank, sicher, das hatte er auch vorher gewusst. Und sie war hübsch, das hatte er immer zur Kenntnis genommen. Aber er hatte sie noch nie in einem Outfit gesehen, das diese Schönheit betonte. Der Effekt war absolut atemberaubend. Und dazu die offenen Haare, die ihr Gesicht umrahmten ...

»Nein!« Shauna hatte sich zu ihm umgedreht. Ihre Augen funkelten, und er merkte erst eine Sekunde später, dass sie ziemlich wütend aussah. Nein? Wovon sprach sie? Er musste sich regelrecht zwingen, sich wieder zu konzentrieren.

Shauna sah jetzt die Verkäuferin an. »Das ist ein Missverständnis«, sagte sie. »Ich werde das Kleid nicht kaufen.«

»Oh.« Die Frau wirkte verwirrt. »Das ist wirklich schade. Ich dachte ...«

»Würden Sie uns einen Moment allein lassen?«, bat Shauna. Die Verkäuferin nickte und ging in den vorderen Teil des Ladens.

»Das geht nicht, David«, sagte Shauna, sobald sie allein waren. »Ich bin froh, dass ich das Kleid anziehen konnte, und ich finde es toll, wirklich. Aber es ist zu teuer. Ich meine, schon die Schuhe kosten vermutlich so viel, wie ich für das gesamte Outfit eingeplant hatte. Ich kann mir diese Sachen nicht leisten.«

»Ich habe ja auch nicht gesagt, dass du sie bezahlen sollst«, erwiderte er. »Ich werde sie dir schenken. Ich bin die gute Fee, schon vergessen?« Er lächelte so charmant er konnte, doch sie blieb ernst.

»Das kann ich nicht annehmen«, erklärte sie. »Das ist viel zu viel.«

»Für mich nicht«, erklärte er ungerührt. »Das Kleid ist perfekt für dich, Shauna. Ich möchte, dass du es auf der Hochzeit trägst. Und auch später noch. Es soll dir gehören.«

Er hatte selten etwas ernster gemeint. Shauna schüttelte jedoch immer noch den Kopf.

»Nein, David, das geht nicht«, protestierte sie erneut, und er fragte sich, wann er zuletzt eine Frau hatte überreden müssen, ihr etwas Teures kaufen zu dürfen. Aber Shauna war eben anders, in jeder Hinsicht. Er konnte sich nämlich auch nicht erinnern, wann ihn der Anblick einer Frau in einem Abendkleid derart aus der Fassung gebracht hatte.

»Sieh es als Bonuszahlung«, meinte er. »Als kleine Gehaltserhöhung. Ich wüsste nicht, was ich in der Praxis ohne dich tun sollte, Shauna. Und das Kleid ist der Hammer. Das musst du haben. Also lass es mich für dich kaufen, okay? Bitte!«

Shauna blickte auf das Kleid und dann wieder auf ihn und schien noch einen Moment mit sich zu ringen. Dann nickte sie zögernd, und ein Lächeln breitete sich auf ihrem Gesicht aus.

»Danke, David!« Sie trat auf ihn zu, war ihm plötzlich so nah, dass er instinktiv nach ihr griff und ihr die Hände an die Hüften legte. Sie stellte sich auf Zehenspitzen, und ihr Gesicht näherte sich seinem. Vermutlich wollte sie ihm einen Kuss auf die Wange gegeben, doch David drehte den Kopf, und ihre Lippen trafen stattdessen seine.

Die flüchtige Berührung elektrisierte ihn, ließ ihn den Griff um ihre Hüften verstärken. Ihr Gesicht stand jetzt dicht vor seinen, und er blickte in ihre blauen Augen, in denen der gleiche Sturm tobte wie in seinem Innern. Doch dann versteifte Shauna sich in seinen Armen, und er gab sie sofort wieder frei. Ihre Wangen waren gerötet, und ihr Atem ging schnell, genau wie sein eigener.

»Ich … gehe mich wieder umziehen«, sagte sie und verschwand in der Kabine, zog den Vorhang zu. Und darüber war David froh, denn er brauchte einen Moment, um sich zu fassen.

Sie wollte sich nur bei dir bedanken, du Idiot, schalt er sich selbst. Es hätte nur ein Kuss auf die Wange sein sollen, doch er hatte ihn in etwas anderes verwandelt. Etwas, das ihn so erschüttert hatte, dass er sich kaum wieder beruhigen konnte. Herrgott, was war denn los mit ihm?

Irritiert über sich selbst wandte er sich ab und ging in den vorderen Teil des Ladens, wo die Verkäuferin wartete.

»Wir nehmen das Kleid«, erklärte er ihr und wurde mit einem strahlenden Lächeln belohnt.

»Sie werden es nicht bereuen«, sagte sie, aber David war sich da nicht sicher.

Wenn Shauna dieses Kleid trug, brachte sie ihn ganz schön aus der Ruhe, und jetzt hatte er dafür gesorgt, dass sie es auf der Hochzeit anhaben würde. Und ich habe ihr angeboten, dort mit ihr zu tanzen!, dachte er und spürte, wie ihn eine Mischung aus Angst und Vorfreude erfasste. So hatte er sich noch nie gefühlt, und er wusste nicht, ob es ihm gefiel.

Shauna lehnte in der Kabine an der Wand und wartete darauf, dass sich ihr Herzschlag wieder beruhigte. Sie fühlte noch Davids Lippen auf ihren, roch sein vertrautes Aftershave und spürte seine Hände an ihren Hüften. Sie hätte gleich wieder zurücktreten müssen nach dem versehentlichen Kuss, aber sie war bei ihm stehen geblieben und hatte ihm in die Augen gesehen, in denen ein Ausdruck gelegen hatte, der ihr auch jetzt noch einen Schauer über den Rücken jagte. Er hätte sie geküsst, richtig diesmal, das wusste sie. Es war das, was sie gewollt hatte. Doch dann war Ethans Gesicht vor ihr aufgetaucht, und sie hatte sich erinnert, was es sie gekostet hatte, als sie zuletzt diesem Gefühl nachgegeben hatte.

Mit einem zittrigen Seufzen löste sie sich von der Wand und trat vor den hohen Spiegel, der in der Kabine hing, sah ihre geröteten Wangen und das Leuchten in ihren Augen.

»Kann ich Ihnen helfen?« Die Verkäuferin steckte den Kopf am Vorhang vorbei in die Kabine, und Shauna nickte dankbar. Dass sie den Reißverschluss nur unter großen Mühen allein öffnen konnte, hatte sie ganz vergessen.

»Sie haben großes Glück mit Ihrem Mann«, meinte die Frau, als sie Shauna aus dem Kleid half, und lächelte versonnen. »Und Sie bedeuten ihm viel, das sieht man.«

»Er ist nicht mein Mann. Und wir sind auch nicht zusammen«, erklärte Shauna ihr, weil sie das nicht so stehen lassen wollte.

Die Frau wurde schlagartig ernst. »Oh, tut mir leid«, sagte sie und wurde tatsächlich rot. »Mein Gott, ist mir das peinlich. Bitte verzeihen Sie, ich wollte Ihnen nicht zu nahe treten.«

Sie nahm das Kleid und verließ die Kabine beinahe fluchtartig. Shauna blickte ihr fassungslos nach. Wie kam die Frau darauf, dass sie David viel bedeutete? Woran »sah« man das denn?

David bezahlte gerade die Sachen an der Kasse, als Shauna wieder zu ihm trat, und der Gesamtbetrag ließ sie noch einmal schlucken.

Die Verkäuferin reichte David zwei große Tüten über die Theke. Er nahm sie entgegen, und Shauna verließ mit ihm die Boutique.

»Dann haben wir alles, oder?«, erkundigte David sich sachlich und sah auf die Uhr. »Wollen wir zurück? Wir müssen Emma noch abholen, und das wird sonst knapp.«

Shauna wollte etwas erwidern, doch sie konnte nicht, weil ihr Blick an einer jungen Frau hängen geblieben war, die auf der gegenüberliegenden Straßenseite gerade aus einem Geschäft trat. Ihr Gesicht konnte Shauna nicht genau erkennen, weil sie den Kopf abgewandt hielt und mit einem Verkäufer redete, der an der Tür stand. Die hellblond gefärbten Haare und die dünne, beinahe hagere Statur kamen ihr jedoch sehr bekannt vor. Das ist Melody Newman!, dachte sie und sog erschrocken die Luft ein.

Es war erst knapp drei Monate her, da war Shauna ihr schon einmal begegnet, damals noch in Exeter. Zufällig natürlich, an einem Mittwochnachmittag, als Shauna in der Stadt Besorgungen gemacht hatte. Melody hatte so getan, als wäre sie erfreut über ihr Treffen, doch Shauna konnte sich nicht vorstellen, dass das stimmte. Nein, es war Melody lediglich darum gegangen, sie auszuhorchen. Tausend Fragen hatte sie ihr gestellt: Ob und wo sie in Exeter wohnte, wo sie arbeitete und wie es Emma ging. Shauna hatte ausweichende, nichtssagende Antworten gegeben und das Gespräch so schnell wie möglich beendet. Denn nichts davon ging Melody etwas an. Nicht mehr jedenfalls. Früher hatte sie zu Shaunas Freundinnen gehört, aber nach allem, was passiert war, schuldete sie Melody nichts, schon gar nicht eine ehrliche Antwort.

Doch Melody blieb trotzdem eine Bedrohung, denn sie hatte Shauna erzählt, dass sie jetzt in Exeter wohnte. Weitere Treffen waren also nicht ausgeschlossen, und das war ein Problem. Denn schon bei diesem ersten hätte Shauna Emma dabeihaben können oder jemand anderen, der vielleicht Fragen gestellt hätte. Dann wäre ans Licht gekommen, was sie schon so lange verbarg. Natürlich würde das irgendwann sowieso passieren, das war Shauna bewusst. Doch sie wollte den Zeitpunkt selbst bestimmen und nicht, dass es durch einen Zufall geschah. Deshalb hatte sie spontan beschlossen, die Stelle in Exeter aufzugeben und sich eine neue zu suchen. Und die bei David in Carywith war ihr ideal erschienen, denn in einem kleinen Dorf in Cornwall hoffte sie, keinen weiteren Menschen aus ihrer Vergangenheit zu begegnen.

Umso erschrockener war sie jetzt, Melody hier in Truro zu sehen. Mein Gott, konnte es einen solchen Zufall überhaupt geben?

Die Frau drehte sich um, und in dem Bedürfnis, vor ihren Blicken zu fliehen, trat Shauna an David heran, der mit dem Rücken zur Straße stand. Er war so viel größer und breiter als sie, dass sie sich hinter ihm hätte verstecken können. Doch das war nicht nötig, denn als die Frau ihr das Gesicht zuwandte, erkannte sie, dass sie sich getäuscht hatte. Es war nicht Melody. Erleichtert stieß sie die Luft aus.

»Was ist los?«, fragte David. »Du siehst aus, als hättest du einen Geist gesehen!«

»Es ist nichts«, versicherte ihm Shauna, den Blick immer noch auf die fremde Frau gerichtet, die jetzt weiterging. Der Schock saß ihr gehörig in den Gliedern, und ihre Knie fühlten sich ganz weich an. Aber das musste er nicht wissen, deshalb versuchte sie ein Lächeln. »Wirklich nicht.«

»Nein?« David sah an sich herunter. Shauna folgte seinem Blick und merkte erst jetzt, dass sie in ihrer Panik die Hand in sein Hemd gekrallt hatte.

Entsetzt löste Shauna sich von ihm und machte einen Schritt zurück. »Oh mein Gott, Tut mir leid, ich …«

Ihre Wangen wurden heiß, und sie schüttelte verzweifelt den Kopf, weil sie keine Ahnung hatte, wie sie ihm erklären sollte, dass sie so selbstverständlich bei ihm Schutz gesucht hatte.

»Jetzt sag schon«, drängte er. »Was hat dich so erschreckt?«

Sie wusste, dass sie ihm eine glaubwürdige Erklärung bieten musste.

»Ich dachte, da wäre jemand, den ich kenne«, erklärte sie. »Eine alte Schulfreundin von mir, der ich nicht begegnen will. Aber ich habe mich getäuscht.«

Stirnrunzelnd suchte David die gegenüberliegende Straßenseite ab, dann richtete er den Blick wieder auf Shauna. »Wieso willst du sie nicht treffen? Hat sie dir etwas getan?«

Ja, dachte Shauna. Melody hatte ihr etwas getan. Oder genau genommen hatte sie nichts getan, was viel schlimmer war. Sie hatte sich von Shauna abgewandt damals, so wie fast alle anderen, und ihr das Gefühl gegeben, nicht mehr dazuzugehören. Es war ein Spießrutenlauf gewesen, unter dem Shauna sehr gelitten hatte. Doch wenn sie David davon erzählte, dann musste sie ihm die ganze Geschichte anvertrauen. Deswegen zuckte sie nur mit den Schultern.

»Ich mag sie nicht«, sagte sie. »Jedenfalls nicht mehr. Deshalb bin ich froh, dass sie es nicht war.«

David sah sie immer noch an. »Das ist alles?«, fragte er. Offensichtlich kaufte er ihr diese Begründung nicht ab. »Deswegen hast du dich so erschrocken, dass du ganz blass geworden bist?«

Shauna nickte beklommen. Nach der langen Zeit, die sie ihr Geheimnis nun schon hütete, hätte sie das Lügen eigentlich gewöhnt sein müssen. Doch bei David war es anders. Ihm fühlte sie sich auf eine Weise nah wie schon lange niemandem mehr, deshalb hätte sie ihm gerne die Wahrheit gesagt. Aber sie war nicht sicher, wie er darauf reagieren würde. Es war gut möglich, dass sich dann alles zwischen ihnen änderte, und das wollte sie nicht riskieren.

David wartete noch einen Moment, vielleicht hoffte er, dass sie mehr dazu sagen würde. Dann seufzte er tief.

»Weißt du, Shauna, im Moment komme ich mir wirklich vor wie der Prinz im Cinderella-Märchen«, meinte er. »Ich habe nämlich auch keine Ahnung, wer die Frau in dem wunderschönen Ballkleid eigentlich ist und was sie bewegt.« Er streckte die Hand aus und legte sie an Shaunas Wange. »Dabei würde ich es verdammt gerne herausfinden.«

Shauna spürte, wie er mit dem Daumen ganz sacht über ihre Wange strich, und plötzlich war es wieder da, dieses Gefühl von eben, als ihre Lippen sich vor den Kabinen ganz kurz berührt hatten. Es war nur ein flüchtiger Kuss gewesen, eigentlich nicht mal der Rede wert, aber es hatte ihr einen Vorgeschmack auf das gegeben, was David sie empfinden lassen konnte. Wie würde es sein, wenn ihre Lippen sich länger berührten? Wenn sie sich ihm öffnete und ihre Zungen sich fanden. Wenn seine Hände …

Shauna schluckte. Sie wusste, dass sie dann verloren war. Mit letzter Kraft schaffte sie es, ein Stück zurückzutreten und Abstand zwischen ihn und sich zu bringen.

Er ließ die Hand wieder sinken.

»Ich bin keine Märchenprinzessin, glaub mir«, sagte sie mit belegter Stimme und kämpfte gegen die Tränen an, die ihr plötzlich in den Augen brannten. »Wollen wir dann weiter?«

David nickte nur, und als sie zurück zum Auto gingen, schien zwischen ihnen oberflächlich alles gut zu sein. Er hielt Abstand zu ihr, so wie er es sonst immer getan hatte, und sie redeten über Belangloses. Doch die Unterhaltung verlief schleppend, und die ganze Atmosphäre zwischen ihnen war aufgeladen mit dem, was in der Boutique passiert war. Es lässt sich nicht zurücknehmen, dachte Shauna unglücklich.

David fuhr direkt zur Farm der Harrisons, wo Emma schon auf sie wartete. Sie war müde, strahlte jedoch, als sie entdeckte, dass David mit dabei war, um sie abzuholen. Sie plauderte drauflos und erzählte von dem, was sie den Tag über erlebt hatte. Dabei schien sie gar nicht zu merken, dass sie die Einzige war, die redete. Auch beim Abendessen schwieg David die ganze Zeit, und Shauna sagte ebenfalls nur wenig. Sie wich ihm möglichst aus, aber wenn ihre Blicke sich dennoch trafen, spürte sie jedes Mal diese Enge in ihrer Brust, die ihr beinahe den Atem nahm. Und als ihre Finger einmal versehentlich seine streiften, durchfuhr sie diese Berührung wie ein Blitz.

Sie war heilfroh, als es Zeit wurde, Emma ins Bett zu bringen, und ließ sich mit der Gutenachtgeschichte besonders viel Zeit. Doch irgendwann war Emma eingeschlafen, und

Shauna streichelte noch einmal Brave, die vor dem Bett lag, bevor sie das Zimmer wieder verließ.

David stand im Wohnzimmer am Fenster und sah hinaus in den Garten. Seine Schultern wirkten angespannt, und Shauna spürte den Drang, zu ihm zu gehen. Erst auf halber Strecke merkte sie, was sie tat, und blieb abrupt stehen.

»Ich bin müde, ich lege mich hin«, sagte sie und wollte sich wegdrehen von ihm, wollte fliehen aus diesem Raum, in dem sie mit ihm allein war. Doch David war mit drei Schritten bei ihr und griff nach ihrem Arm.

»Shauna«, raunte er mit so viel Sehnsucht in der Stimme, dass sie beinahe fühlen konnte, wie der Wall, den sie gegen ihre Gefühle errichtet hatte, in sich zusammenbrach.

Er schloss die Arme um sie, langsam, sodass sie ihn jederzeit hätte aufhalten können. Doch sie wollte es nicht, ließ es zu, dass er sie an sich zog. Sie konnte nicht mehr ankämpfen gegen das, was sie für ihn empfand.

Später hätte sie nicht mehr sagen können, wer von ihnen sich zuerst bewegte, aber ihre Lippen fanden sich, und sie erwiderte seinen Kuss mit all der Leidenschaft, die sie so lange zurückgehalten hatte. Ihre Hände fuhren über seine Brust und fanden wie von selbst in seinem Nacken zusammen, waren ihr Anker in dem Ansturm der Empfindungen, die seine Nähe in ihr auslösten. David verstärkte den Druck auf ihren Rücken, presste sie eng an sich, und sie stöhnte auf, bog sich ihm entgegen, genoss das Gefühl seines Körpers an ihrem.

Alle Vorsicht und alle Bedenken waren vergessen, es gab nur noch David, die Berührungen seiner Hände, seine Lippen auf ihren. Es war, als würde sie sich auflösen und mit ihm verschmelzen, doch es fühlte sich richtig an, so, als sollte sie genau hier sein, in seinen Armen.

Ich liebe ihn, schoss es ihr durch den Kopf, und die Erkenntnis erschreckte sie so sehr, dass sie sich abrupt von ihm löste. Schwer atmend sah sie ihn an, entsetzt, wie tief ihre Gefühle für ihn gingen. Mein Gott, wie hatte sie sich so lange etwas vormachen können?

David atmete genauso schwer wie sie und wollte wieder nach ihr greifen. Doch sie schüttelte den Kopf und wich zurück.

»Ich kann nicht«, sagte sie, weil sie plötzlich wusste, dass jeder weitere Kuss sie noch schlimmer ins Gefühlschaos stürzen würde. »Es geht nicht.«

Verwirrt starrte er sie an. »Warum nicht?«

»Weil …« Hilflos zuckte sie mit den Schultern. Sie konnte es ihm nicht sagen, konnte ihm nicht offenbaren, was er sicher nicht hören wollte. »Du und ich, das passt nicht, David«, meinte sie. »Ich brauche jemanden, auf den ich mich verlassen kann. Wegen Emma. Wenn ich mich auf jemanden einlasse, dann muss es etwas Ernstes sein. Und das ist bei uns nicht so, oder, David?«

Unsicher sah sie ihn an. Sie wollte, dass er ihr widersprach, wollte, dass er ihr versicherte, dass sein Herz ihr gehörte und dass er alles für sie tun würde. Aber hätte sie ihm geglaubt? All das hatte Ethan ihr damals auch geschworen, und nichts davon hatte gestimmt … Der Ausdruck in Davids Augen wechselte, schien klarer zu werden. Dann wandte er sich ab und stieß die Luft aus.

»Du weißt, wie ich zu Beziehungen stehe«, sagte er, und sie erinnerte sich an das, was er ihr über seine Exfreundin erzählt hatte. Er wollte keine Bindung, keine Verantwortung, daran hatte sich dann also offenbar nichts geändert. Und wenigstens log er sie nicht an.

Er trat wieder auf sie zu und blieb erst stehen, als sie ihm eine Hand auf die Brust legte, um ihn aufzuhalten.

»Aber das heißt nicht, dass du mir nichts bedeutest«, fuhr er fort. »Ich will dich, Shauna. Und du willst mich auch.«

Das konnte sie in der Tat nicht leugnen. Doch sie schüttelte trotzdem den Kopf.

»Bitte, lass uns das vergessen«, sagte sie. »Lass uns wieder Freunde sein, so wie vorher. Mehr …« Sie stockte, nahm Anlauf, weil ihre Stimme versagte. »Mehr schaffe ich nicht.«

Sie nahm die Hand von seiner Brust, was ihr unendlich schwerfiel, wandte sich um und ging zur Tür. David hielt sie nicht auf, stand nur weiter in der Mitte des Wohnzimmers und sah sie mit dunklen Augen an, als sie sich an der Tür noch einmal zu ihm umwandte.

»Gute Nacht«, sagte sie und wollte ihn anlächeln. Aber es gelang ihr nicht.

»Gute Nacht«, erwiderte er mit einer so heiseren Stimme, dass sie das Gefühl hatte, es müsste ihn schmerzen.

Hastig, bevor sie doch noch schwach werden konnte, wandte sie sich ab und lief nach oben in ihr Zimmer.

David fluchte unterdrückt und ballte die Hände zu Fäusten. Er wollte Shauna nachlaufen und ihr sagen, dass sie sich irrte und dass er ihr bieten konnte, was sie brauchte, einfach nur, damit er sie wieder in die Arme schließen konnte.

Noch immer konnte er ihren Körper an seinem spüren, weich und biegsam. Und wie sie ihn geküsst hatte, so voller Hingabe, dass er nicht mehr klar hatte denken können. Er wollte sie mit einer Macht, die fast beängstigend war, und ein Teil von ihm hätte nicht gezögert, ihr alles zu versprechen, was sie hören wollte.

Aber sie hatte recht. Es wäre eine Lüge gewesen. Ernst durfte es bei ihm nicht werden, und wenn das ihre Bedingung war, dann musste er sie in Ruhe lassen.

Mit einem Aufstöhnen legte er den Kopf in den Nacken und schloss die Augen. Gott, in was hatte er sich da hineinmanövriert? Er fragte sich, wie er es schaffen sollte, Shauna jetzt wieder so zu behandeln wie vorher. Freunde? Nach diesem Kuss? Ernsthaft?

Er öffnete die Augen wieder und senkte den Kopf, stieß die Luft aus. Du darfst dich eigentlich nicht beklagen, erinnerte er sich selbst. Du bist es doch, der immer darauf besteht, die Dinge leicht zu halten. Du bist derjenige, der die Frauen davor warnt, etwas von dir zu verlangen, was du nicht geben willst. Und jetzt passt es dir nicht, wenn es Shauna deswegen nicht reicht? Wenn sie mehr erwartet?

Er stutzte. Oder wollte sie gar nicht mehr? Sie hatte gesagt, dass das zwischen ihnen nichts Ernstes war, und er war davon ausgegangen, dass sie ihn damit meinte. Konnte es sein, dass sie von sich selbst gesprochen hatte? Aber wieso küsste sie ihn dann so, dass er alles um sich herum vergaß?

Er stieß einen weiteren Fluch aus und lief zurück in den Eingangsbereich, riss seine Lederjacke von der Garderobe und schlüpfte hinein. Vielleicht wird mich ein Spaziergang abkühlen, dachte er, doch als er die Hand schon am Knauf der Haustür hatte, hielt er noch einmal inne und blickte die Treppe hinauf in den ersten Stock, wo Shauna war.

Was, wenn sie sich jetzt nicht mehr wohlfühlte bei ihm? Wenn sie nicht mehr bei ihm wohnen wollte? Der Gedanke erschreckte ihn heftiger, als er sich einzugestehen wagte.

Du musst Abstand zu ihr halten, egal wie schwer dir das fällt, ermahnte er sich. Denn dass Shauna und Emma wieder auszogen, kam nicht infrage. Erstens gab es keinen anderen Platz für sie. Und zweitens wollte er es nicht. Punkt.

Die Vehemenz, mit der das für ihn feststand, überraschte ihn selbst, doch über die Möglichkeit wollte er nicht mal nachdenken. Der Tag würde kommen, an dem sich ihre Wege trennten. Noch war es allerdings nicht so weit.

David trat durch die Haustür und zog sie hinter sich zu.

Noch nicht, dachte er und stopfte die Hände in die Jackentaschen, während er missmutig die Straße hinunterging.

13

Schwungvoll fuhr Shauna durch den Torbogen in den Innenhof von Penrose House und brachte den alten Toyota Camry neben dem Eingangsportal zum Stehen. Die Nachmittagssonne stand schon tief und schaffte es nicht mehr über die Mauern des Herrenhauses, doch die Luft war angenehm warm, als Shauna ausstieg. Sie sah auf ihre Armbanduhr, die kurz vor fünf anzeigte, dann holte sie den langen schwarzen Kleidersack von der Rückbank, legte ihn sich über den Arm und machte sich auf den Weg zum Eingang. Am Fuß der Treppe blieb sie jedoch noch einmal stehen und blickte sich um.

Sie hatte Penrose House gerade schon von Weitem bewundert, denn man sah es, wenn man über den Hügel kam, elegant und majestätisch zwischen den Bäumen einer weitläufigen Parkanlage liegen. Dieser Eindruck bestätigte sich auch jetzt. Die graubraune Steinfassade wirkte altehrwürdig, aber das Gebäude hatte nichts Klotziges, im Gegenteil, die Torbögen und Erker gaben ihm etwas Romantisch-Verspieltes, und Shauna fand, dass es sich perfekt als Kulisse für einen historischen Film eignen würde. Kein Wunder, dass Lucy Evans auf die Idee gekommen war, hier ein Zentrum für Jane-Austen-Fans zu eröffnen, Shauna konnte sich glatt vorstellen, hier den Romanheldinnen und -helden wie Elisabeth Bennett, Emma oder Mr. Darcy zu begegnen …

»Mr. Darcy, nein! Hierher!«, rief eine Stimme, und Shauna blickte überrascht zur Eingangstür hinauf, woher der Ruf gekommen war. Statt des berühmten Romanhelden lief jedoch ein Golden Retriever die Treppe herunter und rannte ihr vor Aufregung laut fiepend um die Füße.

»Na, du bist ja ganz schön stürmisch.« Shauna streichelte mit ihrer freien Hand den jungen Hund, der sich so freute, dass sein ganzer Körper zu vibrieren schien.

»Tut mir leid, ich konnte ihn nicht aufhalten!« Lucy Evans kam die Treppe herunter und hob entschuldigend die Hände. »Darcy liebt Menschen und zeigt das oft ein bisschen zu überschwänglich. Das müssen wir ihm noch abgewöhnen.«

»Ich finde ihn zauberhaft«, versicherte Shauna ihr. »Ich habe selbst eine Colliehündin. Sie ist inzwischen schon älter, aber in jungen Jahren war sie manchmal auch nicht zu halten.« Sie deutete mit dem Kinn auf den Kleidersack auf ihrem Arm. »Vielen Dank noch mal, dass du bereit bist, mein Kleid zu ändern. Ich hätte nicht gewusst, was ich sonst hätte tun sollen.«

»Das mache ich sehr gerne, wirklich!«, versicherte die junge Frau mit den kupferroten langen Haaren Shauna noch einmal und führte sie die geschwungene Treppe hinauf in die Eingangshalle des Herrenhauses.

Dort waren zwei Arbeiter gerade damit beschäftigt, an der breiten Treppe, die in den ersten Stock führte, ein Gerüst abzubauen. Und auch sonst wirkte es, als wäre die Renovierung, die hier stattgefunden hatte, so gut wie abgeschlossen. Irgendwo im Innern des Hauses hörte man allerdings Hämmern, und als Shauna einen Blick in einen angrenzenden Salon warf, erkannte sie an den abgedeckten Möbeln und den Leitern, die herumstanden, dass die Handwerker dort noch am Werk waren.

»Achte nicht auf das Chaos.« Lucy lächelte entschuldigend.

»Wir hoffen, dass wir bis morgen Nachmittag in der Halle fertig sind, damit wir Julias und Henrys Gäste gebührend empfangen können.«

Sie stieg weiter die Treppe hinauf, dem Retriever hinterher, und Shauna folgte ihr.

»Und wo findet die Hochzeitsfeier statt?«, erkundigte sie sich. »Julia meinte, in einem der Salons. Aber es sieht gar nicht so aus, als könnte man da schon rein.«

»Kann man auch nicht«, erwiderte Lucy und grinste, als Shauna sie erschrocken ansah. »Komm mit, ich zeig dir was.«

Sie hatten den oberen Treppenabsatz erreicht, und Lucy lief auf eine große Flügeltür zu, deren eine Seite offen stand. Sie deutete hinein, und als Shauna eintrat, stand sie in einem weitläufigen Saal mit hoher Decke. Doch anders als unten gab es hier keine Baustelle mehr. Der Raum war leer und offensichtlich frisch renoviert, denn der Parkettboden und die weiß lackierten Fensterrahmen glänzten mit den Kristallen der Kronleuchter um die Wette.

»Der Ballsaal ist schon fertig?«, fragte Shauna ungläubig.

Lucy nickte stolz. »Wir haben die Arbeiten in diesem Raum vorgezogen. Das ist unsere Überraschung für Julia und Henry, deshalb …« Sie legte sich einen Finger an die Lippen.

»Ich schweige«, versprach Shauna und fühlte sich geehrt, dass Lucy sie ins Vertrauen zog. Mehr noch, sie freute sich plötzlich auf die Hochzeitsfeier, was sie selbst wunderte. Denn seit sie David vorgestern Abend geküsst hatte, war sie unsicher, ob sie überhaupt hingehen sollte.

Vielleicht hätte sie sogar schon abgesagt, wenn Lucy nicht heute Morgen in die Praxis gekommen wäre, um David noch einmal auf ihre Verletzung schauen zu lassen. Shauna hatte sich mit ihr über die Hochzeitsvorbereitungen unterhalten und das Kleid erwähnt, woraufhin Lucy sofort angeboten hatte, sich der Sache anzunehmen und es zu kürzen. Damit war Shaunas Garderobenproblem endgültig gelöst. Blieb allerdings noch das Problem mit David, der seit ihrem Kuss völlig verändert wirkte.

Er war wortkarg und ernst geworden, redete nur noch das Nötigste mit Shauna und benahm sich kühl und regelrecht abweisend. Zu Emma war er wie immer, was den Unterschied noch deutlicher machte. Bei der Kleinen lächelte er und war charmant, Shauna dagegen bekam nur noch grimmige Blicke, und das traf sie härter, als sie erwartet hatte.

»Was ist los?«, erkundigte sich Lucy, und Shauna wurde jetzt erst klar, dass sie hörbar geseufzt hatte.

»Nichts, ich … dachte nur gerade, dass es morgen sicher sehr romantisch wird«, log sie und hoffte, dass ihr Lächeln aufrichtig wirkte. Tat es aber anscheinend nicht, denn Lucy musterte sie noch einen Moment skeptisch, bevor sie ihr bedeutete, ihr durch einen langen Flur zu folgen. Vor einer Tür blieb sie schließlich stehen und betrat mit Shauna einen kleinen, gemütlich eingerichteten Raum mit zierlichen Antiquitäten aus rötlichem Holz und hellen Gardinen. Vor dem Fenster, das den Blick auf einen Irrgarten aus hohen Hecken freigab, stand ein Tisch und darauf eine große, moderne Nähmaschine.

»Willkommen in meinem kleinen Reich«, verkündete Lucy. »Ich war in den vergangenen Wochen so mit der Renovierung beschäftigt, dass ich gar nicht mehr zum Nähen gekommen bin. Umso besser, dass ich das jetzt endlich wieder tun kann.« Sie deutete auf einen Paravent in der Ecke. »Dort kannst du dich umziehen. Ich hole schon mal meine Kreidepumpe für die Markierung.«

Shauna trat hinter den Sichtschutz und schlüpfte aus ihren Sachen. Erneut das blaue Kleid anzuziehen verursachte ihr Herzklopfen, fast so, als würde sie damit die Situation in der Boutique noch einmal heraufbeschwören. Vor allem hatte sie plötzlich Angst, dass es ihr doch nicht mehr so gut gefallen könnte. Die Sorge war allerdings unbegründet, denn als sie sich ein paar Minuten später vor dem Spiegel drehte, liebte sie es noch genauso wie zuvor. Und auch Lucy nickte begeistert.

»Wow, das ist ja wie für dich gemacht!«

Shauna lächelte. »Das hat David … ich meine, das hat Doktor MacKenzie auch gesagt«, korrigierte sie sich.

Lucy, die gerade dabei war, das Gestell, das sie geholt hatte und an dem ein Zerstäuber angebracht war, vor Shauna auf den Boden zu stellen, hielt in der Bewegung inne.

»Nennst du ihn Doktor MacKenzie?« Die Frage war offensichtlich rhetorisch, denn sie grinste. »Nein, oder? Ihr wohnt doch zusammen.«

»Ich nenne ihn David«, bestätigte Shauna und kam sich dumm vor. »Entschuldige, ich habe mir einfach angewöhnt, vor anderen lieber Doktor MacKenzie zu sagen. Damit die Leute nicht so viel über uns spekulieren.«

»Ich fürchte, das nützt nichts.« Lucy holte einen runden Hocker und platzierte den Ständer, den Shauna jetzt als Kreidepumpe erkannte, daneben. Dann bedeutete sie Shauna, auf den Hocker zu steigen. Der Rock des Kleides hing nun nicht mehr auf dem Boden, und Lucy konnte prüfen, auf welche Länge es gekürzt werden musste. Dann stellte sie die Kreidepumpe auf die richtige Höhe, umrundete Shauna damit und brachte eine feine Linie auf den Stoff auf. »So, das war's schon«, meinte sie und richtete sich auf. »Du kannst das Kleid wieder ausziehen.«

Doch Shauna rührte sich nicht, weil ihr Lucys beiläufige Bemerkung nicht aus dem Sinn ging. »Wie hast du das gemeint, dass es nichts nützt?«, fragte sie. »Reden die Leute immer noch über mich und David?«

Lucy schüttelte den Kopf. »Tut mir leid, ich hätte das nicht sagen sollen. Ich bin keine Klatschtante, und ich will nicht, dass du denkst, dass ich …«

»Doch, bitte«, beharrte Shauna. »Ich möchte es gerne wissen. Was sagt man im Dorf über uns?«

Lucy zögerte immer noch, dann stieß sie die Luft aus. »Also gut. Aber das kommt nicht von mir. Seamus Bodilly war gestern hier und hat es mir erzählt. Ich habe ihm gesagt, dass es Unsinn ist, doch er behauptet, dass er seine Information ›aus erster Hand‹ hat. Was immer das heißen soll.«

»Was denn?«, drängte Shauna. »Was hat er gesagt?«

»Er behauptet, dass du mit MacKenzie zusammen bist«, berichtete Shauna. »Und zwar schon länger. Angeblich hat MacKenzie dich nur deswegen hergeholt. Dass du bei ihm wohnst, wäre schon immer der Plan gewesen, weil ihr nicht offen zu eurer Beziehung stehen wollt. Und außerdem …« Sie zögerte. »Außerdem wäre Emma gar nicht deine Schwester, sondern deine Tochter. Und MacKenzie der Vater.«

»Was?« Shauna spürte, wie ihr alle Farbe aus dem Gesicht wich. Ihr war plötzlich schwindelig, und sie griff dankbar nach Lucys Hand, die diese ihr hinhielt, um ihr vom Hocker herunterzuhelfen.

»Ich weiß, dass der letzte Teil Quatsch ist, und das habe ich Seamus Bodilly auch deutlich gesagt«, meinte Lucy. »Und was den Rest angeht, den über David und dich …« Sie zögerte. »Der stimmt auch nicht, oder?«

Shauna schluckte. Sie wollte leugnen, dass da etwas war

zwischen ihr und David, doch plötzlich überkam sie das überwältigende Bedürfnis, wenigstens Lucy die Wahrheit zu sagen. Sie hatte niemandem, dem sie sich anvertrauen konnte, und etwas im Blick der anderen jungen Frau sagte ihr, dass sie es ohnehin ahnte, wenn nicht sogar wusste.

»Es stimmt nicht, dass wir zusammen sind. Aber ...« Sie zuckte mit den Schultern.

»Aber wenn es nach dir ginge, dann wäre es so?«, ergänzte Lucy ihren Satz.

»Ich weiß nicht«, gestand Shauna. »Ich ... ich mag David. Sehr sogar. Es würde nur nicht funktionieren mit uns beiden. Deshalb ist es besser, wenn alles so bleibt, wie es ist.«

»Wenn du meinst.« Lucy lächelte versonnen. »Ich dachte das bei James und mir auch zuerst, weißt du. Dass wir zu verschieden sind und dass er nichts für mich empfindet. Das stimmte jedoch gar nicht, wie sich dann herausgestellt hat. Es hat nur ein bisschen gedauert, bis er sich seine Gefühle eingestehen konnte.«

Shauna lächelte traurig. Sie hätte gerne geglaubt, dass es bei David auch so war. Doch seine Worte waren eindeutig gewesen. *Du weißt, wie ich zu Beziehungen stehe*, hatte er gesagt, und es hatte wie eine Warnung geklungen. Eine Warnung, die sie ernst nehmen musste, wenn sie nicht wollte, dass er ihr das Herz brach, so wie er es bei dieser Gwyneth getan hatte. Er konnte sich nicht so auf sie einlassen, wie sie es sich wünschte. Und deshalb ...

Ein Gedanke schoss ihr durch den Kopf und ließ sie vor Schreck scharf einatmen. »Die Hochzeit!«, stieß sie hervor. »Mein Gott, wenn es stimmt, was du sagst, dann kann ich nicht hingehen. Nicht zusammen mit David. Die Leute werden es als Bestätigung sehen. Sie werden ...«

»Das tun sie sowieso, Shauna«, erinnerte Lucy sie. »Du kannst nicht verhindern, dass die Leute reden. Wenn du nicht hingehst, halten sie trotzdem weiter an ihrer Meinung fest. Es macht keinen Unterschied. Im Gegenteil, eigentlich ist es sogar besser, wenn du mit David hingehst. Bietet den Leuten die Stirn und lasst euch vor allem das Fest nicht verderben! Julia und Henry freuen sich auf euch, ihr dürft die beiden nicht enttäuschen!« Sie deutete auf Shaunas blaues Kleid. »Und du willst doch auch nicht, dass ich mir die Arbeit mit dem Saum umsonst mache, oder?«

»Nein«, sagte Shauna erschrocken. »Nein, du hast recht.«

Mein Gott, sie kannte das doch selbst noch von früher! Gegen Gerüchte war nichts auszurichten, man musste warten, bis sie sich totgelaufen hatten. Wobei das natürlich nur möglich war, wenn an der Geschichte wirklich nichts dran war …

»Möchtest du noch eine Tasse Tee?«, fragte Lucy. »James kommt gleich zurück, und dann müssen wir noch ein paar Dinge erledigen. Aber ein bisschen Zeit habe ich noch.«

Shauna schüttelte den Kopf. »Du hast sicher noch jede Menge mit den Vorbereitungen zu tun, und ich mache dir schon genug Arbeit wegen des Kleides. Trotzdem danke.«

Sie zog sich um, und kurz darauf standen sie wieder am Eingang. Lucy umarmte sie, und Shauna winkte ihr zum Abschied. Sie war froh darüber, dass Lucy sie so herzlich aufgenommen hatte. Und dass sie jetzt von den Gerüchten wusste, die über sie im Umlauf waren, auch wenn sie immer noch ein bisschen fassungslos war. Wer zur Hölle denkt sich so etwas aus, dachte sie, als sie in ihrem Auto saß und zurücksetzte.

Sie wollte durch das Tor fahren, doch vor ihr bog eine schicke Mercedes-Limousine in den Innenhof und fuhr auf den Platz, auf dem sie eben noch geparkt hatte. Ein großer, dunkelhaariger Mann stieg aus, und da Lucy ihm entgegenlief und ihm stürmisch um den Hals fiel, nahm Shauna an, dass es sich um James Rowe handelte. Das Bild, wie die beiden sich in den Armen lagen, war das Letzte, was Shauna sah, bevor sie aus dem Innenhof fuhr.

Sie beschloss, jetzt gleich zu den Harrisons zu fahren. Emma würde ab heute das gesamte Wochenende bei Mary und Kelsey verbringen, genau wie Brave, und Shauna musste der Kleinen noch ihre Übernachtungstasche bringen.

Zur Farm war es von hier aus nicht weit, der Hof lag von Penrose House aus auf dem Weg. Schon eine halbe Stunde später stellte Shauna ihren alten Camry vor dem Wohnhaus der Familie ab, wo schon ein in die Jahre gekommener Geländewagen stand. Shauna hatte ihn hier noch nie gesehen, deshalb war sie sicher, dass er nicht den Harrisons gehörte.

Sie klingelte, und Mary öffnete ihr. Anders als sonst lächelte sie jedoch nur verhalten, als sie Shauna hereinließ.

»Wir haben Besuch«, sagte sie, ging aber nicht näher darauf ein, um wen genau es sich handelte.

Shauna folgte ihr, irritiert darüber, dass sie zum ersten Mal das Gefühl hatte, hier nicht willkommen zu sein. Oder hatte die Unruhe, die Mary ausstrahlte, einen anderen Grund?

Sie erreichten die Küche auf der hinteren Seite des Hauses. Es war eine rustikal eingerichtete Bauernküche mit einem großen Tisch in der Mitte, an den zehn Personen passten. Im Moment saß jedoch nur ein Mann daran. Shauna erkannte ihn sofort – und erstarrte.

»Mr. Bodilly!«, entfuhr es ihr. Dass ausgerechnet der alte Farmer, über den sie gerade erst mit Lucy gesprochen hatte, Marys Gast war, kam Shauna wie eine Ironie des Schicksals vor.

Bodilly musterte sie aus schmalen Augen. »N'Abend, Miss Lewis«, brummte er und sah zu Mary. »Wir sprachen gerade von Ihnen.«

»So?« Shauna spürte Wut in sich aufsteigen. »Dann hoffe ich sehr, dass Sie Mary nicht auch diese absurden Lügen über mich und Doktor MacKenzie erzählt haben«, sagte sie und hielt seinem überraschten Blick stand. Offenbar hatte Bodilly nicht damit gerechnet, dass sie von dem Gerücht wusste, das er verbreitete. »Wie kommen Sie überhaupt auf so etwas?«, fragte Shauna und gab sich keine Mühe, ihre Wut zu unterdrücken. »Ich kenne David MacKenzie, seit ich für ihn arbeite, also erst seit ein paar Wochen. Und was die Sache mit Emma angeht ...«

»Das habe ich mir nicht ausgedacht«, rechtfertigte Bodilly sich. In seinem geröteten Gesicht lag ein entrüsteter Ausdruck. »Das weiß ich aus sicherer Quelle. Sonst würde ich es doch nicht erzählen!«

Shauna schnaubte. »Ach ja? Und wer ist Ihre sichere Quelle?«

»Die Kleine«, erwiderte er und verschränkte mit einem triumphierenden Gesichtsausdruck die Arme vor der Brust. »Sie hat gesagt, dass MacKenzie ihr Vater ist.«

14

»Emma?«, fragte Shauna ungläubig. »Emma hat behauptet, David und ich wären ihre Eltern?«

Bodilly nickte. »Als ich vorgestern bei Marys Sohn im Stall war, habe ich gehört, wie sie es der kleinen Kelsey erzählt hat.«

Shauna fühlte sich innerlich wie erstarrt. »Aber, das ist doch …« Sie brach ab, weil in diesem Moment Emma und Kelsey in die Küche stürmten. Beide trugen kurze Hosen und hatten schmutzige Knie und Stroh in den Haaren. Ganz offensichtlich kamen sie aus dem Stall. Emmas Wangen waren gerötet, und sie sah Shauna mit großen Augen an.

»Was machst du hier?«, fragte sie, sichtlich beunruhigt. »Du willst mich doch nicht abholen, oder? Du hast gesagt, ich darf das ganze Wochenende hier sein und mit Kelsey …«

»Emma«, unterbrach Shauna sie, ging vor ihr in die Hocke, legte die Hände um ihre Arme und sah sie ernst an. »Ich muss dich etwas Wichtiges fragen. Stimmt es, dass du Kelsey erzählt hast, dass David dein Vater ist?«

Emmas Gesichtsausdruck veränderte sich, plötzlich wirkte sie verschlossen. Unsicher sah sie zu Bodilly, der sie eindringlich musterte. Ihre Unterlippe begann zu zittern.

»Du musst keine Angst haben«, versicherte Shauna ihr. »Ich will es nur wissen. Hast du das zu Kelsey gesagt?«

Emma sah sie an, als müsste sie zuerst über ihre Antwort nachdenken. »Nein«, sagte sie dann.

Shauna stieß erleichtert die Luft aus und blickte zu Bodilly, der aufgestanden war.

»Natürlich hat sie es gesagt!«, beharrte er. »Sie hat gesagt, dass der Doktor ihr Vater ist.«

Emma drängte sich enger an Shauna. »Ich habe das nur gesagt, weil ich es mir wünsche«, meinte sie kleinlaut und sah zu ihrer Freundin. »Kelsey und ich hatten eine Münze gefunden. Wir haben gespielt, dass sie verzaubert ist und uns Wünsche erfüllen kann.« In ihren Augen standen jetzt Tränen. »Ich wünsche mir Eltern. Richtige, so wie andere Kinder sie haben. Deshalb habe ich das gesagt.« Sie zuckte hilflos mit den Schultern. »Ich wollte dich nicht wütend machen, Shauna. Und den Mann da auch nicht. War das falsch von mir, dass ich mir das gewünscht habe?«

Shauna schloss Emma in die Arme und kämpfte für einen Moment selbst gegen die Tränen. »Nein, das war nicht falsch von dir.« Sie blickte über Emmas Schulter zu dem alten Farmer. »Aber es war falsch von Mr. Bodilly, dass er dich nicht gefragt hat, wie du das gemeint hast. Das war sein Fehler, nicht deiner.«

Das beruhigte Emma. Sie ließ Shauna wieder los und schnäuzte kräftig in das Taschentuch, das Mary ihr reichte. Es schien ihr wieder besser zu gehen. »Dann kann ich über das Wochenende hierbleiben?«, fragte sie. »So wie wir es verabredet hatten?«

Shauna nickte und wartete, bis die beiden Mädchen die Küche wieder verlassen hatten. Dann wandte sie sich an den Farmer, der betreten zu Boden sah.

»Sie ist sechs, Mr. Bodilly«, sagte sie. »In dem Alter denkt man sich manchmal Dinge aus. Lassen Sie sich das eine Lehre sein, wenn Sie das nächste Mal wieder das Bedürfnis haben, etwas weiterzuerzählen.«

»Ich werde das richtigstellen«, versprach Bodilly kleinlaut, doch irgendwie war Shauna das jetzt egal. Im Moment beschäftigte sie viel mehr, was Emma gesagt hatte.

Sie wollte Eltern, vermisste eine Mutter und einen Vater. Und ich war immer überzeugt davon, dass ihr eine große Schwester reicht, dachte Shauna und schluckte beklommen. Wie lange würde es dauern, bis Emmas Wunsch noch größer wurde? Bis sie mehr Fragen stellte? Wenn sie wissen wollte, warum Shauna mit ihr weggegangen war aus Irland? Ich will sie doch nur beschützen, erinnerte Shauna sich. Aber würde Emma das verstehen?

Sie verabschiedete sich von Mary und Seamus Bodilly, der immer noch zerknirscht wirkte, und fuhr zu Davids Haus. Sein Wagen stand schon davor, als sie ankam, und sie stellte den Camry daneben. Doch erst, als sie zur Haustür ging, wurde ihr noch einmal klar, dass die nächsten drei Tage besonders sein würden. Denn Emma war nicht da, und Shauna würde zum ersten Mal mit David allein sein. Der Gedanke verursachte ihr Herzklopfen. Wie würde er sich jetzt ihr gegenüber verhalten? Vielleicht redet er gar nicht mehr mit mir, dachte sie beklommen, während sie aufschloss.

Sie fand David in der Küche, wo er am Herd stand und Bratkartoffeln mit Rührei machte. Er sah müde aus, fiel ihr auf, und das Lächeln, das er ihr zur Begrüßung schenkte, war mehr als knapp.

»Hast du Hunger?«, erkundigte er sich.

Shauna nickte und setzte sich an den Küchentisch, sah ihm schweigend beim Kochen zu. Am liebsten wäre sie einfach aufgestanden und zu ihm gegangen. Sie hätte sich gerne an ihn gelehnt und ihm von den Ereignissen des Nachmittags erzählt. Sie vermisste die Gespräche, die sie sonst in der Küche geführt hatten, während einer von ihnen das Essen vorbereitete.

Doch es gab kein Zurück. Wir hätten uns nicht küssen dürfen, dachte sie. Das hatte alles verändert. Wenn sie jetzt in Davids Nähe war, dann konnte sie nur daran denken, was es in ihr ausgelöst hatte, seine Lippen auf ihren zu spüren. Und wie sehr sie sich wünschte, dass sie es noch einmal tun würden. Sie hatte keine Ahnung, ob es David ähnlich ging, vermutlich nicht. Aber für sie war seitdem jede Begegnung mit ihm aufwühlend.

Kurz überlegte sie, ob sie ihm davon erzählen sollte, was Emma sich wünschte. Doch dann fühlte David sich vielleicht unter Druck gesetzt. Er verstand sich sehr gut mit der Kleinen, und Shauna wollte das Verhältnis der beiden nicht unnötig belasten.

»Wie war's in der Praxis?«, erkundigte sie sich, um das Schweigen zwischen ihnen zu beenden.

»Es waren nur noch zwei Patientinnen da«, erklärte er. »Eine davon war Amira Shanali.«

Shauna brauchte einen Moment, bis sie den Namen zuordnen konnte. »Die Leiterin der Grundschule?«

Er nickte. »Ich habe ihr erzählt, dass Emma nach dem Sommer in ihre Schule kommt, und Mrs. Shanali war erstaunt, weil du sie offenbar noch gar nicht angemeldet hast. Wolltest du das nicht längst erledigen?«

Shauna schluckte. »Ich bin noch nicht dazu gekommen.« Sie hörte selbst den genervten Unterton in ihrer Stimme. David schien er ebenfalls nicht zu entgehen, denn er drehte sich um und sah sie forschend an.

»Gibt es ein Problem?«, fragte er.

»Nein«, fuhr sie ihn an. »Aber ich verstehe nicht, wieso du

dich da einmischst. Wieso erzählst du Mrs. Shanali von Emma? Das ist meine Angelegenheit!«

»Hey, schon gut.« David hob beschwichtigend die Hände, überrascht über ihren Ausbruch. »Wir haben uns unterhalten, während ich sie untersucht habe, und sie erwähnte die Einschulung, die sie demnächst vorbereiten muss. Dadurch kamen wir auf das Thema. Ich wusste nicht, dass es ein Geheimnis ist, dass Emma in die Schule kommt.«

»Nein, ist es auch nicht.« Shauna senkte den Kopf. Sie bereute, dass sie laut geworden war. David konnte schließlich nichts dafür, dass die Schulanmeldung sie unter Druck setzte. Sie atmete tief durch, dann hob sie den Kopf und sah ihn an. »Tut mir leid. Ich bin etwas angespannt wegen der Feier morgen. Das ist mein erstes Fest seit sehr langer Zeit.« Das war zwar nicht gelogen, doch es war auch nicht der wahre Grund dafür, dass sie ihn so angefahren hatte, deshalb hatte sie ein schlechtes Gewissen. David gab sich damit jedoch zufrieden, denn er nickte nur und drehte sich wieder zum Herd, um die Bratkartoffeln zu wenden.

Als sie wenig später vor ihren Tellern saßen, brachte Shauna kaum einen Bissen herunter. Sie litt regelrecht darunter, dass David ihr so nah war. Sie hätte nur die Hand über den Tisch strecken müssen, um ihn zu berühren, und die Tatsache, dass sie das nicht durfte, schmerzte sie. Ich kann das nicht, dachte sie verzweifelt. Sie hielt es einfach nicht mehr aus, ihn ständig zu sehen und zu wissen, dass ihre Gefühle für ihn ins Leere liefen.

In diesem Moment fasste sie einen Entschluss. »Emma und ich werden ausziehen«, verkündete sie.

Davids Kopf blickte abrupt hoch. »Was? Wieso?« Er runzelte die Stirn. »Hast du eine Wohnung gefunden?«

»Nein, noch nicht«, gestand Shauna. »Aber irgendeine Möglichkeit wird es geben. Wir …« Sie schluckte. »Wir werden schon irgendwo unterkommen.«

David schüttelte den Kopf. »Nein«, sagte er und sah sie eindringlich an. In seinen Augen lag etwas, das sie nicht richtig deuten konnte. Sorge? Angst? »Du musst nicht gehen, Shauna. Wirklich, du kannst bleiben. Ihr könnt beide bleiben, solange ihr wollt.«

Shauna seufzte innerlich. Sie war sicher, dass er es ernst meinte, doch es war besser, einen Schlussstrich zu ziehen, denn sie konnte sogar jetzt seine Lippen auf ihren fühlen, so sehr hatte sich die Erinnerung ihr eingebrannt. Sie träumte von ihm, und sie wollte mehr, wollte es noch einmal tun. Sich ständig den Gedanken daran verbieten zu müssen machte sie langsam wahnsinnig.

»Wir haben deine Gastfreundschaft schon lange genug in Anspruch genommen«, erklärte sie und erhob sich. Sie wollte ihren Teller in die Spülmaschine stellen, doch als sie an David vorbeiging, griff er nach ihrem Arm.

»Falls es wegen vorgestern ist … Das kommt nicht mehr vor. Nicht, wenn du es nicht willst.«

Die Wärme seiner Hand brannte auf ihrer Haut, und es kostete Shauna ihre ganze Kraft, sich von ihm loszumachen.

»Es ist besser, wenn wir gehen«, sagte sie. »Auch für Emma. Sie kann sich schon jetzt schlecht von dir trennen. Je länger wir bleiben, desto schmerzhafter wird es für sie.«

Und für mich auch, fügte sie in Gedanken hinzu und sah David einen kurzen Moment in die Augen, in denen ein beinahe entsetzter Ausdruck lag.

»Shauna, ich …«

»Ich gehe nach oben. Morgen wird ein langer Tag«, unterbrach sie ihn hastig und zwang sich zu einem Lächeln. »Tut mir leid, David. Aber ich bin sicher, dass es die richtige Entscheidung ist.«

David musste an sich halten, um Shauna nicht festzuhalten. Er wollte sie packen und schütteln und ihr sagen, dass sie sich irrte. Dass sie bei ihm bleiben musste. Doch er unterdrückte den Impuls und blieb angespannt stehen, während sie zur Tür ging und die Küche verließ. Er hörte ihre Schritte auf der Treppe, und als kurz darauf oben ihre Zimmertür zufiel, fühlte es sich für ihn so an, als würde sie ihn auch im übertragenen Sinne ausschließen aus ihrem Leben.

Nicht dass er nicht gewusst hätte, dass sie irgendwann wieder ausziehen würde. Doch die Entschlossenheit, mit der sie es ihm eben verkündet hatte, schockierte ihn. Schlimmer noch, er fühlte sich hilflos, denn er wusste, dass er sie nicht aufhalten konnte. Wahrscheinlich hat sie sogar recht, dachte er. Es war besser, wenn sie sich trennten, denn der Kuss stand zwischen ihnen. Dieser eine verdammte Kuss, der ihn völlig aus der Bahn geworfen hatte.

Dass Shauna derart leidenschaftlich auf ihn reagieren würde, hatte er nicht erwartet, und er hatte auch nicht damit gerechnet, was das mit ihm machen würde. Es war, als würde sich der Kuss in Dauerschleife vor seinem inneren Auge wiederholen und ihm keine Chance lassen, an irgendetwas anderes zu denken. Er musste sich bewusst ablenken, um überhaupt zu funktionieren, und das ging eigentlich nur, wenn Shauna nicht in seiner Nähe war. Wenn sie es war, versuchte er, sich nichts anmerken zu lassen, und das funktionierte am besten, wenn er nicht mit ihr redete.

Dabei wollte er das eigentlich. Er wollte wissen, was in ihr vorging, wollte wissen, was sie bewegte. Warum hatte sie so gereizt auf das Thema Schulanmeldung reagiert? Er dachte zurück an ihr Gespräch vor einigen Tagen, als es schon einmal darum gegangen war. Auch da hatte er den Eindruck gehabt, dass sie ihm auswich.

Irgendetwas stimmt da nicht, dachte er. Aber was konnte so schlimm daran sein, dass Emma in die Schule kam? Sie war ein überdurchschnittlich kluges Kind, wie er fand, also konnte Shauna doch nicht befürchten, ihre Schwester würde in der Schule nicht mitkommen. Nein, es musste etwas anderes sein.

Er hielt inne. Das Einzige, was ihm noch einfiel, waren die Formalien. Musste man nicht diverse Papiere vorlegen, wenn man ein Kind zur Schule anmeldete? Konnte es daran scheitern? Hatte Shauna nicht alles, was sie dafür brauchte?

Ihr Gespräch im Auto auf dem Weg nach Penbarren fiel ihm wieder ein, als Shauna ihm von ihrem Vater und der Situation zu Hause in Irland erzählt hatte. Damals hatte er das alles nicht hinterfragt, doch jetzt überlegte er, ob die Trennung vielleicht doch nicht so reibungslos abgelaufen war, wie sie es ihn hatte glauben lassen.

War es möglich, dass ein Vater seine beiden Töchter gehen ließ, ohne sich um ihren Verbleib zu scheren, noch dazu, wenn eine so jung war wie Emma? Fragte er sich wirklich nicht, wo die beiden steckten und was aus ihnen geworden war? David hatte schon seit einer Weile das Gefühl, dass Shauna ihm nicht die ganze Geschichte erzählt hatte. War sie auf der Flucht vor etwas?

Es machte ihn schier verrückt, dass er nicht mehr an sie herankam. Es war, als hätte sie eine Mauer um sich herum errichtet, die er nicht durchdringen konnte. Dabei ist das doch eigentlich meine Strategie, dachte er, genervt von sich selbst.

Er wusste, dass es besser gewesen wäre, sich Shauna aus dem Kopf zu schlagen. Stattdessen hielt ihn der Wunsch, sie noch mal in die Arme zu nehmen und zu küssen, jede Nacht ein bisschen länger wach. Und jetzt mussten sie morgen auch noch auf diese Hochzeitsfeier, auf der er ihren Anblick in dem blauen Kleid ertragen musste mit dem Wissen, dass er sie nicht haben konnte. Nicht zu seinen Bedingungen jedenfalls, denn eine Affäre hatte Shauna ausgeschlossen. Und zu mehr war er nun mal nicht bereit.

David stöhnte. Er konnte sich nicht erinnern, wann ihn eine Frau vorher schon einmal derart beschäftigt hatte – so sehr, dass es regelrecht beängstigend war.

Wie würde es sein, wenn Shauna ernst machte und auszog? Wenn er sie und die Kleine nicht mehr hier hatte? Der Gedanke gefiel ihm noch immer nicht. Aber ich werde schon damit klarkommen, dachte er und ging mit grimmiger Miene hinüber in sein Arbeitszimmer.

15

Shauna betrachtete sich ein letztes Mal in dem kleinen Spiegel über dem Waschbecken. Sie trug das blaue Kleid, das Lucy ihr wie versprochen am Morgen vorbeigebracht hatte und das jetzt genau die richtige Länge besaß. Und sie hatte sich mit ihrem Make-up mehr Mühe gegeben als sonst, um ihre Blässe und die dunklen Ringe unter ihren Augen zu kaschieren.

Sie hatte in der vergangenen Nacht lange wach gelegen und gegrübelt. Und als sie am frühen Morgen endlich eingeschlafen war, hatte sie von David geträumt, davon, wie sie in seinen Armen zu Walzerklängen über das Parkett in Penrose House schwebte. Aber das würde nicht Wirklichkeit werden, denn in der Realität mit ihm zu tanzen war ganz sicher keine gute Idee. Und außerdem war es fraglich, ob David das überhaupt noch tun würde, so wie die Dinge gerade lagen …

Sie seufzte und blickte auf die Uhr. Es war schon Viertel nach drei. Um vier sollten sie im Herrenhaus sein, dann begann die Trauung in der Kapelle. Sie mussten also gleich los, und sie konnte die eine Sache nicht mehr herauszögern, die sie schon die ganze Zeit vor sich her schob: Sie musste David bitten, ihr das Kleid zu schließen. Den Reißverschluss bis zur Hälfte hochzuschieben war ihr nach einigen Versuchen zwar gelungen, ein Stück fehlte jedoch noch.

Nach einem letzten prüfenden Blick in den Spiegel verließ sie das Bad, holte ihre Clutch und ging mit einem beklommenen Gefühl nach unten. Die hohen Absätze der Slingpumps klackten auf den Stufen, und der Rock raschelte beim Gehen, was ihr noch einmal bewusst machte, wie anders sie sich in dem Kleid fühlte als sonst in Jeans und T-Shirt. Es war, als würde es sie mit einem Schlag aus der Unsichtbarkeit herausholen, in die sie sich sonst so gerne freiwillig zurückzog, und sie spürte, dass es ihr tatsächlich guttat. Irgendwie schien es etwas in ihr zum Vorschein zu bringen, eine Stärke, die ihr fast fremd war, aber die ihr gefiel. Ich muss mich eigentlich nicht verstecken, dachte sie und erinnerte sich mit einem Seufzen an den bewundernden Ausdruck in Davids Augen, als sie in der Boutique aus der Kabine getreten war. Er hatte ihr dieses Outfit ermöglicht, und sie war ihm immer noch dankbar dafür, ganz egal, wie es sonst zwischen ihnen stand.

Unten war es still, und für einen Moment glaubte Shauna schon, dass David weggefahren war, ohne ihr Bescheid zu sagen. Doch dann fand sie ihn in der Küche, wo er am Fenster stand und den Brief las, den sie vorhin aus der Post geholt hatte. Es war ein Schreiben von einer Klinik aus New York, sie hatte den Absender gesehen, und David schien ganz vertieft in den Inhalt.

Er war schon umgezogen, trug ein weißes Hemd und einen hellgrauen Anzug, was ihm mindestens so gut stand wie sonst die legeren Sachen. Shauna sah sein Gesicht im Profil und schluckte unwillkürlich, als ihr klar wurde, dass ihre Gefühle für ihn, wenn überhaupt, noch stärker geworden waren. Sie hatte keine Ahnung, wann genau sie ihr Herz für ihn geöffnet hatte, aber es war passiert, und jetzt hatte sie keine Chance mehr, ihn daraus zu entfernen.

David musste sie nun doch gehört haben, denn er blickte sich zu ihr um, und Shauna hielt den Atem an. Sie wartete auf ein Lächeln oder irgendeine andere Reaktion, die ihr sagte, dass sie gut aussah. Doch er faltete nur den Brief zusammen, schob ihn zurück in den Umschlag und steckte ihn mit unbewegtem Gesicht in seine Jackettasche.

»Können wir?« Seine Stimme klang beinahe schroff, und Shauna hatte Mühe, sich ihre Enttäuschung nicht anmerken zu lassen.

Sie schluckte. »Ich bekomme das Kleid nicht alleine zu«, sagte sie. »Würdest du mir kurz helfen?«

Sie wandte ihm den Rücken zu, und ihr Herz raste, als sie hörte, wie er auf sie zukam. Direkt hinter ihr blieb er stehen, und sie wappnete sich innerlich. Doch diesmal berührte er sie nicht, schloss nur mit einer schnellen Bewegung den Reißverschluss.

»Danke«, sagte sie und drehte sich wieder zu ihm um. Er stand so dicht vor ihr, dass sie zu ihm aufblicken musste. Der Ausdruck in seinem Gesicht war undurchdringlich. Nur seine Kiefermuskeln arbeiteten.

Einen Moment lang sahen sie sich in die Augen.

»Shauna, ich …«, setzte David dann an, doch der eingängige Klingelton seines Handys unterbrach ihn. Er zog das Smartphone aus seiner Jacketttasche. »Weiterleitung aus der Praxis«, sagte er und wandte sich ab, ging zurück zum Fenster, wo er eben gestanden hatte, um das Gespräch anzunehmen.

Shauna stieß die Luft aus. Sie fühlte sich immer noch ein bisschen zittrig und ärgerte sich über die Unterbrechung. Was hatte David ihr sagen wollen?

»Ja, ist gut, ich komme«, meinte er zu dem Anrufer, nachdem er eine Weile zugehört hatte, und beendete das Gespräch.

»Ein Notfall?«, erkundigte sich Shauna, die ahnte, worum es gegangen war.

Er nickte. »Eine Frau, nicht von hier, sie klang ganz atemlos. Sie hat auf dem Weg zum Flughafen in Newquay im Fisherman's Inn eine Pause gemacht, um etwas zu essen, und fühlt sich nicht gut. Ins Krankenhaus nach Truro will sie nicht, weil das so lange dauert und sie ihren Flieger nicht verpassen will. Jemand im Pub hat ihr wohl gesagt, dass es direkt nebenan eine Praxis gibt. Sie fragt, ob ich Zeit hätte, sie kurz zu untersuchen.«

»Wir müssen doch los.« Irritiert schüttelte Shauna den Kopf. »Wieso hast du die Anrufe aus der Praxis überhaupt umgeleitet? Du hast keinen Notdienst, David.«

»Weil du gesagt hast, dass ich mich mehr um die Leute hier bemühen muss«, erwiderte er. »Und deshalb sollte ich wohl auch besser hingehen. Oder denkst du, ich kann es mir leisten, dass die Frau jedem im Pub erzählt, ich sei nicht bereit gewesen, zu ihr zu kommen, obwohl es ihr schlecht geht?«

Nein, das kann er sich nicht leisten, dachte Shauna und schämte sich ein bisschen dafür, dass sie nur an die Hochzeit gedacht hatte. Sie blickte an sich herunter und dann wieder zu David.

»Aber so?«, fragte sie. »Wenn wir in diesem Aufzug im Fisherman's Inn auftauchen, sind wir das Dorfgespräch.«

»Ich dachte, das wären wir sowieso«, meinte David ungerührt und ging zur Tür. »Na los, bringen wir es hinter uns, vielleicht schaffen wir es dann noch, pünktlich in Penrose House zu sein.«

Er holte seine Tasche, und nur wenige Minuten später waren sie auf dem Weg hinunter zum Hafen. David parkte den Wagen an der Kaimauer im Halteverbot, und als sie ausstiegen und auf das Fisherman's Inn zugingen, erkannte Shauna, dass es im Pub, wie immer an Samstagnachmittagen, sehr voll war.

Das hatte den Vorteil, dass die meisten Leute sie gar nicht beachteten, als sie den Gastraum betraten. Nur die Gäste, die näher am Eingang saßen, drehten sich zu ihnen um und betrachteten sie mit einer Mischung aus Neugier und Verwunderung.

»Wer von Ihnen hat einen Arzt gerufen?« Davids Stimme war gut zu vernehmen.

»Das war ich«, kam es von recht weit vorne an der Fensterseite her, und Shauna sah eine Frau mit grauen Haaren, die ganz allein an einem Tisch saß. Auf den ersten Blick schätzte Shauna sie auf Anfang sechzig, doch im Näherkommen erkannte sie, dass die grauen Haare die Frau älter machten, als sie tatsächlich war. Vermutlich hatte sie gerade erst die fünfzig hinter sich. Krank wirkte sie eigentlich nicht, aber sie war blass, und ihre Stirn glänzte schweißnass. Sie lächelte zittrig, als sie David die Hand gab.

»Ich bin Doktor MacKenzie«, erklärte er, stellte seine Tasche neben dem Tisch ab und setzte sich zu der Frau. Shauna tat es ihm gleich. Sie wollte nicht noch mehr Aufmerksamkeit erregen, indem sie stehen blieb, denn sie spürte schon die vielen Blicke, die auf sie und David gerichtet waren.

»Mein Name ist Orla Wickham«, stellte sich die Frau vor und musterte David und Shauna, die für den Pub deutlich overdressed waren. »Oh nein, habe ich Sie von einer Feier geholt? Ich möchte Ihnen wirklich keine Umstände machen!«

»Schon gut.« David griff nach ihrem Handgelenk und prüfte ihren Puls. »Was haben Sie für Beschwerden?«

»Mir war plötzlich schwindelig, und dann wurde mir schwarz vor Augen«, sagte sie Frau. »Ich dachte, ich falle in Ohnmacht. Aber jetzt geht es schon wieder. Nur mein Herz rast so.«

»Es schlägt auch viel zu schnell.« David öffnete seine Tasche und holte die Blutdruckmanschette und das Stethoskop heraus. »Ich checke kurz Ihre Werte. Haben Sie irgendwelche Vorerkrankungen? Oder irgendwo Schmerzen?« Als die Frau beides verneinte, runzelte er die Stirn. »Wie lange sind Sie denn schon unterwegs? Sie kommen nicht von hier, oder?«

Orla Wickham erzählte, dass sie aus der Gegend um Land's End kam und auf dem Weg zum Flughafen war. Ihr Ziel war Madrid, wo ihre Tochter gerade im Rahmen ihres Studiums ein Auslandssemester absolvierte.

»Ich wollte eigentlich nur schnell etwas essen, weil mir schon im Auto nicht gut war.« Sie deutete auf einen Teller, der noch Reste von einer Portion Stew enthielt. »Ich dachte, es würde besser, wenn ich etwas im Magen habe. Und es geht jetzt auch wirklich schon wieder.«

»Ihr Blutdruck ist in Ordnung.« David riss die Manschette mit einem lauten Ratschen wieder auf. »Aber Ihr Allgemeinzustand macht mir Sorgen. Sie wirken angespannt, und Ihr Herzschlag ist erhöht. Haben Sie sich heute besonders angestrengt oder aufgeregt?«

»Nein.« Die Frau wich seinem Blick aus. »Doch, ein bisschen«, gestand sie dann. »Ich …« Sie brauchte einen Moment, ehe sie fortfuhr. »Ich fliege nicht gern.«

Shauna betrachtete die Frau, deren Stirn noch immer von Schweiß glänzte. Sie hatte schon von Fällen ausgeprägter Flugangst gehört, doch normalerweise trat die körperliche Reaktion erst kurz vor dem Flug auf und nicht in dieser Ausprägung schon so weit im Vorfeld. Das war ungewöhnlich, und David schien das genauso zu sehen, das merkte sie an dem skeptischen Ausdruck in seinen Augen, als ihre Blicke sich kurz trafen.

»Wann haben Sie zuletzt etwas gegessen?« David legte Blutdruckmanschette und Stethoskop wieder in die Arzttasche und prüfte noch einmal den Puls der Frau. »Vor dem Essen hier im Pub, meine ich.«

»Heute Morgen ganz früh«, erwiderte Orla Wickham nach kurzem Überlegen. »Mittags bin ich nicht zum Essen gekommen, weil ich packen musste.« Sie stöhnte auf. »Mein Gott, daran habe ich gar nicht mehr gedacht! Wahrscheinlich war mir deshalb nicht gut.«

David nickte. »Ja, das wäre eine Möglichkeit. Ihr Herzschlag hat sich einigermaßen beruhigt, und Ihr Kreislauf ist so weit stabil, deshalb kann ich erst mal nichts weiter für Sie tun. Aber sollten die Beschwerden wiederkommen, suchen Sie bitte unbedingt noch einmal einen Arzt auf.«

»Das mache ich«, versicherte ihm die Frau. »Tut mir leid, dass ich Sie gerufen habe. Ich …«

Sie brach ab und sah überrascht zu Declan Spargo auf, der an ihren Tisch trat. Shauna bemerkte den Kneipenbesitzer ebenfalls erst jetzt und erschrak, denn Spargos Wangen waren gerötet, und er stemmte die Hände in die Hüften, den Blick wütend auf David gerichtet.

»Was machen Sie da, MacKenzie?«, schimpfte er. »Mein Pub ist kein verdammtes Behandlungszimmer!«

»Ich habe ihn gerufen«, erklärte Orla Wickham schnell und lächelte entschuldigend. »Ich hatte es eilig, wissen Sie, deshalb …«

»Die Praxis ist nebenan, bis dahin hätten Sie es ja wohl noch geschafft«, blaffte der Kneipenwirt. »Und falls Sie medizinischen Rat brauchen, sind Sie bei ihm falsch, nur dass Sie es wissen. Der Doktor hat es nicht so damit, seinen Patienten zu helfen!«

Nicht nur Orla Wickham sah ihn erschrocken an, auch

einige andere Gäste schnappten angesichts dieser Anschuldigung hörbar nach Luft. Offenbar gab es also noch Leute, die nicht von dem Streit zwischen Declan Spargo und David gehört hatten. Aber nach dieser Szene wird sich das vermutlich ändern, dachte Shauna und verfluchte die Tatsache, dass sie hergekommen waren.

Im Gegensatz zu Declan Spargo blieb David äußerlich ruhig. Er erhob sich und stellte sich vor den Kneipenwirt, der ein gutes Stück kleiner war als er selbst.

»Sie sehen krank aus, Mr. Spargo«, sagte er. »Vielleicht wäre es gut gewesen, wenn Sie meinen Ratschlag befolgt hätten und ins Krankenhaus gefahren wären, um sich dort untersuchen zu lassen. Ich hätte das gerne selbst getan, aber Sie wollten es ja nicht.«

»Weil ich nichts Ernstes habe!«, erklärte der Kneipenwirt wütend, doch tatsächlich fand Shauna, dass David recht hatte: Trotz der vor Wut geröteten Wangen waren die dunklen Ringe unter Spargos Augen nicht zu übersehen. Er schien auch abgenommen zu haben, jedenfalls wirkte er auf Shauna schmaler als zuletzt, und außerdem schwitzte er stark. »Ich habe bloß Magenschmerzen, und die sind schlimmer geworden, weil Sie mir meine Tropfen nicht aufschreiben«, fuhr Spargo fort und stieß David einen Finger in die Brust. »Aber das ist Ihnen ja egal!«

»Ich würde Ihnen gern helfen, glauben Sie mir, Mr. Spargo«, erklärte David. »Das ist mit einem wirkungslosen Medikament nur leider nicht möglich.«

Declan Spargos Gesicht war jetzt hochrot angelaufen. »Raus!«, brüllte er und deutete zur Tür. »Ich will Sie hier nicht mehr sehen! Sie haben Hausverbot, verstanden?«

Shauna blickte sich um. Die Leute, die sich im hinteren

Teil des Pubs aufgehalten hatten, waren nun teilweise nach vorne gekommen und beobachteten die Szene zwischen David und dem Kneipenwirt. Manche Zuschauer nickten zustimmend, als wären sie einverstanden mit Davids Rauswurf, andere wirkten überrascht und ratlos, konnten offensichtlich nicht einschätzen, was vor sich ging. Alle schienen jedoch zu erwarten, dass die Situation eskalierte.

»Nun nehmen Sie doch Vernunft an!« Aus einem Reflex heraus war Shauna zwischen die beiden Streithähne getreten und sah den Kneipenwirt eindringlich an. »Bitte, Mr. Spargo«, flehte sie. »Doktor MacKenzie ist ein guter Arzt. Sie müssen nur zulassen, dass er Sie …«

»Ich muss gar nichts«, fuhr Spargo nun auch sie an. »Sie leben mit ihm zusammen, Miss Lewis. Da glauben Sie doch hoffentlich nicht, dass hier irgendjemand Ihre Meinung für objektiv hält, oder?«

Er blickte sich um, suchte Bestätigung, und tatsächlich grinsten einige der Männer höhnisch, ein paar lachten sogar, wieder andere tuschelten miteinander. Hilflos ballte Shauna die Hände zu Fäusten. Sie wusste, dass es keinen Zweck hatte. Wegen des Gerüchts, das Bodilly verbreitet hatte, glaubte man ihr nicht. Sie öffnete den Mund, um etwas zu erwidern, doch David griff nach ihrem Arm.

»Lass es gut sein«, sagte er leise, sodass nur sie ihn verstand. »Spargo hat sein Urteil über mich gefällt, daran ändern wir nichts mehr.« Er schob sie zum Ausgang, und als sie draußen standen, drangen von drinnen aufgeregte Stimmen zu ihnen. Offenbar diskutierte man lautstark über das, was gerade passiert war.

»Ich hätte es wissen müssen.« David seufzte, doch er wirkte relativ ruhig. Shauna hingegen war den Tränen nahe.

»Das ist so gemein!«, sagte sie. »Sie geben dir keine Chance.«

Die Tür öffnete sich, und Orla Wickham trat heraus. »Es tut mir wirklich leid«, sagte sie zerknirscht und sah David an. »Ich wollte nicht, dass Sie meinetwegen Ärger bekommen.«

»Es liegt nicht an Ihnen«, versicherte David ihr und lächelte sie an. »Ich wünsche Ihnen einen guten Flug.«

Die Frau nickte mit immer noch unglücklicher Miene und blieb stehen, sah ihnen nach, als sie zum Auto zurückkehrten.

David hielt Shauna die Beifahrertür auf und half ihr beim Einsteigen, was wegen des Kleides nicht ganz so einfach war. Dann setzte er sich hinter das Steuer und ließ den Motor an. Er wirkte immer noch überraschend ruhig.

Shauna hingegen bebte jetzt vor Zorn. »Wie kann der Kerl dich nur so bloßstellen! Und das alles wegen eines dummen Magenmittels!«

»Er ist stur und fühlt sich im Recht«, erwiderte David. »Ich hätte mir wirklich mehr Mühe geben müssen mit den Leuten, genau wie du gesagt hast. Wenn man bei ihnen einmal in Ungnade fällt, dann lässt sich offenbar nicht mehr viel daran ändern.« Er seufzte tief. »Da wollte ich es mal richtig machen und auf einen Notruf reagieren, und nun habe ich alles noch schlimmer gemacht.«

Shauna warf ihm einen Seitenblick zu. Sie hätte ihm gerne versichert, dass die Leute sich wieder beruhigen würden. Sie fürchtete jedoch, dass diese Auseinandersetzung Konsequenzen haben würde, die sie zu spüren bekamen. Der Vorfall würde sich herumsprechen, natürlich. Es passierten nicht so viele aufregende Dinge in einem Dorf wie Carywith. Wenn ein Doktor und seine Sprechstundenhilfe, die als seine heimliche Geliebte galt, in Anzug und Abendkleid im Pub auftauchten, dann war das auf jeden Fall ein Aufreger. Und wenn der

Doktor sich auch noch einen verbalen Schlagabtausch mit dem Kneipenwirt lieferte …

»Die Geschichte wird sich wie ein Lauffeuer verbreiten«, meinte sie unglücklich. »Ach, David, was machen wir denn jetzt?«

»Wir gehen jetzt erst mal auf die Hochzeit, zu der wir eingeladen sind«, meinte er und trat aufs Gas, nachdem er auf die Landstraße gebogen war. Doch obwohl sie sich beeilten, erreichten sie Penrose House erst um kurz nach vier. Die Parkplätze für die Gäste lagen ein Stück vom Haus entfernt, deshalb brauchten sie noch mal ein paar Minuten, ehe sie zu Fuß den Innenhof erreichten.

Orgelmusik erklang von irgendwoher, aber Shauna hatte keine Ahnung, wo sich die Kapelle befand, in der die Trauung offenbar schon begonnen hatte.

»Entschuldigen Sie, die Hochzeit?«, rief sie einer jungen Frau zu, die, ihrer Uniform nach zu urteilen, zum Cateringteam gehörte.

»Da durch und dann rechts!«, rief sie und deutete auf den zweiten Torbogen, durch den man auf die Rückseite des Hauses gelangte.

»Komm.« David griff nach Shaunas Hand und zog sie mit sich. Außer Atem liefen sie durch das Tor und an einer Hecke entlang, die zu dem Irrgarten gehören musste, den Shauna von Lucys Nähzimmer aus gesehen hatte.

»Da vorne, da muss es sein.« Shauna deutete auf eine schwere Holztür in der Außenmauer. Sie war geschlossen, und als David sie vorsichtig öffnete, wurde die Orgelmusik lauter.

Sie betraten den Vorraum der Kapelle, die in das Gebäude integriert war. Auf einer Seite befanden sich hohe Buntglasfenster, durch die das Sonnenlicht fiel, sodass sie in allen Farben des Regenbogens leuchteten. Die etwa zehn Bankreihen wurden von einem Mittelgang geteilt. Fast alle Plätze waren besetzt, Braut und Bräutigam standen bereits vorne beim Pfarrer, und die Orgel spielte.

David deutete auf die hintere Bankreihe, wo am Gang noch zwei Plätze frei waren. Shauna nickte und wollte dorthin gehen, doch in der Eile stieß sie gegen ein Regal mit Gesang-büchern, das am Ende des Mittelgangs stand. Obwohl es wackelte, blieben die Bücher an ihrem Platz, jedoch nicht die kleine Metallschale, die oben auf dem Regal stand. Shauna sah sie aus dem Augenwinkel fallen – genau in dem Moment, als der letzte Orgelton verklang.

Es wurde still in der Kapelle, aber nur für den Bruchteil einer Sekunde, dann landete die Metallschale mit einem lauten Scheppern auf dem Boden. Das Brautpaar, die Trauzeugen, die Brautjungfern und alle Hochzeitsgäste drehten sich zu ihnen um.

Shauna erstarrte, genau wie David, und einen Augenblick später wurde ihr voller Entsetzen klar, was für ein Bild sich den Leuten bot. Denn David und sie standen nicht nur im Mittelgang, sondern hielten sich auch immer noch an den Händen.

16

»Die letzten Gäste sind auch da, wie schön«, meinte der Pfarrer freundlich, aber Shauna wäre am liebsten im Erdboden versunken. Sie ließ Davids Hand los, hob schnell die Schale auf und stellte sie zurück an ihren Platz. Dann lächelte sie Julia und Henry entschuldigend zu und lief zu David, der neben der Bank stand und auf sie wartete. Er ließ sie durchrutschen und setzte sich neben sie.

»Gott, ist mit das peinlich«, flüsterte sie, als der Pfarrer zur Begrüßung der Gemeinde ansetzte, und hielt sich die heißen Wangen, die ganz sicher feuerrot angelaufen waren.

»Anscheinend sind wir heute dazu verdammt aufzufallen«, erwiderte David, ebenfalls im Flüsterton. Das »Wir« berührte Shauna, und als sie zu ihm aufblickte, lächelte er leicht. Im nächsten Moment blickte er wieder nach vorn.

Auch Shauna versuchte, sich auf die Trauung zu konzentrieren, aber ihre Gedanken wanderten immer wieder zurück zu dem Moment, als alle Augen auf sie und David gerichtet waren. Dass sie Hand in Hand in die Kirche gekommen waren, würde die Gerüchte anheizen, das war ihr bewusst, und sie fragte sich immer noch, warum sie David nicht losgelassen hatte, als sie die Kapelle betreten hatten. Oder er sie. Sie hatte einfach nicht darüber nachgedacht. War es David genauso gegangen?

Er starrte für den Rest der Zeremonie nach vorn, und er lächelte auch nicht mehr, sodass Shauna fast schon glaubte, sie hätte sich den vertrauten Moment mit ihm eben nur eingebildet. Und auch beim anschließenden Sektempfang im Innenhof des Herrenhauses beachtete er sie kaum, sondern unterhielt sich mit Ruby Albright, der Frau, die in der Praxis so gerne mit ihm flirtete. Sie war offenbar ohne Begleitung gekommen und hatte nur Augen für David. Und er schien ihre Aufmerksamkeit zu genießen, denn er lächelte strahlend und wirkte ganz in das Gespräch vertieft. Macht er das absichtlich, um von der Tatsache abzulenken, dass wir gerade beim Händchenhalten ertappt worden sind?, überlegte Shauna. Oder war sie ihm egal? Der Gedanke tat weh, und sie schluckte unwillkürlich.

»Und du bist immer noch sicher, dass das mit dir und David nicht passt?« Lucy stand plötzlich neben ihr, ein Glas Sekt in der Hand, und deutete grinsend in Davids Richtung. »Für mich habt ihr vorhin in der Kapelle wie das perfekte Paar ausgesehen. Und ich schätze, ich bin nicht die Einzige, die so denkt.«

»Dass wir uns an den Händen gehalten haben, war nur ein dummer Zufall«, erklärte Shauna hastig. »Wir waren zu spät dran, weil wir noch einen Notfall hatten, und mussten rennen. David hat mich mitgezogen, damit wir schneller sind, und als wir dann in der Kirche waren, hatten wir vergessen, dass wir …«

»Man vergisst nicht, dass man die Hand von jemandem hält, Shauna«, unterbrach Lucy sie. »Und wenn doch, dann ist einem derjenige sehr vertraut. Dann ist da eine Verbindung. Also versuch gar nicht erst, es zu leugnen. Zwischen euch läuft etwas, ob du es nun wahrhaben willst oder nicht.«

Beinahe hätte Shauna empört geschnaubt, auch wenn eine kleine Stimme in ihrem Innern ihr zuflüsterte, dass Lucy recht hatte. Es hatte sich gut angefühlt, Davids Hand zu halten. Deshalb hatte sie keine Eile gehabt, ihn loszulassen. Doch es ging hier nicht nur um ihre Gefühle.

»Du irrst dich, zumindest, was David angeht«, beharrte sie und deutete zu ihm hinüber. »Er redet fast gar nicht mehr mit mir. Ich bin Luft für ihn.«

»Luft braucht man sehr dringend zum Atmen«, erinnerte Lucy sie. »Ich kann dir jedenfalls versichern, dass er nur dich so …« Sie brach ab, weil jemand vom Cateringteam zu ihr kam und ihr etwas ins Ohr flüsterte. Lucy nickte, und ein aufgeregtes Glitzern trat in ihre Augen. »Tut mir leid, ich muss jetzt die Überraschung für das Brautpaar verkünden. Wir reden nachher weiter, ja?«

Shauna sah ihr bedauernd nach, als sie zur Eingangstreppe ging. Sie hätte sehr gerne gewusst, was Lucy hatte sagen wollen. Was tat David nur bei ihr? Im Moment tat er jedenfalls gar nichts, er beachtete sie ja nicht einmal.

»Liebe Gäste, darf ich kurz um eure Aufmerksamkeit bitten?«, rief Lucy, als sie am oberen Ende der Treppe angelangt war. »Würdet ihr mir alle ins Haus folgen? Und das Brautpaar zuerst, bitte!«

Julia und Henry sahen sich überrascht an. Sie gaben ein wunderschönes Bild ab, sie in einem weißen langen Vintagekleid, dessen weich fließender Stoff deutlich ihren Babybauch zeigte, und er in einem blauen Cutaway, der gut zu seinen blonden Haaren passte. Sie taten, wozu Lucy sie aufgefordert hatte, und gingen die Treppe hinauf zu ihr.

Lucy und James, der sich zu ihr gesellt hatte, führten Brautpaar und Gäste zu den beiden Flügeltüren im ersten Stock. Als alle sich dort versammelt hatten, wandte Lucy sich erneut an Julia und Henry.

»Wir sind heute hier, um eure Liebe zu feiern, und wir fanden den Salon dafür nicht groß genug«, erklärte sie. »Eine Liebe wie eure verdient den schönsten Raum, den dieses Haus zu bieten hat. Deshalb …« Sie machte James ein Zeichen, dann trat jeder von ihnen an eine der Flügeltüren, und sie öffneten sie gleichzeitig. »Willkommen im Ballsaal von Penrose House, den wir heute mit euch einweihen wollen!«

Das Brautpaar trat ein, gefolgt von allen anderen, und Shauna staunte über die Veränderungen im Saal. Gestern war er noch leer gewesen, jetzt stand eine lange, festlich gedeckte Tafel in U-Form darin, an der alle Gäste Platz finden würden. Die Leute vom Cateringservice standen bereit, und im hinteren Teil des Saales spielte ein Streicherquartett ein klassisches Stück, das perfekt zum historischen Ambiente passte.

»Oh mein Gott!« Julia schlug sich die Hände vor den Mund und blickte erst fassungslos zu Henry, der genauso erstaunt war, dann fiel sie ihrer Freundin um den Hals. Tränen liefen ihr über die Wangen. Auch Henry wirkte bewegt, als er James umarmte. Lucy fing Shaunas Blick auf und zwinkerte ihr zu, was Shauna das Gefühl gab, auch ein bisschen dazuzugehören. Ein warmes Gefühl erfüllte sie plötzlich, und sie suchte David in der Menge. Als sie ihn gefunden hatte, sah er zwar kurz zu ihr, unterhielt sich dann jedoch weiter mit Ruby Albright, die gar nicht von ihm abzulassen schien.

»Würden sich alle bitte ihre Plätze suchen?«, bat Lucy. »Der erste Gang wird gleich serviert.«

Shauna sah jetzt, dass an jedem Gedeck ein liebevoll gestaltetes Tischkärtchen stand. Zu ihrer Erleichterung stellte sie fest, dass David neben ihr platziert war und Ruby am anderen Ende des Tisches. Als diese das bemerkte, schien es ihr nicht zu gefallen, denn Shauna sah, wie sie das Gesicht verzog.

Dabei braucht sie gar nicht eifersüchtig zu sein, jedenfalls nicht auf mich, dachte Shauna nach der Vorspeise, einem köstlichen Rote-Bete-Tartar. Denn David redete immer noch nicht mit ihr, sondern wandte ihr fast die ganze Zeit den Rücken zu und unterhielt sich mit seiner rechten Tischnachbarin, einer älteren Dame, die auch aus Schottland kam und der er offenbar unglaublich viel zu sagen hatte …

»Und Sie sind eine Freundin der Braut?«, erkundigte sich der junge Mann auf Shaunas linker Seite. Er musste wie David Anfang dreißig sein, und auch wenn Shauna ihn weit weniger attraktiv fand, hatte er ein sehr nettes Lächeln. »Oder kommen Sie von der Seite des Bräutigams?«

Dankbar, dass sie nun nicht mehr schweigend neben David sitzen musste, wandte sie sich ihm zu.

»Ja, das stimmt, ich bin eine Freundin von Julia«, bestätigte sie.

Der junge Mann, der Kirk Bracken hieß, erzählte ihr, dass er ein Freund von Henry war und dass sie sich bei einem Projekt in Südafrika kennengelernt hatten.

»Südafrika?« Shauna war ehrlich beeindruckt. Sie war noch nie im Ausland gewesen, wenn man von England einmal absah, ihr Geld hatte einfach nie für eine Urlaubsreise gereicht. Und Südafrika war so weit entfernt und so teuer, dass sie davon nicht einmal hätte träumen können. »Was haben Sie denn dort gemacht?«

Kirk schien froh zu sein über die Gelegenheit, von sich zu erzählen. Während des Hauptgangs erfuhr Shauna alles Wissenswerte über die Farm, auf der Kirk zusammen mit Henry gearbeitet hatte, und als sie beim Nachtisch angelangt waren, einem köstlich-erfrischenden Zitronensorbet, gab er lustige Anekdoten über ihr Leben dort zum Besten.

Aber sosehr Shauna sich auch bemühte, Kirk ihre volle Aufmerksamkeit zu schenken, so ganz gelang es ihr nicht. Es war, als wäre ihr Davids Anwesenheit ständig bewusst. Manchmal blendete sie Kirks Stimme aus und lauschte stattdessen David, versuchte herauszufinden, worüber er mit der anderen Frau sprach.

»Hat Ihnen schon mal jemand gesagt, wie gut Ihnen dieses Kleid steht?«, fragte Kirk unvermittelt. »Sie sehen bezaubernd darin aus. Wirklich wunderschön.« Er schien es ehrlich zu meinen, und Shauna hatte plötzlich einen Kloß im Hals.

Es tat ihr gut, dieses Kompliment zu hören, doch sie gestand sich ein, dass es ihr aus Davids Mund wichtiger gewesen wäre.

»Ich glaube, jetzt wird bald getanzt«, meinte Kirk, als ein junger Mann vom Catering ihre Dessertteller abräumte. »Hätten Sie vielleicht Lust, es mit mir zu versuchen? Ich bin nur ein durchschnittlich guter Tänzer, aber gut genug, dass ich Ihnen versprechen kann, Ihnen nicht auf die Füße zu treten.«

»Ja, gern.« Shauna warf einen kurzen Blick über ihre Schulter. David sprach immer noch mit der älteren Schottin, deshalb konnte sie wohl davon ausgehen, dass er auch kein Interesse mehr daran hatte, mit ihr zu tanzen. Na ja, wenigstens werde ich bei Kirk Bracken nicht so viel Herzklopfen bekommen, versuchte sie, sich zu trösten. Doch es half nicht, denn mit jeder Minute, in der David sie ignorierte, fühlte sie sich elender.

Kirks Plan, mit Shauna auf die Tanzfläche zu gehen, musste allerdings warten, denn zuerst gab es noch Tee und Kaffee, und währenddessen wurden einige Reden gehalten. Julias Vater erzählte Geschichten aus der Kindheit und Jugend seiner Tochter, und Henrys beste Freundin Aisling, die ihm offenbar so nahestand wie eine Schwester, übernahm die Ansprache für seine Seite. Außerdem gratulierte auch die ehemalige Tierärztin Isobell Chegwin, deren Praxis die beiden übernommen hatten, und wünschte ihnen viel Glück. Aber dann endlich machte Lucy, die für den Ablauf der Feier verantwortlich war, dem Streichquartett ein Zeichen, und kurz darauf betrat das Brautpaar die Tanzfläche.

Mit Leichtigkeit führte Henry seine Julia zu den Klängen einer Instrumentalfassung von »Perfect« von Ed Sheeran über das Parkett, und die beiden strahlten sich so verliebt an, dass man fast den Eindruck haben konnte, sie hätten die Gäste vergessen, die sich um die Tanzfläche herum versammelt hatten. Nachdem das Lied geendet hatte, füllte sich das Parkett mit mehr Paaren.

»Wollen wir?« Kirk, der während des Hochzeitstanzes neben Shauna gestanden hatte, hielt ihr die Hand hin, doch bevor sie danach greifen konnte, war David plötzlich da und drängte den überraschten Bracken zur Seite.

»Wenn ich mich recht erinnere, dann war ich es, mit dem du tanzen wolltest«, sagte er und nahm Shaunas Hand.

Kirk starrte ihn überrascht an, dann richtete er den Blick Hilfe suchend auf Shauna. »Wer ist das?«, fragte er, offenbar nicht sicher, ob er sich mit David wegen eines Tanzes anlegen sollte.

»Ich bin der Mann, der mit ihr zusammenlebt«, erklärte David und zog Shauna mit einer schwungvollen Geste auf die Tanzfläche.

17

»Was sollte das?«, fragte Shauna entrüstet, ließ jedoch zu, dass David sie in seine Arme zog. Und sie folgte ihm auch, als er begann, sie zu den Klängen der Musik zu führen. »Wieso hast du ihm gesagt, dass wir zusammenleben? Kirk muss doch jetzt denken, dass wir ein Paar sind.«

»Wer ist der Typ überhaupt?« David warf einen Blick über seine Schulter zurück zu der Stelle, wo Kirk immer noch stand.

»Er ist sehr nett, und wir haben uns gut unterhalten«, erwiderte sie. »Deshalb hätte ich auch gerne mit ihm getanzt.«

»Ich hatte dir versprochen, dass wir tanzen«, gab er zurück. »Und ich halte meine Versprechen.«

Er wandte sich wieder zu ihr, und als ihre Blicke sich trafen, verlor Shauna sich in seinen Augen. Sie versuchte, den Ausdruck darin zu lesen. War er wütend auf sie? Oder war er … eifersüchtig? Shauna wollte sich über diesen Gedanken freuen, doch dann fiel ihr wieder ein, wie wenig David sie bisher beachtet hatte.

»Du hast es mir nicht versprochen, du hast es vorgeschlagen«, erinnerte sie ihn. »Und ich habe nicht gesagt, dass du es tun sollst. Tatsächlich wäre es besser gewesen, wenn ich mit Kirk getanzt hätte. Nach unserem Auftritt in der Kapelle brodelt die Gerüchteküche vermutlich schon wieder.«

»Und wenn schon.« David zuckte mit den Schultern. »Es gibt Schlimmeres.«

Seine entspannte Haltung dazu machte Shauna wütend. Und dieses Gefühl war ihr willkommen, weil es ihr half, nicht schwach zu werden, nur weil er ihr plötzlich wieder so nah war. »Ist dir das wirklich egal?«

»Ich weiß jedenfalls, dass ich nicht ändern kann, was die Leute über mich denken«, sagte er mit einem Schulterzucken. »Vergiss nicht, dass ich auch aus einem kleinen Ort stamme. Wenn man dort als ›Bastard‹ gilt, dessen Mutter verschwunden ist und der nicht mal den Namen seines eigenen Vaters kennt, dann ist man heimliche Blicke und Getuschel gewohnt. Deshalb: Ja, was solche Dinge angeht, habe ich mir über die Jahre ein dickes Fell zugelegt.«

Erschrocken sah Shauna ihn an. Sie war so auf sich und ihre Gefühle konzentriert gewesen, dass sie gar nicht mehr daran gedacht hatte, was er als Kind hatte durchmachen müssen. »Wurde in der Schule über dich geredet?«

David zuckte mit den Schultern. »Es wurde nicht nur *über* mich geredet«, sagte er. »Gelegentlich habe ich auch ganz direkt einen Spruch kassiert, so wie vermutlich alle Kinder, die irgendwie ›anders‹ sind. Kinder können untereinander sehr gemein sein.«

Shauna wusste nur zu gut, dass das stimmte. Sie kannte es selbst, schließlich kam sie auch aus einem kleinen Ort, in dem jeder über jeden Bescheid wusste. Ihr Herz zog sich zusammen, als sie sich David als kleinen Jungen vorstellte, der sich bei seinen Klassenkameraden durchkämpfen musste und der es schwer gehabt hatte.

David blieb plötzlich stehen, und als Shauna sich überrascht umsah, erkannte sie, dass das Stück vorbei war und auch die anderen Paare sich nicht mehr bewegten. Doch David gab sie nicht frei, sondern zog sie näher zu sich.

Shauna hielt überrascht den Atem an. Tausend Gedanken gingen ihr durch den Kopf, aber der einzige, den sie festhalten konnte, war der, dass sie ihn sehr gerne noch einmal geküsst hätte.

»David.« Sie flüsterte seinen Namen und sah, wie sein Blick sich verdunkelte. Doch anstatt sie zu küssen, wie sie für einen kurzen Moment hoffte, ließ er sie abrupt los.

»Du hast recht, Tanzen war keine gute Idee.« Seine Stimme klang heiser, und er verschwand so schnell in der Menge, dass Shauna nichts mehr erwidern konnte.

Perplex starrte sie ihm nach, bis ihr bewusst wurde, dass die Paare neben ihr sie ansahen. Die Musik setzte wieder ein, und sie verließ hastig die Tanzfläche.

Sie wollte nach Kirk suchen, den sie vorhin so unhöflich hatte stehen lassen, und sich bei ihm entschuldigen. Doch sie entdeckte ihn mit einer anderen Frau unter den Paaren auf dem Parkett. Er hatte offenbar Ersatz gefunden, und da er in ein angeregtes Gespräch mit seiner Tanzpartnerin vertieft war, nahm Shauna an, dass er kein Interesse mehr daran hatte, es noch einmal mit ihr zu versuchen. Warum auch, wenn er jetzt davon ausging, dass sie mit David zusammen war? Dabei hätte das nicht weiter von der Realität entfernt sein können.

Immer noch schockiert darüber, dass David sie einfach hatte stehen lassen, blickte Shauna sich suchend um und entdeckte ihn bei einer sehr attraktiven Frau in einem roten Kleid, die ihm gerade mit einem strahlenden Lächeln auf dem Gesicht etwas erzählte. Der Anblick machte Shauna mit einem Schlag so wütend, dass sie gegen das Bedürfnis ankämpfen musste, zu ihm zu gehen und ihn zu fragen, was das alles sollte. Wieso drängte er sich dazwischen und wollte unbedingt mit ihr tanzen, nur um sie gleich anschließend wieder zu ignorieren?

Sie hätte nicht übel Lust gehabt, zu ihm rüberzugehen, sich bei ihm einzuhaken und der Frau zu erklären, dass sie mit ihm zusammenlebte. Dass er ... Sie hielt inne. Dass er was? Zu ihr gehörte? Nein, das war Wunschdenken, das wusste sie, schließlich machte David ihr das gerade mehr als deutlich.

Shaunas Augen füllten sich mit Tränen, und sie rang um Fassung, während sich die Verzweiflung über die verfahrene Situation tiefer in ihr Herz bohrte. Hastig verließ sie den Ballsaal und floh zu den Toiletten. Doch als sie die Tür öffnete und eintrat, stand ausgerechnet Ruby Albright vor dem Spiegel am Waschbecken und zog sich den Lippenstift nach.

»Miss Lewis!« Ruby lächelte süßlich. Sie trug ein eng anliegendes, tief ausgeschnittenes Kleid, das über und über mit silbernen Pailletten besetzt war, die im Licht der Deckenlampe wild glitzerten. Ihre Lippen waren knallrot, und sie sah sehr sexy aus, was ihr bewusst zu sein schien. Mit einem abschätzigen Lächeln musterte sie Shauna von Kopf bis Fuß, und als ihre Blicke sich anschließend wieder trafen, sah Shauna ihr an, dass sie offenbar beschlossen hatte, dass sie die Schönere von ihnen beiden war. »Na, haben Sie einen angenehmen Abend?«, fragte sie, doch der Ausdruck in ihren Augen blieb kalt.

»Ja, danke«, erwiderte Shauna und richtete schnell ihre Haare im Spiegel. Sie war nicht in der Verfassung, es mit Ruby Albrights Gemeinheiten aufzunehmen, deshalb wollte sie danach rasch wieder gehen. Doch Ruby hielt sie auf.

»Ach, sagen Sie, sind Sie jetzt eigentlich mit Doktor MacKenzie zusammen?«, fragte sie. »Man hört da ja so einiges im Dorf. Aber das sind nur Gerüchte, oder?«

Shauna bemühte sich um eine neutrale Miene. Sie wusste sehr genau, was diese eigentlich viel zu persönliche Frage bedeutete: Ruby Albright wollte sich versichern, dass sie freie

Bahn bei David hatte und noch hemmungsloser als sonst mit ihm flirten konnte – eine Vorstellung, die Shauna kaum ertrug.

»Nein«, brachte sie schließlich hervor. »Nein, wir sind nicht zusammen.«

»Ja, das dachte ich mir«, sagte Ruby in einem so arroganten Tonfall, dass Shauna, die schon weitergegangen war, sich noch einmal zu ihr umdrehte. »Ich fand es gleich absurd, als ich es gehört habe. Ich meine, nichts für ungut, Miss Lewis, aber Sie passen wirklich nicht zu Doktor MacKenzie.«

Shauna spürte heiße Wut in sich aufsteigen. Unwillkürlich ballte sie die Hände zu Fäusten. »Ach nein? Und warum nicht, wenn ich fragen darf?«

An dem zufriedenen Aufblitzen in Rubys Augen erkannte sie, dass sie ihr in die Falle gegangen war. Ruby hatte offensichtlich nur darauf gewartet, dass sie ihr diese Frage stellte. Ein verächtliches Lächeln erschien auf ihrem Gesicht, und sie machte eine wegwerfende Handbewegung.

»Ich bitte Sie, das ist doch offensichtlich«, sagte sie. »Sie sind viel zu jung und unerfahren für ihn. Doktor MacKenzie braucht eine richtige Frau, kein Mädchen wie Sie.«

Shauna blinzelte. Sie hatte geahnt, dass Ruby sie beleidigen würde, aber dieser offene Angriff schockierte sie dennoch. War das zu fassen?

»Ich glaube ehrlich gesagt nicht, dass Sie beurteilen können, was David attraktiv findet«, gab sie zurück und benutzte nun ganz bewusst seinen Vornamen.

Das Lächeln auf Ruby Albrights Gesicht gefror.

»Er braucht eine Frau, die ihm ebenbürtig ist«, beharrte sie, doch in ihrer Stimme schwang jetzt Unsicherheit mit. Ihre Augen waren schmal geworden. »Eine, die weiß, was er braucht.«

Shauna spürte eine tiefe Abneigung gegen sie. Frauen, die andere Frauen derart herabwürdigten, nur um bei dem Mann ihrer Wahl besser landen zu können, waren ihr zuwider.

»Er wird die Richtige schon finden«, sagte sie, betont gelassen, obwohl es innerlich in ihr brodelte. Dass sie genau die Worte benutzt hatte, die David am Strand von Penbarren zu ihr gesagt hatte, machte es nicht besser. Sie wollte jetzt wirklich dringend gehen und sich nicht weiter mit der anderen Frau anlegen.

»Hübsches Kleid übrigens«, meinte Ruby, offenbar noch nicht bereit, das Gespräch zu beenden. Ihr Lächeln war jetzt spöttisch. »Mir persönlich wäre der Rock ja zu weit. Aber manchen Frauen stehen die körperbetonten Schnitte einfach nicht.« Sie legte die Hände an ihre Hüften und strich zufrieden über den glitzernden Stoff ihres Kleides, dessen Rockschlitz fast bis zum Oberschenkel reichte. »Ich persönlich zeige lieber, was ich habe.«

Shauna konnte ihre Wut auf die andere Frau nicht länger zügeln. Was du kannst, kann ich schon lange, dachte sie und erwiderte Ruby Albrights Lächeln.

»Ja, Geschmäcker sind verschieden, da haben Sie recht«, sagte sie. »Was David angeht – er mag tatsächlich lieber Kleider mit weiten Röcken.« Sie schob ihre Hüfte vor und strich ebenfalls über den Stoff ihres Rocks. »Dieses hier zum Beispiel gefällt ihm sehr, das hat er nämlich für mich ausgesucht und es mir geschenkt.«

Im Gehen sah sie noch, wie Ruby die Gesichtszüge entgleisten, und für ungefähr dreißig Sekunden erfüllte sie ein angenehmes Gefühl der Genugtuung. Doch dann blieb sie abrupt stehen, weil ihr klar wurde, was sie da gerade getan hatte. Mein Gott, hatte sie wirklich angedeutet, dass David und sie doch ein Paar waren, nachdem sie es zuvor geleugnet hatte? Ausgerechnet gegenüber seiner glühendsten Verehrerin? Wie hatte sie nur so leichtsinnig sein können?

Sie hatte den Ballsaal erreicht und blickte sich nach David um. Er stand an derselben Stelle wie zuvor und redete immer noch mit der Frau in dem roten Kleid. Die beiden schienen sich blendend zu amüsieren.

Shauna überlief es kalt. Du hast dich lächerlich gemacht, dachte sie unglücklich und wäre am liebsten im Erdboden versunken. Denn das, was sie Ruby Albright gegenüber angedeutet hatte, stimmte nicht. David wollte sie nicht. Jedenfalls nicht so, wie sie es sich gewünscht hätte.

Plötzlich wollte sie nur noch weg von hier, irgendwohin, wo sie David nicht mehr sehen musste und wo sie auch Ruby Albright nicht wieder begegnen würde. Deshalb schlüpfte sie erneut durch die Flügeltüren hinaus. Sie wollte nach draußen und sich irgendwo in den Gärten verkriechen. Und vor allem wollte sie mit niemandem mehr reden. Doch das klappte nicht, denn kaum, dass sie den Ballsaal verlassen hatte, lief sie der Braut in die Arme.

»Shauna, alles okay?« Julia erkannte offenbar auf den ersten Blick, dass etwas nicht stimmte. »Du siehst so ernst aus. Gefällt dir unser Fest nicht?«

»Doch, es ist alles ganz wunderbar«, versicherte Shauna ihr hastig. »Ich … wollte nur kurz ein bisschen frische Luft schnappen.«

Julia betrachtete sie skeptisch, offenbar war sie mit der Erklärung nicht zufrieden. »Ist es wegen David?«

Shauna nickte. Dass Julia das sofort erkannt hatte, ließ neue Tränen hinter ihren Augenlidern brennen. Mühsam kämpfte sie dagegen an.

»Ich komme mit dir«, sagte Julia. »Dann kannst du mir in Ruhe erzählen, was …«

»Nein!«, wehrte Shauna ab. »Heute ist deine Hochzeit. Du musst weiterfeiern. Ich will dir das nicht verderben. Und außerdem will ich wirklich nur ein bisschen allein sein. Dann geht es gleich wieder, versprochen.«

Julia wirkte nicht überzeugt, doch sie nickte. »In der Mitte des Irrgartens ist ein kleiner Pavillon. Da sitzt man sehr schön«, sagte sie. »Aber falls du doch noch reden willst, weißt du ja, wo du mich findest.«

Shauna nickte dankbar und wollte weitergehen. Doch Julia rief sie noch einmal zurück.

»Ach, hast du zufällig Lucy und James gesehen? Ich suche die beiden schon die ganze Zeit. Sie scheinen verschwunden zu sein.«

»Nein, tut mir leid«, antwortete Lucy. Sie war so auf David konzentriert gewesen, dass sie die anderen Gäste gar nicht mehr wahrgenommen hatte.

»Na ja, ich werde die beiden schon finden«, meinte Julia und ging zurück in den Ballsaal.

Shauna dagegen lief eilig die Treppe hinunter. Sie hatte das Gefühl zu ersticken, wenn sie noch eine Minute länger im Haus blieb, deshalb durchquerte sie die leere Eingangshalle und trat durch die Tür in den Innenhof.

Es war noch hell, und die Luft war angenehm warm, aber die Sonne stand schon tief und ließ den Himmel orange leuchten. Shauna ging durch den Torbogen und erreichte die hintere Seite des Herrenhauses. Die Luft war erfüllt vom Duft des blühenden Sommerflieders an der Seite des Hauses. Vor ihr erhob sich dunkel die Hecke des Irrgartens, und einem Impuls folgend ging sie hinein, um den Pavillon zu suchen, von dem Julia gesprochen hatte. Die Mauern aus Blättern und Zweigen umgaben sie, und sie wünschte sich, sie könnte ganz dazwischen verschwinden.

Ziellos lief sie durch die Gänge, hielt nach Gefühl auf die vermeintliche Mitte zu. Die Aussicht, sich eine Weile in dem Pavillon dort zu verstecken, trieb sie an. Doch schon nach kurzer Zeit verlor sie die Orientierung. Ich habe mich verlaufen, dachte sie, halb verwundert, halb erschrocken, und atmete auf, als kurz darauf leise Stimmen zu ihr drangen. Obwohl sie sich gerade noch gewünscht hatte, allein zu sein, war sie froh, dass noch jemand im Irrgarten war. Instinktiv lief sie in die Richtung, aus der die Stimmen kamen. Ein Mann und eine Frau unterhielten sich leise, und man hörte ihre Schritte auf dem Kies, die langsam näher kamen. Shauna erkannte die Frauenstimme sogar: es war Lucy, die da redete. Damit wäre dann auch das Geheimnis gelüftet, wo sie gerade war, dachte Shauna und überlegte kurz, nach ihr zu rufen. Aber sie wollte Lucy nicht erschrecken. Eilig bog sie noch um zwei weitere Ecken – und blieb überrascht stehen, als sich der Gang vor ihr zu einem kleinen Platz öffnete.

Ein weißer runder Pavillon stand dort, genau wie Julia gesagt hatte, und Shauna stellte überrascht fest, dass er sehr liebevoll geschmückt war. Er war mit Blumenkränzen behängt, und in seinem Innern standen mehrere Laternen, in denen Kerzen brannten. Es war zwar noch hell, aber hier im Irrgarten, umgeben von den hohen Hecken, konnte man das Licht trotzdem schon flackern sehen. Auf dem Boden vor dem Pavillon war außerdem ein großes Herz aus roten Rosen ausgelegt. Kleine brennende Teelichter standen dazwischen und betonten die Form zusätzlich.

Während Shauna noch überlegte, ob diese Dekoration zur

Hochzeitsfeier gehörte, traten Lucy und ihr Freund James aus einem anderen Gang auf den Platz. Er ging hinter Lucy, deren Augen mit einem Tuch verbunden waren, und hielt ihre Oberarme umfasst. Sanft schob er sie vor sich her.

»Nur noch ein Stück«, sagte er.

Oh mein Gott, dachte Shauna, weil sie plötzlich ahnte, was gleich passieren würde. Sie hatte sich gerade bemerkbar machen wollen, doch nun zog sie sich hastig in die Schatten der Hecke zurück. Sie wusste, dass sie hätte gehen müssen, doch sie konnte sich nicht rühren. Gespannt starrte sie auf Lucy und James.

»Muss das wirklich jetzt sein?« Lucy klang ungeduldig. »Die anderen vermissen uns bestimmt schon.«

»Es dauert nicht lange«, versprach James. »Ich muss einfach wissen, was du von meiner Idee hältst.«

Lucy seufzte. »Was hast du denn gemacht? Den Pavillon abgerissen? Oder bunt angestrichen?«

Statt einer Antwort nahm er ihr die Augenbinde ab, und Shauna wartete gespannt auf Lucys Reaktion, die benommen blinzelte und offensichtlich einen Moment brauchte, um zu begreifen, was sie da sah. Dann wurden ihre Augen groß und sie fuhr herum.

»James, was …?«

»Das ist meine Überraschung für dich«, sagte er. »Julia und Henry feiern heute ihre Liebe, und ich finde, dass das ein guter Anlass ist, noch mal einen Blick auf unsere Geschichte zu werfen.« Er breitete die Arme aus und sah sich um. »Hier hat alles angefangen, weißt du noch? Ich war auf der Suche nach Mr. Darcy, und du standest plötzlich vor mir, hier am Pavillon, in deinem wunderschönen grünen Regency-Kleid, in dem du aussahst wie eine Elfe aus einer anderen Zeit. Wahrscheinlich habe ich mich da schon in dich verliebt, das habe ich nur nicht gemerkt, weil ich so wütend darüber war, dass du nicht tun wolltest, worum ich dich gebeten hatte.« Er schüttelte lächelnd den Kopf. »Du warst so verdammt stur. Aber dann hast du angefangen, mich zu überzeugen von deinen Plänen für Penrose House. Und von dir. Du hast alles für mich verändert, Lucy, und ich kann mir nicht mehr vorstellen, ohne dich zu sein.« Er ließ sich vor ihr auf ein Knie nieder, öffnete ein kleines Samtkästchen und hielt es Lucy hin. »Und deshalb möchte ich dich fragen, ob du meine Frau werden willst?«

Lucy schlug kurz die Hände vor den Mund, dann trat ein strahlendes Lächeln auf ihr Gesicht. »Oh James! Ja! Natürlich will ich das!«

Er richtete sich wieder auf, und sie fiel ihm um den Hals und küsste ihn stürmisch. Dann ließ sie sich von ihm den Ring anstecken.

Mehr sah Shauna nicht. So leise wie möglich entfernte sie sich von dem Pavillon. Es war nicht richtig gewesen, zu bleiben und den Antrag zu beobachten, und sie fühlte sich schlecht deswegen. Lucy und James durften sie auf keinen Fall sehen! Die beiden verdienten, dass sie diesen besonderen Moment zu zweit erleben konnten.

Aber wie wunderbar romantisch war das gewesen? Shauna seufzte innerlich, als sie sich James' Worte in Erinnerung rief. Aus jedem einzelnen hatte man seine Liebe herausgehört, und Shauna spürte zu ihrem Entsetzen, dass ihr plötzlich Tränen in den Augen brannten. Doch, es gab Männer, die es ernst meinten. Die zu einer Frau standen und sich auf ein »Für immer« einließen. Warum nur musste sie sich in einen Mann verlieben, der das nicht konnte?

Sie wischte sich hastig die Tränen fort, bog um die nächste

Ecke und hatte den Ausgang des Irrgartens erreicht. Vor ihr erhob sich Penrose House, und sie sah die Lichter des Ballsaals im ersten Stock, hörte die Musik des Streichquartetts, die leise bis nach draußen drang.

Schnell, bevor Lucy und James aus dem Irrgarten zurückkamen, lief sie durch den Torbogen zurück in den Innenhof und prallte, als sie um die Mauerecke bog, beinahe mit David zusammen.

»Shauna, verdammt, wo warst du denn? Ich habe mir Sorgen gemacht.« Er umfasste ihre Oberarme und musterte sie stirnrunzelnd. »Hast du geweint?«

Shauna machte sich von ihm los und wich vor ihm zurück. Wieso musste sie ihm begegnen, dem einzigen Menschen, den sie jetzt wirklich nicht sehen wollte?

»Ich möchte gehen«, erklärte sie und wich seinem Blick aus. »Würdest du mich nach Hause bringen?«

»Jetzt schon?«, fragte er verwundert. »Die Feier hat doch gerade erst richtig angefangen.«

»Du kannst gerne noch bleiben«, sagte sie. »Ich kann mir ein Taxi rufen.«

Er schüttelte den Kopf. »Nein, ich komme mit.«

Shauna schluckte. »Das musst du nicht, du amüsierst dich doch gut.«

Er schnaubte. »Ich amüsiere mich überhaupt nicht. Beim Essen hat mir meine Tischnachbarin ihre gesamte Lebensgeschichte erzählt. Und gerade hat mir eine Freundin von Julia, die auch Ärztin ist, in aller Ausführlichkeit ihr sehr spezielles Forschungsprojekt erklärt. Sie war gar nicht aufzuhalten in ihrer Begeisterung, und ich habe nur Bahnhof verstanden. Beide Gespräche haben mich nicht interessiert, verstehst du? Es war langweilig.«

Shauna sah ihn überrascht an. Redete er von der Frau im roten Kleid? Dass ihm die Unterhaltung mit ihr nicht gefallen hatte, hatte man ihm nicht angesehen.

»Du findest bestimmt noch jemanden, mit dem du dich gerne unterhältst«, erwiderte sie. »Ruby Albright zum Beispiel. Sie hat sich eben nach dir erkundigt.«

David verdrehte die Augen. »Mit der will ich erst recht nicht noch mal reden.«

»Dann eben jemand anderes«, beharrte Shauna und deutete in Richtung Ballsaal. »Da oben gibt es noch jede Menge Leute, die gerne mit dir plaudern würden.«

»Mich interessiert nur eine.« Er fixierte sie eindringlich. »Aber mit dieser Person kann ich leider nicht reden.«

Shauna brauchte einen Moment, bis sie begriff, dass er von ihr sprach. Ihr Herz schlug schneller.

»Warum nicht?«, fragte sie atemlos.

Der Ausdruck in seinen Augen ließ ihre Knie ganz weich werden.

»Weil ich dieser Person dann sagen müsste, dass ich nur daran denken kann, wie es wäre, sie wieder zu küssen. Und dass es mich meine ganze verdammte Selbstbeherrschung kostet, sie nicht zu berühren, wenn sie mir nah ist.« Er legte den Kopf in den Nacken, und als er Shauna wieder ansah, erkannte sie Verzweiflung in seinem Blick. »Ich müsste ihr dann sagen, dass sie wunderschön aussieht in ihrem Kleid und dass ich nicht will, dass sie mit irgendjemandem tanzt außer mir.«

Shauna merkte erst jetzt, dass sie den Atem angehalten hatte. »Ich dachte, du siehst mich gar nicht«, flüsterte sie.

Er schüttelte den Kopf. »Natürlich sehe ich dich! Ich sehe nur dich, verdammt! Oder wie, denkst du, habe ich gemerkt, dass du verschwunden bist?«

Shauna starrte ihn fassungslos an. »David …«

»Nein, bitte, sag mir nicht wieder, dass wir Freunde sein sollen. Ich kann nicht dein Freund sein. Ich träume von dir, Shauna. Und ich will dich immer noch. Aber ich respektiere dein Nein. Ich versuche schon die ganze Zeit, mich von dir fernzuhalten, auch wenn ich langsam durchdrehe deswegen.«

Er wirkte so gequält, dass Shaunas Herz sich zusammenzog. Darauf, dass sein abweisendes Verhalten reine Verzweiflung gewesen war, wäre sie niemals gekommen, und es erschütterte sie. Das Herz schlug ihr bis zum Hals, als sie noch einen Schritt auf ihn zu machte.

»Shauna!« In seiner Stimme lag eine Warnung, doch sie ignorierte es und legte eine Hand auf seine Brust, lächelte, als er die Arme um sie schlang und sie an sich zog.

Er ließ eine Hand über ihren Rücken wandern, strich sanft über den Stoff ihres Kleides nach oben, bis seine Fingerspitzen ihre Haut berührten. Shauna sog scharf die Luft ein und merkte, wie ihr Widerstand schmolz.

»Du hast keine Ahnung, wie sehr ich dich begehre«, flüsterte er, und ihr war schwindelig, von seiner Berührung und von seinen Worten.

Sie begehrte ihn auch. Aber reichte das? Sie war keine Frau für eine Nacht. Wenn sie sich auf jemanden einließ, dann mit ganzem Herzen. Konnte sie es wagen, das erneut zu riskieren – bei David, dem Mann, für den sie noch viel mehr empfand, als sie es jemals für Ethan getan hatte?

Die Welt schien stillzustehen, als sie in seine Augen blickte, doch dann zerriss das Klingeln von Davids Handy die Stille des Abends und zerstörte die Intimität des Augenblicks.

Shauna trat einen Schritt zurück, und David gab sie frei. Fluchend zog er das Smartphone aus seinem Jackett.

»Die Praxisumleitung«, sagte er nach einem Blick auf das Display und schüttelte den Kopf. »Ich hätte das verfluchte Ding zu Hause lassen sollen.«

Ausnahmsweise war Shauna seiner Meinung. Doch es konnte ein medizinischer Notfall sein. David schien das genauso zu sehen, denn er zögerte nicht lange, sondern nahm den Anruf an.

»Mrs. Wickham«, sagte er überrascht, und Shauna brauchte einen Moment, bis sie sich an die Patientin erinnerte, die sie am Nachmittag im Fisherman's Inn behandelt hatten. »Ich dachte, Sie wären schon in Madrid.«

Er lauschte einen langen Moment.

»Sie sind bei mir zu Hause?«, fragte er stirnrunzelnd. »Wenn Sie möchten, dass ich Sie untersuche, dann kommen Sie bitte am Montag in die Praxis. Dort kann ich …« Er hielt inne und hörte wieder zu. Dann wurde er plötzlich blass. »Was?« Er umklammerte das Smartphone so fest, dass seine Fingerknöchel weiß hervortraten, dann lauschte er noch einen Moment. »Wir kommen«, sagte er und unterbrach die Verbindung.

»Was ist mit Mrs. Wickham?«, fragte Shauna besorgt. »Braucht sie Hilfe?«

David war inzwischen kreidebleich, jegliches Blut schien aus seinem Gesicht gewichten zu sein.

»Nein, der Anruf war privat. Sie sagt …« Er zögerte, dann gab er sich einen Ruck. »Sie sagt, sie ist meine Mutter.«

18

»Aber deine Mutter heißt doch Carol, nicht Orla«, protestierte Shauna, noch ganz schockiert von Davids Aussage. »Und wir haben die Frau doch schon gesehen, erst vor ein paar Stunden. Wenn sie deine Mutter wäre, dann hättest du sie doch erkannt. Oder nicht?«

Sie versuchte, sich die Patientin von heute Nachmittag wieder in Erinnerung zu rufen. Konnte es sein, dass sie die Frau von dem Foto war?

»Sie kam mir bekannt vor«, meinte David. »Ich dachte, dass ich mir das einbilde. Außerdem hatten wir es eilig, und dann kam Declan Spargo …« Er schüttelte den Kopf. »Ich habe gar nicht richtig darauf geachtet, wie sie aussieht. Aber wenn ich jetzt zurückdenke, dann könnte es stimmen. Sie könnte es gewesen sein.«

Er war immer noch blass und wirkte wie erstarrt. Besorgt legte Shauna ihm eine Hand auf den Arm. »Dann glaubst du ihr?«

»Ich weiß nicht, was ich glauben soll«, meinte David. »Sie hat von Paddy und Jane gesprochen. Und von Liam. Woher sollte sie von den dreien wissen, wenn sie es nicht ist?«

Darauf wusste Shauna auch keine Antwort. »Und wozu dann der falsche Name?«

David zuckte mit den Schultern. »Sie hat gesagt, sie erklärt mir alles, wenn wir da sind.«

Er brauchte nicht zu sagen, dass er sofort zu sich nach Hause fahren wollte. Sie durften keine Zeit verlieren, schließlich wussten sie nicht, wie lange seine angebliche Mutter dort auf sie warten würde. Er musste sie sehen, und zwar jetzt gleich, deshalb raffte Shauna den Rock ihres Kleides und folgte ihm zum Auto.

Auf der Fahrt schwiegen sie beide. Shauna konnte David ansehen, wie angespannt er war, und sie verstand ihn gut. Nicht mehr lange, und er bekam vielleicht endlich die Antworten, auf die er seit einer Ewigkeit wartete. Es gab nichts, was sie hätte sagen können, um ihn zu beruhigen, denn alles hing davon ab, was er gleich erfahren würde. Aber vielleicht half es ihm, dass sie dabei war?

Wir kommen, hatte er zu der Frau gesagt, so als wäre es für ihn selbstverständlich, dass sie ihn begleitete. Bedeutete sie ihm also doch mehr, als er zugab? Shauna schob den Gedanken beiseite. Jetzt war nur das Gespräch wichtig, das David bevorstand.

Er fuhr schnell, und bald hatten sie Carywith erreicht. Die Straßen lagen verlassen da, beleuchtet vom warmen Schein der Laternen, und als sie am Hafen und der dunklen Praxis vorbeikamen, seufzte Shauna innerlich. Es fühlt sich an wie Nach-Hause-Kommen, dachte sie. Wie lange hatte sie dieses Gefühl schon nicht mehr gehabt?

Wenige Minuten später wollte David auf die Einfahrt des Hauses biegen. Doch auf dem Platz, auf dem der BMW sonst stand, parkte jetzt ein großer dunkler Volvo-Kombi. Hinter dem Steuer saß jemand.

David parkte das Auto an der Straße, stieg jedoch nicht sofort aus, sondern blieb sitzen, eine Hand noch am Lenkrad.

Sanft legte Shauna ihm die Hand auf den Arm und lächelte, als er sie ansah. »Wollen wir?«

David spürte, wie die Wärme von Shaunas Berührung die Erstarrung löste, in die er kurz verfallen war. Dabei war er nur äußerlich so ruhig. In ihm tobte ein heftiges Gefühlschaos aus Erleichterung und Angst.

Er konnte noch nicht wirklich fassen, dass er offenbar erreicht hatte, wonach er sich schon so lange sehnte, und ein Teil von ihm wollte zu dem fremden Auto stürmen und der Frau all die Fragen stellen, die ihm seit einer Ewigkeit auf der Seele brannten. Doch da war auch der Teil von ihm, der sich genau davor fürchtete. Was, wenn ihm nicht gefiel, was er hören würde? Die Vorstellung hatte ihn für einen Moment so gelähmt, dass er sich nicht hatte rühren können. Doch Shaunas sanfte Berührung drang zu ihm durch, ließ seine Kräfte zurückkehren. Er schaffte es, ihr kurz zuzulächeln, dann öffnete er die Tür. Gemeinsam verließen sie den Wagen.

Im selben Moment wurde die Fahrertür des Volvos geöffnet, und die Frau, die sich ihnen heute Nachmittag als Orla Wickham vorgestellt hatte, stieg aus dem Auto. David starrte sie an, während er auf sie zuging, und versuchte, ihre Züge mit denen der jungen Frau auf dem Foto zusammenzubringen.

Er war noch so klein gewesen, als seine Mutter gegangen war, dass er kein klares Bild von ihr im Kopf hatte. Doch mit ein bisschen Fantasie konnte man tatsächlich Ähnlichkeiten erkennen. Die Statur stimmte und die Augenfarbe, die schmale Nase, die Augenbrauen. Trotzdem hätte ich sie niemals erkannt, dachte er, überrascht und auch enttäuscht. Er hatte geglaubt, dass die Frau, die ihn geboren hatte, irgendein Gefühl des Wiedererkennens in ihm auslösen würde. Doch er empfand nichts anderes als bei ihrer Begegnung am Nachmittag. Sie war eine Fremde.

»Guten Abend, David.« Orla Wickham lächelte unsicher und schien auf eine Reaktion von ihm zu warten.

»Am besten gehen wir rein«, sagte er und schloss wie in Trance die Haustür auf. Er betrat die Eingangshalle und ging direkt weiter ins Wohnzimmer. Shauna und die Frau folgten ihm.

Durch die Terrassentüren sah man den beeindruckend schönen orangefarbenen Abendhimmel über dem Garten, doch David hatte heute keinen Blick dafür.

»Bitte«, forderte er die Frau auf und zeigte auf die Sitzgelegenheiten. Sie nahm auf einem der Sessel vor dem Kamin Platz. Shauna ließ sich auf dem Sofa nieder, er selbst jedoch blieb stehen.

Nein, es bestand wirklich kein Zweifel mehr. Jetzt, wo er auf die Details achtete, konnte er erkennen, dass seine Mutter vor ihm saß. Sie war gealtert und stark geschminkt. Aber sie war es.

Für einen Moment herrschte unangenehmes Schweigen, und David hatte keine Ahnung, wie er es brechen sollte. So oft hatte er sich diesen Moment ausgemalt, doch nun, wo er endlich da war, fehlten ihm die Worte.

Die Frau, die kerzengerade auf dem Rand des Sessels saß, kramte in ihrer Handtasche und hielt ihm einen Pass hin. »Hier«, sagte sie. »Den möchtest du vielleicht sehen.«

Er nahm den Ausweis entgegen und öffnete ihn.

Ann Carol Brewer, geborene MacKenzie stand darin, und auch das Geburtsdatum und der Geburtsort stimmten.

»Ann?«, fragte er irritiert. Den zweiten Vornamen ihrer Mutter hatte Paddy nie erwähnt.

»Ja, Ann«, betätigte sie. »Ich brauchte einen Neuanfang, deshalb lebe ich hier in Cornwall unter meinem anderen Vornamen. Ann Brewer. Carol nennt mich schon lange niemand mehr.«

Das erklärt dann vermutlich, wieso die Detektei sie nicht hatte finden können, überlegte David.

»Und warum die Maskerade?«, fragte er und gab ihr den Pass zurück. »Wieso hast du behauptet, du wärst Orla Wickham?«

»So heißt meine beste Freundin«, erklärte die Frau, die er nicht einmal in Gedanken Mutter nennen konnte. Sie zuckte mit den Schultern, und als sie weitersprach, klang ihre Stimme plötzlich erstickt. »Ich wollte dir eigentlich sagen, wer ich bin, doch als du dich gemeldet hast …« Sie hob hilflos die Arme. »Ich konnte es nicht, nicht einfach so am Telefon. Aber ich musste irgendetwas sagen, deshalb habe ich irgendeine Geschichte erfunden. Und als du dann sagtest, dass du kommst – ich war so aufgeregt, dass ich tatsächlich dachte, dass ich ohnmächtig werde.«

David spürte, wie Bitterkeit in ihm aufstieg. »Dann war das ein Test? Wolltest du erst mal sehen, ob es sich lohnt, dich zu erkennen zu geben?«

»Nein!«, protestierte Carol vehement. »Ich hatte einfach Angst. Es ist schon so lange her, und ich wusste nicht, wie du reagierst. Mit hat einfach der Mut gefehlt.«

David verschränkte die Arme vor der Brust. Er fühlte sich viel zu aufgewühlt für dieses Gespräch.

Wieder trat Schweigen ein.

»Wie haben Sie David denn gefunden?«, erkundigte sich Shauna, und er war ihr dankbar dafür, dass sie die Initiative ergriff. »Haben Sie den Bericht in der Zeitung gesehen?«

Carol nickte und blickte wieder zu ihm. »Ich konnte es gar nicht fassen. Doktor David MacKenzie. Ich dachte erst, es wäre vielleicht nur ein Zufall. Aber dann sah ich die Chiffreanzeige und wusste, dass du es sein musstest. Ich war in den letzten Wochen schon ein paarmal hier, habe mich jedoch nicht getraut, in die Praxis zu gehen. Ich wusste nicht, wie ich es anstellen soll. Bis mein Mann meinte ...«

»Du bist verheiratet?«, unterbrach David sie und schalt sich dann einen Narren. Er hatte den anderen Nachnamen schließlich im Pass gesehen.

»Seit fast zwanzig Jahren«, bestätigte Carol.

Diese Information schockierte ihn dennoch, obwohl ihm sofort klar wurde, dass er sich eigentlich nicht hätte wundern dürfen. Das Leben seiner Mutter war weitergegangen. Natürlich. Er hatte sie sich nur immer als junge Frau vorgestellt.

»Dein Mann, ist er ...« Er zögerte. »Ist er mein Vater?«

»Nein«, erwiderte sie. »Dein Vater lebt nicht mehr. Sein Name war Philip Eastman. Er starb an einer Überdosis Heroin. Und mich hätte das Zeug auch fast umgebracht.«

David schluckte. Drogen waren vorgekommen in seinen Überlegungen, was damals wohl passiert war. Aber es war die Version gewesen, über die er lieber nicht nachgedacht hatte.

»Hast du mich deshalb bei Paddy zurückgelassen? Weil du drogenabhängig warst?«

Carol senkte den Kopf und brauchte diesmal länger für die Antwort. Als sie aufblickte, lag Schmerz in ihren Augen.

»Ich war viel zu jung, als ich dich bekam, gerade mal siebzehn. Für meine Eltern und Paddy war das ein Schock. Paddy hatte damals gerade Jane geheiratet, und die beiden erwarteten auch ein Baby. Darauf freuten sich alle, und bei mir war es eine Katastrophe, schließlich war ich eine unverheiratete Minderjährige. Anderswo sieht man das vielleicht entspannter, doch bei uns auf dem Dorf wurde ich dafür schief angesehen.«

Sie machte eine Pause und blickte ins Leere, so als würde sie die Ereignisse von damals noch einmal vor ihrem inneren Auge vorbeiziehen lassen.

»Meine Familie wollte mir trotzdem helfen, aber ich schlug das Angebot aus«, fuhr sie schließlich fort. »Ich war jung und dumm und dachte, dass ich es auch allein schaffe. Ich bin Philip nach London gefolgt, was er gar nicht gut fand. Nichts war so, wie ich es mir vorgestellt hatte. Philip wollte die Verantwortung für dich nicht. Er geriet schnell in die falschen Kreise, fing an Drogen zu nehmen, genau wie seine neuen Freunde.«

»Und du?«, fragte David, als sie erneut stockte.

»Ich habe versucht, für dich stark zu bleiben«, fuhr sie fort. »Aber ich war überfordert und verzweifelt, und irgendwann fing ich auch an. Es ist ein Sog, in den man gerät, eine tödliche Spirale, die einen immer weiter nach unten zieht.« Ihre Augen hatten sich mit Tränen gefüllt. »Kurz vor deinem dritten Geburtstag war ich körperlich und psychisch am Ende. Wie ich es überhaupt noch geschafft habe, mich um dich zu kümmern, weiß ich nicht. Dann stand eines Tages die Polizei bei mir vor der Tür. Sie hatten Philipp in der Toilette eines Clubs gefunden. Er hatte sich den goldenen Schuss gesetzt. Der Schock über seinen Tod hat mich endlich zur Besinnung kommen lassen. Ich wusste plötzlich, dass ich auch so enden könnte. Nein, dass ich so enden *würde*, wenn ich nichts dagegen tat. Deshalb rief ich Paddy an. Er kam uns beide holen.«

Ein trauriger, beinahe wehmütiger Ausdruck erschien auf ihrem Gesicht. »Ich sehe dich noch zusammen mit Liam im Laufstall. Ihr wart so verschieden. Liam war ein offenes, fröhliches Kind, und du warst so still und in dich gekehrt. Ich wusste, dass ich alles falsch gemacht hatte, und diese Erkenntnis hat mich runtergezogen. Liam hatte alles, und du hattest nichts – weil ich es verbockt hatte. Ich habe versucht, mit den Drogen Schluss zu machen, doch es ging nicht. Paddy fand mich eines Tages bewusstlos im Bett und hat mir ein Ultimatum gestellt. Ich sollte entweder einen Entzug machen oder für immer aus deinem Leben verschwinden.«

Sie zuckte mit den Schultern. »Und er hatte recht, das habe ich in einem klaren Moment begriffen. Ich musste an dich denken, es war wichtig, es nicht schon wieder falsch zu machen. Deshalb bin ich gegangen. Ich wünschte, ich hätte die Kraft gehabt, für dich zu kämpfen. Die Sucht war einfach stärker.«

David biss die Zähne aufeinander, bis sein Kiefer schmerzte. »Aber jetzt bist du clean«, sagte er. »Du hast es also irgendwann geschafft. Trotzdem bist du nicht zurückgekommen.«

»Weil ich dein Leben schon einmal ruiniert hatte«, erwiderte sie. »›Ganz oder gar nicht. Der Junge braucht jetzt Ruhe und Kontinuität‹, hat Paddy damals zu mir gesagt. Ich war sicher, dass Jane und er sich gut um dich kümmern würden, und ich wollte nicht, dass du dich entscheiden musst zwischen ihnen und mir. Ich wollte nicht noch mal alles durcheinanderbringen.« Sie sah ihn fragend an. »Es ist dir doch gut gegangen bei den beiden?«

David nickte. »Aber Jane ist gestorben, als ich elf war. Liam und ich sind schon sehr lange mit Paddy allein.«

»Oh nein!« Carol schlug sich entsetzt die Hand vor den Mund. »Wie schrecklich. Das muss schwer für dich gewesen sein.«

David fand diese Bemerkung vermessen von ihr, schließlich hatte sie den größten Anteil daran, dass seine Kindheit nicht leicht gewesen war. Doch er ging nicht darauf ein.

»Und dein Mann?«, fragte er und konnte einen Anflug von Eifersucht nicht unterdrücken. »Hast du es für ihn geschafft, mit den Drogen aufzuhören?«

»Nicht sofort«, erklärte Carol. »Es war ein langer, harter Kampf, aber mit seiner Hilfe bin ich da rausgekommen.«

»Weiß er von mir?«, fragte David.

Carol nickte. »Ich habe ihm von dir erzählt, bevor unsere erste Tochter auf die Welt kam.«

»Tochter?« David hatte erneut das Gefühl, als hätte er einen Schlag in den Magen bekommen. Er hasste es, dass er diese Dinge nicht gewusst hatte. Doch er spürte auch einen winzigen Funken Neugier. »Dann habe ich eine Halbschwester?«

»Zwei sogar«, antwortete sie. »Ashley ist neunzehn und Deborah sechzehn.«

David sah das Bild einer glücklichen Familie vor sich, Vater, Mutter und zwei Kinder, lächelnd vor einem Kaminsims wie dem, vor dem er gerade stand. Für die beiden Mädchen ist sie da gewesen, dachte er und spürte neue Bitterkeit in sich aufsteigen.

»Wenn ich die Anzeige nicht geschaltet hätte, wärst du dann irgendwann gekommen?«, fragte er und gab sich keine Mühe, seinen Zorn zu verbergen. »Hat es dich nie interessiert, wie es mir geht? Wolltest du nicht wissen, was aus mir geworden ist?«

Carol wurde blass, und die Tränen, mit denen sie schon die ganze Zeit kämpfte, rannen ihr nun über die Wangen. »Ich dachte, dass du enttäuscht bist von mir«, sagte sie. »Und dass du ohne mich besser dran bist. Ich hatte Angst, dass ich noch mehr kaputt mache, wenn ich wiederkomme.« Sie hatte den Kopf gesenkt, doch jetzt sah sie auf. Ihr Blick war flehend. »Kannst du das nicht verstehen?«

David verschränkte die Arme vor der Brust. »Es gibt Dinge, die muss man nicht verstehen«, erwiderte er, nicht bereit, ihr Absolution zu erteilen für das, was sie getan hatte.

Einen langen Moment schwiegen sie, dann holte Carol einen Umschlag aus ihrer Handtasche und legte ihn auf den Couchtisch. »Das hier ist für dich. Ich habe dir ein paar Fotos reingelegt und meine Adresse. Melde dich, wann immer dir danach ist. Ich …« Sie zögerte. »Ich kann meine Fehler nicht ungeschehen machen. Aber jetzt bin ich da, wenn du willst.«

David schwieg und sah sie nur an. In ihm kämpften widersprüchliche Gefühle, und eine kleine, leise Stimme forderte ihn auf, ihr wenigstens die Hand zu geben zum Abschied. Doch die viel lautere, wütende wollte keinen einzigen Schritt auf sie zugehen. Schließlich gab er sich einen Ruck.

»Danke, dass du es mir erzählt hast«, sagte er. So viel schuldete er ihr zumindest, immerhin war sie gekommen. Das hätte sie nicht tun müssen.

»Ich finde allein raus«, meinte Carol und gab Shauna, die ebenfalls aufgestanden war, die Hand. Ihm nickte sie nur zu, vielleicht ahnte sie, dass er noch Zeit brauchte. Dann verließ sie den Raum. Ein paar Sekunden später hörte man die Haustür ins Schloss fallen.

David starrte immer noch auf den weißen Umschlag auf dem Couchtisch.

Das war er jetzt also gewesen, der Moment, auf den er so lange hingefiebert hatte. Über Jahre war er beinahe besessen von dem Gedanken gewesen, seine Mutter wiederzufinden. Und nun, da es ihm gelungen war, fühlte er nichts. Es gab ihm nicht die erhoffte Befriedigung, seine eigene Geschichte zu kennen, und er war dadurch auch nicht heil geworden. Im Gegenteil. Wenn überhaupt, dann hatte sich das Loch in seiner Brust, diese Leere, die er einfach nicht füllen konnte, noch vergrößert ...

»David?« Shauna stand noch neben der Couch, und die Anteilnahme in ihrem Gesicht tat ihm gut. »Wie geht es dir? Alles okay?«

Er schüttelte den Kopf und zuckte gleichzeitig mit den Schultern.

»Ich weiß nicht«, sagte er und hatte es noch nie so ernst gemeint. Er blickte zur Decke und schluckte gegen den Kloß an, den er plötzlich in seiner Kehle spürte. Seine Augen brannten. »Ich glaube, ich dachte die ganze Zeit, dass ich meine Mutter zurückbekommen würde, wenn ich Carol finde. Dass ich wiedergewinne, was ich verloren habe. Aber ...« Seine Stimme brach, und er musste sich räuspern, bevor er weitersprechen konnte. »Aber sie ist kein besonderer Mensch für mich. Und sie war es auch nie. Ich hatte nur eine Mutter. Und die ist gestorben, als ich elf war.«

Er dachte an Jane, sah ihr liebevolles Lächeln vor sich, spürte die sanfte Berührung ihrer Finger, wenn sie ihm das Haar aus der Stirn strich. Jane war es gewesen, die ihn getröstet hatte, wenn er hingefallen war. Sie hatte ihm vorgesungen, wenn die Angst vor der Dunkelheit ihn gequält hatte, und war sein Halt gewesen in einer Welt, die er bis dahin als sehr haltlos erlebt hatte. Doch sie war nicht mehr da, und er bekam sie nicht zurück. Nie wieder würde es jemanden wie sie in seinem Leben geben.

Er schloss die Augen gegen die Tränen, die in ihm hochdrängten, und presste die Finger gegen seine Nasenwurzel.

»Ach, David.« Shauna trat zu ihm und schlang die Arme um ihn. »Schon gut«, flüsterte sie, und er zog sie noch enger zu sich, hielt sich an ihr fest, bis der Sturm in seinem Innern abgeflaut war. Auch dann ließ er sie jedoch nicht los, sondern genoss ihre Wärme und das Gefühl der Nähe.

Sie roch vertraut, nach einem Hauch von Vanille, und ihr Duft betörte ihn, schien ihn jetzt, wo er wieder klar denken konnte, auf eine ganz neue Art zu locken. Er spürte ihren weichen Körper an seinem, doch er suchte keinen Trost mehr, sondern spürte ein Verlangen, das tiefer ging als alles, was er je empfunden hatte.

»Shauna«, flüsterte er und löste sich gerade so viel von ihr, dass er ihr eine Hand unter das Kinn legen und sie dazu bringen konnte, ihn anzusehen.

In ihren blauen Augen lag ein Ausdruck des Vertrauens, und er biss die Zähne zusammen und kämpfte einen Moment mit seinem schlechten Gewissen. Shauna war keine Frau für eine Nacht, das hatte sie ihm deutlich zu verstehen gegeben. Deswegen hatte er sich auf der Hochzeit so gequält und versucht, ihr fernzubleiben. Aber er konnte sie jetzt nicht freigeben, er schaffte es einfach nicht. Dafür brauchte er sie zu sehr.

Langsam senkte er den Kopf, wartete, ob sie sich zurückzog. Doch sie kam ihm entgegen, und als ihre Lippen sich fanden, verschwand die Last, die auf seinen Schultern gelegen hatte. Das hier war gut und richtig, deshalb vertiefte er den Kuss und hielt nichts mehr von dem zurück, was er empfand. Er wusste, was er wollte, doch er musste sicher sein, dass es ihr auch so ging. Deshalb unterbrach er den Kuss und legte seine Stirn an ihre. Er atmete schwer.

»Ich höre auf, wenn du willst«, sagte er. »Nur dann sag es jetzt, Shauna. Sonst weiß ich nicht, ob ich es noch kann.«

Ein Zittern lief durch ihren Körper, und sie drängte sich näher an ihn. »Nein, hör nicht auf«, flüsterte sie. Es waren die besten drei Worte, die er in seinem ganzen Leben gehört hatte.

Mit einem Aufstöhnen zog er sie wieder an sich und senkte seine Lippen auf ihre.

Shauna schmiegte sich an David, erwiderte seinen Kuss und verschob alle Zweifel auf später. Lucy hat recht gehabt, dachte sie. Da war etwas zwischen ihr und David, etwas, das sich jetzt mit aller Macht Bahn brach und sich nicht mehr aufhalten ließ. Und Shauna wollte das auch gar nicht, sondern gab sich ganz diesem alles verzehrenden Gefühl hin, das David in ihr weckte.

Ihr Herz schlug wild, als er sich schließlich von ihr löste und sie auf seine Arme nahm. Er küsste sie weiter, während er sie nach oben in sein Schlafzimmer trug. Vor dem Bett setzte er sie vorsichtig ab, und ein Schauer durchlief sie, als sie den dunklen Ausdruck in seinen Augen sah.

Ich habe es gewusst, dachte sie. Schon vor drei Tagen, als David sie das erste Mal geküsst hatte, war ihr klar gewesen, dass sie genau das hier wollte, sie hatte dem Gefühl nur nicht nachgegeben. Doch jetzt gab es kein Zurück mehr, deshalb ließ sie es zu, dass David die Arme um sie legte und in ihrem Rücken nach dem Reißverschluss ihres Kleides tastete. Er öffnete ihn vorsichtig, zog ihn auf und schob ihr die Träger über die Schultern. Mit einem leisen Rascheln glitt das Kleid an ihr herunter und blieb zu ihren Füßen liegen.

Nur noch in Unterwäsche stand Shauna nun da, so schutzlos und verletzlich wie lange nicht mehr. Aber das Verlangen, mit dem David sie ansah, nahm ihr die Angst, machte sie mutig. Sie trat auf ihn zu und suchte seine Lippen, küsste ihn, während sie sein Hemd aufknöpfte. Gierig ließ sie die Hände über seine warme Haut gleiten, spürte die harten Muskeln darunter. Gott, sie wollte ihn so sehr, hatte von diesem Augenblick geträumt. Sie waren beide wie im Rausch, verständigten sich mit Blicken und Berührungen, während sie sich auszogen. Doch als sie kurz darauf nebeneinander im Bett lagen, kehrte Shaunas Unsicherheit noch einmal zurück, und sie versteifte sich in seinen Armen.

»Ich … ich habe das lange nicht mehr gemacht«, sagte sie, als er innehielt und sie fragend ansah. Was, wenn er merkte, wie unerfahren sie war? Genügte sie ihm vielleicht nicht?

Sein Lächeln wärmte den Eisklumpen in ihrer Brust, ließ ihn sofort schmelzen.

»Ich habe noch nie eine Frau so begehrt wie dich«, sagte er und zog sie an sich. »Vertrau mir einfach und lass dich fallen.«

Seine Worte lösten ihre Anspannung endgültig, und sie schmiegte sich an ihn, stöhnte auf, als seine Lippen ihre fanden und er sie einen Strudel riss, in dem sie nur zu gerne unterging.

David hatte keine Ahnung, wie viel Uhr es war. Um es herauszufinden, hätte er aufstehen und sein Handy suchen müssen, das sich vermutlich noch in seiner Jacketttasche befand. Doch dann würde Shauna aufwachen, die an ihn geschmiegt neben ihm im Bett lag und schlief. Ihr Kopf ruhte auf seiner Schulter, und er fühlte, wie ihr gleichmäßiger Atem über seine Haut strich. Auf gar keinen Fall wollte er sie stören, deshalb blieb er still liegen und starrte durch das Fenster in die Nacht, deren Schwarz sich gerade in das tiefe Indigoblau des heraufdämmernden Morgens zu verwandeln begann.

Er wünschte, so ruhig schlafen zu können wie Shauna. Doch dazu war er viel zu aufgewühlt. Es war nicht gelogen gewesen, dass er sie mehr begehrt hatte als irgendeine Frau vor ihr. Er hatte sich regelrecht verloren in dem Gefühl, ihr endlich so nah sein zu können, wie er es sich gewünscht hatte, und jetzt fühlte er sich verändert, auf eine Weise, die ihm Angst machte. Shauna mochte unerfahren sein, aber die Leidenschaft, mit der sie sich ihm hingegeben hatte, und das Vertrauen in ihren Augen hatten etwas in ihm angerührt, etwas, das er sonst nicht zuließ. Und das verwirrte ihn, ließ ihn keine Ruhe finden.

Er wollte so nicht empfinden, doch er konnte es auch nicht ändern, deshalb hielt er sie weiter im Arm, lauschte ihrem Atem und versuchte zu vergessen, dass es keinen Plan gab. Alles, was über diesen Moment hinausging, war unbekanntes Gebiet für ihn. Gefährliches unbekanntes Gebiet. Jeder Schritt dort hinein hatte Konsequenzen, die er nicht absehen konnte, und er fühlte sich innerlich wie erstarrt, wenn er auch nur darüber nachdachte, in diese Richtung zu gehen. Das konnte er nicht. Das war viel zu …

»David?«

Shauna regte sich neben ihm und sah verschlafen zu ihm auf. Ein Lächeln spielte um ihre Lippen, und sein Herz zog sich schmerzhaft zusammen, als ihre Blicke sich trafen.

»Das war schön«, sagte sie, und er fühlte, wie sein Verlangen nach ihr erneut erwachte, als sie sich noch enger an ihn schmiegte und ihr Bein über seins schob.

Er wusste, dass er ihr eigentlich spätestens jetzt von dem Brief aus New York erzählen musste. Er schuldete ihr die Wahrheit über das, was als Nächstes für ihn anstand. Aber er konnte es ihr noch nicht sagen. Nicht, wenn ihre verführerischen Lippen seinen so nah waren und ihre Hand sanft über seine Brust strich. Nicht, wenn er noch einmal die Chance hatte, in ihren blauen Augen zu versinken und die Entscheidungen zu vergessen, die ihn quälten.

Mit einem Aufstöhnen zog er Shauna zu sich und küsste sie, zuerst sanft und lockend, dann immer fordernder, bis das Feuer der Leidenschaft jeden vernünftigen Gedanken aus seinem Kopf löschte.

19

Als Shauna die Augen öffnete, fiel fahles Morgenlicht durch das Fenster. Sie fühlte sich angenehm müde und lächelte glücklich bei der Erinnerung an die Nacht.

Nichts hatte sie darauf vorbereitet, wie schön es sein würde, mit David zusammen zu sein. Er war zärtlich gewesen und leidenschaftlich, und er hatte ihr eine ganz neue Welt gezeigt. Eine Welt, auf die sie nie mehr verzichten wollte. Sie war vorher schon verliebt gewesen, doch jetzt erfüllte sie ein Gefühl, das tiefer ging. Sie wollte David nicht mehr missen, deshalb zog sich ihr Herz schmerzhaft zusammen, als sie sich umdrehte und feststellte, dass seine Bettseite leer war.

Überrascht richtete sie sich auf und lauschte. Doch es war still im Haus. Rasch stand sie auf und ging ins Badezimmer. *Er hat mir sicher eine Nachricht hinterlassen, falls er wegmusste,* versuchte sie, sich zu beruhigen. Doch als sie fertig geduscht und angezogen mit nassen Haaren hinunter in die Küche kam, sah sie zwar, dass sein Auto nicht vor dem Haus stand, stellte jedoch fest, dass kein Zettel auf dem Esstisch lag. Und auch auf ihrem Handy fand sich keine Nachricht. Sie rief seine Nummer an, doch der Anruf landete nach kurzem Klingeln auf der Mailbox.

Mit einem Seufzen ließ Shauna das Handy sinken und lehnte sich gegen den Herd, so wie David es oft tat. Wo konnte er an einem frühen Sonntagmorgen sein? Wenn er so überstürzt aufgebrochen war, dass er ihr nicht einmal hatte Bescheid sagen können, war er vielleicht zu einem Notfall gerufen worden. Aber hätte er sie dann nicht geweckt, um es ihr mitzuteilen?

Zweifel überkamen sie, und sie wünschte sich, David würde durch die Tür treten und sie anlächeln. Sie musste ihm in die Augen sehen und sich davon überzeugen, dass er auch so empfand wie sie, deshalb hob sie das Handy wieder, um erneut seine Nummer zu wählen. Im letzten Moment hielt sie jedoch inne.

Wenn er tatsächlich zu einem Notfall gefahren war, dann hatte er jetzt zu tun, da durfte sie ihn nicht stören. Und ansonsten musste sie einfach darauf vertrauen, dass er sich früher oder später bei ihr melden würde.

Sie kochte sich einen Tee und setzte sich mit der Tasse an den Küchentisch. Doch das Ticken der Küchenuhr machte sie nervös, und ihre Gedanken kreisten. Ob sie das Frühstück vorbereiten und einfach warten sollte, bis er zurückkam? Nur wann würde das sein? Sie spürte, dass ihr die Geduld fehlte, weiter untätig zu sein. Lieber wollte sie nach ihm suchen, nur wo?

Die Praxis, dachte sie. Letztlich konnte er überall sein, aber ob er dort war, ließ sich überprüfen. Und Shauna wollte nicht mehr länger die Wände anstarren. Deshalb erhob sie sich und zog ihre Schuhe an. Bevor sie das Haus verließ, schickte sie David noch eine Nachricht, damit er wusste, wo er sie finden konnte. Falls er mich überhaupt sucht, dachte sie, immer noch irritiert über sein kommentarloses Verschwinden.

Die Luft war kühl, doch der klare Himmel versprach einen warmen Tag. Ihr alter Toyota sprang sofort an, und das Motorengeräusch hallte laut durch die sonntägliche Stille. Auf dem

Weg hinunter zum Hafen begegnete Shauna kaum jemandem, so früh schienen Touristen und Einheimische noch nicht unterwegs zu sein. Sogar das Fisherman's Inn war geschlossen, und der Gastraum dunkel, als Shauna daran vorbeikam, was sie kurz wunderte. Wenn sie in der Woche morgens zur Praxis ging, brannte um diese Zeit hinter den Sprossenfenstern bereits Licht, und sie hatte schon oft überlegt, ob der Pub überhaupt je schloss. Für den Witwer Declan Spargo schien das Lokal sein Lebensinhalt und auch sein Lebensmittelpunkt zu sein, und man hatte den Eindruck, dass er rund um die Uhr hinter der Theke stand. Am Sonntagmorgen jedoch offenbar nicht, dachte Shauna, während sie am Pub vorbei zur Praxis ging und die Tür aufschloss.

»David?« Ihre Stimme hallte durch die Räume, doch es kam keine Antwort, und nach einem kurzen Rundgang stand fest, dass er nicht hier war. Ich hätte zu Hause auf ihn warten sollen, anstatt Detektiv zu spielen, dachte sie und kam sich dumm vor. Hastig verließ sie die Praxis wieder, die so still dalag, dass es ihr beinahe unheimlich war.

Auf dem Rückweg zum Auto registrierte sie ihr Spiegelbild in den Sprossenfensterscheiben des Pubs und blieb stehen. Ihr Haar fiel ihr offen auf die Schultern, und auf den ersten Blick wirkte sie in T-Shirt und Jeans nicht anders als sonst auch. Aber ich bin verändert, dachte sie. Seit der letzten Nacht war sie wieder so verletzlich, wie sie es damals bei Ethan gewesen war. Plötzlich überkam sie Angst. Hatte sie zu viel riskiert? Sie hatte David ihr Herz geöffnet, und mit jeder Minute, die er jetzt nicht bei ihr war, fürchtete sie sich mehr davor, was der Grund dafür sein konnte.

»Shauna?« Sie sah Davids Bild in der Fensterscheibe auftauchen, und ihr Herz schlug schneller bei seinem Anblick.

Für einen Moment glaubte sie, dass es nur ihre Einbildung war, die ihr einen Streich spielte. Doch dann begriff sie, dass er tatsächlich hinter ihr stand. Aufgeregt fuhr sie zu ihm herum.

»David!« Sie war so froh, ihn zu sehen, dass sie ein Lächeln nicht unterdrücken konnte, als sie zu ihm aufblickte. »Wo warst du denn?«

»Ich habe deine Nachricht gelesen«, erwiderte er außer Atem, ohne ihre Frage zu beantworten. »Warum bist du zur Praxis gefahren? Ist etwas nicht in Ordnung?«

»Nein, ich habe dich nur gesucht«, gestand sie. »Wo warst du denn so früh? Gab es einen Notfall?«

»Nein, ich …« Er zögerte. »Ich war unten am Strand.«

Shauna runzelte irritiert die Stirn. »Und was wolltest du da?«

David setzte an, etwas zu erwidern, doch er hielt inne, weil direkt hinter Shauna im Pub plötzlich lautes Hundegebell ertönte.

Erschrocken fuhr Shauna herum und sah Declan Spargos Hund Duke, einen Golden Retriever, der so etwas wie das Maskottchen der Kneipe war, hinter dem Glaseinsatz der Tür zum Pub. Der Hund hatte sich aufgerichtet und kratzte mit den Pfoten am Türblatt. Dabei bellte er laut und eindringlich.

»Was ist denn in den gefahren?« David machte einen Schritt zurück, den Blick auf den Hund gerichtet. »Der ist doch sonst ganz friedlich.«

Eben, dachte Shauna verwundert. Sie kannte sich besser aus mit Hunden als David, und sie hatte nicht den Eindruck, dass Duke aggressiv war. Er wollte sie nicht vertreiben, sondern schien ihnen etwas melden zu wollen. Vorsichtig trat sie näher ans Fenster.

»Shauna, nicht!«, warnte David, doch sie ignorierte ihn und

spähte durch die Scheibe. Im Innern des Pubs war es dunkel, und sie musste die Hände seitlich an ihr Gesicht legen, um etwas erkennen zu können. Sie sah die leeren Tische, die schon gedeckt waren für die nächsten Gäste, und den aufgeregten Duke, der jetzt bellend vor der Tür Kreise drehte. Und die Theke im Hintergrund, vor der …

»Da ist Declan!«, rief sie und versuchte, mehr Details auszumachen. »Er liegt neben der Theke und rührt sich nicht. Oder, warte …« Sie hielt inne. »Doch, er bewegt sich. Aber ich glaube, es geht ihm schlecht. Declan!«

Sie rief mehrmals laut seinen Namen und klopfte gegen die Scheibe, doch der Wirt reagierte nicht, wand sich nur auf dem Boden.

»Wir müssen da rein.« David war neben Shauna getreten und blickte ebenfalls durch die Scheibe in den Pub. Doch dann fiel sein Blick auf den Hund. »Hoffentlich frisst uns das Vieh nicht«, fügte er skeptisch hinzu.

Shauna war schon bei der Tür und versuchte vergeblich, sie zu öffnen. »Es ist abgeschlossen. Wie kommen wir rein?«

»Leider nur mit Gewalt«, sagte David und ging zu dem bepflanzten Holzfass, das an der Ecke des Hauses stand. Die Erde war mit großen Steinen dekoriert. Er nahm einen davon auf, ging zurück zur Tür und schlug ihn auf Höhe des Schlosses gegen die Scheibe. Er brauchte einige Anläufe, doch dann brach das Glas und fiel klirrend nach innen, was Duke erschrocken zurückweichen ließ.

David entfernte einige Splitter aus dem Rahmen, dann griff er durch die zerbrochene Scheibe, drehte den Schlüssel, der im Schloss steckte, und öffnete die Tür.

Duke bellte immer noch aufgeregt, und Shauna ging zu ihm und hielt ihn fest, damit er nicht in die Scherben trat.

»Schon gut, alles gut, wir kümmern uns um dein Herrchen«, beruhigte sie ihn und streichelte ihn, was er sich gefallen ließ.

Declan lag zusammengekrümmt am Boden, und David war schon zu ihm gegangen. Shauna folgte ihm und ging neben dem Kneipenwirt in die Hocke.

»Was ist los?«, fragte David.

»Mein Bauch«, stöhnte Declan und verzog das blasse, schweißnasse Gesicht. Als Shauna ihm die Hand auf die Stirn legte, spürte sie, dass seine Haut regelrecht glühte.

»Er hat hohes Fieber«, sagte sie erschrocken.

David kontrollierte den Puls seines Patienten. »Bitte drehen Sie sich auf den Rücken«, bat er den Wirt, doch der rührte sich nicht, sondern blieb zusammengekrümmt liegen. Nur mit Mühe und gutem Zureden gelang es David, ihn zumindest dazu zu bewegen, seine Beine etwas zu entspannen.

»Der Blinddarm, so wie du immer schon vermutet hast?«, fragte Shauna besorgt, während David Spargos Unterleib abtastete.

David nickte. »Fieber, erhöhter Puls, eine bretthart e Bauchdecke, dazu die blasse Gesichtsfarbe und die gekrümmte Haltung. Ich glaube, ich muss die Entzündungswerte gar nicht messen. Das ist ein hochentzündeter Blinddarm, vielleicht sogar schon ein Durchbruch.«

Entsetzt sah Shauna ihn an. Dass der sogenannte Wurmfortsatz, der sich an den eigentlichen Blinddarm anschloss, nach einer Entzündung platzte, war genau das, was man unbedingt vermeiden musste. In so einem Fall drangen Eiter, Wundflüssigkeit und Bakterien in den Bauchraum und konnten zu einem lebensbedrohlichen Kreislaufversagen oder einer Sepsis führen.

»Bitte!« Declans Stimme klang matt. Er wirkte so weggetreten vor Schmerz und Fieber, dass es fraglich war, ob er David überhaupt erkannte. »Bitte helfen Sie mir.«

»Er muss so schnell wie möglich in die Klinik«, meinte David, doch das hatte Shauna längst begriffen, denn sie wählte bereits den Notruf.

»Die Hubschrauber sind alle noch im Einsatz«, informierte sie David kurz darauf. »Aber sie schicken einen Krankenwagen.«

»Verdammt!«, fluchte David. »Wann kann der hier sein?«

Shauna überlegte kurz. Mit einem normalen Auto brauchte man eine gute halbe Stunde nach Truro, im Moment dauerte es wegen einiger Baustellen mindestens zehn Minuten länger. Als sie kürzlich mit David dort gewesen war, hatten sie eine Dreiviertelstunde gebraucht, und David war zügig gefahren. Ein großer Krankenwagen würde auf den schmalen Straßen langsamer unterwegs sein und kam selbst mit Martinshorn nicht so schnell ans Ziel. Genau aus dem Grund gab es die Cornwall Air Ambulance, die normalerweise für einen zügigen Transport von Schwerverletzten per Hubschrauber sorgte. »Ich denke, der Krankenwagen wird in einer knappen Stunde hier sein«, meinte sie. »Vielleicht etwas eher.«

»Und genauso lange braucht er für den Rückweg«, murmelte David und überprüfte noch einmal den Puls des Kneipenwirts, der mit geschlossenen Augen dalag. Dann schüttelte er den Kopf. »Nein, das dauert alles zu lange. So viel Zeit hat Declan nicht.«

Shauna schluckte. »Was soll das heißen?«, fragte sie. »Willst du ihn etwa …«

»Wir müssen ihn operieren«, erklärte David mit entschlossener Miene. »Bei uns in der Praxis. Und zwar jetzt sofort.«

20

Shauna erstarrte innerlich. Sie wusste, dass David recht hatte. Es ging um Minuten, wenn sie eine Sepsis verhindern wollten, die sehr leicht tödlich enden konnte. Und Declans Zustand ließ auch generell keinen Aufschub zu, so schlecht, wie es ihm jetzt schon ging.

»Ich hole ein Schmerzmittel von drüben, wir müssen ihm etwas geben, damit wir ihn bewegen können«, meinte David und verließ den Gastraum eilig in Richtung Praxis.

Shauna blieb bei Declan zurück, und ihr Blick fiel auf Duke, der dort stehen geblieben war, wo sie ihn eben zurückgelassen hatte. Er hatte nur beobachtet, was passiert war, so als wüsste er sehr genau, dass er jetzt nicht stören durfte.

»Na, komm her, du Guter!«, lockte Shauna ihn. Als er zu ihr kam, führte sie ihn am Halsband zu der Tür hinter der Theke, durch die es in die Küche ging. Duke folgte ihr bereitwillig. In einer Ecke des Raumes standen, genau wie Shauna gehofft hatte, ein Wasser- und ein Futternapf. »Du bleibst erst mal hier, ja? Dann trittst du auch nicht aus Versehen in die Scherben.«

Sie strich dem alten Hund mit der grauen Schnauze über das Fell und schloss die Küchentür, froh darüber, dass sie ihn in Sicherheit wusste.

David war inzwischen zurück und spritzte Declan gerade ein Schmerzmittel. Sie mussten ein paar Minuten warten, dann entspannte der Kneipenwirt sich sichtlich und ließ es zu, dass sie ihn aufsetzten.

Gemeinsam mit David half Shauna ihm auf die Beine, und David schlang den Arm fest um Declans Taille. Shauna stützte den Mann, der kaum noch bei Bewusstsein war, so gut es ging von der anderen Seite, aber vor allem machte sie den Weg frei, indem sie die Türen öffnete. Die Hauptlast trug David, denn der stöhnende Kneipenwirt hing wie ein Sack in seinen Armen, und er musste ihn mehr oder weniger durch den Gastraum und das kurze Stück hinüber zur Praxis tragen.

Doch es ging dennoch zügig, Shauna und David arbeiteten gut zusammen, und wenige Minuten später lag Declan auf der Liege im großen Behandlungszimmer. Es war der Raum, den David sonst nur für umfangreichere Diagnostik nutzte. Hier standen das Ultraschallgerät und auch die übrige technische Ausstattung, über die die Praxis verfügte.

David schaltete das Ultraschallgerät ein und bereitete alles vor, während Shauna Declans Hemd öffnete und den Bauchbereich freilegte. Mit sicheren Bewegungen bediente David das Gerät und schob den Untersuchungskopf über Declans Bauch. Was er sah, schien seine Vermutung zu bestätigen, denn seine Miene wurde immer grimmiger.

»Der verdammte Sturkopf hätte auf mich hören sollen, als ich ihm gesagt habe, dass seine Magentropfen diesmal nicht reichen werden«, brummte er. Dann wandte er sich an Shauna. »Ruf bitte noch mal bei der Rettungsleitstelle an und frag, ob sie nicht doch einen Heli schicken können. Es wäre sicherer, wenn er ins Krankenhaus käme.«

Shauna wählte sofort noch einmal den Notruf, doch die Informationen waren die gleichen. Die Hubschrauber standen nicht zur Verfügung.

»Wir müssen auf den Rettungswagen warten«, erklärte Shauna. »Der ist gerade losgefahren.«

David schüttelte den Kopf. »Spargos Zustand ist für einen rumpeligen Transport über die Straße schon zu kritisch. Das hält er nicht durch.« Er schwieg einen Moment, schien noch einmal alles abzuwägen, dann seufzte er. »Nein, wir haben keine Wahl. Wir müssen ihn jetzt operieren.«

Shauna schluckte beklommen. Wenn David das riskieren wollte, dann gab es keine andere Möglichkeit. Sie würden mit dem arbeiten müssen, was ihnen zur Verfügung stand. Das war mehr, als man von einer Landarztpraxis erwartet hätte. David hatte ihr bei ihrer Einweisung gezeigt, dass er durchaus die wichtigsten Dinge wie steril verpacktes OP-Besteck, sterile OP-Tücher sowie diverse Narkosemedikamente und eine Sauerstoffflasche in einem der Schränke verstaut hatte. Shauna wusste noch, dass sie sich darüber gewundert hatte, wie gut er auf die Eventualität einer Operation vorbereitet war. Er hatte ihr damals erklärt, dass er lieber auf Nummer sicher ging – was sich jetzt auszahlte.

Und Declan Spargo hat ihn als schlechten Arzt bezeichnet!, dachte sie wütend, während sie alles für die OP vorbereitete.

»Was ist mit der Narkose?«, wollte sie wissen. »Wir können Spargo doch nicht beatmen.«

»Das müssen wir auch nicht«, meinte David. »Ich werde das Gewebe lokal betäuben, um ihm den schlimmsten Schmerz zu nehmen. Außerdem spritze ich ihm ein Narkosemittel. Du wirst während der OP regelmäßig den Blutdruck kontrollieren. Wenn er steigt, ist das ein Zeichen, dass er aufwacht, dann bekommt er noch ein bisschen mehr. Wenn wir ihm zusätzlich Sauerstoff über die Nase geben, müsste es gehen.«

Er wirkte ganz sicher, und Shauna vertraute ihm, bereitete weiter alles vor, während David seine Arme und Hände gründlich desinfizierte.

»Also los«, sagte er, als alles fertig war, und setzte das Skalpell an.

Shauna wusste, dass die Bedingungen für diese Operation alles andere als ideal waren. Doch die Nervosität, die sie in den ersten Minuten spürte, legte sich bald und wich echter Bewunderung. Denn es war offensichtlich, dass David sehr genau wusste, was er tat. Er schien diese Art von Operation schon sehr oft durchgeführt zu haben, denn seine Bewegungen waren ruhig und routiniert. Er zögerte nicht ein einziges Mal, sondern führte alles präzise und zügig aus.

Seinen gemurmelten Kommentaren, die er zwischendurch von sich gab, entnahm Shauna, dass Spargo mehr Glück als Verstand gehabt hatte. Denn der Blinddarm war, anders als befürchtet, zwar tatsächlich hochentzündet, aber noch intakt. Und dann, nach einer knappen Dreiviertelstunde Operationszeit, die Spargo ohne weitere Komplikationen überstand, war es geschafft, und David legte das letzte Instrument zurück auf das dafür vorbereitete Tischchen. Im selben Moment ertönte vor dem Haus die Sirene des Rettungswagens.

Shauna und David tauschten einen Blick.

»Gut gemacht«, lobte er, und sie konnte, obwohl über dem Mundschutz nur seine Augen sichtbar waren, erkennen, dass er lächelte. Erleichtert atmete sie auf und ließ die Sanitäter herein, die sich um die weitere Versorgung des Patienten kümmerten, während David noch einmal mit der Rettungsleitstelle telefonierte.

Während der nächsten halben Stunde herrschte Ausnahmezustand in der Praxis, nicht zuletzt, weil besorgte Pubgäste hereinkamen. Sie hatten die zerschlagene Scheibe in der Kneipentür bemerkt und wollten sich nach Declan erkundigen. Schnell sprach sich unter ihnen herum, was passiert war, und das schien noch mehr Leute anzuziehen, denn als schließlich doch ein Helikopter eintraf und Declan ins Krankenhaus nach Truro ausgeflogen wurde, hatte sich schon eine stattliche Menschentraube vor der Praxis versammelt.

Shauna stand mit David und den beiden Sanitätern zwischen ihnen und fühlte sich regelrecht belagert. Wie in Trance beantwortete sie alle Fragen, so gut sie konnte, und atmete auf, als die Menge sich endlich zerstreute. Sie sorgte noch dafür, dass sich jemand um Declans Hund kümmerte, dann kehrte sie mit David in die Praxis zurück und schloss die Tür.

Völlig erschöpft lehnte sie sich dagegen und stellte fest, dass er weit weniger mitgenommen aussah, als sie sich fühlte, obwohl er viel mehr Arbeit geleistet hatte. Tatsächlich wirkte er sehr zufrieden, so wie ein Arzt sich vermutlich fühlte, wenn ein Eingriff gelungen war.

»Was für ein Morgen«, meinte er mit einem Kopfschütteln und lächelte.

Doch Shauna konnte sein Lächeln nicht erwidern. Stattdessen stiegen ihr zu ihrem eigenen Entsetzen Tränen der Erschöpfung in die Augen.

»Du warst …« Sie suchte nach den richtigen Worten. »Du warst großartig. Und Declan war so gemein zu dir. Er hat dich aus der Kneipe geworfen. Und allen gesagt, dass du ein schlechter Arzt bist. Dabei bist du …«

»Hey!« David kam zu ihr und schloss sie in die Arme. »Alles ist gut. Wir haben getan, was nötig war. Und du warst auch großartig. Ohne dich hätte ich das nicht geschafft.«

Shauna schluckte gegen die Tränen an, die sie immer noch

zu überwältigen drohten. Doch Davids Nähe, sein vertrauter Duft und die Wärme seines Körpers entspannten sie. Für einen Moment genoss sie es, von ihm gehalten zu werden, dann atmete sie noch einmal tief durch und löste sich wieder von ihm.

Sie hatte sich beruhigt, und nun gelang auch ihr ein Lächeln. Sie fühlte sich ihm näher als jemals zuvor, vielleicht weil sie gerade gemeinsam eine Krise gemeistert hatten, und alle Zweifel, ob sie zusammengehörten, schienen wie weggewischt. Trotzdem blieb da noch eine Frage.

»Du hast mir vorhin nicht geantwortet«, sagte sie. »Was wolltest du heute Morgen am Strand?«

David blickte in Shaunas blaue Augen und verfluchte sich für seine Schwäche. Sag es ihr, dachte er. Das war es schließlich, was er sich vorgenommen hatte, als er heute im ersten Licht des Tages an der Wasserlinie entlanggelaufen war und dem Rauschen der Wellen gelauscht hatte.

Er hatte Ordnung in das Chaos bringen wollen, das in seinem Innern herrschte. Doch ganz egal, wie oft er in Gedanken alles durchgespielt hatte, am Ende war er immer wieder am selben Punkt angelangt: Shauna musste erfahren, was in dem Brief gestanden hatte, der vor ein paar Tagen gekommen war und der alles änderte. Sie hatte ein Recht darauf, denn es betraf sie, auch beruflich.

Aber genau wie in der Nacht fiel es ihm unendlich schwer, es auszusprechen. Weil es so endgültig klang. Und weil er sich vor dem enttäuschten Ausdruck in ihren Augen fürchtete.

»David?« Shauna sah ihn immer noch fragend an, und er erkannte die Unsicherheit, die sich in ihren Blick schlich.

»Ich …« Er zögerte. Mein Gott, er hatte doch sonst nie

Schwierigkeiten gehabt, den Frauen in seinem Leben Grenzen zu setzen! Wieso war das bei Shauna anders? »Ich musste nachdenken«, beendete er seinen Satz.

»Über deine Mutter?«, fragte Shauna, und David erstarrte innerlich.

Meine Mutter, dachte er, beinahe erschrocken darüber, dass die Frau, wegen der er nach Cornwall gekommen war, in seinen Überlegungen am Strand keine Rolle gespielt hatte. Die Einzige, an die er hatte denken können, war Shauna gewesen.

»Eigentlich habe ich vor allem über uns nachgedacht«, gestand er. »Shauna, ich …« Er seufzte tief. »Ich muss dir etwas sagen.«

»Nein!« Shauna legte ihm einen Finger auf die Lippen. Ihr Herz raste, weil sie plötzlich große Angst hatte vor dem, was sie jetzt von ihm hören würde. »Ich habe auch nachgedacht«, fuhr sie hastig fort. »Und ich möchte es zuerst sagen.«

Sie nahm ihren Finger weg, und er schwieg, sah sie erwartungsvoll an.

»Ich … weiß, dass ich gesagt habe, dass es bei mir nur ganz oder gar nicht gibt«, begann sie. »Und dass du gesagt hast, dass du keine Beziehung willst. Aber wir müssen das doch jetzt noch gar nicht entscheiden, oder? Vielleicht lassen wir es erst einmal so, wie es ist, und warten ab? Was meinst du?«

Mit diesem Vorschlag widersprach sie sich selbst, das war ihr bewusst. Es war das komplette Gegenteil von dem, was sie ihm zuvor über ihre Erwartungen gesagt hatte. Doch sie hätte es einfach nicht ertragen, wenn er jetzt mit ihr Schluss gemacht hätte. Nicht nach dieser Nacht. Sie konnte ihn noch nicht aufgeben, deshalb war sie bereit, ihr Bedürfnis nach Sicherheit zurückzustellen und das zu nehmen, was er ihr anbieten konnte.

David zog sie wieder zu sich. »Bist du sicher?« Die Erleichterung in seiner Stimme war unüberhörbar.

Sie legte ihre Stirn an seine und nickte.

Vielleicht, dachte sie, habe ich das Unausweichliche nur aufgeschoben. Aber sie hatte es selbst so entschieden. Und sie war froh darüber.

21

»Nicht zu fassen«, murmelte Shauna und legte den Hörer auf, dann trug sie den Termin, den sie gerade mit der Patientin verabredet hatte, in den Plan ein, der auf dem Bildschirm geöffnet war. »Das war der letzte«, sagte sie zu David, der auf der anderen Seite des Empfangstresens stand und Rezepte unterschrieb.

»Der letzte was?«, fragte er, noch sichtlich in Gedanken.

»Termin«, erklärte sie mit einem glücklichen Lächeln. »Damit ist der Kalender für diese und auch für die nächste Woche voll. Und ich habe sogar schon für die Woche danach Termine vergeben.« Sie schüttelte den Kopf. »Das Telefon steht gar nicht mehr still seit der Sache mit Declan Spargo.«

Wie immer, wenn die Rede auf die Notoperation kam, mit dem er dem Kneipenwirt vermutlich das Leben gerettet hatte, winkte David ab. »Ich weiß wirklich nicht, wieso das immer noch Thema ist«, sagte er mit einem Stirnrunzeln. »Ich habe nur meinen Job gemacht.«

Ihm war der Rummel um seine Person unangenehm, das wusste Shauna. Und sie verstand auch, dass er sich nicht als Held feiern lassen wollte für etwas, das er für seine Pflicht hielt. Sie selbst war jedoch sehr froh über die Entwicklung. Seit jenem Sonntag waren inzwischen etwas mehr als zwei Wochen vergangen, und in dieser Zeit schien sich alles für David und seine Praxis gedreht zu haben.

Die Sanitäter aus dem Krankenwagen, die mit ihnen vor

der Praxis gestanden und die Fragen der Dorfbewohner beantwortet hatten, waren voll des Lobes über Davids Operations-
technik und sein besonnenes Handeln gewesen, das hatte
Shauna mitbekommen. Das musste sich herumgesprochen
haben, denn in den Tagen danach waren die Leute mit jedem
noch so nebensächlichen Zipperlein zu David gekommen und
hatten ihn über die Ereignisse ausgefragt. Seitdem war das
Wartezimmer an keinem Tag mehr leer gewesen. Im Gegenteil, Shauna konnte sich vor Terminanfragen kaum noch retten, und David hatte alle Hände voll zu tun. Endlich, so schien
es, war ihm der Durchbruch gelungen. Die Dorfbewohner
akzeptierten ihn und schätzten sein medizinisches Urteil.

»Du darfst dich ruhig ein bisschen freuen«, meinte sie deshalb, streckte den Arm aus und legte ihre Hand auf seine. »Du
hast es geschafft, du bist angekommen.«

David erwiderte ihr Lächeln, doch es wirkte verhalten, und
er wurde fast sofort wieder ernst, so wie immer, wenn es um
dieses Thema ging, das sie während der vergangenen Tage
schon diskutiert hatten. Offenbar konnte oder wollte er ihre
Euphorie nicht teilen. Aber er umfasste ihre Hand und strich
sanft über ihre Finger, was einen wohligen Schauer durch
ihren Körper schickte. Seine breiten Schultern schirmten sie
vor Blicken ab, sodass die Leute im Wartezimmer nichts von
der zärtlichen Geste mitbekamen, und er beließ es dabei, zog
seine Hand zurück, nachdem er ihre noch einmal kurz gedrückt hatte.

Sie stellten die Tatsache, dass ihre Beziehung sich verändert
hatte, nicht zur Schau, nicht vor den Patienten und auch nicht
vor Emma. Darum hatte Shauna David gebeten, denn noch
war zwischen ihnen nichts geklärt, und sie wollte nicht, dass
die Kleine die falschen Schlüsse zog.

Es fiel Shauna nicht immer leicht, ihre Gefühle für David zu verbergen, doch das Versteckspiel hatte auch etwas Aufregendes, und als ihre Blicke sich jetzt trafen, konnte sie sehen, dass auch David sich wünschte, sie wären allein.

»Ich mache dann mal weiter, sonst werden wir heute nicht mehr fertig«, meinte er mit einem tiefen Seufzen, in dem die gleiche Sehnsucht mitschwang, die auch Shauna empfand. Er wandte sich ab und wollte zum Wartezimmer gehen, hielt jedoch noch einmal inne. »Ach, das hätte ich fast vergessen: Ich habe eben im Krankenhaus in Truro angerufen und mich nach Spargo erkundigt. Offenbar wurde er heute entlassen. Die Kollegin meinte, dass er alles gut überstanden hat.«

Shauna strahlte. »Das sind hervorragende Neuigkeiten!«

»Ich denke, ich gehe nach Praxisschluss mal bei ihm vorbei und sehe nach ihm«, überlegte David. »Vielleicht braucht er noch irgendwas.«

»Das wird nicht nötig sein«, erklang eine Stimme hinter ihm, und als David sich umwandte und dabei den Blick auf die Haustür freigab, sah Shauna, dass Declan Spargo die Praxis betreten hatte. Er sah noch ein bisschen blass aus, schien jedoch wieder bei Kräften zu sein.

Im Wartezimmer erhob sich Gemurmel, als die Anwesenden den Kneipenwirt bemerkten. Doch Spargo achtete nicht auf sie, sondern hielt den Blick auf David gerichtet.

»Ich bin gerade erst zurück, und ich wollte sofort herkommen und mich bedanken«, sagte er. »Wenn Sie nicht gewesen wären, dann …« Er ließ den Rest des Satzes unausgesprochen und zuckte nur mit den Schultern.

»Bedanken Sie sich bei Ihrem Hund«, erklärte David. »Wenn er nicht so ein Theater gemacht hätte, dann hätten wir Sie vermutlich gar nicht bemerkt. Und es war Miss Lewis, die sich getraut hat nachzusehen.« Er hob einen Mundwinkel zu einem schiefen Lächeln. »Ich habe es nicht so mit Hunden, schon gar nicht mit welchen, die mich anbellen.«

Spargo blickte zu Shauna und nickte ihr zu. »Dann gilt mein Dank Ihnen beiden«, sagte er und wandte sich wieder an David. Er zögerte kurz, schien nach den richtigen Worten zu suchen. »Wegen der Sache mit dem Magenmittel ...«, begann er, doch David unterbrach ihn mit einer wegwerfenden Handbewegung.

»Schwamm drüber«, sagte er. »Ich hätte Ihnen das netter erklären können. Vielleicht hätten Sie dann auf mich gehört.«

Spargo schüttelte den Kopf. »Nein, vermutlich nicht. Aber zumindest weiß ich, wenn ich einen Fehler gemacht habe.« Er streckte David die Hand hin, und David ergriff sie. »Ich lasse mich von jetzt an von niemand anderem mehr behandeln als von Ihnen. Und falls ich je etwas für Sie tun kann, fragen Sie einfach.« Lächelnd wandte er sich an Shauna. »Das gilt natürlich auch für Sie, Miss Lewis.«

David löste den Händedruck und klopfte Spargo freundschaftlich auf die Schulter. »Legen Sie sich hin, Mr. Spargo. Sie brauchen noch viel Ruhe. Und falls irgendetwas ist, sagen Sie Bescheid.«

Der Kneipenwirt nickte und wandte sich zum Gehen. Er wirkte erschöpft, aber zufrieden, offenbar war ihm dieses Gespräch wichtig gewesen.

Und David? Shauna konnte seinen Gesichtsausdruck nicht richtig deuten. Das war bei ihm oft nicht einfach, doch inzwischen kannte sie ihn besser, und sie hätte schwören können, dass die Begegnung ihn berührt hatte.

»Mrs. Ross, Sie sind die Nächste«, meinte er an die ältere Frau gerichtet, die im Wartezimmer ganz in der Nähe der Tür saß. Sie erhob sich und folgte ihm in den hinteren Teil der Praxis, während einige Patienten, die aufgestanden und zur Tür gekommen waren, um die Begegnung zwischen David und Spargo besser beobachten zu können, an ihre Plätze zurückkehrten. Die anderen unterhielten sich halblaut und sichtlich aufgeregt im Wartezimmer. Das, was der Kneipenwirt gesagt hatte, würde sich also vermutlich in Windeseile im Dorf herumsprechen.

Gut, dachte Shauna, zum ersten Mal dankbar dafür, dass man in Carywith nur sehr schlecht ein Geheimnis wahren konnte. In diesem Fall half es David, denn er bekam dadurch endlich die Anerkennung, die er verdient hatte.

Es dauerte noch bis kurz vor sieben, bis endlich der letzte Patient gegangen war, und als sie um halb acht zusammen die Praxis verließen, um Emma bei den Harrisons abzuholen, fühlte Shauna sich auf angenehme Art müde.

»Schau mal, wir werden schon erwartet.« David deutete auf die Eingangstür der Farm, als sie sich dem Gebäude näherten, und Shauna sah Emma, Kelsey und Mary Harrison tatsächlich wie ein Empfangskomitee an der Tür stehen. Sobald David den Wagen anhielt, stürmten die beiden Mädchen zu ihnen herüber.

»Shauna, David, stellt euch vor, Brave bekommt heute noch ihre Welpen!«, rief Emma aufgeregt. »Oh, bitte, darf ich heute bei Kelsey bleiben? Ich möchte so gerne dabei sein und helfen!«

»Jetzt schon?« Shauna stieg aus und sah überrascht zu Mary Harrison, die ebenfalls zum Wagen gekommen war. »Ich dachte, es dauert noch mindestens eine Woche.«

»Ja, aber Brave zeigt Anzeichen, dass sie Wehen hat«, meinte Mary. »Ich kenne das noch von meiner Hündin damals, da fing es auch so an.« Sie lächelte. »Ich kann mich natürlich täuschen. Dennoch könnte ich schwören, dass es bald losgeht.«

Shauna biss sich auf die Lippen. Sie hatte ein schlechtes Gewissen, weil sie in den vergangenen vierzehn Tagen nicht wirklich oft an die herannahende Geburt der Welpen gedacht hatte.

»Und es ist wirklich okay, dass Brave mit den Welpen hierbleiben kann?«, erkundigte sie sich.

Mary nickte vehement. »Absolut! Ich freue mich auf die Kleinen! Wir haben genug Platz, und die Mädchen werden mir sicher bei der Betreuung helfen. Also keine Sorge.«

Erleichtert atmete Shauna auf. Sie war froh gewesen, als Mary angeboten hatte, die Welpen in den ersten Wochen auf dem Hof unterzubringen. Es löste unglaublich viele Probleme auf einmal. Dennoch kam Shauna sich vor, als würde sie die Hündin im Stich lassen.

»Es ist nur für eine Weile.« Mary war neben sie getreten und legte ihr eine Hand auf den Arm. »Und nur, weil es hier praktischer ist.«

»Ich weiß.« Shauna lächelte sie dankbar an. »Ich wäre trotzdem gerne bei der Geburt dabei.«

»Dann sage ich Ihnen Bescheid, wenn es so weit ist«, erklärte Mary. »Wie gesagt – bis jetzt ist es nur so ein Gefühl. Ich kann mich auch irren.«

»Darf ich denn bleiben?«, bat Emma und zog an Shaunas Arm. »Bitte! Ich will es nicht verpassen.«

Shauna nickte und strich ihr über das Haar. »Von mir aus.«

So verblieben sie, und nachdem Shauna noch einmal nach Brave gesehen hatte, der es so weit gut ging, machte sie sich mit David auf den Weg zurück zu seinem Haus.

»Dann haben wir ja unverhofft den Abend für uns«, meinte

er, als sie im Auto saßen, und griff nach ihrer Hand. Sie lächelten sich an, und Shauna spürte, wie ihr Herz schneller schlug bei dem Gedanken, was sie dann tun konnten.

Es war für sie manchmal immer noch schwer zu fassen, wie schön die vergangenen Tage gewesen waren. Jede Minute mit David erschien ihr aufregend und kostbar, und sie wollte eigentlich noch nicht an die Zukunft denken. Aber es gab etwas, das er endlich erfahren musste. Etwas, das sie jetzt schon so lange für sich behalten hatte, dass es ihr schwerfiel, es überhaupt in Worte zu fassen. Es musste jedoch sein, und heute Abend waren sie allein. So eine Gelegenheit kam vielleicht nicht so schnell wieder.

Es dauerte nicht lange, bis sie auf die Einfahrt des Hauses einbogen. Schnell stiegen sie aus und gingen Hand in Hand zur Tür. Sobald diese hinter ihnen ins Schloss fiel, zog David Shauna in seine Arme und drehte sich mit ihr in der Eingangshalle.

»Ich hoffe, Mary lässt sich noch ein bisschen Zeit, bevor sie dich zu deinem Hund zurückbeordert«, sagte er und gab ihr einen Kuss. »Ich hätte da nämlich eine Idee, was wir solange machen könnten.«

Shauna ließ es zu, dass er sie noch einmal küsste, doch dann löste sie sich von ihm und schob ihn ein Stück von sich fort.

»Warte, da ist noch etwas, das ich dir sagen muss«, erklärte sie. Ihr Herz raste plötzlich, und ihr war ein bisschen schwindelig.

David schien ihre Nervosität zu spüren, denn er runzelte die Stirn. »Etwas Schlimmes? Du siehst so ernst aus.«

Shauna schluckte. Ja, doch, es war schlimm. Sie hatte einen Fehler gemacht, den sie jetzt wieder korrigieren musste, und sie hatte keine Ahnung, welche Konsequenzen das haben würde. Generell, aber auch für ihre Beziehung zu David. Würde er sie verstehen? Und wichtiger noch: Würde er damit leben können?

David trat wieder näher und schlang die Arme um sie. »Na, los, raus damit!«, sagte er. »Dann können wir mit dem Rest des Abends anfangen.«

Shaunas Kehle war plötzlich ganz trocken. »David, ich …«

Sie hielt inne, weil es an der Tür klingelte.

David stöhnte. »So viel zum Thema: Wir sind unerwartet allein«, sagte er leise, damit seine Stimme nicht bis vor die Haustür drang. »Wer zur Hölle kommt denn jetzt vorbei? Erwartest du jemanden?«

Shauna schüttelte den Kopf, nicht sicher, ob sie enttäuscht oder erleichtert über die Unterbrechung ihres Geständnisses war.

Der Gong ertönte erneut, gleich mehrmals diesmal. Mit einem tiefen Seufzen gab David Shauna frei.

»Scheint ja dringend zu sein«, meinte er und küsste sie noch einmal aufs Haar, dann ging er zur Haustür und öffnete.

Ein großer Mann stand davor, den Shauna auf Anfang sechzig schätzte. Er war schlank, hatte rote Wangen und ähnlich graue Augen wie David. Seine Hände waren zu Fäusten geballt, und er wirkte angespannt.

»Paddy!« David war blass geworden.

»Willst du uns nicht vorstellen?«, fragte der Mann nach einem unangenehmen Moment des Schweigens.

»Das ist Shauna, sie hilft mir in der Praxis«, erklärte David. »Und das ist mein Onkel Paddy.«

Shauna reichte Paddy MacKenzie die Hand und versuchte, die Enttäuschung darüber zu ignorieren, dass David nur ihre berufliche Verbindung erwähnt hatte und nicht ihre private.

Paddy MacKenzie schien sich aber ohnehin wenig für sie zu interessieren, denn er konzentrierte sich ganz auf David.

»Ich muss mit dir sprechen«, erklärte er und trat in die Eingangshalle, ohne auf eine Einladung dazu zu warten. Er blickte sich um, und was er sah, schien ihm nicht zu gefallen, denn seine Miene wurde noch ein bisschen grimmiger.

»Hier entlang.« David wies auf die Tür, die in den hinteren Teil des Hauses führte, und kurz darauf standen sie alle drei im Wohnzimmer.

»Bitte, nehmen Sie Platz«, lug Shauna ihn ein, doch Paddy MacKenzie achtete gar nicht auf sie und blieb stehen.

»Wie lange geht das schon?«, fragte er. »Wie lange bist du hier in Cornwall?«

»Seit knapp sechs Monaten«, erwiderte David mit ausdrucksloser Miene.

Paddy MacKenzie schien diese Information nicht wirklich zu überraschen, offenbar bestätigte David damit nur, was er schon wusste. »Also warst du die ganze Zeit hier, während ich dachte, du wärst in Amerika? Deine Anrufe, die Nachrichten – das kam alles von hier?«

David zuckte mit den Schultern. »Ich wusste, dass du mit meinen Plänen nicht einverstanden sein würdest«, sagte er. »Deshalb dachte ich, dass es besser wäre, wenn du es nicht weißt.«

Sein Onkel stieß verächtlich die Luft aus. »Nein, da hast du recht, ich bin nicht einverstanden!«, sagte er und ballte die Hände zu Fäusten. »Landarzt in Cornwall? Ernsthaft, David? Das tauschst du ein gegen das, was ich dir ermöglichen wollte?«

»Ich hatte meine Gründe«, gab David zurück und fixierte seinen Onkel, so als könnte er immer noch nicht fassen, dass er hier bei ihnen im Wohnzimmer stand. »Wie hast du mich überhaupt gefunden?«, wollte er wissen. »Hat Bethany dir etwas gesagt?«

Shauna fragte sich kurz, wen er meinte. Dann fiel ihr die Begegnung mit der älteren Frau am Strand von Penbarren wieder ein.

Sein Onkel nickte. »Bethany hat mir erzählt, dass sie dich hier getroffen hat. Und dass du jetzt mit einer Frau zusammenwohnst, die ein Kind hat.« Paddy MacKenzie blickte zu Shauna, und sie sah, wie sich Verwirrung in seinen Ärger mischte. Dann wandte er sich erneut an David.

»Ich dachte, sie hätte dich verwechselt, schließlich hattest du mir gerade erst geschrieben, dass du dich in New York sehr wohlfühlst.« Seine Miene wurde grimmig. »Um deine Frage zu beantworten: Nein, Bethany konnte mich nicht davon überzeugen, dass mein Neffe mich derart dreist anlügt. Das hat erst Professor Walden vom Lenox Hill Hospital geschafft, der mir auf meine Nachfrage, wie du dich bei ihm machst, mitgeteilt hat, dass du die Stelle in New York nicht angetreten hast.« Er schüttelte den Kopf. »Warum Cornwall? Und noch dazu dieses Kaff? Was versprichst du dir davon? Denkst du etwa, du findest Carol hier? David, du musst diese Suche endlich aufgeben! Meine Schwester will nicht gefunden werden, sonst hätte sie sich längst …«

»Ich habe sie gefunden«, unterbrach David ihn. »Sie lebt mit ihrer Familie in der Nähe von Land's End.«

Die Nachricht schien Paddy die Sprache zu verschlagen, denn er starrte David einen langen Moment schweigend an. Dann ließ er sich doch auf einen der Sessel sinken.

»Mein Gott!«, stieß er hervor. »Wie geht es ihr?«

»Sie ist verheiratet und hat zwei Kinder«, erwiderte David.

Wieder schwieg Paddy einen Moment, wahrscheinlich musste er diese Information erst verdauen.

Nach einer Weile blickte er wieder zu David auf. »Ich hoffe, das war es wert, dafür den Job in New York zu riskieren«, meinte er. »Zum Glück meinte Professor Walden, dass du eine neue Chance bekommst. Deshalb bin ich überhaupt hier. Ich will mich davon überzeugen, dass du sie diesmal nutzt.«

David setzte an, darauf zu antworten, doch Shauna kam ihm zuvor.

»Entschuldigung, aber wovon reden Sie denn da?«, fragte sie, auch weil sie es leid war, dass Paddy MacKenzie so tat, als wäre sie gar nicht da. Herausfordernd begegnete sie seinem grimmigen Blick. »David hat eine Praxis hier in Carywith, die inzwischen sehr gut läuft. Er geht nicht nach New York.«

Der Ausdruck in Paddy MacKenzies Augen wechselte, wurde fast mitleidig. »Ich weiß nicht, in welchem Verhältnis Sie zu meinem Neffen stehen, doch er scheint Sie nicht sehr gut informiert zu haben«, sagte er. »David hätte Anfang des Jahres eine Stelle am sehr renommierten Lenox Hill Hospital antreten sollen. Was er nicht getan hat. Doch zu seinem großen Glück ist diese Stelle wieder frei geworden, deshalb bietet man sie ihm jetzt noch einmal an, sofern er sie zum nächsten Ersten antritt. Er muss diesmal hingehen, es wäre genau der richtige Schritt für seine weitere Karriere. Jedenfalls ist es sehr viel besser, als eine Landarztpraxis irgendwo im Nirgendwo zu führen.« Er schnaubte leise. »Cornwall war doch hoffentlich nur eine Übergangslösung, weil du deine Mutter finden wolltest, oder, David? Du hattest nicht ernsthaft vor hierzubleiben?«

Shauna spürte, wie ihr Magen auf Talfahrt ging. Sie wollte nicht glauben, was sie da hörte, doch als sie sich zu David umwandte, lag kein Widerspruch in seinen Augen, sondern ein resignierter, zerknirschter Ausdruck.

»Nein!« Sie schüttelte den Kopf und wich vor ihm zurück. »Das stimmt nicht, David, oder? Du gehst nicht nach New York.«

Er hob die Schultern. »Ich wollte es dir sagen, Shauna. Wirklich.«

Sie schüttelte den Kopf, weil ihr Herz immer noch leugnete, was ihr Verstand schon begriffen hatte. »Aber … die Praxis«, sagte sie. »Sie gehört dir doch. Du kannst sie nicht einfach wieder aufgeben.«

Er senkte den Kopf, wich ihrem Blick aus. »Doch das kann ich«, sagte er. »Das muss ich sogar, sobald mein Vertrag ausläuft.« Er sah sie wieder an. »Doktor Brown hat mir die Praxis nur für ein Jahr überlassen. Danach kommt er entweder zurück oder sucht einen endgültigen Nachfolger oder eine Nachfolgerin für sich.«

Shaunas Gedanken rasten. Plötzlich ergab das alles einen Sinn: Davids chaotische Praxisführung und sein Desinteresse daran, freundlich zu den Patienten zu sein. Es war ihm die ganze Zeit nur um seine Mutter gegangen und nicht darum, in Cornwall Fuß zu fassen. Deshalb hatte er sich keine Mühe gegeben – weil er gewusst hatte, dass er es gar nicht musste.

»Dann wolltest du also nie bleiben?«, fragte sie voller Entsetzen.

»Nein«, sagte er, und sie spürte, wie all das Glück, das sie vorhin noch empfunden hatte, endgültig einem Gefühl der Kälte wich, die sich wie ein Eispanzer um ihr Herz legte.

22

»Kann ich dich sprechen?« Es erstaunte Shauna, dass ihre Stimme nicht zitterte. Sie blickte kurz zu Paddy MacKenzie, der immer noch auf dem Sofa saß. »Allein?«

David nickte und ging zurück in die Eingangshalle und von dort in sein Arbeitszimmer. Shauna folgte ihm und kämpfte auf dem Weg gegen den Kloß in ihrem Hals. Sie hatte das Gefühl, dass mit jedem Schritt, den sie ging, die Eisschicht um ihr Herz noch ein bisschen dicker wurde. Gleichzeitig loderte Wut in ihr auf, ein Gefühl, das ihr sehr willkommen war, denn es hielt den Schmerz noch zurück, der dahinter lauerte.

Nachdem er die Tür hinter ihnen geschlossen hatte, wandte David sich zu ihr um. Sein Gesicht war starr und ernst.

»Shauna, ich …«, begann er, aber sie machte eine unwillige Handbewegung.

»Du wusstest schon bei meiner Einstellung, dass du wieder gehen würdest?«, fragte sie. »Und hast nichts davon erwähnt?«

»Dein Arbeitsverhältnis ist davon nicht betroffen«, versicherte David ihr. »Es läuft weiter, egal wer die Praxis nach meinem Weggang übernimmt. Das habe ich so mit Doktor Brown besprochen.«

Shauna schüttelte den Kopf. »Das heißt, ich bin in Wahrheit seine Angestellte und gar nicht deine?«

Er nickte. »Ja, wenn man so will.«

Sie ballte die Hände zu Fäusten, um sich gegen die Enttäuschung zu stemmen, die in ihr aufstieg. »Und warum hast du das verschwiegen? Wieso wusste ich das nicht?«

»Niemand wusste es«, rechtfertigte David sich. »Doktor Brown hat darauf bestanden, dass wir es geheim halten. Er meinte, dass es nicht gut für mich und die Praxis wäre, wenn die Leute wüssten, dass er vielleicht zurückkommt. Er hatte Angst, dass sie mir dann keine Chance geben.« Er zuckte mit den Schultern. »Ich schätze, da hatte er recht. Schließlich war es auch so schwer genug.«

Shauna schwieg einen Moment, um das Gehörte zu verarbeiten. »Aber du bist doch erst ein halbes Jahr hier«, sagte sie. »Wenn dein Vertrag ein Jahr läuft, dann bleibst du doch erst mal noch. Dann kannst du nicht nach New York.«

»Eigentlich nicht«, bestätigte David. »Es stimmt jedoch, was Paddy sagt. Man hat mir die Stelle in New York, die ich abgelehnt hatte, um hierher nach Cornwall zu kommen, erneut angeboten. Deshalb werde ich Doktor Brown bitten, den Vertrag eher aufzulösen.«

»Dann heißt das, du gehst wirklich nach New York?« Diesmal bebte Shaunas Stimme, und sie kämpfte gegen die Tränen, die in ihren Augen brannten. »Hast du schon zugesagt?«

David sah aus, als wäre er an jedem Ort lieber als hier, wo er ihr diese Frage beantworten musste. Er seufzte und trat ans Fenster, starrte nach draußen in den Abendhimmel.

»Es widerstrebt mir, den Vertrag mit Doktor Brown nicht zu erfüllen. Aber in New York könnte ich wertvolle Erfahrungen sammeln«, sagte er. »Paddy hatte mich drauf gebracht. Er hat einen Kontakt am Lenox Hill Hospital und konnte ein paar Hebel in Bewegung setzen für meine Bewerbung dort. Sie wollten mich haben, doch im letzten Moment habe ich mich doch noch dagegen entschieden. Ich hatte plötzlich das Gefühl, dass ich erst die Sache mit meiner Mutter klären muss. Und dass mir das nur gelingen wird, wenn ich es zu meiner Priorität mache. Ich habe mich umgehört, wie es mit Stellen in Cornwall aussieht, und als Doktor Brown mir dann die befristete Praxisübernahme angeboten hat, erschien mir das wie ein Wink des Schicksals.« Er hielt kurz inne. »Das Jahr in Carywith, das wollte ich mir geben, um endlich mit dieser Sache abschließen zu können.«

»Und das ist dir jetzt gelungen.« Shauna formulierte es nicht als Frage. Sie fühlte Bitterkeit in sich aufsteigen. »Wann wolltest du mir sagen, dass du nach New York gehst? Wenn ich über deine gepackten Koffer am Eingang gestolpert wäre?«

Seine Kiefermuskeln arbeiteten. »Ich wusste nicht, wie ich es dir sagen soll«, gestand er.

Shauna dachte an den Brief aus New York, den sie kurz vor der Hochzeit von Julia und Henry aus dem Briefkasten geholt und David gegeben hatte. Daran erinnerte sie sich noch genau, weil sie sich gefragt hatte, was es damit wohl auf sich hatte. Das war über zwei Wochen her, und seitdem war viel passiert.

Shauna brauchte einen Moment, bis sie wieder sprechen konnte. »Du weißt es schon lange, oder?«

David nickte und blickte aus dem Fenster. »Eine Weile.«

Einen Moment lang herrschte Schweigen, und Shauna wartete, bis David sich erneut zu ihr umwandte.

»Und was nun?«, wollte sie wissen. »Wirst du einfach gehen und die Praxis im Stich lassen?«

»Nein.« David zog den Schreibtischstuhl heraus und setzte sich. »Nein, natürlich nicht. Ich habe Doktor Brown geschrieben und ihm das Problem geschildert. Er kommt in ein paar

Tagen zurück von seiner Reise, und ich hoffe, dass wir uns dann einigen können, wie wir es mit dem Vertrag machen.«

Shauna schluckte »Ich dachte, ich bedeute dir etwas.«

»Das tust du auch!« Er stand wieder auf und ging einen Schritt auf sie zu, doch sie wich zurück. Er folgte ihr nicht mehr. »Du bist mir wichtig, Shauna«, sagte er leise.

»Nicht wichtig genug, um mich in deine Pläne einzuweihen«, gab sie zurück und spürte, wie der Schmerz in ihrer Brust stärker wurde.

»Du hast gesagt, wir sollen keine Pläne machen«, erinnerte er sie. »Das war unsere Abmachung. Oder nicht?«

»Aber das bedeutet doch nicht, dass du mir so eine wichtige Entscheidung verschweigen kannst!«, erwiderte sie. »Ich dachte, da wäre etwas zwischen uns. War das denn alles gelogen? Hast du mir nur etwas vorgespielt?«

»Nein, verdammt!« David trat erneut auf sie zu und legte die Hände um ihre Oberarme. »Ich habe alles so gemeint, wie ich es gesagt habe. Ich begehre dich. Sehr sogar. Und ich möchte mich nicht von dir trennen. Deshalb habe ich die Entscheidung vor mir her geschoben. Doch Paddy hat recht, New York ist eine Chance, die vielleicht nicht wiederkommt. Ich kann das nicht noch einmal ausschlagen.«

Shauna erinnerte sich an ihr allererstes Gespräch damals am Strand von Penbarren, als David ihr von seiner letzten Freundin erzählt hatte. Der, von der er sich getrennt hatte, als er nach Cornwall gegangen war. Und jetzt trennt er sich eben von mir, um nach New York zu gehen, dachte sie. Er schien die Entscheidung längst getroffen zu haben, und an sie und Emma hatte er dabei offenbar keinen Gedanken verschwendet.

»So einfach ist das?«, fragte sie. »Neue Stadt, neues Glück, und zur Hölle mit allem, was davor war?«

»Nein, natürlich nicht«, widersprach er. »Shauna, ich …«

Er hielt inne, weil es an die Arbeitszimmertür klopfte.

»David?« Paddy MacKenzies Stimme klang ungeduldig. »Dauert es noch lange?«

»Hör zu, ich spreche noch kurz mit Paddy. Und danach reden wir in Ruhe, ja? Wir …« Er seufzte. »Ich möchte wirklich, dass wir eine Lösung finden.«

Er verließ das Arbeitszimmer und schloss die Tür hinter sich, bevor Shauna antworten konnte. Wie betäubt starrte sie ihm nach.

Eine Lösung? Welche sollte es da geben, jetzt, wo Shauna wusste, dass sie in seinen Überlegungen offenbar gar nicht vorgekommen war?

Neue Tränen brannten in ihren Augen, und sie stieß zittrig die Luft aus, als ihr klar wurde, dass genau das wahr geworden war, was sie befürchtet hatte. David würde gehen, genau wie Ethan damals gegangen war. Er erwiderte ihre Liebe nicht, und das würde sie aushalten müssen. Nur dass es diesmal noch schlimmer war. Denn ihre Gefühle für David gingen tiefer, und die Wunde, die seine Unehrlichkeit in ihr Herz gerissen hatte, schmerzte so heftig, dass sie für einen Moment die Augen schloss.

Es war ein schöner Traum gewesen, dass David und sie zusammengehörten und dass er genauso viel für sie empfand wie sie für ihn. Und nun war sie aufgewacht.

Mit zitternden Händen öffnete sie die Tür zum Arbeitszimmer und hörte die Männerstimmen aus dem Wohnzimmer. Die beiden stritten sich, aber Shauna wollte gar nicht mehr wissen, was sie besprachen. Sie musste weg von hier, und zwar jetzt sofort. Sie konnte nicht mehr bleiben und noch mal mit David reden. Worüber auch? Sie würden nicht zusammenfinden, wenn er entschlossen war, nach New York zu gehen. Und das musste sie nicht noch mal von ihm hören.

Hastig holte sie ihren Autoschlüssel aus der Schale neben der Eingangstür und verließ das Haus, setzte sich ins Auto und fuhr los. Tränenblind lenkte sie den Toyota durch die dunklen Straßen von Carywith und dann wieder hinaus zum Hof der Harrisons. Sie wollte zu Emma und Brave, den einzigen beiden Wesen auf der Welt, die wirklich zu ihr gehörten und immer zu ihr gehören würden.

»Miss Lewis!« Mary Harrison sah sie überrascht an, als sie ihr die Tür öffnete. »Was machen Sie denn schon hier? Es ist noch gar nicht so weit mit den Welpen.«

Shauna zwang sich zu einem Lächeln. »Ich dachte, dass ich vielleicht doch mit den Mädchen warten könnte?«

»Ja, natürlich, kommen Sie!« Mary trat zur Seite und ließ sie ein. »Ich habe gerade frischen Tee gemacht! Und Doktor Campbell ist auch gerade eingetroffen.«

Die Aussicht, Julia zu sehen, beflügelte Shaunas Schritte, als sie Mary in die Küche folgte.

»Shauna!«, rief Julia, die tatsächlich schon am Küchentisch vor einem dampfenden Becher Tee saß, mit einem erfreuten Lächeln. »Wie schön, dass du kommst.«

Shauna schaffte es, sich neben sie zu setzen, und ihr gelang auch ein Lächeln. Doch es war offenbar nicht überzeugend, denn Julia runzelte die Stirn. »Was ist los mit dir?«, fragte sie. »Ist was passiert?«

Shauna wollte ihr versichern, dass es ihr gut ging. Aber der besorgte Ausdruck in Julias Augen brachte sie um die mühsam aufrechterhaltene Fassung. Kurz blickte sie zu Mary, die sich gerade mit einer Tasse Tee für sie beide zu ihnen an den Tisch gesetzt hatte, und sie versuchte noch einmal, sich zusammenzureißen, weil es ihr peinlich war, vor der älteren Frau in Tränen auszubrechen. Doch es war zu spät, sie spürte, wie ihre Gefühle sie überwältigten.

»Es ist wegen David«, sagte sie, und dann sprudelten die Worte nur so aus ihr heraus. Sie erzählte den beiden von ihrer Beziehung zu David und dem, was sie gerade von ihm erfahren hatte.

Nachdem sie geendet hatte, blieb es einen Moment still in der Küche, doch Shauna hatte nicht den Eindruck, dass Mary Harrison und Julia überrascht waren über ihr Geständnis, dass sie etwas für David empfand.

»Und was willst du jetzt machen?«, fragte Julia.

»Ich kann nicht mehr bei ihm wohnen«, erwiderte Shauna, weil ihr das plötzlich klar geworden war. »Ich muss eine andere Möglichkeit für Emma und mich finden.«

»Die habe ich für Sie«, meinte Mary Harrison. »Sie können erst mal hier bei uns bleiben. Emma will bestimmt sowieso nicht weg, wenn die Welpen erst mal da sind. Und wir haben genug Gästezimmer, das ist gar kein Problem.«

»Wirklich?« Shauna sah sie fassungslos an. Mit dieser Wendung hatte sie nicht gerechnet. »O Gott, Mrs. Harrison, das wäre fantastisch!«

»Ich kann auch zu Doktor MacKenzie fahren und Ihre Sachen holen«, bot Mary an. »Falls Sie das nicht selbst machen wollen.«

Shauna nickte, überwältigt von der Hilfsbereitschaft der älteren Frau und davon, dass sie offenbar ahnte, wie es ihr ging. Dankbar nickte sie. »Ja, das wäre toll, wenn Sie das tun könnten, Mrs. Harrison.«

»Nenn mich Mary«, erklärte diese, und bei ihrem herzlichen Lächeln fühlte Shauna sich ein bisschen besser. Die

Jahre in Exeter waren einsam gewesen, sie hatte es nie geschafft, dort wirkliche Freunde zu finden. Umso schöner war es für sie, dass es in Carywith Menschen gab, die ihr so viel Sympathie und Mitgefühl entgegenbrachten.

»Okay, dann schaue ich jetzt mal, was Brave macht.« Julia erhob sich schwerfällig, die Hand auf dem Babybauch. »Kommst du mit?«

Shauna nickte und wischte sich die Tränen von den Wangen. Dann erhob sie sich und folgte ihrer Freundin nach draußen.

»Hörst du mir überhaupt zu?«, fragte Paddy vorwurfsvoll, und David wurde klar, dass er genau das nicht getan hatte. Sie saßen sich immer noch im Wohnzimmer gegenüber, aber er konnte sich nicht mehr auf das Gespräch mit seinem Onkel konzentrieren.

Er hatte vorhin gehört, wie draußen ein Motor angesprungen war, und als ihm klar geworden war, dass es Shauna war, die da wegfuhr, war er sofort aus dem Haus gelaufen. Doch er hatte nur noch die Rücklichter ihres Toyotas in der Dunkelheit verschwinden sehen. Wohin sie wollte, wusste er nicht, doch nach ihrem Gespräch vorhin fühlte es sich an, als hätte sie ihn verlassen. Bei diesem Gedanken spürte er eine Enge in der Brust, die ihm zu schaffen machte. Am liebsten wäre er sofort in sein Auto gesprungen und hätte sie gesucht. Doch was hätte er ihr sagen sollen, wenn er sie fand?

»David?« Paddy hob die Augenbrauen, und er setzte sich mit einem Seufzen etwas aufrechter hin.

»Was hast du gesagt?«, hakte er nach, aber Paddy wiederholte seine Frage nicht, sondern betrachtete ihn nachdenklich. Seine Wut von eben schien verraucht, und er wirkte jetzt ruhiger.

»Ich wundere mich ein bisschen über dich, David«, sagte er. »Du weißt seit zwei Wochen von dem Angebot aus New York und hast immer noch keine Entscheidung getroffen? Das passt nicht zu dir.« Sein Blick wurde forschender. »Was hält dich hier? Du hast Carol gefunden. Dann kannst du Cornwall doch hinter dir lassen, oder nicht?«

David schwieg und zuckte nur mit den Schultern, was Paddy jedoch offenbar als Antwort reichte.

»Es ist wegen der jungen Frau, dieser Shauna, nicht wahr?«, mutmaßte er und runzelte die Stirn. »Liam sagt, du redest nur noch von ihr.«

Vergeblich versuchte David, sich zu erinnern, was er beim letzten Gespräch mit seinem Cousin gesagt hatte. Es war sehr viel um Shauna gegangen, das stimmte. Eigentlich nur um sie, denn er hatte Liam sein Leid geklagt darüber, dass er nicht wusste, was er nach dem Brief aus New York tun sollte. Ihre Unterhaltung hatte sich dabei sehr im Kreis gedreht, denn Liams einziger Rat war immer wieder gewesen, ehrlich zu Shauna zu sein.

»Hat Liam dir gesagt, wo ich bin?«, wollte er wissen.

Paddy schnaubte. »Nein, natürlich nicht. Er würde sich vermutlich eher den Arm abhacken, als dich zu verraten.«

David wusste, dass das stimmte. Liam hielt zu ihm, egal, was auch passierte. So war das schon immer gewesen.

»Er ist eben mein Bruder«, sagte er, und es fühlte sich gut an, das, was er und sein Cousin sich bedeuteten, laut auszusprechen. Und als er den Blick jetzt auf Paddy richtete, wurde ihm auf einmal klar, dass auch sein Onkel ihm sehr viel bedeutete.

Ihr Verhältnis war nie innig gewesen, und an Paddys Sturheit hatte er sich über die Jahre oft die Zähne ausgebissen.

Doch sein Onkel war immer für ihn da gewesen und hatte keinen Unterschied gemacht zwischen ihm und Liam, nicht in den Dingen, auf die es ankam.

»Danke«, sagte er deshalb und schluckte, als Paddy überrascht die Brauen hob. »Seit ich Carol gefunden habe, weiß ich, dass Jane meine wahre Mutter war. Und du bist mein Vater. Ich habe dir das nie gesagt, aber … danke. Für alles, was ihr für mich getan habt.«

Paddy blinzelte, und seine Augen schimmerten verdächtig. Dann nickte er, und in dem Schweigen, das folgte, schien die Verbundenheit zwischen ihnen widerzuhallen, die sie beide so schlecht in Worte fassen konnten.

Als sie kurz darauf in der Eingangshalle standen, umarmten sie sich fest. Dann räusperte Paddy sich mühsam.

»Kannst du mir Carols Telefonnummer geben?«, bat er. »Ich würde sie gerne anrufen.«

David holte den Umschlag, den seine Mutter ihm gegeben hatte, aus dem Arbeitszimmer, suchte die Nummer heraus und gab Paddy auch die Adresse.

»Ich wollte nicht, dass du sie findest, weil ich Angst hatte, dass es dir wehtun würde«, sagte sein Onkel und zuckte entschuldigend mit den Achseln. »Ich hatte Angst davor, was du vorfinden würdest.«

»Ich weiß«, sagte David und spürte zum ersten Mal, dass er wirklich seinen Frieden mit den Entscheidungen seines Onkels machen konnte. »Es tut mir leid, dass ich dir nicht gesagt habe, dass ich nach Cornwall gehe. Und was New York angeht …«

»Es ist deine Entscheidung«, unterbrach Paddy ihn. »Tu das, was du für richtig hältst.«

Er lächelte David noch einmal an und klopfte ihm auf die

Schulter, dann ging er zu seinem Wagen und stieg ein. Nachdem er gewendet hatte, winkte er David noch einmal kurz zu und fuhr los.

David trat zurück ins Haus und schloss die Tür. Es war vollkommen still, und ihm wurde schmerzhaft bewusst, wie selten er das in den vergangenen Wochen erlebt hatte.

Er sah Emma vor sich, wie sie aus der Küche auf ihn zugelaufen kam, gefolgt von Brave, die immer in ihrer Nähe war. Und Shauna, die sich an ihn schmiegte und lächelnd zu ihm aufblickte. Shauna, deren Nähe er schmerzlich vermisste.

Shauna. Shauna. Shauna.

Unwillig ballte er die Hände zu Fäusten und schloss die Augen, aber es änderte nichts an den Bildern in seinem Kopf. Im Gegenteil, es machte alles noch schlimmer, deshalb öffnete er die Augen wieder und ging mit schleppenden Schritten in die Küche. Er wollte sich einen Tee machen, doch er konnte sich nicht aufraffen, sondern blieb am Tisch sitzen und starrte lange ins Leere.

Ein heller Signalton, der anzeigte, dass er eine Nachricht auf seinem Handy erhalten hatte, riss ihn schließlich aus seinen Gedanken. Er holte das Smartphone aus seiner Hosentasche, und sein Herzschlag beschleunigte sich, als er sah, dass die Nachricht von Shauna kam. Hastig öffnete er sie.

Ich ziehe zu den Harrisons. Mary holt in den nächsten Tagen meine Sachen ab.

Mit einem Stöhnen ließ er das Handy wieder sinken, erstaunt darüber, wie weh ihm die wenigen, recht kühlen Worte taten. Er hatte sich in seinem ganzen Leben noch nie so schlecht gefühlt, und er verfluchte den Tag, an dem er entschieden hatte, nach Cornwall zu kommen. Eigentlich hatte es ihm seinen Seelenfrieden zurückbringen sollen. Stattdessen war er aufgewühlter als jemals zuvor.

Das vergeht wieder, versuchte er, sich zu beruhigen. Vielleicht war es sogar gut, dass Shauna gegangen war. Früher oder später wäre es ohnehin dazu gekommen. Er würde sich wieder daran gewöhnen, allein zu wohnen und allein zu sein. Das war ihm bis jetzt schließlich immer gelungen.

23

Shauna blickte von ihrem Platz am Empfangstresen hinüber ins Wartezimmer. Nur noch zwei ältere Farmerinnen, Elena Davis und Alberta Swatts, saßen dort, und die beiden waren zum Glück in ein Gespräch vertieft. Denn obwohl der letzte Patient schon vor zehn Minuten gegangen war, machte David gerade keine Anstalten, eine von ihnen zu sich ins Behandlungszimmer zu holen.

Vielleicht ist jetzt ein guter Zeitpunkt, dachte Shauna und erhob sich. Mit einem flauen Gefühl im Magen ging sie die wenigen Schritte durch den Flur auf die Tür zu, hinter der David sich in den vergangenen drei Tagen regelrecht verschanzt hatte.

Sonst war er oft bei ihr vorne gewesen, hatte mit ihr geredet, Rezepte geschrieben oder Patienten bis zur Tür gebracht. Jetzt blieb er fast den ganzen Tag hinten in den Behandlungszimmern, und sie bekam ihn kaum zu Gesicht. Offenbar versuchte er, ihr aus dem Weg zu gehen, und obwohl Shauna froh darüber sein wollte, weil ihr jede Begegnung mit ihm wehtat, schmerzte sie die Sprachlosigkeit, die im Moment zwischen ihnen herrschte.

Er hatte noch einmal versucht, mit ihr zu reden, direkt am ersten Tag nach ihrem Auszug. Doch sie hatte ihn abgewehrt und ihm erklärt, dass es nichts mehr zu sagen gab. Sie wollte keine weitere Bestätigung hören, dass er sie bald verlassen würde. Das alles war auch so schon schwer genug zu ertragen.

Seitdem sprachen sie nur noch über Praxisbelange. Privat schien jeglicher Kontakt zwischen ihnen gekappt, und mit jedem Tag, der verstrich, fiel Shauna das Schweigen schwerer. Sie hatte keine Ahnung, wann genau David abreisen wollte, auch darüber hatten sie nicht mehr gesprochen. Aber wenn er wirklich Anfang September nach Amerika ging, dann blieb ihm nicht mehr viel Zeit, um alles zu regeln. Und wann, fragte sie sich, würde er es den Leuten im Ort sagen? Noch schien niemand etwas zu ahnen. Wie es wohl sein würde, hier zu arbeiten ohne David? Daran wollte Shauna lieber nicht denken.

Vor der Tür zum Behandlungszimmer blieb sie stehen und lauschte kurz, doch drinnen war es still. David schien nicht zu telefonieren, deshalb klopfte sie und wartete auf sein »Herein«. Stattdessen ging jedoch die Tür auf, und David stand vor ihr.

Seine unerwartete Nähe ließ Shauna innerlich erbeben. Sie nahm seinen vertrauten Duft wahr, und ihr Körper schien wie von selbst zu ihm zu streben. Hastig machte sie einen Schritt zurück und räusperte sich.

»Ich … wollte nur kurz fragen, ob ich heute etwas eher gehen kann?« Sie blickte zu ihm auf. »Einem von Braves Welpen geht es nicht so gut, und Julia möchte ihn in der Praxis untersuchen. Mary und Emma fahren um fünf Uhr hin, und ich wäre gerne dabei.«

David schwieg einen Moment, und sie betrachtete sein Gesicht. Er sah blass aus und hatte dunkle Ringe unter den Augen. Ob er auch so schlecht schlief wie sie?

»David?«, hakte sie nach.

»Ja. Natürlich kannst du gehen.« Er runzelte die Stirn. »Wie viele sind es denn geworden?«, erkundigte er sich dann. »Welpen, meine ich.«

»Drei Rüden und zwei Hündinnen«, antwortete Shauna und konnte bei dem Gedanken an die kleinen Fellknäule ein Lächeln nicht unterdrücken. »Sie sehen alle ein bisschen anders aus und sind wirklich süß.«

»Und Brave?«, erkundigte sich David. »Geht es ihr gut?«

Die Sorge in seinem Blick rührte Shauna. Wer hätte gedacht, dass er sich mal so für den Hund interessiert, den er eigentlich gar nicht im Haus haben wollte, dachte sie. Dann fiel ihr wieder ein, dass er gehen würde und sie alle zurückließ. Er war kein Teil ihres Lebens mehr und würde es auch nie wieder sein.

»Ja, es geht ihr gut«, erwiderte sie knapp und wollte sich abwenden und gehen. Doch David griff nach ihrem Arm und hielt sie zurück.

»Shauna, bitte, lass uns noch mal reden«, sagte er. »Ich halte das nicht mehr aus, dass wir miteinander umgehen wie Fremde. Ich vermisse dich. Ich vermisse das, was wir hatten.«

Sie schluckte. Seine Hand, die warm auf ihrer Haut lag, schickte verwirrende Signale durch ihren Körper, ließ ihr Herz stolpern. Und der flehende Ausdruck in seinen schönen grünen Augen machte ihre Knie ganz weich …

»Entschuldigen Sie, wenn ich störe«, sagte jemand hinter ihr, und als Shauna sich umdrehte, stand dort ein älterer Mann um die siebzig mit weißem Haar und einem weißen Vollbart. Seine Haut war braun gebrannt, und zahllose Falten bildeten sich um seine Augen, als er lächelte. »Vorne war niemand, aber ich müsste mit Doktor MacKenzie sprechen.«

»Doktor Brown!« David schüttelte dem Mann sichtlich überrascht die Hand. »Mit Ihnen hatte ich noch gar nicht gerechnet.«

»Meine Frau und ich sind ein paar Tage früher zurückgekehrt als geplant«, erklärte Phineas Brown und lächelte Shauna an. Jetzt, wo sie wusste, wer er war, fragte sie sich, warum sie Davids Vorgänger nicht gleich erkannt hatte, schließlich hing ein gerahmter Zeitungsartikel mit einem Foto von ihm an der Wand hinter dem Empfang.

»Könnte ich Sie kurz sprechen?«, wandte sich Phineas Brown an David, der zögerte und zu Shauna blickte.

»Ich weiß nicht, ich wollte eigentlich gerade etwas mit …« Er schluckte. »Mit meiner Assistentin besprechen.«

Sein Blick hielt ihren fest, und Shauna hatte immer noch das Gefühl, dass sie alles zu ihm hinzog. Aber Doktor Brown war hier, wahrscheinlich, um die Übergabe zu regeln. Und dann würde David nach New York fliegen.

Ich vermisse dich, hatte er gesagt. Nicht *Ich liebe dich*. Und das reichte ihr nicht.

»Unser Gespräch hat sich erübrigt«, sagte sie kühl und wandte sich an den alten Landarzt. »Gehen Sie nur rein, ich sage den Patientinnen vorne Bescheid, dass es einen Moment länger dauert.«

Damit wandte sie sich ab und ging. Tränen brannten in ihren Augen, und sie ahnte, dass man ihr ansah, wie aufgewühlt sie war. Deshalb schlüpfte sie hastig in die kleine Toilette und schloss sich ein. Schwer atmend stützte sie sich auf das Waschbecken und wartete, bis sie sich wieder halbwegs beruhigt hatte. Dann wusch sie sich das Gesicht und ging ins Wartezimmer, um die beiden letzten Patientinnen von der Verzögerung zu informieren.

»Sagen Sie, war das nicht Doktor Brown, der eben hereingekommen ist?«, erkundigte sich Elena Davis und blickte neugierig durch den Flur. »Ist er gerade bei Doktor MacKenzie?«

Shauna nickte nur und kehrte schnell hinter den Empfang zurück, bevor sie noch weitere Fragen beantworten musste. Von ihrem Platz aus sah sie, dass die beiden Frauen jetzt aufgeregt miteinander tuschelten.

Vermutlich würde sich schnell herumsprechen, dass der alte Landarzt zurück in Carywith war, und die Spekulationen darüber, was das zu bedeuten hatte, ließen dann sicher nicht mehr lange auf sich warten. Wenn die Leute vermuten, dass Doktor Brown zurückkommt, dann liegen sie damit ja nicht falsch, dachte Shauna beklommen und fuhr den Computer herunter. Mary würde schon bald mit Emma und dem Welpen kommen, und dann wollte sie fertig sein.

24

David schloss die Tür. Innerlich verfluchte er Phineas Brown dafür, dass er ausgerechnet jetzt aufgetaucht war. Aber es war nicht zu ändern, deshalb wandte er sich zu seinem Vorgänger um, der bereits auf dem Besucherstuhl Platz genommen hatte.

»Alles in Ordnung, mein Lieber?« Der alte Landarzt betrachtete ihn skeptisch, während David sich hinter den Schreibtisch setzte. »Sie sehen schlecht aus.«

»Ich schlafe im Moment nicht besonders gut.« David dachte an die Nächte seit Shaunas Auszug, in denen er sich ruhelos im Bett gewälzt hatte. Er blickte erneut zur Tür, dann riss er sich zusammen und widmete sich wieder seinem Besucher. »Entschuldigung. Im Moment ist hier vieles … durcheinander.«

Das Lächeln des alten Landarztes wirkte nachsichtig. »Das kann ich mir denken nach so einer aufregenden Nachricht.« Er lehnte sich auf seinem Stuhl zurück. »Sie wollen Carywith also wirklich schon wieder verlassen?«

David zuckte mit den Schultern. »Nur, wenn Sie einverstanden sind«, erwiderte er. »Ich will meinen Vertrag eigentlich erfüllen. Es ist nur … in New York wartet man nicht länger auf mich. Ich muss jetzt dorthin, sonst ist die Stelle endgültig weg.«

»Ja, das hatten Sie mir geschrieben, und das verstehe ich«, versicherte Phineas Brown ihm.

»Dann würden Sie die Praxis wieder übernehmen?«, erkundigte sich David.

»Vorläufig, ja«, erwiderte der alte Landarzt. »Bis ich jemand Neues für die Praxisnachfolge gefunden habe.« Er lächelte. »Ich habe mich für den endgültigen Ruhestand entschieden. Oder besser gesagt: meine Frau. Sie hat Pläne für weitere Reisen, und ich muss gestehen, dass ich tatsächlich Gefallen an dem Gedanken gefunden habe, noch etwas mehr von der Welt zu sehen. Als Nächstes wollen wir nach Australien, zu unserer Enkelin Sarah. Sie heiratet demnächst dort, aber das wissen Sie ja.«

David dachte an Sarah Brown, die seine erste Sprechstundenhilfe gewesen war. Sie hatte Carywith und ihre Stelle bei ihm jedoch nach kurzer Zeit Knall auf Fall verlassen, um ihrer großen Liebe zu folgen. Als Ersatz für sie hatte er dann Shauna eingestellt. Er hätte Shauna nie kennengelernt, wenn Sarah geblieben wäre. Die Vorstellung gefiel ihm nicht.

Hastig kehrte er mit den Gedanken zu dem Problem mit der Praxis zurück. »Dann können wir den Vertrag vorzeitig auflösen?«

Phineas Brown nickte. »Wenn ich ehrlich bin, freue ich mich sogar auf ein paar letzte Monate ›im Amt‹, Ruhestand hin oder her.« Er lächelte versonnen. »Landarzt zu sein, ist nicht nur ein Beruf, es ist Berufung, wissen Sie. Man behandelt die Menschen nicht nur kurz, sondern ihr ganzes Leben lang, kennt alle mit Namen und weiß Bescheid über ihre Krankengeschichten. Das mag nicht die aufregendste Seite der Medizin sein, aber es ist eine sehr befriedigende. Deshalb habe ich die Praxis immer gerne geführt.«

David betrachtete den alten Mann nachdenklich. So hatte er seine Tätigkeit hier noch nie gesehen.

Phineas Brown beugte sich wieder vor. »Tatsächlich dachte ich, dass Sie auch Gefallen daran finden würden, wenn Sie erst mal eine Weile hier sind. Ich war sicher, dass Sie der Richtige für meine Nachfolge sind, und seit ich beschlossen habe, im Ruhestand zu bleiben, war mir der Gedanke eine Freude, dass Sie in meine Fußstapfen treten. Denn wie ich eben im Pub hörte, haben Sie die Herzen der Menschen hier ja bereits im Sturm erobert. Man schwärmt in den höchsten Tönen von Ihnen, allen voran Declan Spargo.«

»Na ja.« David verzog das Gesicht. »Das hat alles ein bisschen gedauert. Und das wird auch jemand anderem wieder gelingen.«

Phineas Brown sah ihn einen langen Moment schweigend an, dann seufzte er. »Ja, das ist wohl so«, murmelte er dann. »Wann geht denn Ihr Flug nach New York?«

»Ich habe noch keinen gebucht«, musste David eingestehen. »Sobald ich mein Abreisedatum kenne, melde ich mich bei Ihnen.«

»Gut, dann werde ich jetzt meiner Frau schonend beibringen, dass ich demnächst noch mal ranmuss.« Phineas Brown erhob sich, und David stand ebenfalls auf, um ihn hinauszubegleiten.

Als sie am Empfang vorbeikamen, sah David, dass Shaunas Platz leer war. Sie musste schon gegangen sein, genau wie sie es angekündigt hatte. Brown grüßte die beiden Patientinnen im Wartezimmer, die ihn strahlend anlächelten, dann verabschiedete er sich mit Handschlag von David und verließ die Praxis.

David ging mit ihm vor die Tür und blickte sich um.

Die Hafenpromenade war belebt, bei herrlichem Sommerwetter waren zahlreiche Leute unterwegs, die meisten von ihnen vermutlich Touristen. Möwen kreischten über ihren Köpfen am blauen Himmel, und die Luft, die David tief einatmete, roch nach Salz und Tang. Wie schön es hier ist, dachte er ein bisschen wehmütig und blinzelte in die Sonne. Sicher, New York war aufregender, und er hatte dort beruflich viel mehr Möglichkeiten. Doch er war ziemlich sicher, dass das idyllische Carywith ihm fehlen würde. Und nicht nur das!

Auf einmal entdeckte er Shauna, die auf der gegenüberliegenden Straßenseite gerade dabei war, in einen älteren Geländewagen zu steigen. David kannte das Auto, es gehörte Mary Harrison, und als er genauer hinsah, entdeckte er die ältere Frau hinter dem Steuer. Und Emma sah er auch, sie saß auf der Rückbank und hatte ihn ebenfalls bemerkt.

»David!« Die Kleine kurbelte das Fenster herunter und winkte ihm wild. »Hallo David!«

Sie strahlte über das ganze Gesicht, als er ihr lächelnd zurückwinkte, und bei ihrem Anblick hatte er plötzlich einen Kloß im Hals. Seit seinem Streit mit Shauna hatte er Emma nicht mehr gesehen, und er hatte gewusst, dass er sie vermisste. Doch die Erkenntnis, wie sehr, traf ihn wie ein Faustschlag.

»David, hast du es schon gehört? Einer von unseren Welpen ist krank!« Die Kleine öffnete die Tür und sprang aus dem Wagen.

»Emma, nicht!«, warnte David, doch sie stand schon auf der Straße, kam auf ihn zu.

»Wir müssen zur Tierärztin«, erzählte sie aufgeregt. »Er soll nämlich …« Sie hielt inne, weil plötzlich ein laut röhrender Motor zu hören war. Eine Sekunde später bog ein roter Sportwagen viel zu schnell um die Ecke.

»Weg da, Emma!«, rief David, doch sie rührte sich nicht, starrte nur auf das viel zu schnell heranrasende Auto. Die

Bremsen des Sportwagens quietschten laut, doch er schoss weiter nach vorn, direkt auf das Kind zu.

»Emma!« Sein Körper explodierte förmlich, er sprintete in wenigen langen Sätzen auf die Straße, griff nach der Kleinen und zog sie zu sich. Eine Sekunde später schoss der Wagen haarscharf an ihnen vorbei.

David taumelte und fiel mit Emma im Arm nach hinten auf das Kopfsteinpflaster. Er schützte sie mit seinem Körper vor dem Aufprall. Die Luft wurde aus seinem Brustkorb gepresst, und er brauchte einen Moment, bis er wieder Atem holen konnte. Aber Emma war nichts passiert. Ihr ging es gut, und das war die Hauptsache.

»Oh mein Gott, Emma!« Shauna kniete plötzlich neben ihnen und betastete Emmas Körper und ihr Gesicht. In ihren Augen stand ein panischer Ausdruck. »Bist du in Ordnung?«

Die Kleine hob kurz den Kopf und nickte, dann legte sie ihre Wange wieder auf Davids Brust.

»Uns geht's gut«, versicherte er Shauna heiser und ignorierte den Schmerz in seinem Rücken. Das war höchstens eine Prellung und ein kleiner Preis, wenn man bedachte, was alles hätte passieren können.

Er strich Emma über das Haar, dann hob er sie vorsichtig hoch. Shauna nahm sie entgegen und stellte sie auf die Füße. Die Kleine war blass, aber sie weinte nicht, wahrscheinlich stand sie noch unter Schock.

David rappelte sich ebenfalls auf und klopfte sich den Dreck von der Unterseite seiner Ärmel. Wie sein Hemd von hinten aussah, wollte er lieber nicht wissen.

»Danke«, stammelte Shauna, die vor Emma kniete und sie in die Arme genommen hatte. In ihren Augen standen Tränen. David nickte nur.

»Ist die Kleine verletzt?« Eine schlanke Frau in einem auffallend roten Kleid stieg aus dem Sportwagen, der einige Meter entfernt zum Stehen gekommen war. In ihren hohen Stöckelschuhen lief sie zu ihnen herüber. Oder sie versuchte es, denn die Absätze blieben immer wieder im Kopfsteinpflaster hängen, sodass sie beim Gehen keine gute Figur machte. Kurz vor ihnen blieb sie schließlich stehen und musterte sie missbilligend. »Herrgott, habe ich einen Schreck bekommen! Das hätte wirklich ins Auge gehen können, ist Ihnen das eigentlich klar? Sie sollten wirklich besser aufpassen!«

David erkannte die Frau jetzt. Es war Lydia Fairfax, eine Bekannte von James Rowe, die er einmal wegen eines verstauchten Fußes behandelt hatte. Damals hatte sie auch Rot getragen, das schien ihre Lieblingsfarbe zu sein. Doch er hatte sie vor allem wegen ihrer arroganten, fordernden Art in Erinnerung behalten.

Er blickte zu Shauna, die Emma losgelassen hatte und sich wieder erhob. Der Schrecken war aus ihrem Gesicht gewichen, und ihre Augen schossen wütende Blitze, während sie mit geballten Fäusten auf die Frau zuging.

»Wie können Sie es wagen, uns Vorhaltungen zu machen, nachdem Sie fast mein Kind überfahren hätten?«, zischte sie. »Das hier ist eine Promenade, und Sie sind viel zu schnell gefahren. Das war Ihr Fehler, nicht unserer! Und ich denke, das wird die Polizei genauso sehen.«

Die Frau in Rot gab ihre arrogante Haltung auf und lächelte jetzt beschwichtigend. »Das ist doch nicht nötig, oder? Es ist doch nichts passiert.« Sie zog eine Visitenkarte aus ihrer Handtasche. »Hier. Rufen Sie mich an, wenn ich irgendein Kleidungsstück ersetzen soll. Um alles Weitere kümmert sich mein Anwalt, falls es nötig ist.«

Damit ließ sie Shauna stehen, stakste zu ihrem Wagen zurück, stieg ein und fuhr – diesmal betont langsam – davon.

Shauna starrte auf die Karte und blickte sich dann zu David um. »Ist das zu fassen?«

Er erwiderte nichts, dazu war er noch zu sehr mit dem beschäftigt, was Shauna gesagt hatte. Er strich Emma, die zu ihm gekommen war und sich an ihn lehnte, sanft über das Haar. »Deine Schwester«, sagte er. »Das meintest du, oder?«

Shauna sah ihn verständnislos an.

»Du hast ›mein Kind‹ gesagt«, meinte er. »Eben, zu der Frau.«

Shaunas Gesicht wurde noch eine Spur blasser. »Wirklich? Das war ein Versehen.« Sie streckte Emma die Hand hin. »Kommst du?«

Die Kleine löste sich nur sichtlich widerwillig von David und blickte über ihre Schulter zu ihm zurück, als sie mit Shauna zu Marys Wagen ging.

»Besuchst du uns bald?«, fragte sie, aber David brachte es nicht über sich, ihr etwas zu versprechen, was er nicht halten konnte. Deshalb lächelte er nur und winkte ihr nach, bis sie wieder im Auto saß.

Shauna sah ihn noch einmal über das Wagendach an, bevor sie an der Beifahrerseite einstieg, und er erkannte Verwirrung und noch etwas anderes in ihrem Blick. Angst? Doch wovor sollte sie sich fürchten?

David rollte seine schmerzende Schulter, dann ging er wieder zurück in die Praxis. Die beiden Patientinnen, denen die Aufregung draußen offenbar nicht entgangen war, kamen aus dem Wartezimmer und befragten ihn aufgeregt zu dem, was passiert war. Er gab Auskunft, ging aber nicht ins Detail und war froh, sich dann auf die Behandlungen konzentrieren zu können. Eine halbe Stunde später schloss er erleichtert die Praxistür ab, kehrte ins Behandlungszimmer zurück und ließ sich schwer auf seinen Stuhl sinken.

Der Schock wegen Emma saß ihm noch in den Gliedern, und die Bilder des heranbrausenden Sportwagens liefen wie ein Film immer wieder vor seinen Augen ab. Und auch Shaunas Worte ließen ihn nicht los. *Sie hätten fast mein Kind überfahren!* Das hatte sie gesagt. Nicht ein Kind, sondern *mein Kind*, da war er ganz sicher. Gut, sie war aufgewühlt gewesen wegen des Beinaheunfalls, aber machte man deshalb so einen Fehler? In extremen Situationen dachte man nicht nach, sondern handelte intuitiv. Sagte man da nicht automatisch die Wahrheit?

Mein Kind. Er dachte daran, wie Shauna mit Emma umging, erinnerte sich an die vielen liebevollen Gesten zwischen den beiden und an die Selbstverständlichkeit, mit der Shauna für die Kleine sorgte. Nicht dass eine große Schwester so etwas nicht auch tun würde, vor allem in Shaunas Situation. Aber hatte er nicht schon einmal gestutzt deswegen? Es war ihm merkwürdig vorgekommen, dass die beiden ganz allein waren und ihr Vater sie einfach so hatte gehen lassen. Damals musste Emma noch sehr jung gewesen sein. Und vom Alter her konnte Shauna durchaus Emmas Mutter sein.

Das hätte sie mir doch gesagt, dachte er. Warum sollte sie behaupten, die Kleine wäre ihre Schwester, das ergab überhaupt keinen Sinn. Und doch …

David rief sich Shaunas Reaktion in Erinnerung, als er sie eben auf ihren Versprecher aufmerksam gemacht hatte. Wie sie plötzlich seinem Blick ausgewichen war. Nein. Das konnte nicht sein. Oder?

Eine Weile starrte er blicklos ins Leere und versuchte, den

Gedanken wegzuschieben, dass da etwas nicht stimmte. Schließlich ging es ihn gar nichts mehr an! Doch es gelang ihm nicht. Er musste Gewissheit haben, sonst würde ihm das keine Ruhe lassen.

Entschlossen holte er sein Handy heraus und gab P.E. in das Suchfeld der eingespeicherten Kontakte ein. Schon nach dem ersten Klingeln meldete sich einer der Mitarbeiter der Detektei.

»Hier ist David MacKenzie«, sagte er. »Ich habe einen neuen Auftrag für Sie.«

25

Ein greller Blitz zuckte vor dem Küchenfenster über den immer dunkler werdenden Himmel. Kurz darauf krachte ein Donner so laut über dem Haus, dass Shauna erschrocken innehielt.

Emma, die neben Shauna auf der Bank in der Farmküche saß, rückte ein Stück näher zu ihr und blickte besorgt zur Decke. Beruhigend schlang Shauna den Arm um sie.

»Du musst dir keine Sorgen machen«, sagte sie. »Das ist zwar ein heftiges Gewitter draußen, aber hier sind wir sicher.«

»Dieses Farmhaus hat schon ganz andere Stürme überstanden«, bestätigte Mary, die am Herd stand und das Abendessen vorbereitete.

Shauna verstand jedoch Emmas Angst. Hier draußen, außerhalb einer Ortschaft, wirkte ein Sommersturm wie der, der gerade über die Farm hinwegtobte, weitaus bedrohlicher. Der Donner schien lauter zu grollen, der Wind rüttelte an den Fenstern, und die Blitze leuchteten hell draußen auf den Feldern.

Das schlechte Wetter hatte sich schon am Morgen angekündigt, der Himmel war verhangen gewesen, und es hatte den ganzen Tag stark geregnet. Dann hatten die Wolken sich immer höher aufgetürmt, waren schwarz geworden, und seit einer guten Stunde tobte draußen ein heftiges Gewitter mit Sturmböen, die es in sich hatten.

Und das am Sonntag, dachte Shauna mit einem inneren Seufzen. Eigentlich gehörten die Wochenenden Emma, da unternahmen sie immer etwas, und Shauna wäre gerne mit ihr weggefahren, irgendwohin, wo sie alleine waren. Denn nach langem Grübeln war sie zu dem Schluss gekommen, dass sie endlich das Gespräch mit Emma führen musste, das sie immer wieder vor sich her schob. Es ließ sich nicht länger hinauszögern, und sosehr sie sich auch davor fürchtete: Emma musste die Wahrheit erfahren. Doch das schlechte Wetter hatte ihr einen Strich durch die Rechnung gemacht, denn statt des geplanten Ausflugs waren sie zu Hause geblieben und hatten mit Kelsey Spiele gespielt und gebastelt.

Dann eben ein anderes Mal, dachte Shauna und fragte sich, ob sie enttäuscht war – oder froh über die Gnadenfrist. Einerseits wollte sie es endlich hinter sich haben, andererseits verursachte ihr allein der Gedanke, was passieren würde, wenn die Wahrheit ans Licht kam, Herzklopfen. Unruhig erhob sie sich und holte ihre olivfarbene Regenjacke vom Haken neben der Küchentür.

»Ich sehe noch mal nach Brave und den Welpen«, sagte sie, die Hand schon an der Türklinke.

»Wir kommen mit!«, rief Emma, und Kelsey nickte begeistert, aber Mary schüttelte den Kopf.

»Auf keinen Fall. Ihr wart heute Nachmittag schon lange genug dort, und bei dem Wetter reicht es, wenn einer von uns sich nassregnen lässt.«

Die Mädchen protestierten enttäuscht, wandten sich jedoch recht schnell wieder den Bildern zu, die sie gerade malten, während Shauna aus der Tür schlüpfte. Der Wind zerrte sofort an ihrer Jacke, und sie musste die Kapuze festhalten, damit sie ihr nicht vom Kopf geweht wurde. Zum Glück waren es nur ein paar Meter bis zum Stall, und sobald sie die Tür wieder hinter sich geschlossen hatte, atmete sie erleichtert auf.

Die Kühe, die die Harrisons hielten, standen in ihren Boxen und sahen Shauna mit großen Augen an, als sie an ihnen vorbei in den hinteren Teil des Stalls ging. Dort gab es einige kleinere Boxen, die für die Kälber gedacht waren. Die Box ganz hinten, über der eine Wärmelampe leuchtete, hatte Mary für Brave und ihren Wurf reserviert. Ein großes, bequemes Hundebett lag auf einer Schicht Stroh, die es vor der Kälte des Bodens schützte, und war umgeben von einem Auslauf, den Marys Sohn extra gezimmert hatte. Er war niedrig genug, dass Brave hinüberspringen konnte, aber die Welpen würden dahinter gesichert sein, wenn sie demnächst anfingen, die Welt zu erkunden.

Brave lag auf dem Hundebett und fiepte, als sie Shauna bemerkte. Doch sie stand nicht auf, weil sie gerade die fünf Welpen säugte.

»Hallo, meine Schöne.« Shauna stieg vorsichtig in den Auslauf und hockte sich zu Brave, strich ihr über das Fell. Die Hündin leckte ihr die Hand und ließ sich die Streicheleinheiten gefallen, dann legte sie den Kopf wieder auf das Kissen.

»Ich sehe nur mal kurz nach unserem Sorgenkind, ja?« Vorsichtig nahm Shauna den kleinen Hund, dessen Fellzeichnung genau wie die von Brave war, aus dem Knäuel aus Hundekörpern. Der Kleine würde vermutlich einmal genauso aussehen wie seine Mutter, während die anderen vier auch viel Schwarz in ihrem Fell hatten. Drei von ihnen hatten außerdem Schlappohren, weshalb Shauna davon ausging, dass der Vater ein schwarzer Labrador Retriever war. Genau würden sie es wohl nie wissen.

»Na, mein Kleiner?« Shauna betrachtete den Rüden, den sie Finley getauft hatten. Der keltische Name bedeutete »kleiner, tapferer Krieger«, was Shauna sehr passend fand. Denn Finley war von Anfang an schwächer gewesen als die anderen, und sie hatten ihn – auf Julias Anraten – während der letzten vier Tage mit Zusatznahrung gefüttert. Jetzt schien er sich erholt zu haben, denn als Shauna ihn auf die Waage legte, die neben der Wurfkiste bereitstand, hatte er noch einmal zugenommen.

Zufrieden setzte Shauna den Kleinen zurück zu den anderen und sah zu, wie er sich einen Platz zwischen ihnen eroberte und weitertrank. Sie füllte Braves Wassernapf nach. Als sie ihn vorsichtig wieder in den Auslauf stellte, hörte sie, wie die Stalltür sich öffnete und wieder zufiel. Dann näherten sich Schritte.

»Shauna?«, rief jemand, aber es war nicht Mary, wie sie erwartet hatte. Einen Augenblick später sah sie im dämmrigen Stalllicht die Silhouette eines großen, breitschultrigen Mannes.

»David.« Sie hatte seine Stimme sofort erkannt, doch sie konnte trotzdem nicht glauben, dass er es war, der durch den Stallgang auf sie zukam. Sein braunes Haar war nass vom Regen, genau wie seine Lederjacke, die er bis zum Kragen geschlossen hatte. Mit tief in den Taschen vergrabenen Händen kam er auf sie zu, was sofort verheerende Auswirkungen auf ihren Herzschlag hatte. Kurz vor ihr blieb er stehen.

»Was machst du hier?«, fragte sie, ein bisschen atemlos, und deutete in die Box. »Willst du …« Sie schluckte. »Willst du die Welpen sehen?«

Er schüttelte den Kopf. »Ich muss mit dir reden. Mary hat mir gesagt, wo ich dich finde.«

Seine Stimme klang ernst, und er wirkte aufgewühlt.

»Okay, dann lass uns reingehen«, sagte sie, doch er griff nach ihrem Arm.

»Unter vier Augen«, fügte er hinzu.

Irritiert machte sie sich von ihm los. Ihn zu sehen überforderte sie völlig. Ihr Körper reagierte auf ihn, denn die kurze Berührung seiner Hand hatte ausgereicht, um eine schon fast vertraute Wärme in ihr aufsteigen zu lassen. Doch er war offenbar nicht gekommen, um sich mit ihr zu versöhnen, denn er musterte sie grimmig, und sie glaubte, Enttäuschung in seiner Miene zu entdecken.

»Was ist denn los?«, fragte sie und rieb mit der Hand über die Stelle, an der er sie gerade noch festgehalten hatte. »Ist etwas passiert?«

»Nein, du musst mir nur eine Frage beantworten«, erwiderte er und blickte sich um, weil ein Geräusch irgendwo am anderen Ende des Stalls erklang. Shauna hatte es auch gehört, es klang, als wäre die Stalltür erneut kurz aufgegangen und wieder zugefallen, und sie erwartete, dass erneut Schritte zu hören sein würde. Doch es blieb still, deshalb richtete David seine Aufmerksamkeit wieder auf Shauna. »Sag mir einfach, ob Emma wirklich deine kleine Schwester ist.«

Shauna spürte, wie ihr alle Farbe aus dem Gesicht wich. Sie trat einen Schritt zurück und senkte den Kopf, doch als sie sich abwenden wollte, umfasste David ihre Schulter und hielt sie zurück. Dann legte er ihr die Hand unters Kinn und zwang sie, ihn wieder anzusehen.

»Emma ist deine Tochter, stimmt's?«

Sie konnte erkennen, dass er keine Bestätigung von ihr brauchte. Tränen schossen ihr in die Augen.

»Woher weißt du es?«, fragte sie leise.

Er ließ sie wieder los und wandte sich ab, ging ein paar

Schritte in den Gang. »Dein Versprecher an dem Tag, als Emma fast verunglückt wäre«, erwiderte er. »Es war mehr ein Gefühl, eine Ahnung. Deshalb habe ich das Detektivbüro gebeten, ein paar Nachforschungen anzustellen.« Er schüttelte den Kopf, offenbar immer noch fassungslos darüber, dass sein Verdacht sich bestätigt hatte. »Warum hast du mir das nicht gesagt? Wieso behauptest du, dass du ihre Schwester bist?«

Shauna schloss die Augen und spürte, wie ihr Tränen über die Wangen liefen. Sie fühlte sich hilflos und überfordert davon, sich rechtfertigen zu müssen. »Du hattest kein Recht, mir nachzuspionieren«, protestierte sie.

»Ich wollte sichergehen, bevor ich dir etwas unterstelle«, gab er ungerührt zurück und musterte sie herausfordernd. »Also? Warum, Shauna?« Sie sah, wie sein Adamsapfel sich bewegte, als er schluckte. »Schämst du dich etwa für Emma?«

»Was? Nein!« Entsetzt schüttelte Shauna den Kopf. »Ich wollte Emma damit immer nur schützen!«, erklärte sie und wischte sich über die Wange, weil die Tränen nicht aufhörten. All der Schmerz und die Unsicherheit der letzten Jahre brachen plötzlich über sie herein, und sie rang um Fassung. »Du verstehst das nicht. Das war alles so schwierig damals.«

»Ich will es aber verstehen.« David machte einen Schritt auf sie zu, blieb dann jedoch wieder stehen. Seine Stimme klang jetzt weicher. »Bitte. Erklär es mir.«

Shauna verschränkte die Arme vor der Brust, als die Erinnerungen an jene schlimme Zeit plötzlich mit Macht zurückkamen. Mit schleppenden Schritten ging sie zu der Futterkiste, die in einer Nische im Gang stand, und setzte sich darauf.

»Sein Name war Ethan«, begann sie. »Er war auch Judoka und gehörte zu der amerikanischen Mannschaft, die zusammen mit unserem Verein an einem Trainingslager teilgenommen hat. Es fand während der Osterferien statt, kurz vor meinem Schulabschluss.« Sie hielt inne und sah zu David auf, der näher gekommen war. »Ich habe mich sofort in ihn verliebt, und er hat behauptet, dass es ihm genauso geht. Wir kamen zusammen, und ich dachte …«

Ihre Stimme brach, und sie brauchte einen Moment, bis sie weitersprechen konnte. »Ich dachte, dass er es ernst meint. Aber nach seiner Abreise hat er sich nicht mehr gemeldet. Ich war am Boden zerstört. Ich konnte nicht fassen, dass ich mich so in ihm getäuscht hatte. Und als ich dann feststellte, dass ich schwanger war …« Erneut hielt sie inne und kämpfte gegen den Kloß in ihrem Hals an, so wie immer, wenn sie an den Tag dachte, an dem sie das letzte Mal mit Ethan telefoniert hatte. »Er wollte nichts mehr von mir wissen, und schon gar nicht von dem Baby, das ich erwartete. Er hat sogar gedroht, mich zu verklagen, wenn ich behauptete, dass es von ihm sei.« Sie wischte sich erneut Tränen von den Wangen. »Als unverheiratetes junges Mädchen in einem kleinen katholischen Dorf in Irland schwanger zu sein ist eine Katastrophe. Die Leute haben sich das Maul über mich zerrissen, und meine Freundinnen haben sich fast alle von mir abgewendet. Von der Wut und Enttäuschung meines Vaters gar nicht zu reden. Nur meine Mutter hat zu mir gehalten. Aber sie kam kurz nach Emmas Geburt bei einem Unfall ums Leben.«

»Das stimmte also?«, stellte David fest. Er war noch einen Schritt näher gekommen und zog ein frisches Taschentuch aus seiner Jackentasche. Dankbar nahm Shauna es, als er es ihr reichte. Sie schnäuzte sich und atmete tief durch, versuchte, sich zu beruhigen.

»Es stimmt auch, dass mein Vater sehr schnell wieder geheiratet hat«, fuhr sie fort. »Und dass ich eine Stiefmutter und zwei Stiefschwestern habe, die mir das Leben zur Hölle gemacht haben. Ich dachte, sie unterstützen mich, doch vor allem meine Stiefmutter hat mich jeden Tag aufs Neue spüren lassen, dass ich in ihren Augen eine Schande war. Jemanden, den man lieber verstecken sollte. Das Einzige, was sie je für mich getan hat, war, dass sie auf Emma aufgepasst hat, damit ich meine Ausbildung zur Arzthelferin machen konnte.«

Sie seufzte. »Ich wollte eigentlich nach der Schule studieren, aber ich wusste, dass ich das mit Kind nicht hinbekommen würde. Also dachte ich, dass eine Lehre gut wäre. Ich wollte finanziell auf eigenen Beinen stehen, vielleicht, weil ich da schon ahnte, dass ich irgendwann auf mich allein gestellt sein würde. Also habe ich mich bei dem Allgemeinmediziner im Nachbarort beworben.«

Shauna dachte an die drei Jahre ihrer Ausbildung, in denen die Situation für sie kontinuierlich schlimmer geworden war. »Als ich mit der Ausbildung fertig war, stand mein Entschluss fest, dass ich mit Emma weggehen würde. Emma war damals noch zu klein, um wirklich zu begreifen, was die spitzen Bemerkungen und die Blicke der Leute bedeuteten, und ich wollte nicht warten, bis sie es tat. Sie sollte so nicht aufwachsen, mit so viel Ablehnung und Verachtung.«

»Deshalb bist du nach Exeter gegangen?«, erkundigte sich David.

Shauna nickte. »Die Tante meiner Freundin Jenny hat dort eine Praxis für Allgemeinmedizin. Jenny hat bei ihr ein gutes Wort für mich eingelegt, damit ich mich bei ihr vorstellen durfte. Ich bekam die Stelle und zog nach England, doch ich fand keine Unterkunft. Es war ähnlich schwer wie hier, mit Hund und Kleinkind etwas Erschwingliches zu finden. Überall, wo ich mich vorstellte, wurde ich abgelehnt, bis ich schließlich endlich eine Wohnung fand.« Sie seufzte bei der Erinnerung. »Die Vermieterin war eine Frau um die fünfzig nett, aber eher … konservativ. Als sie mich fragte, ob Emma meine Tochter sei, war da so ein strenger Ausdruck in ihren Augen. Ich dachte, sie lehnt mich ab, wenn ich Ja sage, deshalb habe ich behauptet, sie wäre meine Schwester. Ich wusste mir einfach nicht mehr anders zu helfen.«

Unglücklich schüttelte Shauna den Kopf. »So fing es an, und dann hat sich die Sache irgendwie verselbstständigt. Ich brauchte nämlich auch noch eine Betreuung für Emma, und meine Vermieterin kannte die Leiterin einer Tagesstätte. Sie hat ein gutes Wort für mich eingelegt, deshalb ging man dort natürlich auch davon aus, dass Emma meine Schwester ist. Ich hatte Angst, dass sie Emma ablehnen, wenn ich die Wahrheit sage, also habe ich das nicht korrigiert.«

»Aber ist das denn nicht aufgefallen?«, fragte David überrascht. »Muss man bei der Anmeldung nicht Papiere vorlegen?«

»Eigentlich ja«, bestätigte Shauna. »Ich habe behauptet, dass es bei uns gebrannt hätte und dass ich die Papiere neu beantragen müsste. Ich versprach, alles nachzureichen, und das haben sie akzeptiert und nie wieder nachgefragt.«

»Wusste die Ärztin denn nicht Bescheid?«, wollte David wissen. »Deine Freundin wird ihrer Tante deine Geschichte doch erzählt haben.«

»Ja, meine Chefin kannte die Wahrheit«, bestätigte Shauna. »Als ich ihr von meiner Notlüge erzählt habe, fand sie, dass ich das ruhig so lassen soll. ›Mit dieser Version hast du es leichter‹, meinte sie. Und so kam es mir auch vor. Es gab keine Blicke mehr und keine gemeinen Kommentare. Die wollte ich vor allem Emma ersparen. Deshalb bin ich bei der Geschichte geblieben. Nicht, weil ich mich schäme für mein Kind. Aber dann …« Sie hielt inne und zuckte mit den Schultern.

»Aber dann was?«, drängte David.

»Dann wurde Emma älter, und mir wurde klar, dass ich mit dieser Lüge Fakten geschaffen hatte, die für sie galten«, sagte Shauna mit einem Seufzen. »Sie hält mich für ihre Schwester, und ich hatte Angst, ihr Weltbild zu erschüttern. Deshalb bin ich auch aus Exeter weg.« Sie dachte an Melody Newman. »Ich traf eines Tages eine alte Schulfreundin in der Stadt«, erklärte Shauna. »Sie erzählte mir, dass sie jetzt in Exeter wohnt, und ich bekam Panik, dass ich ihr irgendwann in der Praxis oder in der Tagesstätte oder irgendwo anders begegnen und sie dann mein Geheimnis vor den anderen und vor Emma enthüllen würde. Das wollte ich nicht. Deshalb habe ich mich auf die Stelle bei dir beworben.«

David schwieg einen Moment nachdenklich. »Deshalb hast du also Emma noch nicht in der Grundschule angemeldet. Weil dann alles rauskommt.«

Shauna nickte beklommen. »Erst dachte ich, dass ich vielleicht noch mal durchkomme mit meiner Lüge. Doch dann wurde mir klar, dass ich Emma endlich die Wahrheit schulde. Ich wollte heute mit ihr an den Strand fahren und es ihr sagen. Aber das Wetter war so schlecht und …« Sie brach ab und schüttelte den Kopf. »Oh Gott, ich habe solche Angst davor, David. Es wird alles für Emma verändern. Was, wenn sie enttäuscht von mir ist, weil ich ihr das so lange verschwiegen habe? Wenn sie mich gar nicht als ihre Mutter will?«

»Doch, ich will das.« Die helle, leise Stimme ließ Shauna und David herumfahren. Emma stand plötzlich im Stallgang. Im Schein der Lampe wirkte sie blass, und ihr dunkles Haar, das Shaunas so ähnlich war, glänzte, nass vom Regen. Mit weit aufgerissenen Augen blickte sie zwischen Shauna und David hin und her.

»Oh Emma, es tut mir leid!« Shauna ging zu ihr und hockte sich vor sie hin. »Ich wollte nicht, dass du es so erfährst.«

Emma lächelte, doch ihre Unterlippe zitterte. »Ich habe mir gewünscht, dass du meine Mutter wärst. Schon ganz lange. Ich fand es gemein, dass alle meine Freundinnen eine haben, und ich nur eine große Schwester.« Ihre Augen füllten sich mit Tränen. »Warum hast du es mir nicht gesagt?«

Shauna zog sie in ihre Arme. »Das war ein Fehler. Ich hätte ehrlich zu dir sein sollen.« Ihr Herz schmerzte, weil sie ihre Tochter, die sie schon seit der Sekunde, in der man sie ihr in den Arm gelegt hatte, mehr liebte als alles andere auf der Welt, so verwirrt hatte. Aber da war auch eine unglaubliche Erleichterung in ihr, dass sie nicht mehr lügen musste. »Ich hab dich lieb, mein Schatz«, flüsterte sie. »Jetzt wird alles gut.«

Emma löste sich wieder von ihr und blickte zu David. Ein hoffnungsvolles Lächeln lag auf ihrem Gesicht. »Werden wir dann jetzt eine Familie?«

Das Glück, das Shauna gerade noch empfunden hatte, verschwand schlagartig, und sie blickte erschrocken zu David, der von Emmas Frage auch sichtlich überrumpelt war.

»Nein«, sagte er nach kurzem Zögern. »Das geht leider nicht.«

Emmas Lächeln erlosch. »Warum nicht?«

»Weil ich wegziehe«, erwiderte er. »Ich gehe nach New York.«

Shauna schluckte. Irgendwie war da immer noch die Hoffnung in ihr gewesen, dass er sich anders entscheiden würde. Doch die Würfel schienen gefallen zu sein. Er würde gehen.

»Ist New York weit weg?«, fragte Emma.

David nickte. »Ja, es ist leider sogar sehr weit weg.«

»Aber ich will das nicht«, protestierte die Kleine. »Du sollst bei uns bleiben. Ich dachte, du bist gekommen, um uns wieder zurückzuholen zu dir.«

Shauna hatte das Gefühl, als würde jedes von Emmas Worten einen Dolch in ihre Brust rammen. Natürlich, das mussten die Gedanken der Kleinen gewesen sein, als David gekommen war. Deshalb war sie ihm auch in den Stall nachgeschlichen.

Tränen schimmerten in Emmas Augen. »Bitte, geh nicht, David. Ich will nicht, dass du gehst.«

In seiner Wange zuckte ein Muskel. »Es tut mir leid, Emma«, sagte er. »Aber es geht wirklich nicht anders. Ich muss ...«

»Du bist so gemein! Ich hasse dich«, fiel Emma ihm ins Wort und rannte aus dem Stall.

»Warte!«, rief Shauna, doch die Kleine blieb nicht stehen. Kurz darauf klappte die Stalltür, und der Wind heulte laut von draußen herein. Dann hörte man die Geräusche des Sturms wieder gedämpfter.

Shauna blickte zu David, der wie vom Donner gerührt dastand. »Ich muss ihr nach«, sagte sie und wollte gehen. Doch er war mit wenigen Schritten bei ihr und hielt sie am Arm fest.

»Warum hast du mir das mit Emma nicht gesagt?«, fragte er, sichtlich aufgewühlt. »Du hättest doch ehrlich zu mir sein können.«

»Ich wollte es dir sagen, kurz bevor dein Onkel gekommen ist. Aber dann ...« Sie brach ab. »Dann habe ich erfahren, dass du auch nicht ehrlich zu mir warst. Und ich dachte, dass ich es dir nicht mehr sagen muss, wenn du sowieso weggehst.« Sie hielt seinem Blick stand, sah die Verwirrung darin. »Es hätte doch nichts geändert. Oder wärst du dann geblieben?«

Sie wartete auf eine Antwort, doch er starrte sie nur an. Mit neuen Tränen in den Augen machte sie sich von ihm los und lief weiter. Er folgte ihr, sie hörte seine Schritte hinter sich, als sie den Stall verließ und schnell durch den Sturm zurück zum Haus lief.

Mary und Kelsey saßen am Küchentisch und hoben gleichzeitig die Köpfe, als Shauna und David hereinkamen.

»Wo ist Emma?«, fragte Mary und versuchte, an David vorbeizuschauen. »Ist sie gar nicht bei euch?«

Shauna hatte plötzlich ein flaues Gefühl im Magen. »Nein, ist sie nicht hier?«

Mary schüttelte den Kopf. »Sie ist zu euch in den Stall gelaufen. Ich konnte sie nicht aufhalten, sie wollte David unbedingt hinterher.«

»Sie war auch bei uns«, bestätigte Shauna. »Aber dann ist sie …« Sie hielt inne, als sie daran dachte, wie aufgewühlt Emma sie verlassen hatte. Was, wenn sie gar nicht wieder ins Haus gelaufen war?

Entsetzt drehte sie sich zu David um. »Wo ist sie?«, fragte sie und spürte, wie Panik in ihr aufstieg. Es wurde bald dunkel, und über ihnen tobte noch immer das Gewitter. Wenn Emma da draußen war …

Sie krallte die Hände in sein Hemd. »Oh Gott, David, vielleicht ist sie weggelaufen!«, flüsterte sie atemlos. »Was, wenn ihr etwas passiert?«

26

David konnte Shauna ansehen, dass sie kurz davor war, die Fassung zu verlieren. Und er fühlte sich nicht besser. In seinem ganzen Leben hatte er noch nie eine so tiefe, allumfassende Angst empfunden.

»Wir finden sie«, versprach er, auch um sich selbst zu beruhigen, und versuchte, klar zu denken. »Vielleicht versteckt sie sich nur irgendwo.«

Sofort durchsuchten sie zu viert Haus und Stallungen und sahen in allen Verstecken nach, die Kelsey ihnen nennen konnte. Doch Emma blieb verschwunden, und als sie sich schließlich wieder in der Küche einfanden, war ihnen allen klar, was das bedeutete.

»Sie muss irgendwo draußen sein«, meinte Mary. »Nur wo? Sie kennt sich doch hier gar nicht gut aus.«

Der Gedanke, dass Emma kopflos in den Sturm hinausgelaufen war, ließ David schlucken. Er tauschte einen Blick mit Shauna, sah die Panik in ihren Augen. Und ihn packte auch die Angst, denn wenn es so war, hatten sie wenig Chancen, die Kleine zu finden. Sie konnte dann überall sein.

Kurz überlegte er, ob sie die Polizei verständigen sollten, doch es war fraglich, was die beiden Beamten, die in der Wache in Carywith arbeiteten, ausrichten konnten. Es wurde bald dunkel, und eine groß angelegte Suche ließ sich sicher erst am Morgen organisieren. Sie mussten die Kleine unbedingt vorher finden. Allein der Gedanke, dass sie die Nacht da draußen allein …

»Doch, Emma kennt sich hier aus«, widersprach Kelsey ihrer Großmutter und riss David aus seinen sich überschlagenden Gedanken. »Wir haben einen Baum, der innen hohl ist, da spielen wir oft.« Sie deutete aus dem Fenster. »Und wir waren auch schon oft bei der alten Mine.«

»Bei der Mine?«, fragte Mary erschrocken. »Das hatte ich euch doch verboten!«

Kelsey blickte schuldbewusst zu ihr auf, doch David ging sofort vor der Kleinen in die Hocke.

»Ist okay«, versicherte er ihr. »Wo genau wart ihr, Kelsey?« Am liebsten hätte er sie geschüttelt, doch er wollte ihr keine Angst machen. »Kannst du es mir beschreiben?«

Kelsey ging zum Fenster und deutete über eines der Felder auf eine Baumgruppe, die im Regen und der beginnenden Dämmerung nur noch schemenhaft zu erkennen war. »Der Baum steht dort drüben«, erklärte sie. »Und die Mine haben wir uns nur von außen angesehen. Aber Emma hat einen versteckten Eingang entdeckt. Wir haben uns nur noch nicht getraut, ihn zu erforschen.« Sie wich Marys Blick aus und zuckte mit den Schultern. »Das wollten wir beim nächsten Mal machen.«

»Danke, dass du uns das gesagt hast, Kelsey«, meinte David. »Das sind ganz wichtige Informationen für uns.«

Er richtete sich wieder auf. »Wo ist diese Mine?«

»Ein ganzes Stück von hier entfernt«, erklärte Mary. »Unten an den Klippen.«

Shauna wurde noch blasser, als sie ohnehin schon war. »Denkst du, sie ist bei dem Wetter so weit gelaufen?«, fragte sie David.

»Ich weiß es nicht«, sagte er. »Aber ich werde nachsehen, ob sie dort ist.«

»Dann laufe ich zu dem Wäldchen und sehe in dem hohlen Baum nach«, erklärte Shauna und war schon aus der Tür. David ließ sich von Mary noch einmal kurz den Weg beschreiben, den er zur Mine nehmen musste, dann rannte er ebenfalls los.

Die Sicht wurde immer schlechter, doch er erkannte gerade noch genug, um dem schmalen Feldweg zu folgen, der ihn geradewegs zu der alten Ruine bringen würde.

In Cornwall gab es eine Menge Bergbauruinen wie die in der Nähe des Harrison-Hofs. Früher hatte man hier Kupfer und Zinn abgebaut, aber die Vorkommen waren längst erschöpft, und nur noch die einsam gelegenen, eingefallenen Fördertürme an der Küstenlinie zeugten von der Industrie, die den Süden Englands lange geprägt hatte.

Davids Lunge brannte vom Rennen, und seine Jacke war durchgeweicht vom Regen, als er schließlich die Umrisse der alten Mine in der Ferne auftauchen sah. Seine Schuhe versanken im aufgeweichten Boden, doch er kämpfte sich weiter vor, getrieben von der Sorge um Emma.

Er überlegte, ob es Sinn hatte, nach ihr zu rufen. Der Wind heulte um ihn herum, und es war fraglich, ob sie ihn hören konnte. Vielleicht, wenn ich drin bin, dachte er und starrte auf den mit Brettern vernagelten Eingang. Es gab Lücken zwischen den Latten, doch da hätte nicht mal ein Kind durchgepasst, geschweige denn er. Aber hatte Kelsey nicht von einem versteckten Zugang gesprochen?

Langsam umrundete David das Gebäude und stieß schließlich auf ein von zwei Büschen überwuchertes Loch im Mauerwerk, gerade groß genug, dass er sich hindurchzwängen konnte. Drinnen war es dunkel, und es roch modrig.

»Emma?« Er schaltete die Taschenlampenfunktion an seinem Handy ein und leuchtete an den Wänden entlang. Moos wuchs aus vielen Mauerritzen, und auf dem Boden lag Geröll, über das David vorsichtig hinübersteigen musste, als er mehrere Schritte in den Raum machte, der sich vor ihm öffnete. »Emma? Bist du hier?«

»David?« Das kleine Stimmchen löste eine Welle der Erleichterung in ihm aus, die ihm die Knie ganz weich machte.

»Wo bist du?«, fragte er, aber in diesem Moment erfasste der Lichtkegel eine kleine Gestalt in einer gelben Regenjacke, die zusammengekauert an der Wand saß.

Mit verweinten Augen sah Emma zu ihm auf und streckte die Arme nach ihm aus. »David!«

Er brauchte nur wenige Schritte, dann war er bei ihr, beleuchtete sie mit der Taschenlampe. Sie schien unverletzt. »Bist du okay?«

Sie nickte, immer noch weinend. Schnell legte er das Handy auf den Boden, sodass der Schein der Taschenlampe an die hohe Decke fiel und ihnen ausreichend Licht gab. Dann setzte er sich, lehnte sich an die Wand und zog Emma in seine Arme. Sie schmiegte sich eng an ihn, und er strich ihr sanft über das Haar.

»Gott, bin ich froh, dass ich dich gefunden habe«, stöhnte er. »Wir haben uns schreckliche Sorgen um dich gemacht.«

Es auszusprechen erinnerte ihn daran, dass er Shauna Bescheid sagen musste. Schnell nahm er das Handy noch einmal auf und schrieb ihr eine Nachricht. Dann legte er es wieder weg und hielt weiter Emma fest, die sich langsam beruhigte. Als sie aufgehört hatte zu schluchzen, löste sie sich von ihm und sah ihn an.

»Wieso bist du mich suchen gekommen?«, fragte sie und

wischte sich mit den Handrücken über ihre Augen. »Ich dachte, du magst uns nicht.«

Er zog sie sanft wieder an sich. »Ach, Emma, so ist das doch nicht. Natürlich mag ich dich. Sehr sogar. Ich kann nur nicht bleiben, weil ich eine neue Arbeitsstelle in Amerika habe.«

Sie schwieg einen Moment. »Wirst du uns da denn gar nicht vermissen?«

Ihre unschuldige Frage traf ihn hart. »Doch«, gestand er, überrascht darüber, wie weh ihm die Aussicht auf ein Leben ohne die beiden plötzlich tat.

Emma richtete sich erneut auf. »Ich dich auch.«

Er strich ihr über die Haare. »Aber du hast doch noch Shauna. Sie bleibt bei dir.«

Emma nickte und runzelte ihre kleine Stirn. »Warum hat sie mir nie gesagt, dass sie meine Mama ist?«, fragte sie. »Ich verstehe das nicht. Will sie nicht, dass ich ihr Kind bin?«

David erinnerte sich an den Moment, als die Detektei seinen Verdacht bestätigt hatte. Er war unfassbar enttäuscht von Shauna gewesen und hatte sich verraten gefühlt, weil sie ihm nicht erzählt hatte, dass sie in einer ganz ähnlichen Situation steckte wie seine eigene Mutter damals. Doch bei ihrem Gespräch im Stall war ihm klargeworden, dass sie gar nicht anders hatte handeln können. Sie hatte Emma schützen wollen und dafür selbst sehr viel in Kauf genommen.

»Doch, sie will dich sogar sehr«, versicherte er Emma. »Sie hat dich sehr lieb und wollte dich nur beschützen. Deshalb hat sie behauptet, dass du ihre Schwester bist. Dadurch war es einfacher für euch.«

»Warum?«, fragte Emma leise, und David seufzte. Es war so klar gewesen, dass sie ihn mit dieser oberflächlichen Begründung nicht davonkommen ließ.

»Das ist eine lange Geschichte.« Er strich ihr sanft über die tränennasse Wange. »Weißt du, manchmal sagt man Dinge, weil man verzweifelt ist. Man will sie eigentlich gar nicht sagen, und man denkt, dass man sie wieder richtigstellen kann. Doch dann geht es plötzlich nicht mehr, weil man zu lange damit gewartet hat.« Er lächelte Emma aufmunternd zu. »Aber Shauna hätte es dir gesagt. Ganz bald schon.«

Emmas Gesichtchen blieb ernst, und sie betrachtete ihn stirnrunzelnd. »Dann musste sie lügen?«

Er nickte. »Sie dachte, es wäre besser.«

»Wie kann eine Lüge denn besser sein?«, fragte Emma mit kindlicher Empörung. Ein Schauer durchlief sie, und ihre Zähne klapperten. Schnell zog David sie wieder an sich und schloss sie in die Arme, um sie zu wärmen.

»Du hast recht, eigentlich soll man nicht lügen oder Dinge verschweigen«, bestätigte er. »Aber es gibt Situationen, in denen tut man es, um jemanden vor etwas zu bewahren. Dann meint man es gut.« Er strich der Kleinen über den Rücken. »Mein Onkel Paddy hat das auch gemacht. Er wollte mir nicht sagen, was mit meiner Mutter passiert war. Sie ist weggegangen, als ich noch ganz klein war, und ich wollte so gerne mehr über sie wissen. Doch egal, wie oft ich Paddy gefragt habe, er hat es mir nie verraten.«

»Hast du es trotzdem herausgefunden?«, wollte Emma wissen.

»Ja, ich habe lange nach meiner Mutter gesucht und sie vor Kurzem tatsächlich gefunden«, bestätigte David. »Aber das, was ich herausfand, hat mir wehgetan. Und ich glaube, dass wusste Paddy. Deshalb hat er mir nichts gesagt. Verstehst du? Er hat die Wahrheit vor mir verborgen, um mich zu schützen.«

Emma dachte einen Moment über seine Worte nach.

»Wieso tut es mir denn weh, wenn Shauna meine Mutter ist?«, fragte sie.

David seufzte. »Dir tut es nicht weh, aber es gibt Leute, die es stört, dass Shauna so jung war, als sie dich bekommen hat. Sie denken, dass sie dafür älter hätte sein müssen. Und manchmal sagen diese Leute Dinge, die dich und Shauna verletzen könnten.«

»Aber sie ist nicht zu jung«, protestierte Emma. »Sie hat sich immer gut um mich gekümmert.«

»Ja, das finde ich auch«, bestätigte David. »Und weißt du was, ich glaube, das ist auch die Hauptsache. Nimm mich: Meine Mutter ging weg, als ich noch ganz klein war, und meinen Vater kannte ich gar nicht. Doch ich war trotzdem nicht allein, weil mein Onkel und meine Tante mich aufgezogen haben. Sie waren immer für mich da, deshalb sind die beiden im Grunde meine Eltern. Jedenfalls empfinde ich da so.«

»Dann hast du eine Mutter, die eigentlich deine Tante ist?« Emma löste sich von ihm und richtete sich wieder auf. »Und ich habe eine Schwester, die eigentlich meine Mutter ist.« Sie runzelte die Stirn. »Ganz schön kompliziert.«

David lachte und spürte, wie die Anspannung der letzten Stunden endgültig von ihm abfiel. »Ja, da hast du recht. Aber wichtig ist doch eigentlich nur, dass Shauna immer für dich da war. Sie hat dich nicht im Stich gelassen. Deshalb ist es auch ganz egal, dass du dachtest, sie wäre deine Schwester. Am Ende zählt nur, was sie für dich getan hat, nicht, wie du sie genannt hast.«

Emma nickte und kuschelte sich wieder an ihn. »Mir ist kalt.«

»Dann lass uns zurückgehen.« David hob sie sanft von seiner Brust, stand auf und griff nach ihrer Hand. Er hob sein

Handy auf, um ihnen den Weg zu leuchten, und sie verließen die Mine.

Draußen regnete es immer noch, doch das Gewitter war weitergezogen. Dafür wurde es schnell dunkler. Bald würde es schwer sein, den Weg zu erkennen. Damit sie zügiger vorankamen, hob David Emma auf seinen Arm und trug sie. Ihr Gewicht störte ihn nicht, im Gegenteil, es beruhigte ihn, sie bei sich zu wissen. Gott, er hatte wirklich Angst um sie gehabt.

Und wenn es mir so geht, wie schlimm muss es dann für Shauna sein, dachte er und hielt auf die Lichter des Hofes zu, die er trotz des Regens schon von Weitem erkennen konnte. Die Vorstellung, Shauna gleich erlösen zu können, weil er ihr Emma zurückbrachte, beflügelte ihn. Als sie den Hof schließlich erreichten, war es dunkel, und der Regen hatte aufgehört.

David stellte Emma wieder auf die Füße und klopfte an die Küchentür. Einen Atemzug später riss Shauna sie auf.

»Oh, Gott sei Dank!« Sie ging in die Hocke und umarmte Emma, die ihr um den Hals fiel. Einen langen Moment hielten sie sich einfach nur fest, ohne etwas zu sagen.

David betrachtete die beiden und spürte zu seinem Entsetzen, dass ihm Tränen in den Augen brannten. Seine Brust war angefüllt mit einem Gefühl, das gleichzeitig schön und beängstigend war. Er wollte das nicht empfinden, aber er konnte es nicht ändern.

Die beiden sind mir zu nah gekommen, dachte er. Shauna hatte seinen Schutzpanzer durchdrungen, und Emma sowieso, und zwar auf eine Weise, die alles, was sonst für ihn galt, völlig außer Kraft setzte. Nur deshalb stand er hier, durchnässt und dreckig, anstatt in seinem Haus weiter für New York zu packen. Und wenn er nicht verdammt aufpasste, dann kam er aus dieser Sache nicht mehr heraus.

Shauna hielt Emmas kleinen Körper an sich gepresst und fühlte, wie das Entsetzen der vergangenen zwei Stunden langsam in ihr abflaute. Die Angst war wie ein körperlicher Schmerz gewesen, der ihr das Atmen schwer gemacht hatte. Erst jetzt konnte sie wieder richtig Luft holen.

Irgendwann schaffte sie es, Emma loszulassen, aber nur, um sie anzusehen und sich zu vergewissern, dass ihr auch wirklich nichts fehlte.

»Geht es dir gut?«, fragte sie mit zittriger Stimme.

Emma nickte. »Jetzt ja«, bestätigte sie mit ernster Miene. »David hat mir alles erklärt.«

Shauna schluckte. »Bist du böse auf mich, weil ich dir nicht die Wahrheit gesagt habe?«

Diesmal schüttelte Emma den Kopf und lächelte zaghaft. »Darf ich jetzt Mum zu dir sagen?«

»Ja, das darfst du«, erwiderte Shauna und schloss Emma noch einmal in die Arme. »Wir sagen es allen. Sie sollen wissen, dass du meine Tochter bist.«

Als sie Emma wieder losließ, blickte sie zu David auf, weil sie sich bei ihm bedanken wollte für seine Hilfe. Doch er war nicht mehr da. Überrascht blickte sie sich um.

»Wo ist David?«, erkundigte sich Emma, die sein Fehlen jetzt auch bemerkte.

Im gleichen Moment hörten sie vor dem Haus einen Motor anspringen und kurz darauf das Geräusch seines sich entfernenden Autos.

Shauna versuchte, ihre Enttäuschung zu unterdrücken. Es hat sich nichts geändert zwischen uns, dachte sie und lächelte gegen den Schmerz an, der wie ein Gewicht auf ihrer Brust lag.

»Na, komm, wir holen dich erst mal aus den nassen Sachen

raus«, meinte sie und griff nach Emmas Hand. »Und dann erzählen wir Mary und Kelsey alles, ja?«

Emma blickte noch einmal in die Dunkelheit und seufzte tief. Dann nickte sie, und Shauna ging mit ihr in die Küche.

27

»Ist es wahr, dass Doktor MacKenzie uns wieder verlässt?«
Lloyd Peterson, ein älterer Farmer mit rot geäderter Nase,
stützte sich auf den Empfangstresen.

»Zum nächsten Ersten, ja«, bestätigte Shauna und schluckte
schwer bei dem Gedanken, dass es bis dahin nur noch wenige
Tage waren.

Die Nachricht, dass Doktor Brown vorläufig die Praxis wieder übernehmen würde, hatte sich wie immer wie ein Lauffeuer im Ort verbreitet, doch zu Shaunas Überraschung überwog nicht die Freude über die Rückkehr des alten Doktors,
sondern das Bedauern über den Weggang des neuen. David
hatte die Herzen der Dorfbewohner offenbar tatsächlich erobert, und die Aussicht, sich nun auf Dauer doch wieder an
jemand Neues gewöhnen zu müssen, schien sehr vielen zu
missfallen.

Gut daran war eigentlich nur, dass die Nachricht die Leute
so sehr beschäftigte, dass ihnen die Energie zu fehlen schien,
sich über Shaunas Lüge aufzuregen. Es hatte sich zwar ebenfalls herumgesprochen, dass Emma ihre Tochter war und
nicht ihre Schwester, doch das schienen die Leute einfach zu
akzeptieren, während sie sich darüber, dass David nach New
York gehen würde, sehr aufregten.

»Nehmen Sie doch bitte Platz«, bat Shauna Lloyd Peterson.
»Der Doktor ruft sie dann gleich auf.«

Der Farmer nickte und ging ins Wartezimmer, das bereits fast voll besetzt war. Dabei hatte die Sprechstunde gerade erst begonnen. Shauna kam es so vor, als wollten die Leute aus der ganzen Gegend plötzlich alle noch mal schnell zum Arzt. Oder besser gesagt zu *diesem* Arzt, dachte sie und griff nach dem Umschlag, der schon die ganze Zeit neben ihrer Schreibtischablage gelegen hatte.

Sie hatte den Brief, der darin steckte, eben erst geschrieben, doch über das, was er enthielt, dachte sie schon seit dem Abend nach, an dem Emma weggelaufen war. Sie war sicher, dass die Entscheidung richtig war, die sie heute Morgen endlich getroffen hatte, aber den Brief jetzt zu David zu bringen kostete sie dennoch Überwindung.

Zögernd erhob sie sich und ging mit dem Umschlag in der Hand durch den Flur. Sie klopfte kurz an das Behandlungszimmer und trat ein. David saß hinter seinem Schreibtisch und hob fragend die Augenbrauen, als sie ihm den Brief reichte.

»Was ist das?«

»Meine Kündigung«, erklärte Shauna. »Würdest du sie Doktor Brown weiterreichen und ihm sagen, dass ich natürlich noch bleiben werde, bis er Ersatz für mich gefunden hat? Er soll sich keine Sorgen machen deswegen. Ich dachte nur, es wäre gut, wenn er schon mal Bescheid weiß, dass die Stelle wieder neu ausschreiben muss.«

»Du gehst?« David schien es nicht fassen zu können. Er sah den Brief in seiner Hand an wie einen Fremdkörper, den er nicht wollte. Dann richtete er den Blick mit unverhohlenem Entsetzen wieder auf sie. »Wohin willst du denn?«

»Das weiß ich noch nicht«, erklärte sie und hoffte, dass er ihrer Stimme nicht anhörte, wie viel Angst ihr die Ungewissheit machte, die ihr Entschluss nach sich zog. »Ich schaue einfach mal die Stellenanzeigen durch, wo ich etwas finde.«

David schüttelte den Kopf. »Warum willst du denn weg? Ich dachte, du fühlst dich wohl hier in Carywith.«

»Das stimmt auch.« Shauna seufzte innerlich. Er hatte keine Ahnung, wie schwer ihr die Entscheidung gefallen war. Doch wenn er ging, dann konnte sie nicht bleiben. Die Erinnerung an ihn würde hier überall präsent sein und ihr wehtun. Das wollte sie nicht aushalten müssen. Nur konnte sie ihm das schlecht als Begründung nennen, deshalb zuckte sie mit den Schultern. »Ich glaube, dass für Emma und mich ein Neuanfang besser wäre, irgendwo anders, wo uns niemand kennt.«

»Das ist doch Unsinn!« David sprang auf und kam um den Schreibtisch herum. Dicht vor ihr blieb er stehen, und sie hatte den Eindruck, dass er sich nur mühsam davon abhielt, ihre Schultern zu umfassen. »Shauna, ihr gehört doch hierher! Du hast hier Freunde gefunden, und Emma auch. Warum willst du denn weggehen? Das ergibt doch keinen Sinn!«

Er stand so nah bei ihr, dass sie seinen Duft wahrnahm, was ihr Herz gefährlich aus dem Takt brachte. Aber sie wollte nicht zurückweichen, deshalb blieb sie stehen und hielt die Sehnsucht aus, die sie zu ihm hinzog. Das würde sich vermutlich nie ändern, also konnte sie sich auch gleich daran gewöhnen.

»Wieso ist das so wichtig für dich?«, fragte sie. »Du gehst doch nach New York. Dich braucht das doch gar nicht mehr zu kümmern, was wir tun.«

»Verdammt, es kümmert mich aber!« Jetzt griff David nach ihr und legte die Hände um ihre Oberarme. »Ich möchte, dass es euch gut geht. Und außerdem weiß ich dann, wo du bist, wenn ich …« Er brach ab und wich Shaunas Blick aus.

»Wenn du was?«, hakte sie nach und spürte, wie eine willkommene Wut in ihr aufstieg. »Wenn du mal zufällig Lust hast, dich nach uns zu erkundigen?«

Er wich ihrem Blick aus. »Nein, so meine ich das nicht. Aber ich …« Er zuckte mit den Schultern. »Können wir nicht … in Kontakt bleiben?«

Shauna machte sich von ihm los und trat nun doch einen Schritt zurück. Ihre Wut verrauchte, wich einer zornigen Verzweiflung. »Nein, das geht nicht!«, sagte sie mit Nachdruck.

»Warum nicht?« Er sah sie durchdringend und fast flehend an.

»Weil …« Shauna kämpfte gegen die Tränen, die ihr plötzlich wieder in den Augen brannten. »Weil es mir wehtun würde. *Is breá liom tú, á leathcheann!*«

Ich liebe dich, du Idiot! Auf Gälisch konnte sie ihm das sagen, weil sie wusste, dass er es nicht verstand. Aber offenbar verstand er vieles nicht.

Unwillig wischte sie sich eine Träne von der Wange. »Ich wünsch dir alles Gute für New York!«

Schnell, bevor sie endgültig die Fassung verlor, lief sie aus dem Raum und schloss die Tür hinter sich. Sie atmete ein paarmal tief durch und betupfte ihre Augen. Dann ging sie wieder nach vorn zum Wartezimmer.

»Sie können jetzt durchgehen«, sagte sie zu Ruby Albright, die als Nächste dran war, und sah zu, wie die Blondine sich erhob, ihr enges Kleid glatt strich und sich dann auf den Weg zum Behandlungszimmer machte. Ob Ruby ihr ansah, wie aufgewühlt sie war, wusste sie nicht, wahrscheinlich war sie zu sehr mit sich beschäftigt, um Shaunas Gemütszustand zu bemerken. Julia, die kurz darauf in die Praxis kam, schien es jedoch sofort aufzufallen, denn sie runzelte die Stirn und beugte sich über den Empfangstresen.

»Alles okay?«, fragte sie leise. »Hast du geweint?«

Shauna wünschte, sie wären an einem Ort, an dem sie sich ihr hätte anvertrauen können. Hier ging das nicht, deshalb zuckte sie nur leicht mit den Schultern. »Ist gerade alles nicht so einfach.«

Julia sah sie mitfühlend an. »Komm doch heute Abend mal vorbei, ja?«

Shauna nickte und lächelte dankbar. Julia und Lucy waren nach Mary die Ersten gewesen, bei denen sie persönlich richtiggestellt hatte, dass Emma ihre Tochter war. Die beiden waren sehr verständnisvoll gewesen, und Shauna glaubte immer noch, dass sie wirklich gute Freundinnen hätten werden können. Wenn ich bleiben würde, dachte sie niedergeschlagen und hob traurig den Hörer des Telefons ab, das zu klingeln begonnen hatte.

»Und wir können Sie wirklich nicht überreden zu bleiben?« Ruby Albrights Frage riss David aus seinen Gedanken. Sie lächelte ihn auf diese strahlende Art an, die er anfangs sehr charmant gefunden hatte. Jetzt nervte es ihn.

»Nein«, brummte er und dachte wieder an Shauna. Was hatte sie gesagt, als sie Gälisch gesprochen hatte? War es ein Fluch gewesen, wie sonst so oft? Sie hatte wütend ausgesehen, aber sie hatte auch verzweifelt geklungen. Und wieso zur Hölle wollte sie keinen Kontakt mehr zu ihm? Das konnte sie nicht ernst meinen! Allein der Gedanke, nicht zu wissen, wo sie mit Emma hinging, machte ihn verrückt.

»Doktor MacKenzie?«, fragte Ruby, und David wurde klar, dass er eine ganze Weile geschwiegen hatte. Mühsam riss er sich zusammen.

»Was fehlt Ihnen denn?«, erkundigte er sich.

»Sie, sonst nichts.« Ruby lächelte immer noch. »Sie werden mir schrecklich fehlen.«

Irritiert sah David sie an. »Sie werden sicher auch mit meinem Nachfolger oder meiner Nachfolgerin gut zurechtkommen«, erwiderte er. »Wenn Sie sonst keine Beschwerden haben, würde ich vorschlagen, dass Sie …«

»Ich will aber keinen anderen«, fiel Ruby ihm ins Wort. »Sie sind der Beste. Das wollte ich Ihnen nur noch einmal sagen.«

»Danke, das ist … nett«, erwiderte David, ein bisschen überfordert von diesem Kompliment. Nach einem Moment des Schweigens, den er sehr unangenehm fand, seufzte Ruby tief.

»Dann gehe ich wohl besser«, sagte sie und erhob sich.

David begleitete sie zur Tür, erleichtert darüber, den etwas seltsamen Besuch überstanden zu haben. Doch Ruby wandte sich noch einmal zu ihm um.

»Ich hatte nie eine Chance, oder?« Ihr Lächeln war verschwunden, und er sah Verärgerung in ihren Augen aufblitzen. »Ich hätte es wissen müssen, als ich gemerkt habe, wie Sie sie ansehen. Da war immer so ein Glanz in Ihren Augen.«

»Wie ich wen ansehe?« David konnte ihr nicht folgen.

»Ihre Sprechstundenhilfe, diese Miss Lewis«, erklärte Ruby und seufzte tief. »Ich nehme an, sie begleitet Sie nach New York?«

David schwieg einen Moment überrumpelt. »Seien Sie mir nicht böse, Miss Albright, aber ich glaube nicht, dass Sie das etwas …«

»Ja, ja, ich versteh schon.« Sie warf den Kopf in den Nacken. »Leben Sie wohl, Doktor MacKenzie.«

Nachdenklich blickte er ihr nach. Stimmte das? Sah er Shauna anders an als andere Frauen? Nein, überlegte er, anders nicht. Aber er sah nur noch sie. Dachte nur noch an sie. Andere Frauen nahm er kaum mehr wahr, und das schon seit einer ganzen Weile. So war es ihm tatsächlich noch nie gegangen, und es schockierte ihn ein bisschen, dass Leute wir Ruby Albright ihm das ansahen. Es hatte sich verdammt viel verändert in seinem Leben, seit Shauna damals bewusstlos in seinen Armen zusammengebrochen war. Seitdem schien sich für ihn alles nur noch um sie zu drehen, und ihm wurde plötzlich klar, dass es sehr schwer sein würde, die Uhr wieder zurückzudrehen.

Die nächste Patientin war Julia Campbell, und David rechnete fest damit, dass auch sie ihn auf seinen Weggang ansprechen würde. Doch zunächst erwähnte sie nichts, sondern ließ sich von ihm untersuchen. Erst als er festgestellt hatte, dass mit der Schwangerschaft alles in Ordnung war, und sie wieder verabschieden wollte, lächelte sie bedauernd.

»Ich werde Sie vermissen«, sagte sie. »Sie hätten so gut hier nach Carywith gepasst.«

David nickte mit einem schmalen Lächeln und merkte, dass ihr Kompliment ihn tatsächlich rührte. Sie reichten sich noch einmal die Hand, und er begleitete auch sie zur Tür.

»Ach, sagen Sie ...« Er zögerte kurz. Aber er musste es einfach wissen. »Hat Shauna Ihnen zufällig gesagt, wohin sie gehen wird, wenn sie Carywith verlässt?«

»Shauna will weg?« Erschrocken sah Julia ihn an. »Davon wusste ich gar nichts.«

»Ich auch nicht«, gestand David. »Sie war eben hier und hat mir ihre Kündigung gegeben. Sie sagt, sie bräuchte einen Neuanfang.«

Julia betrachtete ihn wissend. »Ja, das kann ich mir vorstellen.«

»Dann …« David schluckte beklommen. »Geht sie meinetwegen?«

Julia zuckte mit den Schultern. »Vielleicht ist es nicht mehr dasselbe für sie, wenn Sie nicht mehr hier sind«, mutmaßte sie. »Ich wäre damals wahrscheinlich auch nicht geblieben, wenn das mit Henry und mir nicht geklappt hätte. Dann hätte ich mir einen Ort gesucht, an dem es keine Erinnerungen gibt, die mir wehtun.«

David versuchte, sich Shauna woanders vorzustellen. Sie würde sicher schnell eine neue Stelle finden. Und neue Freunde. Vielleicht würde sie sogar wieder jemanden kennenlernen. Bei dem Gedanken zog sich sein Magen zusammen.

»Es ist nicht so, dass es mir leichtfällt zu gehen«, sagte er. »Ich muss nach New York. Das Krankenhaus gibt die Stelle sonst an jemand anderen.«

»Sie brauchen sich nicht zu rechtfertigen.« Julia lächelte, doch es wirkte traurig. »Am Ende sollte man sich immer für das entscheiden, was einem am wichtigsten ist.«

Sie verabschiedete sich von ihm, und David lehnte sich mit dem Rücken gegen die Tür, nachdem er sie wieder geschlossen hatte. Er fühlte sich zutiefst verwirrt von alldem, was im Moment auf ihn einprasselte. Und vor allem von dem, was er für Shauna empfand.

Er dachte an den Moment, als er ihr Emma zurückgebracht hatte. Als er Shaunas erleichtertes Gesicht und ihr glückliches Lächeln gesehen hatte, als sie Emma wieder hatte in die Arme schließen können, war er sehr kurz davor gewesen, etwas Dummes zu tun. Wie die beiden seinerseits zu umarmen. Oder Shauna zu küssen. Doch das stand ihm nicht zu. Er gehörte nicht zu ihnen. Er gehörte zu niemandem.

Nein, es war die richtige Entscheidung, nach New York zu

gehen, versicherte er sich selbst. Einen klaren Schnitt zu machen, so wie sonst auch. Das war es, was er jetzt brauchte. Er musste zurück in sein Leben und Cornwall hinter sich lassen. Es hatte immer nur ein kurzer Ausflug sein sollen, eine Möglichkeit, seine Vergangenheit zu klären, bevor er in eine Zukunft aufbrach, die zu ihm passte. Eine Zukunft, in der er wieder nur für sich war.

Am Ende sollte man sich immer für das entscheiden, was am wichtigsten ist, hörte er Julia Campbell wieder sagen. Und das war am wichtigsten. Oder?

28

»David ist gestern abgereist.« Shauna versuchte, ihre Stimme unter Kontrolle zu halten, und zwang sich zu einem Lächeln.

Lucy und Julia, mit denen sie beim Tee in einem der schönen Salons von Penrose House saß, tauschten einen Blick.

»Aber hatte er das nicht angekündigt?«, meinte Lucy verwundert. »Du wusstest doch, dass er geht.«

»Ja, schon.« Shauna schluckte mühsam. »Es ist nur ... Ich dachte, er verabschiedet sich noch von mir.«

»Hat er das etwa nicht getan?«, fragte Julia entrüstet.

Shauna schüttelte den Kopf. »Er ist einfach nicht mehr in die Praxis gekommen.«

Mit Beklommenheit dachte sie daran, wie schockiert sie gewesen war, als er gestern Morgen, einen Tag nach ihrer Kündigung, nicht mehr zur Sprechstunde erschienen war. Stattdessen hatte Doktor Brown jetzt die Praxis übernommen. Nicht dass Davids Abreise vom Datum her nicht passte, übermorgen war der erste September. Aber dass er einfach so ging, ohne ein Wort des Abschieds, das traf Shauna hart.

»Bist du denn sicher, dass er nach New York geflogen ist?« Julia hatte sich auf dem Sofa zurückgelehnt und hielt ihre Teetasse direkt über ihren runden Babybauch, sodass es fast so aussah, als habe sie die Tasse darauf abgestellt.

Verwirrt über die Frage zuckte Shauna mit den Schultern. »Wo soll er denn sonst sein?«

»Keine Ahnung, aber ich traue ihm irgendwie nicht zu, dass er dir nicht Bescheid sagt«, meinte Julia. »Er würde doch nicht einfach verschwinden, oder?«

Genau das hatte Shauna anfangs auch gedacht und darauf gehofft, dass sie noch mal von ihm hören würde. Doch je mehr Stunden verstrichen, desto sicherer war sie, dass er sich nicht mehr bei ihr melden würde. Vielleicht wollte er nicht mitansehen, wie traurig es mich macht, dass er geht, dachte sie.

»Und Emma?«, erkundigte sich Lucy. »Sie hängt doch sehr an David, oder? Wie verkraftet sie es denn?«

»Überraschend gut.« Shauna fragte sich, wieso ihre Tochter überhaupt nicht traurig gewirkt hatte, als sie ihr von Davids Abreise erzählt hatte. »Sie ist davon überzeugt, dass er wiederkommt«, fuhr sie fort und schüttelte den Kopf. »Ich bringe es fast nicht übers Herz, ihr zu sagen, dass er das nicht tun wird.«

»Vielleicht ist David ja woandershin gefahren«, warf Julia ein. »Ich meine, es gibt ja auch noch andere Orte, an denen er sein kann. Bei seinem Onkel in Glasgow zum Beispiel. Oder bei seinem Cousin in London.«

Überrascht sah Shauna sie an. »Woher weißt du von Paddy und Liam?«, fragte sie. »Hat David dir von ihnen erzählt?«

Julia wirkte für einen Moment unsicher und tauschte erneut einen Blick mit Lucy. »Ja, sonst wüsste ich das ja nicht«, meinte sie und zuckte lächelnd mit den Schultern.

Shauna betrachtete ihre Freundinnen und fragte sich plötzlich, ob die beiden ihr etwas verheimlichten. Sie wirkten zwar mitfühlend, aber bei Weitem nicht so aufgebracht, wie sie es erwartet hätte, und das traf sie. Hatte sie sich doch in ihnen getäuscht?

Du siehst Gespenster, versuchte sie, sich zu beruhigen. Sie

fühlte sich niedergeschlagen und las deshalb vermutlich etwas in Lucys und Julias Verhalten hinein, was gar nicht stimmte. Immerhin hatten die beiden sie spontan zum Tee eingeladen, und dafür war sie dankbar. Heute war Samstag, und ihr hatte davor gegraut, den ganzen Tag auf der Farm zu sein und Emma und Kelsey beim Spielen zuzusehen, während sie darüber nachdachte, wo David gerade war. Deshalb hatte sie gerne zugesagt, als Lucy sie angerufen und ihr vorgeschlagen hatte, zu ihr und Julia nach Penrose House zu kommen …

Ihr Handy klingelte, und sie nahm es aus ihrer Handtasche. Ein Blick auf den Bildschirm ließ sie erkennen, dass es Mary war, die sie anrief.

»Da muss ich kurz drangehen«, sagte sie entschuldigend und hielt sich das Telefon ans Ohr.

»Tut mir leid, dass ich störe«, sagte Mary, hörbar aufgeregt. »Und bitte erschrick jetzt nicht. Aber Emma ist weg. Sie hat Kelseys Fahrrad genommen und ist verschwunden.«

»Was?« Shauna legte vor Schreck eine Hand auf ihr Herz. »Weißt du, wohin sie gefahren ist?«

»Sie hat mir eine Nachricht geschrieben, dass sie bei David ist«, meinte Mary.

»Der ist doch gar nicht mehr hier«. Shaunas Gedanken rasten. »Vielleicht ist sie zu seinem Haus gefahren«, überlegte sie laut.

»Soll ich hinfahren und nachsehen?«, bot Mary an.

»Nein, das mache ich. Bleib du zu Hause, falls sie zurückkommt«, wies Shauna sie an und legte auf.

»Ich muss sofort los«, erklärte sie den anderen beiden und schilderte kurz, was passiert war.

»Emma taucht wieder auf, ganz sicher«, meinte Julia zuversichtlich.

»Ja, in Carywith geht niemand verloren«, fügte Lucy hinzu, und beide lächelten aufmunternd. Doch das tröstete Shauna wenig. Voller Sorge um Emma brach sie auf und fuhr runter in den Ort zu Davids Haus.

In der Einfahrt standen weder sein Wagen noch ein Kinderfahrrad. Shauna klingelte trotzdem Sturm, und als niemand öffnete, wählte sie in ihrer Verzweiflung Davids Handynummer. Nach mehrmaligem Klingeln sprang jedoch nur die Mailbox an.

»*Daingead!*«, fluchte sie auf Gälisch und versuchte, ihren rasenden Puls unter Kontrolle zu bekommen, während sie fieberhaft überlegte, welche andere Möglichkeit es gab. Was hatte Emma damit gemeint, dass sie bei David war? Die Praxis, dachte Shauna und lief wieder zurück zum Wagen.

Sie fuhr hinunter zum Hafen und parkte in einer Seitenstraße. Als sie am Fisherman's Inn vorbeikam, nahm sie wahr, dass dort eine Menge los war. Und das war auch keineswegs ungewöhnlich für einen Samstagnachmittag, da kamen in der Regel nicht nur die Touristen in den Pub, sondern auch die Dorfbewohner, um dort die neuesten Klatschgeschichten auszutauschen.

Doch wer genau sich gerade im Gastraum befand, war Shauna egal, sie blickte nicht mal durch das Fenster, sondern ging weiter. Sie hatte gehofft, Kelseys Fahrrad zu entdecken. Doch vor der Praxis stand keines, und die Tür war abgeschlossen.

Hastig zückte Shauna ihr Handy, um Mary noch einmal anzurufen und sich zu erkundigen, ob Emma inzwischen zurückgekehrt war. Doch es klingelte, bevor sie dazu kam, und Marys Name erschien auf dem Display.

»Ist sie wieder da?«, fragte Shauna ohne Umschweife, nachdem sie den Anruf angenommen hatte. Doch es war nicht Mary, die ihr antwortete.

»Hallo Mum«, hörte sie stattdessen Emma mit heller, sehr fröhlicher Stimme sagen.

»Oh Gott sei Dank!« Shauna wurden vor Erleichterung die Knie ganz weich. »Bist du wieder bei Mary auf dem Hof?«

»Nein, ich bin im Pub«, informierte Emma sie. »Und du sollst auch herkommen.«

Shauna glaubte, sich verhört zu haben. »Im Fisherman's Inn?«, fragte sie ungläubig und starrte zum Eingang der Kneipe hinüber, der nur wenige Meter entfernt war. Wie von selbst setzten ihre Füße sich in Bewegung. »Aber … wieso? Was tust du denn da?«

»Ich warte auf dich, so wie die anderen«, sagte Emma und legte auf.

Eine Sekunde später hatte Shauna die Tür erreicht und betrat den Gastraum.

Genau wie sie schon von außen wahrgenommen hatte, waren sämtliche Tische besetzt, und auch an der Bar standen die Leute dicht an dicht. Und alle, wirklich alle, hörten auf zu reden und drehten sich zu ihr um, als sie hereinkam.

Irritiert über die Aufmerksamkeit ging Shauna weiter in Richtung Bar und blickte sich suchend um.

»Ich bin hier, Mum!«, rief Emma, und Shauna entdeckte sie an einem Tisch. Mary saß rechts neben ihr, und links … Julia und Lucy.

»Aber …« Shauna blieb stehen und starrte die vier völlig perplex an. »Was macht ihr denn hier?«

»Wir sind schnell hergekommen, damit wir es nicht verpassen«, meinte Lucy, und die Tatsache, dass alle vier sich sehr zu freuen schienen, vergrößerte Shaunas Verwirrung.

Erneut sah sie sich um und entdeckte zahlreiche Patientinnen und Patienten, die sie aus der Praxis kannte. Alle grinsten sie an, genau wie der Mann, der ganz in der Nähe von Emma und den anderen saß und den Shauna jetzt erst als Davids Onkel Paddy erkannte. Neben Paddy saß ein schlanker großer Mann um die dreißig, von dem Shauna schon einmal ein Foto gesehen hatte. Es war Davids Cousin Liam.

»Was ist denn hier los?«, fragte sie und blickte zu Emma und dann wieder zu Julia und Lucy. »Was wollt ihr nicht verpassen?«

»Sie wollen nicht verpassen, was ich dir zu sagen habe.« Der Klang von Davids vertrauter tiefer Stimme ließ Shauna zur Bar herumfahren, doch im ersten Moment sah sie nur den breit grinsenden Declan Spargo. Als sie sich gerade fragte, ob sie vielleicht langsam den Verstand verlor, trat der Kneipenwirt jedoch einen Schritt zur Seite und gab den Blick auf die Tür hinter der Bar frei, durch die in diesem Moment ein großer Mann trat, den Shauna unter Tausenden wiedererkannt hätte.

»David«, flüsterte sie und sah wie in Trance, dass er um die Bar herum auf sie zukam.

29

Kurz vor ihr blieb David stehen. Etwas war anders an ihm, das merkte Shauna sofort. Doch sie brauchte einen Moment, bis sie begriff, dass es der Ausdruck in seinen Augen war. Er wirkte weicher als früher, und es lag eine Wärme darin, die ihr Herz schneller schlagen ließ.

»Ich dachte, du bist in New York«, sagte sie, immer noch ungläubig. Sie hätte ihn gerne berührt, um sich davon zu überzeugen, dass sie das alles nicht träumte. Aber sie wagte es nicht. »Was tust du denn noch hier?«

»Ich war nicht in New York«, erklärte er. »Und ich muss auch nicht hin. Ich habe die Stelle am Lenox Hill Hospital endgültig abgesagt.«

Shauna wagte kaum auszusprechen, was das bedeuten musste. »Dann bleibst du doch in Carywith?«

Ihr Herz stolperte, als er nickte.

»Wir arbeiten gerade an einem neuen Vertrag«, sagte er und deutete zur Bar hinüber. Als Shauna über ihre Schulter blickte, entdeckte sie Doktor Brown unter den Männern, die dort standen. Der alte Landarzt prostete ihr lächelnd zu.

»Aber … warum auf einmal?«, fragte sie, weil sie das alles noch nicht fassen konnte. »Ich dachte, die Stelle in New York wäre wichtig.«

»Das dachte ich auch. Doch manchmal ändern sich die Dinge, ohne dass man es merkt«, erwiderte David und trat ein bisschen näher. Er umschloss ihre Hände mit seinen, und sie ließ es zu. »Man hält an Dingen fest, an die man eigentlich gar nicht mehr glaubt, einfach, weil sie vorher immer richtig waren. Als ich nach Cornwall kam, war ich arrogant und dachte, in der Praxis zu arbeiten, wäre keine Herausforderung. Ich dachte, das hier wäre nur ein kleiner Umweg, eine Art Ausflug, bevor es dann wieder ernst wird und ich meine Karriere weiterverfolge. Dabei bin ich schon längst am Ziel. Das ist mir klar geworden, als ich am Flughafen stand und meinen Koffer einchecken wollte. Ich konnte es nämlich nicht. Alles in mir hat sich dagegen gesträubt, in diesen Flieger zu steigen.«

Shauna vergaß die Leute um sich herum und versank in seinen grünen Augen. »Dann bleibst du wegen der Praxis?«, fragte sie vorsichtig.

Er schüttelte den Kopf. »Ich bleibe deinetwegen. Weil ich mir nicht mehr vorstellen kann, woanders zu sein als an deiner Seite. Mit Emma und Brave und von mir aus noch jeder Menge anderer Hunde.« Er senkte den Kopf, und als er ihn wieder hob, lag ein unsicherer Ausdruck auf seinem Gesicht. »Wenn du mich jetzt überhaupt noch willst?«

Shauna hätte ihm gerne gesagt, dass es genau das war, was sie die ganze Zeit von ihm hatte hören wollen. Doch nach allem, was passiert war, hatte sie immer noch Angst. Ungläubig schüttelte sie den Kopf. »Ich dachte, du willst keine Beziehung.«

Er lächelte reumütig. »Ich wollte vielleicht keine, aber mit dir habe ich eine geführt«, erwiderte er. »Als du bei mir eingezogen bist, hast du mein ganzes Leben eingenommen und mich mit Kind und Hund und Welpen und Blumenpressen ins Chaos gestürzt. Ich dachte, ich würde es furchtbar finden, doch ich liebe es. Ich liebe dich. Weil du wundervoll bist,

Shauna. Mutig und tapfer und stark. Und es tut mir schrecklich leid, dass ich dir erst wehtun musste, bevor mir das klargeworden ist.«

Shauna legte die Hände auf seine Brust. »Und du bist dir da wirklich sicher?«

Er blickte sich im Raum um und sah dann wieder zu ihr. In seinem Gesicht lag jetzt ein ernster Ausdruck. »Ich dachte mir, dass du mich das fragst, deshalb stehen wir genau hier, im Pub, umgeben von allen Leuten, die wir hier kennengelernt haben und die auf dem Weg sind, unsere Freunde zu werden. Und vor Emma und meiner Familie. Dann wissen alle Bescheid, und niemand muss darüber spekulieren, was ich für dich empfinde. Alle sollen hören, dass ich es sehr ernst meine.«

Er machte einen Schritt zurück und holte etwas aus seiner Hosentasche, dann ging er auf ein Knie herunter und hielt Shauna ein geöffnetes Kästchen mit einem wunderschönen Solitärring hin.

»Ich bin mein ganzes Leben weggelaufen vor dem, was ich bei dir gefunden habe, Shauna. Ich hatte Angst, mich zu binden, Angst, dass mir jemand wichtig sein könnte. Doch dann kamst du und hast mir gezeigt, wie kalt und leer mein Leben war. Du hast mich nicht durchkommen lassen mit der Unverbindlichkeit, die mir vorher immer so wichtig war. Und du hattest recht. Mit allem.« Er holte den Ring aus der Schachtel. »Ich hätte nie gedacht, dass ich das mal zu einer Frau sagen würde, aber du hast mein Herz erobert. Und ich möchte, dass wir zusammen sind, für immer. Deshalb frage ich dich, hier, vor allen Leuten, ob du meine Frau werden willst?«

Shauna blinzelte gegen die Tränen an, die ihr in die Augen geschossen waren.

»Ja«, sagte sie und ließ es zu, dass er aufstand und ihr den

Ring ansteckte. Dann schloss er sie in die Arme, und sie weinte und lachte an seiner Schulter, küsste ihn immer wieder, während um sie herum alle applaudierten und jubelten.

Es war der schönste Moment in ihrem Leben, und sie begriff plötzlich, warum David diesen sehr dramatischen Weg gewählt hatte, um ihr seine Gefühle zu gestehen. Ich hätte es ihm sonst nicht geglaubt, dachte sie. Jetzt sank die Erkenntnis, dass ihr größter Wunsch doch noch Wirklichkeit geworden war, jedoch langsam in ihr Bewusstsein und erfüllte sie mit einer wohligen Wärme, die auch die letzten Zweifel vertrieb.

Gemeinsam mit David ließ sie sich beglückwünschen, und die Freude auf den Gesichtern der anderen machte ihre eigene noch größer.

»Bist du uns böse, weil wir bei Davids kleiner Scharade mitgespielt haben?«, fragte Lucy besorgt, als sie an der Reihe war.

»Was er vorhatte, war so romantisch, da konnten wir einfach nicht widerstehen.« Julia grinste begeistert. »Hach, ich wusste, dass es etwas wird mit euch beiden. Ihr gehört zusammen, das dachte ich gleich.«

Shauna lächelte nur. Sie war viel zu glücklich, als dass sie irgendjemandem hätte böse sein können. Auch Emma nicht, die gleich zu Anfang zu ihnen gerannt war und erst Shauna und dann David ganz fest umarmt hatte.

»Ich habe mir gewünscht, dass du mein Papa wirst«, sagte sie mit sehr ernster Miene. »Wirklich, ganz doll sehr.«

Shauna konnte sehen, wie David schluckte. »Das bin ich gerne, wenn du willst. Wir kriegen das hin, wir beide, oder?«

Emma nickte und drückte ihn fest.

Als sich die Aufregung später ein bisschen gelegt hatte, zog David Shauna in eine ruhigere Ecke.

»Ich hoffe, der Ring gefällt dir«, sagte er. »Er hat meiner Tante Jane gehört. Ich habe ihn von Paddy, aber wenn du dir lieber einen anderen aussuchen möchtest, dann …«

»Er ist wundervoll«, versicherte Shauna ihm und spürte, dass ihr der Ring noch viel mehr wert war, jetzt, wo sie wusste, dass ihn vor ihr die Frau getragen hatte, die David auch sehr geliebt hatte.

David schloss sie wieder in die Arme und betrachtete sie nachdenklich. »Was hast du damals in der Praxis eigentlich zu mir gesagt?«, fragte er. »Du weißt schon, als du Gälisch gesprochen hast.«

Shauna grinste und boxte ihn spielerisch gegen die Brust. »Dass du ein Idiot bist.« Sie schlang die Arme um seinen Hals. »Und dass ich dich liebe«, fügte sie hinzu und küsste ihn.

Epilog

Zehn Monate später

Die Glocken der kleinen Dorfkirche von Carywith läuteten laut durch die sonntägliche Stille, als die Taufgemeinde durch das Portal in den Kirchhof trat.

Allen voran gingen Henry und Julia, die ihre Tochter Hope auf dem Arm hielt. Das weiße Taufkleid strahlte in der Sonne mit den stolzen Eltern um die Wette, die lächelnd die Glückwünsche der Gäste entgegennahmen.

»Sie ist so süß«, meinte Shauna begeistert, als sie mit David an der Reihe war und die kleine Hope bewundern konnte.

»Ja, wir sind auch ganz verliebt«, erklärte Julia und lächelte David an. »Und vielen Dank noch mal, dass du mich in der Schwangerschaft so wunderbar betreut hast.«

»Das gehört doch zum Service«, meinte David und legte den Arm um Shauna. Ein zufriedenes Lächeln lag auf seinem Gesicht, das sie inzwischen gut kannte und das sie jedes Mal freute.

Sosehr er seine Aufgabe als Landarzt anfangs gehasst hatte, sosehr liebte er sie jetzt. Es war schön, zu sehen, wie er in der Arbeit aufging, die ihm erst so schwergefallen war, und wie stolz es ihn machte, wenn die Leute ihm ihre Dankbarkeit zeigten.

So ist David, überlegte Shauna. Wenn er sein Herz für

etwas entdeckte, dann gab er alles dafür. So war es mit der Praxis gewesen, als er sie endgültig übernommen hatte. Und so war es auch mit ihrer Beziehung. Oder nein, unserer Ehe, erinnerte sie sich, denn sie hatten nicht lange gewartet mit der Hochzeit. Es war eine kleine Feier gewesen, zu der David tatsächlich auch seine Mutter eingeladen hatte. Er war nach längerem Zögern doch wieder auf sie zugegangen, und die beiden waren dabei, ein Verhältnis zueinander aufzubauen, was Shauna freute.

Und auch ihre Freundschaft zu Julia, Henry, Lucy und James vertiefte sich jeden Tag. David verstand sich gut mit den anderen beiden Männern, und die drei unternahmen oft etwas zusammen, genau wie Julia, Lucy und Shauna es taten. Wenn sie nicht alle zusammen unterwegs waren, was auch oft vorkam.

»Daddy, sieh mal, was ich gefunden habe!« Emma kam zu ihnen gelaufen und zeigte David einen Stein. »Ist der nicht schön?«

David bewunderte ihren Fund ausgiebig, und Emma blickte strahlend zu ihm auf, bevor sie wieder loslief, um mit den anderen Kindern weitere Schätze auf dem Kirchhof zu suchen.

»Früher hat sie mir ihre Funde gezeigt«, meinte Shauna, doch sie war kein bisschen böse, dass Emma jetzt auch von David diese Aufmerksamkeiten einforderte.

Die beiden hatten von Anfang an ein besonderes Verhältnis zueinander gehabt, deshalb war es für David keine Frage gewesen, Emma zu adoptieren. »Daddy« sagte die Kleine jetzt also zu Recht zu ihm, und Shauna wusste, dass ihm das gut gefiel.

Und was die Hunde anging, hatte David seine Meinung auch komplett geändert. Er war es inzwischen meist derjenige, der die Spaziergänge mit Brave und dem kleinen Finley übernahm, den sie aus dem Wurf behalten hatten, und wenn Shauna ihn mit den beiden sah, dann konnte sie manchmal gar nicht glauben, dass er Hunde einmal nicht besonders gemocht hatte.

»Das war eine schöne Taufe, oder?« Lucy war zu ihnen gekommen. Ihr Bauch wölbte sich unter ihrem Kleid, das im Empirestil geschnitten war und eine hoch angesetzte Taille hatte, und sie strich liebevoll darüber. »Ich hoffe, das bekommt der Pfarrer noch mal so hin, wenn dieser kleine Mann hier auf der Welt ist.«

»Dann wird es also tatsächlich ein Junge?«, erkundigte sich Shauna.

James, der ebenfalls zu ihnen getreten war, nickte.

»Wir werden ihn Matthew nennen, nach meinem Vater«, sagte er und gab Lucy einen Kuss. Das Baby, das wusste Lucy, war eigentlich noch nicht geplant gewesen, weil sie beide viel mit dem neuen Jane-Austen-Zentrum zu tun hatten, dessen Eröffnung sie im Frühjahr gefeiert hatten. Aber die beiden freuten sich sehr, genau wie James' Mutter Penelope, die sich laut Lucy bereits als Babysitterin angeboten hatte.

Shauna und David selbst planten eigentlich erst mal keinen weiteren Nachwuchs, doch Emma fragte immer wieder nach einem Geschwisterchen, und Shauna konnte sich gut vorstellen, ihre kleine Familie irgendwann zu vergrößern. Erst mal war sie jedoch glücklich mit der Situation, so wie sie war.

»Wer möchte einen Sekt oder einen Orangensaft?« Die ehemalige Tierärztin Isobell Chegwin kam mit einem Tablett mit Gläsern zu ihnen. Nachdem sie sich alle eins genommen hatten, erhob Henry sein Glas.

»Auf unsere Tochter«, rief er. »Und auf dieses wunderschöne Dorf, in dem es sich so gut leben lässt!«

»Auf Carywith!«, stimmten alle mit ein, und als Shauna in die Runde ihrer Freunde und dann in Davids lächelndes Gesicht blickte, wusste sie, dass sie an dem Ort angekommen war, an dem sie für immer bleiben wollte.